4285km
세상에서 가장 아름다운 길

PCT를
Pacific
Crest
Trail

걷다

4285km
세상에서 가장 아름다운 길

PCT
Pacific
Crest
Trail

를

걷다

4285km,
The Most beautiful road in
the world, Walk the PCT.

ㅣ남난희·정 건ㅣ

마인드
큐브

Washington
워싱턴 주

Oregon
오리건 주

California
캘리포니아 주

Pacific Crest Trail
퍼시픽 크레스트 트레일

N. Cascades NP
노스 캐스케이드 내셔널 파크

Manning Park(2655)
매닝 파크

Stehekin(2569)
스테헤킨

Glacier Peak 클레시어 피크

Steven Pass(2472)
스티븐슨 패스

Snoqualmie(2396)
스노퀄미

Seattle
시애틀

Mount Rainier NP
마운트 레이니어 내셔널 파크

White Pass(2298)
화이트 패스

St, Helens Mountain
세인트 헬렌스 마운틴

Mt, Adams
마운트 아담스

Portland
포틀랜드

Hood Mountain
마운트 후드

Cascade Rocks(2150)
캐스케이드 록스

Mt, Jefferson
마운트 제퍼슨

Sisters(2002)
시스터즈

Shelter Cove(2002)
쉘터 코브

Clater Lake NP
크레이터 레이크 내셔널 파크

Ashland(1721)
애쉬랜드

Etna(1600)
에트나

Mt, Shaste 마운트 샤스타

Dunsmuir(1500)
던스뮤어

Burney Fall SP(1417)
버니 폴스

Old Station(1372)
올드 스테이션

Lassen NP
라센 내셔널 파크

Belden(1278)
벨튼

Sierra City(1191)
시에라 시티

Tahoe Lake(1089)
타오 레이크

Yosemite NP
요세미티 내셔널 파크

Yultumne Meadows(937)
투월러미 메도우즈

Vermillion Balley Resort(871)
버밀리언 밸리 리조트

Kings Canyon NP
킹스 캐넌 내셔널 파크

Sequoia NP
세콰이어 내셔널 파크

Mt, Whitney
마운트 휘트니

Kennedy Meadows(697)
케네디 메도우즈

Mojave(564)
모하비

Wrightwood(366)
라이드우드

Agua Dulce(455)
아구아 돌세

Big Bear City(276)
빅 베어 시티

Palm Springs(151)
팜 스프링스

Idyllwild(180)
아이들와일드

Warner Springs(110)
워너 스프링스

San Diego
샌 디에고

Campo(0)
캄포

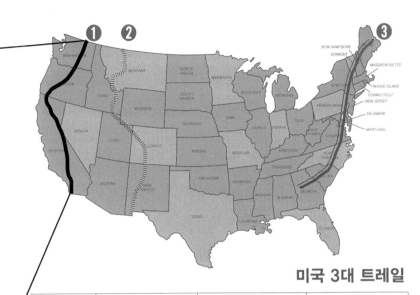

미국 3대 트레일

구분	❶ 퍼시픽 크레스트 트레일 (PCT)	❷ 콘티넨탈 디바이스 트레일 (CDT)	❸ 애팔래치아 트레일 (AT)
개요	미국 서부 시에라 네바다 산맥과 캐스케이드 산맥을 따라 종단하는 트레일로 멕시코 국경에서 캐나다 국경까지 이어져 있다.	멕시코 국경에서 캐나다 국경까지 미국의 대륙분수계(로키 산맥을 기준으로 미국 대륙을 동서로 나누는 경계)를 따라 이어진 트레일이다.	미국 동부 애팔래치아 산맥을 따라 이어진 트레일로 3대 트레일 중 가장 거리가 짧다. 도시와도 인접해 초보 도보 여행자가 많다.
총 길이	4,285km	4,200~5,000km까지 다양한 경로 존재	3,508km
총 상승고도	149,000m	124,000m	142,000m
최고 해발고도	포레스터 패스. 시에라 네바다 산맥. 4,009m	그레이스 피크. 로키 산맥. 4,350m	클링맨스 돔. 그레이트 스모키 산맥. 2,025m
최저 해발 고도	캐스케이드 록스. 컬럼비아 강. 43m	워터튼 레이크. 글레이셔 국립 공원. 1,280m	허드슨 강을 가로지르는 베어 마운틴교. 38m
통과 연방주	캘리포니아. 오리건. 워싱턴.	뉴멕시코. 콜로라도. 와이오밍. 몬태나. 아이다호.	조지아, 노스캐롤라이나, 테네시, 버지니아, 웨스트버지니아, 메릴랜드, 펜실베이니아, 뉴저지, 뉴욕, 코네티컷, 메사추세츠, 버몬트, 뉴햄프셔, 메인.
최남단	캄포, 캘리포니아 주	크리이지쿡 기념물, 앤털로프 웰스 또는 콜럼버스, 뉴멕시코 주	스프링어 산, 조지아 주
최북단	매닝 주립공원. 캐나다 브리티시 컬럼비아 주	글레이셔 국립공원 내 치프산 또는 워터턴 호수, 몬테나 주	카타딘 산, 메인 주
공식 웹사이트	www.pcta.org	www.continentaldividetrail.org	www.appalachiantrail.org

차례

3부 2021년 - 캘리포니아 중부

4부 2022년 - 워싱턴

일상의 짐을 메고 긴 길을 걸을 수 있음에

2023년 PCT

우리는 지난해(2022년) 캐나다 국경까지 간 것을 끝으로 공식적으로 PCT Pacific Crest Trail(퍼시픽 크레스트 트레일)를 마무리하기로 했다. 이런저런 사정으로 못한 구간이 제법 남았지만 5년이라는 시간이 지났고 우리는 할 수 있는 선에서 최선을 다했기 때문이다. 그리고 나머지 구간은 다시 할 수 있으면 하고, 못하더라도 연연하지 않기로 했다.

그런데 이 일정을 완전히 마무리할 기회가 생각보다 빨리 왔다. 미국의 비영리 교육 단체인 LNT Leave No Trace에서 교육을 받을 수 있게 되면서 미국으로 갈 수 있는 기회가 나에게 찾아온 것이다.

LNT 교육을 우리 식으로 해석하면 '흔적 남기지 않기' 정도가 될 것이다. 1980년대 〈미국국립공원 관리청〉〈국립산림청〉

〈국토관리청〉에서 자연 훼손을 최소화하는 야외활동에 대한 교육의 필요성이 생겼고 이에 〈국제 아웃도어 리더십 스쿨〉에 의뢰하여 생겨진 프로그램이 LNT다. 미국의 LNT는 전 세계에서 가장 권위 있는 종합적 야생탐험 아웃도어 교육기관이다. 그 기관에서 교육을 이수하면 지도자 자격이 주어지고 국내에서도 LNT 교육을 할 수 있다.

이제 우리나라도 야외활동이 많아졌다. 하지만 자연을 즐길 줄만 알았지, 자연환경보호에는 별로 관심이 없다는 것을 종종 느꼈다. 그동안 기성세대는 오로지 "잘 살아보세"에만 집중하며 사느라 자연환경은 어떻게 망가져도 내 삶에서는 관심 밖이었다. 그 결과 우리의 자연은 만신창이가 되고 말았다. 지금이라도 환경교육이 절실하다고 생각을 하던 차에 〈LNT 한국지부〉의 한왕용 지부장이 몇 명에게 교육을 받을 수 있도록 주선했고 나에게도 그 기회가 온 것이다.

마침 시애틀 주변에서 교육이 진행되어 어쩌면 PCT 나머지 구간을 할 수도 있겠다 싶었다. 미국에 있는 건이에게 사정을 얘기하며 혹시 시간을 낼 수 있냐고 의향을 물었다. 그도 PCT의 나머지 구간에 대한 미련이 많았기에 즉시 휴가를 낼 수 있고 남아있는 구간에 대한 계획을 세워 보겠다는 답이 돌아왔다. 나에게는 PCT를 마무리할 수 있는 절호의 기회였다.

LNT 교육을 끝내고 곧바로 모하비Mojave로 향했다. 모하비 사막 구간은 더위 때문에 마치지 못한 구간으로, 약 200킬로미터 정도 남겨두고 있었다. 일단 LA까지 비행기로 가서 공항에 픽업 나온 〈미주대한산악연맹〉 오석환 회장을 만나 캘리포니아 남부 구간을 끝냈던 하이커 타운Hiker Town으로 향했다.

지난 시간 동안 나는 모하비 사막 구간이 늘 궁금했다. 얼마나 삭막할지 또 얼마나 더울지 상상이 가지 않았다. 그동안 봐온 자료에는 더위와 갈증으로 매우 심한 고생을 하는 곳으로 유명하다. 또 수시로 나타나 위협하는 방울뱀과 야생벌 등을 조심해야 하는 곳이다. 물론 캘리포니아 중부를 시작할 때 워커 패스Walker Pass*에서 케네디 메도우즈Kennedy Meadows**까지 사막을 맛보기는 했으나 모하비 사막의 중심은 아니었기 때문에 모하비 사막이 얼마나 더울지, 그 열기는 어느 정도일지, 얼마나 갈증으로 허덕일지를 직접 경험하고 싶었다.

---

* Pass는 우리말로는 '고개'를 뜻하지만 PCT에서 고유명사처럼 쓰는 말이라 '패스'로 독음했다.
** Meadows는 건초를 만들기 위한 '목초지'를 뜻한다.

우리가 하이커 타운에 간 날짜는 4월 말일로 올해 3월 캄포
Campo에서 출발한 하이커들이 도착할 시점이었다. 그래서 어
쩌면 하이커가 많을 것 같았다. 서두른 덕에 날이 어두워지기
전에 하이커 타운에 도착했다. 2019년에 떠난 곳을 4년 만에
다시 와보니 감회가 새로웠다. 주변은 비교적 조용했고 몇몇
하이커의 텐트가 마당에 쳐져있었다. 호텔에도 움직이는 사람
이 있었다. 텐트를 친 사람 중에는 이미 잠자리에 든 사람도
있었고 막 잘 준비를 하는 사람도 있었다. 대부분의 하이커는
피곤하기도 하고, 다음날 일정도 있고, 또 별로 할 일도 없어
일찍 잠자리에 든다.

우리의 첫 번째 트레일 엔젤* 오석환 회장은 LA로 가야 했
기에 급하게 기념사진만 찍고 돌아갔다. 이렇게 또 신세를 진
다. 감사한 마음뿐이다.

저녁이라 날씨는 쌀쌀한 편이었다. 간단하게 PCT 신령님에
게 인사를 하고 일찍 잠자리에 들었다. 잠자리에 누우니 새삼

---

* PCT를 걸으며 주로 듣고 쓰게 될 용어 중 '트레일 엔젤'이 있다. 트레일을 걷는 하이
커를 도와주는 사람을 뜻하는 말인데, 시원한 물을 주거나 때로는 자신의 거처를 내
어주는 등 말 그대로 트레일 중에 만나는 천사와 같은 사람들이다.

PCT를 이렇게 다시 올 수 있어 너무 좋고 행복에 겨웠다. 모두에게 감사하면서 사막의 심상찮은 바람소리를 들으며 잠들고 깨기를 반복한다. 이렇게 또 PCT의 일정이 시작되었다.

아침 일찍 일어나 주변을 둘러 보니 하이커 타운이 좀 변한 것 같았다. 일단 외관이 낡기는 했지만 깨끗해 보였다. 지난번에 왔을 때는 말할 수 없이 지저분하고 어수선해 도무지 돈을 받고 사람을 재우는 숙소라고는 생각할 수 없을 정도였는데, 뭔가 달라진 것 같았다. 일단 조금 생기가 있는 것 같고 정리가 된 것 같은 분위기에 도로변 담장으로는 전 세계 국기가 펄럭이고 있었다. 물론 태극기도 있었다. 왠지 와락 반가웠다.

아침식사를 간단하게 해결하고 이른 시간에 출발하려는데, 하이커들이 모여 있는 곳에서 우리를 불렀다. 그곳에서 아침으로 빵과 커피를 제공하는 것이었다. 진즉 알았으면 우리도 이곳에서 한 끼를 해결했을 텐데 미처 알지 못했다. 처음 출발이라 정보가 없었다. 아침을 먹긴 했지만 그냥 가기가 아쉬워 잠시 들러 커피 한 잔을 하고 출발했다. 하이커 타운이 이렇게 변한 것이다. 주인이 바뀐 것일 수도 있겠다. 하이커들에게는 좋은 일이 아닐 수 없다. 이 세상에 영원한 것은 아무것도 없다는 진리를 다시 한번 되새기며 길을 나선다.

그런데 사막이 수상하다. 황갈색으로 황폐하게 메말라 가는 사막이 아니고 노란 꽃이 지천에 피어, 불어오는 바람에 살랑살랑 움직이며 아름다움을 한껏 뽐내고 있다. 키 작은 나무도 연녹색으로 또는 진녹색으로 자기네 세상이라는 듯 생기발랄하게 나그네의 눈길을 끈다. 지난겨울, 미국의 기후가 이상하다는 말을 들었지만 사막이 이렇게 생기 넘치는 줄은 몰랐다. 하지만 사막이 꽃밭이 되고 풀밭이 되어있는 것이 당장 보는 우리는 좋을지 몰라도 과연 괜찮은 것인지 모르겠다.

주변의 풍광도 사막의 그것과 무관했지만 날씨도 그랬다. 한동안 걸어도 체온이 오르지 않고 계속 추웠다. 장갑을 낀 손끝은 시리고 바람막이를 입고 걷는 데도 춥다. 아침이라 그러려니 했지만 종일 추위에 떨며 움츠리고 걸어야 했고 추위로 배낭을 내리고 쉬는 것도 어려웠다. 사막의 불같은 열기를 생각했는데 열기는 고사하고 춥기만 한 것이다. 그나마 사방팔방에 꽃이 지천이라 눈만큼은 호사다.

길은 끝없이 펼쳐지고 평지로 이어졌지만 사막의 모래 길이라 발이 빠진다. 발목까지 푹푹 빠지지는 않지만 걷는 데 지장을 주기는 한다. 바람은 매우 강하게 불어대서 몸은 점점 더 움츠려 든다. 풍력 발전기들이 끝없이 펼쳐져 있고 그 물건들은 자기의 임무에 충실하게도 열심히 돌아가고 있다. 어떤 상황일지 몰라 잔뜩 지고 온 물은 한 방울도 마시지 않아 고스란히 짐으로 남아있는 상태다.

길은 한동안 신작로다. 길고 긴 수로가 놓여있고 그 수로를 따라 포장된 길이 이어졌다가 비포장 길로 연결되었다. 길 주변은 노랗고 하얀, 보라, 주황의 꽃들이 땅이 보이지 않게 피어 있다. 꽃이 없는 곳은 이미 조슈아 트리Joshua Tree가 자리를 잡은 탓일 것이다. 그러므로 우리가 걷는 길은 신작로이고, 꽃길이고, 모래 길이고, 바람 길이고, 조슈아 트리의 길이다.

가끔 우리와 같은 방향으로 걷는 하이커를 만난다. 캄포에서 출발해서 한 달 조금 넘게 걸으면 이곳에 올 수 있는 거리다. 우리와 마주치는 하이커도 가끔 만난다. 그들은 PCT 하이커이기는 하지만 올해 날씨가 이상해서, 쭉 이어서 걷지 않고 여기저기 옮겨 다니며 걷는다고 했다.

젊은 사람보다는 조금 나이를 먹은 사람이 많다. 올해 PCT를 하는 사람은 지난겨울과 봄에 온 많은 눈 때문에 어려움이 많을 것이다. 캘리포니아 남부에도 눈이 많이 왔다는데, 시에라 네바다Sierra Nevada 쪽은 말할 필요조차 없을 것이다. 물론 오리건Oregon도 마찬가지일 것이며 워싱턴Washington 쪽은 더 그럴 것이다. 우리도 걱정이지만 스루 하이커Through Hiker*들이 한꺼번에 쭉 이어 가기는 어려울지도 모르겠다.

길은 지난해 걸었던 워싱턴 구간과는 완전 차이가 난다. 지난해는 거의 야생의 길로 트레일이 이루어져 있었다면 이번 구간, 즉 모하비 사막 구간은 사람의 필요에 의해 관리되어 야생의 맛은 없어 보였다. 주로 바람개비나 수로 등을 관리해야 할 목적 때문인지, 찻길이 여러 갈래로 뚫려있다. 지난겨울 비가 많이 와서 사막의 꽃도 그랬지만 물도 수시로 만났다. 우리가 그 악명 높은 사막을 걷는지 그냥 겨울날의 평지를 걷는지 모를 지경이다. 사막의 풍취는 고사하고 추위에 떨어야 할 줄은 정말 몰랐다. 처음 시작이라 배도 고프지 않고 쉬지도 않아 일찍 캠프에 도착했다. 사막 가운데 계곡이다. 추위 탓에 우리보다 일찍 도착한 하이커들도 서둘러 텐트를 치고 들어갔다. 지금은 계곡에 물이 많이 내려오고 있지만 그렇지 않을 때도 있었을까?

워터 캐시Water Cash**가 있는 곳이다. 사막이라고 햇빛가림용 지붕까지 만들어 보관한 물이 여러 통 있었는데, 물이 조금

---

* 장거리 하이커를 말한다. 이들은 보통 1600킬로미터가 넘는 트레일을 걷는다.
** 물이 저장되어 있거나 물이 전혀없는 곳에 트레일 엔젤이 하이커들을 위해 물을 가져다 놓은 곳이다. 일종의 물 공급처다.

이상했다. 가져다 둔지 오래되었는지 물 색깔이 변해 있었다. 2년, 최소한 1년 이상 지난 물 같았다. 우리는 그 물을 사용하지 않고 계곡물을 정수해 사용했다. 이렇게 햇빛가림용 지붕까지 만들어 두고 물을 공수했던 엔젤에게 무슨 변이 생긴 것은 아닌지 모르겠다. 다시 물을 가져다 놓는 것은 물론 남겨진 물도 처리하지 못했기 때문이다. 이제 나이가 들어 더 이상 물을 가져 올 수 없거나 다른 이유가 있을 것이다. 만난 적도 없고 얼굴도 모르는 엔젤이 걱정된다. 예전에는 사막을 걷는, 갈증 난 하이커를 위해 하염없이 물을 날랐을 마음 따뜻한 사람일텐데.

밤새 바람이 미친 듯이 분다. 침낭 안은 춥지 않았지만 입과 코로 모래가 들어가 서걱거린다. 이렇게 2023년 5월 첫날의 하루를 사막에서 보냈다.

다음날은 더 추웠다. 텐트 플라이에 얼음이 얼었다. 모처럼 사막에서 세상에 나온 꽃들도 얼어서 고개가 푹 숙여져 있다. 바람막이를 입고 오르막을 오르는데도 체온은 도무지 올라가지 않는다. 배낭을 멘 등이 시려서 혹시 물이 새나 싶어 배낭을 열어봤지만 물은 새지 않는다. 다음날까지 영문을 알지 못해 배낭을 내려 열어보기를 몇 차례 거듭하다가 나중에야 원인을 알게 되었다. 배낭 자체가 등판을 시원하게 해주는 쿨cool 소재로 만들었던 것이다. 그동안은 몰랐다. PCT를 걷는 4년 동안 처음 오리건 구간을 뺀 나머지 구간에서 같은 배낭을 2년씩 썼다. 그런데 단 한 번도 등이 시원하다는 것을 느끼지 못했다. 내가 무딘 탓도 있겠으나 그만큼 날씨가 포근했거나 이만큼 춥지 않아 미처 느끼지 못했을 것이다. 그런데 사막에서 추위로 등이 시려서 고통을 받고 있다. 그동안 산을 다니며 무수히 많은 배낭을 메고 다녔다. 설명서를 잘 읽지 않은 탓이겠지만 배낭 등판을 쿨 소재로 만들었을 줄은 몰랐다. 이것도 그냥 나의 생각일 뿐일지도 모르겠으나 다른 이유로는 설명할 수가 없다.

날씨는 잔뜩 흐렸지만 다행히 비는 오지 않았다. 미국에서 경험한 바로는 하늘에 먹구름만 몰려오면 곧바로 비를 뿌렸는데 이곳은 사막이라 그런지 먹구름이 몰려다녀도 비는 오지 않았다. 햇볕을 간절히 기다리지만 하늘에는 구름만 가득하다. 추위로 쉬지도 못하고 오르막을 줄곧 올라가니 549마일 지점에 트레일 매직Trail Magic*이 있었다. 물과 과자, 약간의 과일 등이 있었고 올망졸망 쉼터를 꾸며 놓았다. 테이블과 의자, 파라솔이 있고 음식을 조리할 수 있는 간단한 도구도 있다. 이 산속까지 누가 이렇게 했을까 싶어 주변을 둘러보니 조금 뒤쪽으로 좁은 비포장도로가 있다. 그렇지! 이 물건들, 특히 물을 가지고 오려면 차로가 있어야 가능하다. 친절하게도 물통에는 물을 가져다 둔 날짜가 적혀 있었다. 인적 없는 산속에서 만난 매직이 너무 감동이고 고마웠다.

많이 추웠지만 잠시 배낭을 내리고 그곳에 있는 도마와 칼을 사용해 사과 한 알과 망고를 깎아 먹으며 잠시 쉬었다. 우리야 날씨도 춥고 출발한 지 얼마 되지 않아 물도 필요하지 않고 식량도 부족하지 않지만 대부분의 하이커들은 이 장소의 매직이 너무 요긴하고 고마웠을 것이다. 파라솔 아래서 느긋하게 쉬면서 물도 마음껏 마시고 간식도 이것저것 챙겨 먹을 수 있는 곳이니 말이다.

우리도 느긋하게 쉬고 싶지만 추위 탓에 서둘러 길을 나설 수밖에 없음을 아쉬워하며 배낭을 멘다. 자꾸 돌아보게 되는 것은 무슨 미련이 남아서일 텐데 그것이 뭔지 잘 모르다가 한

---

* 길 위에서의 예상치 못한 도움을 발견할 경우, '트레일 매직'이라고 부른다. 사막에서 얼음이 가득 든 아이스박스에 시원한 맥주가 담겨 있다고 상상해보자.

참 후에 알게 되었다. 누군가가 정성을 다해 마련한 것을 제대로 누리지 못한 것에 대한 아쉬움인 것이다. 또 하나 있다면 내가 언제 여기를 다시 올 것인가? 아마 이 생에는 다시 오지는 못할 것이라는 아쉬움이다. 굳이 이곳만을 목표로 하면 못 오지는 않겠지만 그럴 확률은 거의 없다고 봐야 한다. 약간 쓸쓸한 마음이 되어버렸다.

정말 날씨가 더울 때 햇살은 내리 쬐고 바람조차 없다면 그늘 하나 없는 이 지역을 걷기가 몹시 어렵겠다는 생각이 들었다. 하지만 지금으로서는 꿈같은 얘기다. 제발 그런 날씨를 만나고 싶다. 밤에 기온이 더 내려가며 애써 피어난 꽃들이 얼었다. 그래도 낮에는 기온이 조금 올라 다시 생기를 찾는 모습은 보기에도 좋고 위안도 된다.

테하차피 패스Tehachapi Pass에 조금 못 미처 하루를 접었다. 피크닉 테이블이 하나 있고 찻길도 멀지 않아 워터 캐시도 있는 곳이다. 테이블에 비닐로 코팅된 종이가 있는데, 테하차피의 트레일 엔젤 명단이 적혀 있다. 엔젤들 이름과 전화번호 그리고 숙소에서 몇 명을 수용할 수 있는지에 대한 정보, 전화를 받을 수 있는 시간 등이 상세하고 친절하게 적혀있다. 이렇게까지 걷는 사람들을 배려하다니 가슴이 뭉클해 온다.

보름 즈음이라서 그런가 달이 휘영청 밝다.

주변에서 돌아가는 풍력 발전기 소리가 거슬린다. 며칠 밤째 그 소리를 계속 들었다. 그런데도 익숙해지지 않고 괴물의 울음소리처럼 음산하다.

다음날 아침은 더 추웠다. 텐트 플라이는 얼음에 서걱거리고 꽃들은 더 많이 고개를 숙였다. 습관처럼 일찍 출발한다. 계속 바람개비(풍력발전기)와 함께 하고 곧 테하차피 패스에 도착한다. 마침 마을로 내려가는 차 한 대가 우리를 보고 기다려 주었다. 캠핑카를 집처럼 이용하는 가족 같았다. 간단하게 인사하고 나눠주는 과일을 먹으며 차를 둘러보았다. 그러다가 우리를 맞이한 여성의 사진과 뭔가 설명한 것이 차 앞에 걸려 있는 것을 보았다. 그들도 PCT를 한다고 쓰여 있었다.

별 말이 없는 아저씨는 트레일을 따라 캠핑카로 이동하며 필요한 지원을 하고 부인이 PCT에서 걷는 중인데 몸이 좋지 않아 잠시 쉬게 되었다고 했다. 그들의 아들은 지금도 걷고 있다고 했다. PCT 가족인 것이다. 덕분에 테하차피에 쉽게 내려왔다. 그들은 우리에게 뭐 필요한 것이 있으면 부담 갖지 말고 연락하라며 연락처를 남기고 우체국에 내려주고 떠났다. 마을로 내려왔는데도 쌀쌀했다. 테하차피는 아메리카 원주민(인디언Indian) 용어로 '사계절'이라고 한다. 그래서 이곳은 사계절이 있고 추울 때도 많다고 한다.

이곳 테하차피는 〈와일드Wild〉의 주인공 셰릴 스트레이드 Cheryl Strayed가 처음 PCT를 시작한 곳이다. 책을 원작으로 한 영화 〈와일드〉도 이곳에서부터 촬영을 했다고 한다. 그녀를 직접 만나지는 못했지만 책과 영화를 통해 알게 되었다. 그래서인지 왠지 친근감이 있고 꼭 아는 사람 같은 느낌이다. 그녀가 이곳에 처음 와서 묵었다는 모텔을 찾아보지만 마을이 한곳에 형성되지 않고 여러 군데로 펼쳐져 있어서인지 찾을 수 없었다. 출발하기 전, 그 허름한 모텔에서 수도 없이 망설이고 갈등하고 엄청난 짐과 사투를 벌인 셰릴의 현장이 궁금했는지도 모르겠다.

우체국에서 보급품을 찾았다. 식량박스는 도착했지만 필요한 장비가 아직 도착하지 않았다. 짐을 찾으면 곧바로 다시 트레일로 가려던 계획에 차질이 생겼다. 일단 〈스타벅스〉에 가서 짐을 다시 정리하며 어떻게 할지를 고민하기로 했다. 이곳은 하이커들에게 정말 잘해준다는 느낌을 받는다. 잠시 주차장에서 서성이는 사이에도 몇 명이나 트레일로 올라갈 거냐고 물어왔다. 올라가면 태워 주겠다는 것이다.

아무래도 장비가 그날 오기는 틀린 것 같아 트레일 엔젤 집에서 하룻밤 신세를 지기로 한다. 건이가 명단에 있는 누군가를 골라 연락을 하니 "곧 오겠다" 한다. 한 30분 정도 기다렸을까? 차 한 대가 우리 앞에 섰고 약간 허리가 굽은 할머니가 우리를 아는 체했다. 약간 당황했지만 내색은 할 수 없고 얼른 짐을 실은 후 차에 탔다. 할머니는 늦어서 미안하다며 어제 집에서 잔 하이커를 트레일 헤드Trail Head까지 데려다주고 오느라 늦었다고 했다.

차는 자꾸만 외곽으로 간다. 상점은 점점 더 멀어진다. 40여 분을 달렸을까? 약간 외진 마을의 집에 도착했다. 우리의 엔젤, 바바라Barbara 할머니는 사과 농장을 운영하며 농장에서 생산되는 사과로 주스를 만들어 파는 사업을 했다고 한다. 2018년까지 그 사업을 하다가 연세도 있고, 이런저런 사정으로 그만두었다고 한다.

그리고 할머니가 PCT와 인연을 맺은 과정을 들려준다. 언젠가 친구 중 누군가에게 PCT에 관한 이야기를 들은 후 본인도 여행을 좋아하고 평소 하이커들에게도 관심이 많아 그들을 도울 방법을 생각하다가 남편에게 권유를 했다고 한다. 사과주스 공장이 비어있으니 이곳을 하이커에게 제공하는 것이 어떻겠냐고. 남편도 좋다고 해서 하이커를 한두 명씩 돕다가 작년(2022년)부터 본격적으로 하이커들에게 공간을 제공한다고 했다. 비교적 많은 인원인 6명까지 수용이 가능하다고 안내되어 있다. 할머니 말로는 1977년에 사과나무를 심었고 사과나무가 자라는 동안 여행도 다니고 레스토랑 등을 운영하며 사과나무가 자라기를 기다렸다고 한다. 1987년에는 한국에도 다녀갔다고 한다.

그녀의 사과주스 공장, 이제는 하이커 숙소인 그곳에 도착하니 침대가 있는 것은 아니지만 조리를 할 수 있는 주방 시설, 샤워를 할 수 있는 공간과 화장실 등 필요한 모든 것을 갖추고 있었다. 냉장고에는 당장 먹어도 되는 채소와 계란, 빵, 맥주 등이 차곡차곡 넣어져 있고 테이블에도 스낵과 차가 종류별로 있었으며 조리할 수 있는 파스타, 감자, 양파 등이 있었다.

한쪽에는 하이커 박스Hiker Box*도 있었다. 별건 없지만 그래

---

* 대개 재보급 포인트에서 볼 수 있는 하이커를 위한 식량 및 장비 공유 박스라고 할 수 있다. 하이커들은 하이커 박스를 통해 부족한 식량을 보충하거나 유용한 장비를

도 호기심을 자극했다. 할머니는 모든 시설물의 사용 방법을 일러주었고 깨끗하게 빨아 말린 수건도 내왔다. 잘 씻지 못해 지저분한 하이커들이 그 수건을 쓰고 나면 세탁도 쉽지 않을 텐데 놀라웠다. 우리가 불편하지 않을 정도로 모든 것을 챙겨주고는 할아버지와 병원에 다녀와야 한다며 혹시라도 시내로 나갈 일이 생기면, 엔젤 명단 중에 두 명을 지목하며, 이 사람들이 자기 집을 아니까 그들에게 부탁하라고 했다. 오늘은 우리 외에는 아무도 없다고 해서 더욱 홀가분해졌다.

일단 며칠 만에 샤워를 하고 빨래를 해서 널고 침낭을 내다 말리고 햇볕을 쬐면서 냉장고에서 꺼낸 맥주와 샐러드, 피자 등을 꺼내놓고 느긋하게 먹고 마셨다. 내 집에라도 온 것처럼.

한참을 쉬다가 장을 좀 봐야 했기에 이 집을 알고 있다는 다른 한 분에게 연락하니 일 때문에 학교에 가는 중인데 잠시 차를 돌려서 우리를 픽업해주고 가겠다고 했다. 본인의 일을 잠시 미루고 우리를 도와주겠다는 것이다. 그분은 곧바로 왔고 우리를 다운타운에 내려주고 자신의 일을 보러 갔다. 자기네 집에도 하이커 한 명이 있는데 돌아갈 때 연어를 사가지고 가서 하이커에게 먹이겠다고 했다. 참 대단한 사람들이다.

얼곤 한다. 그리고 자신에게 필요 없거나 낡은 장비들, 혹은 남는 식량 등을 다른 하이커를 위해 하이커 박스에 두고 간다.

우리는 살 물건이 별로 없었지만 주변의 상가들을 돌아다니며 구경도 하고 필요한 몇 가지 물건을 구입하고는 바바라 할머니에게 연락을 해서 숙소에 돌아왔다. 바바라 할머니 차에는 스페인 청년이 한 명 타고 있었다. 그는 3월 말 캄포에서 출발한 스루 하이커였다. 여기까지 오는 동안 날씨 탓에 고생을 많이 했다고 했다. 그는 젊고 패기가 넘쳤으며 자신감도 대단했다. 올해(2023년) 하이 시에라High Sierra 구간은 눈이 많아 어려울 것이라고 걱정했더니 여러 명이 함께 갈 수 있을 것이라는 자신감을 보였다. 제발 그럴 수 있기를 기대한다고 응원했다.

캄포에서부터 한 달 이상을 줄곧 걸어온 그는 고생한 빛이 역력했고 먹을 것을 몹시 탐했다. 그럴 것이다. 누구나 그렇게 긴 날을 걷다 보면 실제 허기에 정신적 허기까지 겹쳐 먹을 것만 보면 거의 환장할 정도로 먹어댄다. 자기가 사 온 음식에 냉장고에 있는 음식까지 무지하게 먹는 것을 보며 '우리도 그랬지' 하는 마음으로 그가 먹는 것을 구경했다.

숙소의 냉장고에는 언제 준비했는지 더 많은 채소와 빵 그리고 쿠키 등이 보충되어 있었다. 우리가 없는 사이 바바라 할머니가 보충을 해둔 것이리라.

다음날은 우체국 문 여는 시간까지 느긋하게 있다가 우리가 간다고 하자 바바라는 기념사진을 찍었다. 그리고 곧바로 컴퓨터로 출력해 앨범에 붙이고 우리에게 사인하라고 했다. 그 집 앨범에는 2022년부터 이 집을 다녀간 하이커들의 사진과 고마움을 전하는 메모가 차례대로 붙어 있었다. 가끔은 돌아가서 고마움을 전하는 엽서도 보였다. 우리도 사진과 고마움을 전하는 메모 한 페이지를 장식하고 길을 나섰다.

우체국에 가보니 기다리던 장비가 도착해 있었다. 장비를 찾아 짐을 꾸리고 다시 보낼 것은 보냈다. 우체국을 나와 어제처럼 트레일 헤드까지 데려다줄 사람이 있을까 하고 기다려봤지만 어제와 달리 그런 사람이 없다. 하는 수 없이 다시 트레일 엔젤 중 한 분에게 연락을 했다. 40분 정도 기다리자 그분이 왔다. 농장에 올라가 일을 하느라 늦었다며 몹시 미안해한다. 우리가 고마워해야 하는 데 말이다.

이곳 테하차피는 다른 곳보다 유난히 더 하이커에게 잘하는 것 같다. 아마 셰릴의 영향이 아닌가 싶다. 그녀가 이곳에서 PCT를 출발하며 덩달아 유명해진 곳이라서 그런지 싶다. 그래도 그렇지, 하이커가 도움을 요청하면 엔젤들은 하던 일도 제쳐두고 달려오는 것에 깊은 감동을 받았다. 이틀 동안 세 명의 엔젤에게서 도움을 받았다. 셰릴에게 고마워해야 할지, 엔젤들에게 고마워해야 할지 헷갈리지만 당연히 직접 도움을 줬던 엔젤들에게 고마움을 전한다.

짐을 찾고 보내고 하느라 출발이 늦었다. 역시 춥다. 잔뜩 흐린 날씨에 바람까지 심하게 불어댄다. 구름이 가득한 하늘을 걱정스럽게 쳐다보며 스산한 마음으로 길을 이어가는데 기어이 비가 뿌리고 급기야 우박까지 쏟아진다. 다행히 금방 그쳐 안도한다.

사막이지만 오르막과 내리막이 끝없이 이어지는 길이다. 한낮인데도 미국 하이커 아주머니는 털모자에 긴 패딩을 입고 걷고 있다. 그는 걸음이 매우 느리지만 아침 일찍 출발하고 오후 늦게까지 꾸준히 걷는다. 그래서 우리와 일정이 비슷했다. 다른 하이커에 비해 짐이 매우 많아 보였으나 자기만의 페이스를 유지하며 자기만의 세계에 빠져있는 듯했다. 모처럼 풍력발전기가 없는 길이라 기분이 좋아졌다. 길가에 무더기로 피어난 꽃들도 기분전환에 한몫했다.

다음날은 안개로 세상이 잿빛이 되었다. 길가에 풀들이 젖어있어 조금 걸었는데도 신발이 젖어버렸고, 방수가 되지 않는 신발은 금세 물이 들어와서 질컹거린다. 바짓가랑이도 마찬가지다. 추운데 발이 젖으면서 이제 발까지 시렸다. 너무했다. 벌써 5월인데, 그리고 더위로 악명 높은 모하비 사막인데. 사막 한복판에서 추위에 떨며 걷는 것이다. 우리의 장비라는 것이 꼭 필요한 것 이외에는 단 한 가지도 여분이 있을 리가 없다. 모하비 사막을 대비해 챙긴 우리의 장비는 당연히 여름 것일 수밖에 없다. 장갑이나 옷을 덧입고 싶어도 없다. 혹시나 싶어 내복을 넣기는 했으나 그것은 잘 때나 입어야 해서 꺼내 입을 수 없었다.

고개로 접어들면서 그동안의 풍광과는 조금 차이가 났다. 사막이라기보다 그냥 산인데, 나무들이 무질서하게 쓰러져 있어 길이 좋지 않다. 주변의 나무들은 무슨 병에 걸렸는지 건강해 보이지 않아 마음이 조금 아려온다. 그 고개를 걷는 사람으로 산이나 그 산에서 살아가는 생명이 싱싱하고 건강해 보여야 함께 건강해지는 느낌이고 좋은 기운을 받기 때문이다.

물을 자주 만났고 가끔 계곡도 건넌다. 사막의 나지막한 산들에는 일명 '사발이'라고 하는 레저용 산악 오토바이로 산에 깊은 상처를 낸 곳이 여러 군데다. 가끔 굉음을 내고 먼지구름을 일으키며 무섭게 질주하는 것을 만나면 지레 겁이 나 길밖으로 피하고는 했다. 주변의 산들은 키 작은 나무들로 표범의 몸통처럼 얼룩무늬를 만들고 있다. 구름도 얼룩무늬를 보탠다.

길고 긴 패스를 내려가 도로를 만나는 지점에 매직이 우리를 기다리고 있었다. 하루 종일 기다려도 하이커가 몇 명 지나가지도 않을 텐데 그는 혼자서 우리를 하염없이 기다리고 있는 것이다. 우리가 도착하자 오랜만에 만난 하이커가 반가운지 반색하며 바나나 한 개와 음료수 한 봉 그리고 과자 하나씩을 나눠준다. 그 매직은 넉넉한 사람은 아닌 듯 다른 사람에 비해 물건은 빈약했지만 그게 어딘가!

　고마워하며 배낭을 내리고 음료를 마신다. 나는 평소 음료를 마시지 않지만 그날 마신 음료는 맥주만큼이나 맛있었다. 그 고개에는 매직 말고도 워터 캐시가 있어 물이 여러 통 있었고 물통에는 가져다 놓은 날짜가 쓰여 있었다. 사막에는 물이 절대 필요하고 어떤 곳은 이틀 이상 물이 없는 곳도 있어 물을 많이 지고 다녀야 한다. 하지만 이렇게 차가 다니는 고개에 워터 캐시가 있어 정보만 확실히 파악된다면 물을 그리 많이 지고 다니지 않아도 될 것이다. 하지만 모든 자료에는 워터 캐시에 의존하지 말라고 경고하고 있어 기본적인 물은 지고 다녀야 한다. 하지만 올해는 지난겨울에 비나 눈이 많이 온 관계로 곳곳에 물이 흐른다. 더구나 추워 물이 전혀 먹히지 않으니 그냥 배낭 안에 고정 장비인 양 하루 종일 물은 그대로다.

단 하루라도 좋으니 사막다운 날씨를 만나 더위와 갈증을 경험하고 싶지만 이번에는 그럴 기회가 없나 보다. 아쉽다.

본격적으로 모래에 푹푹 빠지는 사막이다. 모래밭에 텐트를 치니 팩을 박아야 하는데, 그럴 수가 없다. 돌멩이도 하나 없어 주변의 풀에 엉성하게 묶어서 버티기를 이틀을 더 했다.

그 며칠 동안 추위 때문에 씻기는 고사하고 겨우 양치만 하다가 모처럼 해가 있을 때 운행을 끝내고 마침 계곡이라 발을 씻을 수 있었다. 이번 구간에서는 처음으로 밖에서 저녁을 지어먹었다. 그리고 다음날, 워커 패스에 도착하면 이번 사막의 남겨진 구간은 끝난다. 왠지 허전하다. 뭔가를 제대로 못한 것 같은 느낌이다.

드디어 2021년 산행을 시작했던 워커 패스에 도착했다. 찻길은 낯익은데 길은 영 생소하다. 나는 항상 그 반대였는데 이번에는 그랬다. 우리가 지나갔던 산이 황갈색 사막이었는데 이제는 노란꽃이 온 산을 장식하고 있는 풍경이 낯설었던 것이다. 그럴지라도 우리는 목표한 것만큼 왔고 우리의 첫 번째 임무가 완성되었다. 이상하게 뭔가를 빼먹은 것 같은 마음이 들어 허탈했다. 기대했던 사막 구간을 이렇게 끝낸 것에 대한 아쉬움이지 싶다.

추위에 떨며 사막을 걷는 동안 그동안은 잘 느끼지 못하다가 이번에는 기후위기를 직접 체험했다고나 할까? 앞으로 점점 더 심해질 텐데 걱정이다.

이렇게 캘리포니아 남부 PCT를 완전히 마무리했다. 이제 캘리포니아 북부로 가야 하는데 그쪽 사정이 녹록하지 않다. 많은 눈으로 트레일이 아직 열리지 못한다는 소식을 들었기 때문이다. 일단 이사벨라 레이크Isabella Lake까지 히치하이킹으로 내려왔다. 도시랄 것도 없는, 고속도로가 지나가는 마을에 내려오니 어쩌자고 날씨는 더웠다.

트레일을 벗어나서는 더 이상 히치하이킹이 어렵다. 도로에서 한참을 시도하다가 포기하고 또다시 도움을 청해야 했다. 그곳에서 가까이 산다는 이영식 선배와 연락이 닿아 그분 집까지 가게 되었다. 그의 집에서 하루를 잘 쉬고 다음 일정을 위해 렌터카로 캘리포니아 북부로 향했다.

그동안 한번 산에 들어가면 일정이 끝날 때까지 트레일 주변에만 있었는데 이번에는 못했던 구간을 찾아다니며 걸어야 하는 번거로움이 있었다. 하지만 역시 우리가 가야 하는 트레일은 눈으로 접근 자체가 불가능했다. 혹시나 싶어 좀 더 위로 올라가서 접근을 시도했다. 이번에는 산사태로 또 불가능. 이제 미련을 버려야 할 것 같았다. 많이 아쉽지만 마음을 접기로 작정했다. 하기는 작년(2022년)에 PCT를 마무리하기로 했는데 모하비 구간이나마 다시 한 것을 위안으로 삼았다.

이렇게 또 미완의 PCT를 마무리했다. 이번에는 여러모로 아쉬움이 많았지만 거기까지가 우리의 몫이라는 생각으로 마음을 달랬다. 일단 시애틀로 돌아가서 마운트 레이니어Mt. Rainier를 등반하고 난 후에 캐나다로 넘어가서 WCTWest Coast Trail(웨스트 코스트 트레일)을 하기로 잠정 결정했다.

지나고 보니 PCT에 집중한 6년 동안 참 행복했고 만족한 날들이었다. 나로서는 최선을 다한 시간이었고 소중한 날들이었다. 돌아보니 그 많은 날을 길 위에서 보낸 것도 대단한 일이었다. 성인이 된 이후 수많은 산을 다니며 수많은 사람과 인연을 맺었지만 PCT로 이어진 정건과의 인연은 특별한 것이다. 50여 년 동안 산을 다녔지만 아마 정건과 PCT를 걸은 날들이 다른 사람보다 당연히 많았겠다. 그러므로 산에서 가장 많은 밤을 함께 보낸 사람도 당연히 건이일 것이다.

백두대간을 이어서 하더라도 한 달 또는 두 달로 끝나지만 우리는 1년에 한 달씩 장장 5년이나 함께 먹고 함께 자고 함께 걸었다. 그 시간은 녹록한 시간이 아닌 것이다.

5년 동안 나의 세상은 PCT와 함께한 세상이었다. 아직도 내가 일상의 짐을 메고 긴 길을 걸을 수 있는 것에 감사한다. 그리고 물심으로 도와준 수많은 사람에게 감사한다. 특히 짧지 않은 세월 동안 나와 함께 한 나의 후배 정건에게 감사한다.

_ 2024년 1월, **남난희**

Oregon _오리건 주

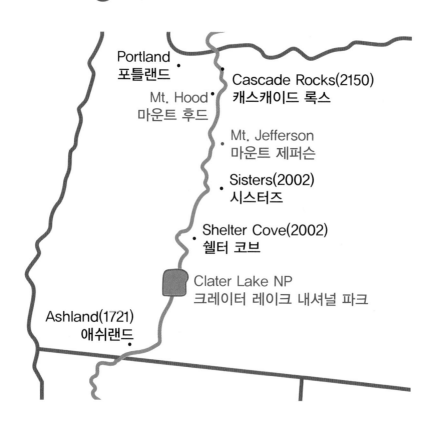

Portland
포틀랜드

Cascade Rocks(2150)
캐스캐이드 록스

Mt. Hood
마운트 후드

Mt. Jefferson
마운트 제퍼슨

Sisters(2002)
시스터즈

Shelter Cove(2002)
쉘터 코브

Clater Lake NP
크레이터 레이크 내셔널 파크

Ashland(1721)
애쉬랜드

2018. 6. 18. ~ 7. 20. 남난희 박정순 박현우 손승주 임희재 정건

1부.
2018년
오리건

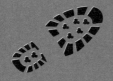

운명적으로 PCT를 만나다

2017년 어느 초겨울, 나는 아침마다 가는 불일 폭포*를 다녀오다가 산 중턱에 여러 명이 모여서 쉬는 팀을 통과했다. 대체로 시간이 일러서 그 시간에는 사람이 거의 없는 곳이다. 나는 아침 산행을 하며 거의 묵언 수준으로 말을 하지 않고 다닌지 오래되었기 때문에 목례를 하고 지나치는데 누군가가 긴박한 목소리로 "남 대장님 아니세요?"라고 한다. 놀라서 돌아보니 저 멀리 제주에 사는 임희재가 일행과 함께 지리산에 왔다며 반가워했다.

이게 얼마만인가? 25년 정도 지났을 것이다. 그와 마지막으로 본 것이 말이다. 나는 서울을 떠나며 산으로 알게 된 모든

---

* 지리산 10경의 하나다. 쌍계사에서 3킬로미터 지점에 있다.

인연을 끊었기 때문에 특별히 나를 찾아오는 사람 외에는 만나지 않았다. 그래서 산악에 관련된 사람을 만난 지도 그만큼 지났다. 그런데 지리산에서, 그것도 내가 매일 다니는 길에서 그를 만난 것이다. 우리는 반가움에 한참 법석을 떨다가 그는 일행이 있어 올라가야 하고 나는 내려가는 중이라 "산행 후 집으로 오라"며 헤어졌다.

그는 제주에서 뛰어난 여성 산악인으로 이름을 날리며 열심히 산행을 했고 〈93 에베레스트 원정대〉 멤버로 활동했다. 내가 여성만의 원정대를 꾸려보려고 준비하는 과정에서 전국의 여성 산악인들이 모였고 희재는 제주에서 왕성한 활동을 하고 있었기 때문에 당연히 우리와 합류해 훈련을 같이 했던 인연이 있다.

불일에 갔다가 내 집으로 온 그들은 이미 JMTJohn Muir Trail(존 뮤어 트레일)를 2년에 걸쳐서 걸었고 내년에 친구들과 PCTPacific Crest Trail(퍼시픽 크레스트 트레일)를 걸을 계획이라고 말했다. 그 말을 듣고 나는 왠지 가슴이 뛰었다. 2016년에 나는 셰릴 스트레이드Cheryl Strayed의 〈와일드wild〉를 읽고 그 길에 대한 관심과 열망이 있었기 때문이다. 나는 PCT를 가고 싶었지만 어떻게 가야 하는지 도무지 막막한 상황이라 그냥 남의 떡 바라보듯 침만 삼키며 있을 뿐이었다. 희재는 곧 미국에 있는 정건이 올 예정이고 지리산 산행이 잡혀있으니 그때 함께 산행을 하자고 했다. 건이가 미국으로 이민을 갔다는 소식은 풍문으로 들은 것 같다. 아마 지난해에 걸었다는 JMT도 건이가 주선해 이루어졌을 것이다.

얼마 후 그들이 지리산에 온다는 연락을 받고 피아골에서 합류했다. 대부분 그때 만난 친구들이다. 25년 전에 보고 못 본 친구들이다. 더러 기억나지 않는 친구도 있었다. 그들 대부분은 〈93 에베레스트 원정대〉 멤버다. 가끔 산행도 함께 한다고 했다. 하지만 나와는 일절 왕래가 없었고 무엇보다 나이 차가 심하다 보니 서로가 조심스럽고 어려운 관계라고 할만 했다.

산악계에서는 1년 차이도 엄청나다고 생각하는데 무려 10년 차이가 있으니 그 거리는 만만한 것이 아니었다. 어느 정도 나이가 들고 보니 같이 나이를 먹어가는 비슷한 처지로, 별로 차이가 없어 보이지만 산악계의 군대식 서열이라고 할까? 좁아질 수 없는 선후배의 관계라는 것이 있었다. 세월이 흘러 가까워지기에 너무 어려운 선배는 60대로 진입하고 있었고 그 당시 20대 초반의 피 끓는 청춘들은 50대로 들어서고 있었다.

못 말리는 세월이라고 말할 수 있지만 그래도 오랜만에 만나 회포를 풀고 산행도 했다.

1박 2일의 산행 후 모두 내 집으로 몰려와서 먹고, 마시고, 웃고, 떠들었지만 누구도 PCT 이야기는 하지 않았다. 그들이 먼저 이야기를 꺼내지 않는데 내가 먼저 이야기를 하는 것은 아니기 때문에 그냥 딴 세상 얘기만 하다가 각자 잠자리에 들었다. 그들은 모두 사랑채에서 텐트 안처럼 옹기종기 붙어서 잘 것이고 나는 안채에서 혼자 잠자리에 들었다. 이때 그들의 왁자한 웃음소리를 들으며 조금 쓸쓸하다고 느낀 것 같다. 또래가 여럿 있고 무엇보다 산이라는 공통 과제가 있으니 그들의 대화는 끝이 없다. 다들 오랜만에 만났고 모처럼 자신의 삶의 터전에서 벗어난 해방감을 만끽하며 그들은 수다를 떨며 밤을 새웠다.

다음날 이른 새벽, 내 방문이 갑자기 벌컥 열리며 건이가 다짜고짜 들어와 내 옆에 누웠다. 그러고는 나를 꼭 안으면서 "언니, 우리 PCT 같이 가요" 하는 것이었다. 드디어 그들이 나의 마음을 안 것인가? 나중에 얘기를 들어 보니 내 앞에서 절대로 PCT 얘기를 하지 말고 조금 지켜보기로 했다고 한다. 나와 함께 가기에는 '나'라는 존재가 너무 부담스러워 함께 갈지 말지를 결정 못하고 좀 더 두고 보기로 했다는 것이다. 이해 못 하는 바는 아니다. 나라도 그랬을 것이다.

한 번도 가 본 적이 없는 길고도 먼 길을, 고행의 연속일 길을 가는데 자기들이야 서로 친구이고 함께한 시간도 많아 진행에 어려움이 없겠지만 나는 그야말로 하늘 같은 선배. 그 고행 길에 선배 시중까지 들어야 하는 것이 아닌가 하는 부담은 차치하고라도 별로 내키지 않는 것이 사실이었을 것이다. 나는 그들과 함께한 시간이 없었던 관계로 그동안 알려진 이미지가 전부인 무서운 산악계 선배 '남난희'이기 때문이리라.

이번에는 그들이 나를 심사했다. 어찌 됐건 나는 합격했고 일은 진행되었다. 사실 PCT라는 곳을 가고 싶다는 열망만 있었지, 무엇을 어떻게 해야 하는지를 전혀 모르는 나는 나 자신과 약속을 했다. "발언하지 않는다." 내 의견을 내지 않고 전적으로 그들의 계획에 따르리라는 다짐이다. "따까리*를 하겠다." 캠프에 도착했을 때나 그 밖의 일이 생겼을 때 내가 빨리 알아차리고 먼저 행동으로 옮기겠다는 뜻이다. 그들이 나를 팀원으로 받아줬는데 그 정도는 해야 하지 않겠는가? 그리

---

* 자질구레한 심부름을 맡아 하는 사람을 속되게 이르는 말이다.

고 내가 주관하는 것도 아니고 그들의 계획에 내가 뒤늦게 합류했고, 무엇보다 나는 PCT에 대해 아무것도 모른다. 그저 따라가는 것, 그것만으로도 고마운데 뭔들 못하겠는가? 그리고 그 길은 온전히 본인이 본인을 책임져야 하는 길이니 허울뿐인 선배가 무슨 소용이겠는가! 선배는 엿이나 바꿔 먹으라지.

나는 그 길을 걸으며 최대한 즐기고 나의 깊은 내면을 만날 것이다. 그동안의 꾸준한 산행으로 몸 상태는 이전과 다름없고 정신은 더 단단해져 있지 않을까?

나라고 그동안 살면서 크고 작은 상처가 없었겠는가? 나도 희로애락(喜怒哀樂)이 있을 것이고 아직은 말로 표현되지 못한 깊은 상실도 있었다. 그 상실로 말은 더 없어졌고 길은 더 많이 걸었다. 나이 탓도 있겠지만 나는 집과 산만 맴돌았다. 세상사에 관심이 없고 사람들이 하는 말을 잘 못 알아들었다. 그래도 불편하지 않았고 오히려 혼자가 편했다.

그런데 운명적으로 PCT를 만나게 된 것이다. 그날 그 산에서 우연히 희재를 만나지 못했다면 나는 PCT를 가슴에만 품고 살았을지도 모른다. 우리의 만남은 우연을 가장한 필연은 아니었을까? PCT는 처음부터 나를 받아줄 마음이 있었고, 단계적으로 〈와일드〉라는 책으로 그 존재를 알리고, 직접 갈 수 있는 동지를 만나게 해 주고, 결국은 걷게 하는 뭔가 보이지 않는 끌림이 있었다고 생각한다.

일은 일사천리로 진행되고 각자 역할을 나눠서 맡은 몫의 준비에 들어갔다. 우리 모두는 장거리 산행의 고수들이라 준비를 하는 데에는 크게 문제가 없지만 이번에는 다른 때와 많이 다르다. 모든 짐을 직접 지고 가야 한다는 것, 매일매일 이동해야 한다는 것, 보통 이상의 긴 길이라는 것, 야생에서 어떤 일이 벌어질지 모른다는 것 등 여러 변수가 많다. 뭐 그럴지라도 우리는 여럿이니까, 그리고 우리는 산전수전 다 겪은 원로(?) 산악인이니까 별 문제가 없으리라.

드디어 출발이다. 일단 시애틀에 있는 건이 집에 집결해 보충할 장비나 식량을 챙겨서 포장하고 각 보급지마다 보낼 물건끼리 박스를 나눴다. 다들 들뜨고 행복해 보인다. 왜 아니겠는가? 내일부터는 어떤 고행이 기다릴지는 모르지만 당장은 좋은 것이다. 일단 집을 떠나왔다는 해방감과 서로 통하는 동지끼리 모인 것이 한몫했을 것이다.

좋아하는 일 순위에 항상 산을 두고 있는 우리가 산으로 간다. 다른 그 무엇도 개입되지 않는, 오로지 걷기만이 전부인

긴 날을 산에서만 보내는 것이다. 이래저래 다들 기분이 좋아 보인다. 20대 초에 만나 30여 년을 이어오는 우정이고 무엇보다 산으로 만났는데, 다시 산으로 가기 위해 모인 것이니 감회도 새롭고, 뭔지 모르게 좋은 일이 생길 것 같은 예감이다.

각자 자기의 일을 놓지 않고 살며, 모두 결혼해 가정을 꾸렸으며, 자식을 낳아 키웠고, 그 와중에 산악활동이나 취미활동도 열심히 하며 일당백의 몫을 하고 살다가 비로소 모든 것을 내려놓고 오로지 걷기 위해 나섰다. 떠날 수 있는 용기를 가진 참으로 멋진 중년, 아니 장년이 아닌가? 더욱이 여성들 여럿을 한꺼번에 보는 나도 왠지 기분이 좋았다. 모든 일에 최선을 다해 임하고 있는, 한때 내 후배였던 대한민국 50대 초반의 아줌마 그룹이다.

모처럼 한 자리에 모였을 이들의 수다는 끝이 없고 주제도 다양했지만 그 모든 중심에는 산이 있다. 우리는 산을 통해 만났고 산을 통해 지금 여기까지 온 것이다. 조용했을 건이 집은 한국에서 온 아줌마들로 한동안 북적이고 분주했다. 건이 부부가 우리를 위해 준비해 둔 연어는 내가 그동안 먹어봤던 연어 중 가장 맛있었다. 먹고 마시는 중에도 준비해야 할 것은 준비하면서 즐거운 시간을 보냈다.

2018년 6월 18일, 렌터카에 모든 짐을 싣고 집을 나선다. 첫 목적지는 애쉬랜드Ashland다. 미리 예약한 숙소에 도착한 후 집에서 몇 번이고 넣고 빼고를 거듭한 짐을 다시 펼쳐보니 장난이 아니다. 한 달 이상의 장거리 산행을 해 본지가 너무 오래전이기도 하고 더구나 PCT는 모두 처음이다. 무엇이 꼭 필요한지는 알겠는데 필요하지만 없어도 무관한 것들을 구분할 수 없어 짐이 많다. 일단은 지고 가보고 아니면 되돌려 보내기로 한다. 경험해 보는 것만이 정답이다. 숙소의 욕조에 수시로 몸을 담그며 생각한다. 트레일 중 따뜻한 욕조에 몸을 담글 일은 없을 것이다. 언제 또 하랴. 있을 때 하자. 내일부터는 야생이다.

팀원만큼 짐도 많았다. 하지만 나눠질 사람도 많았다. 아침에 무거운 짐을 서로 메겠다고 작은 실랑이를 했다. 자기의 어려움보다는 상대를 배려하는 아름다운 산악계 풍습인가? 나는 모처럼 보는 그 광경에 감동한다. 이 친구들이 정말 멋지구나 싶은 것이 나로서는 오랫동안 만나지 못했던 광경이기 때문이다. 30여 년 가까이 산악계를 떠나 비 산악인들과의 산행에서는 이런 풍경을 볼 수 없었다. 그것이 나쁘다는 것이 아니다. 학습되지 않아 미처 몰라서 그럴 것이다.

짐이 산만큼 거대하다. 드디어 각자의 배낭을 메고 나서니 모두 본연의 모습을 찾은 듯 당당하고 늠름하다. 역시 뼛속까지 숨길 수 없는 산악인이다. 포부도 당당하게 PCT로 접어든다. 우리의 발걸음이나 표정에는 뭔가를 무찌를 것 같은 비장함이 서려있었다. 그만큼 각오를 다졌다는 표현이 더 맞겠다. 나름 중무장을 했는데 과연 PCT에 맞는 무장인지는 두고 볼 일이다.

처음 PCT를 준비한다면 PCT의 최남단인 캘리포니아 주의 캄포^{Campo}에서 출발하는 게 일반적이지만 우리는 이 길 자체가 처음이라 PCT에서 가장 걷기 수월하다는 오리건^{Oregon} 구간을 처음 걸어보고 다음부터 우리의 수준에 맞게 계획을 짜기로 했다.

오리건 구간은 주로 평지에 숲이 우거졌으며 호수가 많다. 휴양지가 곳곳에 있어 PCT에서는 비교적 쉽다고 한다. 갈증과 뜨거움을 견디며 사막을 지나고 추위와 눈, 그리고 고도와 싸우며 하이 시에라^{High Sierra}를 거쳐 오리건의 트레일을 걸으면 저절로 걸어진다고 할 정도로 길이 좋다고 한다. 실상은 어떨지 모르겠다. 무거운 짐 때문에 시작부터 쉽지 않다.

낮과 밤의 기온 차이 때문인지 밤에 내린 이슬로 풀들이 함초롬 젖어 있고 피어난 들꽃들은 수줍은 듯 세상을 내다보는 듯하다. 물매화가 지천이다. 우리나라에서는 엄청 귀한 몸인데 이곳에는 은하수처럼 깔려 있다.

우리는 흡사 훈련병처럼 한 줄로 서서 걸어간다. 50분 걷고 10분 쉰다. 익숙하지 않지만 따른다. 나는 가장 뒤에서 걷기로 작정했기 때문에 그들이 쉬면 쉬고 그들이 가면 갔다. 그동안 모든 일을, 특히 산행에 관한 일은 항상 주도한다는 입장이었는데 그냥 따라만 하는 것도 괜찮다. 오히려 편하다. 느긋하게 뒤에서 식물과 꽃들을 감상하며 걷는 것도 나쁘지 않다.

어느 순간 지형이 바뀌며 풀들은 사라지고 대신 엄청나게 큰 나무들로 가득한 세상에 접어들었다. 주변의 모든 나무가 크고 곧고 길다. 모두 침엽수로, 어찌나 곧고 굵은지 뜬금없이 저 나무들이 있으면 궁궐을 5만 개는 지을 수 있겠다는 생각을 한다. 우리나라의 궁궐은 금강송으로만 짓는다고 하는데 땅덩어리가 작은만큼 금강송도 그리 많은 것 같지 않다. 금강송의 고장 울진이 고향인 관계로 금강송 군락지에 가본 적이 있다. 그때마다 마음이 좋지 않았다. 금강송은 특별히 보호되며 나무마다 각각의 고유 번호가 있는데 만약, 궁궐에 문제가 생겼을 때 사용될 일련의 차례를 이렇게 표시해 둔 것이 아닌가 싶어서다. 여기 나무를 보며 사람들의 필요에 의해 몸을 바쳐야 하는 그 잘 생기고 당당한, 품위 있고 우아한, 인간보다 수백 년을 더 살아낸 내 땅의 소나무를 생각한다. 이곳 나무의 품종은 어떤지 모르겠으나 굵기와 곧기만으로는 당연히 우월하다. 더구나 숫자면에서도.

나무로 가득 찬 세상은 하늘도 볼 수 없고 도대체 길은 어디로 이어지는지 감을 잡을 수가 없다. 오리무중의 소나무 숲길을 걸을 뿐이다. 길은 평지이고 잘 나있다. PCT는 그동안 내가 걸었던 그 어느 길과도 닮아있지 않다.

우리의 백두대간처럼 한 맺힌 듯한 오르막과 내리막이 심하게 있는 것도 아니고 카일라스*처럼 숭고하고 성스럽지도 않고 히말라야처럼 숨 가쁘지도 않다. 그냥 고유의 색이 있을 뿐이다. 그 색을 아직은 증명할 수 없다. 서서히 내게 스며들 때까지 기다려야 한다.

일행 중 일부가 조금 힘들어하기 시작한다. 쉴 때는 웃고 떠들고 하지만 몇 발자국 걷다 보면 모두 입을 닫는다. 힘들기

---

* 티베트 불교에 따르면 카일라스 산이야말로 세계의 중심에 있는 수미산으로, 인간에게 정복된 적이 없는 산이자 선성불(Dhyani Budha)의 성소라고 한다. - 위키백과

때문이다. 당연하다. 과거에 아무리 찬란한 산행을 했다고 하더라도 그것은 과거일 뿐 현실은 녹록하지가 않은 것이다. 오랜만에 멘 무거운 배낭, 벌써부터 삐걱거리는 발, 익숙하지 않은 막영, 물을 만나지 못한 불안함, 여러 명이 움직여야 하는 번거로움 등. 한동안 시행착오가 있을 것이다. 그러면서 익숙해질 것이다.

비가 조금 내린다. 날씨는 덥지도 춥지도 않다. 걷기는 좋은데 빽빽한 숲으로만 이어져 답답하다. 하늘이 있기나 한지, 조망이 되지 않아 북쪽으로 가고 있는지, 서쪽으로 가고 있는지 모르겠다. 방향감이 없어진 지는 오래다. 항상 앞으로 가야 할 길을 조망하고 길을 머리에 입력하고 다닌 습관 때문에 시야를 확보하지 못하는 감각은 뭔가 불편하다. 아직 이 길을 파악하지 못해서일 것이다. 현재로서는 과연 파악이 될지 의문이다. 오리무중이다. 앞사람만 따라갈 뿐이다.

태풍이 지나간 것일까? 쓰러진 나무가 너무 많다. 그것을 넘고 돌아가고 기어 다니느라 체력을 엄청 소모했는데, 갈 길은 너무 멀다. 이날은 첫 번째 보급품을 찾는 날이다. 트레일에서 히치하이킹을 해서 마을로 간 후 물건을 찾아야 한다. 그런데 오후 5시 이후에는 물품을 찾을 수 없다고 한다. 비상사태가 생길 수도 있는 상황이 되었다. 보급품을 찾지 못하면 일정에 차질이 생긴다. 아무래도 이런 식으로 가면 도저히 시간 안에 들어갈 수 없을 것이 확실하다. 각자 고민에 빠졌다. 발언을 하지 않기로 작정한 나는 망설이다가 그들에게 물었다. 혹시 내가 건이와 함께 앞서 가서 보급품을 찾아오는 것이 어떻겠냐고. 선택의 여지가 없는 친구들은 그럴 수 있다면 그러자고 동의했고 건이와 내가 앞서가려는데 현우가 함께 가겠다며 합류했다. 이제 우리는 여섯 명에서 세 명씩 나뉘었다.

모처럼 앞선 나는 거의 날듯이 걸었다. 마음껏 내 페이스대로 걸었고 일행은 잘 따라왔다. 그 길은 빨간색 돌길이다. 비교적 잘 정리된 너덜길*로 끝이 없이 펼쳐져 있다. 하지만 가도 가도 끝이 없다. 펼쳐진 길은 비슷해서 갔던 길을 또 지나가는 것이 아닌가 싶어 건이는 내게 몇 번이나 물었다. 아까그 길이 아니냐고. 네 시간이나 그렇게 붉은 돌길을 뛰듯이 걸었다. 정리된 너덜길이었기에 망정이지 그렇지 않았으면 어림도 없었다.

보급품을 찾아야 한다는 일념으로 뛰듯이 걸어서 도로에 도착했고 마침 도로 옆에 계곡이 있어 그곳에 캠프를 치기로 했

---

* 돌이 많이 흩어져 깔려 있는 비탈길이다.

다. 건이와 현우는 보급품을 찾으러 히치하이킹을 시도하고 나는 홀로 남겨졌다. 혼자 남겨진 나는 아직 익숙하지 않은 탓에 살짝 불안했지만 내색은 할 수 없었다. 일행을 보내고 혼자서 텐트를 쳤다. 다행히도 텐트 두 동이 모두 우리 배낭에 있었다. 텐트를 치고는 가끔 들리는 차 소리에 불안해한다. 빨래도 하고 씻기도 하며 일행이 이제나 올까, 저제나 올까 기다리며 초조해한다.

얼마나 지났을까. 마을로 간 건이와 현우가 먼저 도착했다. 그들 손에는 먹을 것과 마실 것 그리고 우리의 보급품이 잔뜩 들려 있었다. 아직도 못 온 친구들을 위해 그 둘은 맥주 몇 캔을 챙겨서 마중을 간다. 대단한 체력이고 부러운 우정이다. 곧 나머지 일행이 도착했고 캠프는 부산해졌다. 뒤늦게 온 친구들의 발은 말이 아니다. 길과 신발이 맞지 않는지 이미 발에 물집이 생겨 부르트고 난리도 아니다. 아이들은 나에게 큰절을 해야겠다는 농담을 하기도 한다. 아마 내가 빨리 서두르지 않았으면 오늘 일정은 어림도 없었겠기에 하는 진심 어린 농담이었을 것이다.

어찌 되었던 우리는 계획만큼 걸었고, 보급품을 찾았다. 그리고 그 유명하다는 PCT의 빅버거를 먹을 수 있었다. 이곳 햄버거는 PCT 하이커를 위해 특별히 특대로 만들어서 하이커들

에게 제공하는 것으로 유명하다. 고마운 일이다. 우리는 행복
해하며 빅버거를 공략한다. 햄버거가 얼마나 큰지 배고픈 우
리도 하나를 한 끼에 다 못 먹을 정도다. 우리는 반씩 나눠서
내일 아침에 먹기로 하고 반 만으로 충분히 배를 채운다. 그만
큼 크다는 말이고 또 걷기 초반이라 허기가 아직은 없다는 말
도 맞겠다. 며칠 만에 맛보는 세속의 음식과 맥주 한 잔으로
낮의 힘든 모든 기억은 과거가 되어 아련하다.

　우리 중 몇 명은 태어나서 가장 많이 걸은 날이라고 했다.
그만큼 하루는 길었고 많이 걸었다. 나를 뺀 전 대원들의 발이
문제다. 우리 모두는 중등산화를 신고 걷는데, 이 길은 가벼운
경등산화나 트레일 러닝화가 더 좋을지도 모르겠다.

　대원들은 하루 일정이 끝나면 모두 모여 자신의 고장난 발
과 씨름한다. 뭐, 특별한 치료나 처방은 없다. 고작 소독하고
약 바르고 테이프로 상처 부위를 감싸는 정도다. 그러면서도
뭐가 그리 좋은지 킬킬거리고 서로 자리다툼을 한다. 그 모습
이 신기하다. 좁은 텐트에서 복작거리며 잘도 웃고 즐기는 것
을 보며 생각한다. 저들이 젊은 날 산을 만나지 않았다면 절대
만날 수 없었을 인연이었을테고, 산이라는 매개로 지금까지
관계가 유지되는 것을 보며 인연이라는 것은 그냥 이루어지는
것이 아니라 정해진 것이 있는 것이라고.

그동안 살아있음으로 땅의 기운이 하늘에 뻗칠 것처럼 혈기 왕성한 나무들의 세상은 사라지고 이제는 생명을 상실한, 산불로 모든 것을 잃어버린 공허함과 먼지만 있는 길을 만난다. 움직일 수 없는 나무와 식물은 졸지에 그 자리에서 고스란히 뜨거움에 노출되고 결국은 타고 말았으리라. 살아있는 생명으로서 얼마나 불안하고 얼마나 괴롭고 얼마나 아팠을까를 상상해본다. 마치 내가 아픈 것 같다.

이곳은 침엽수가 많고 나무가 너무 빽빽해서 나무끼리의 마찰로 자연 발화하는 경우도 있다고 한다. 하지만 사람들의 실수로 발생하는 산불이 훨씬 많다고 한다. 자연 발화는 어쩔 수 없다 하더라도 사람으로 인한 불은 정말 조심해야 할 것이다. 불은 한 순간에 모든 것을 앗아가니까. 나만의 문제로 끝나는 것도 아니니까. 산불로 불편한 길을 걸어왔지만 보급품을 찾는 날이라 발걸음은 빨랐다.

출발하고 난 이후 첫 마을이다. 마자마Mazama 캠핑장에 도착했다. 이제 크레이터 레이크 내셔널 파크Crater Lake National Park 내로 들어온 것이다. 제일 먼저 상점에 가서 맥주부터 산다. 벌컥벌컥 마시고 정신을 차린다. 이 PCT에 가끔이라도 만나는 맥주가 없다면 무슨 재미로 걸을까 싶다. 캠프장 사용료를 지불하고 텐트를 쳐놓고는 샤워장에 가서 몸을 씻고 빨래도 했다. 우리는 언제 먼지 날리는 길을 걸었느냐는 듯 각자 가장 편하고 가벼운 옷으로 갈아입고 슬리퍼를 끌고 마치 휴가 온 사람처럼 주변을 어슬렁거리고 다닌다. 아주 여유롭다.

그동안 걷고 야영하며 확실하게 꼭 필요한 것과 그렇지 않은 것을 구분하게 되었다. 있으면 좋지만 없어도 괜찮을 짐을 모아 건이 집으로 보내기로 하고 각자 짐을 다시 정리한다. 각자에게서 나온 짐이 모이니 한 박스나 된다. 나는 티타늄 컵을 보냈다. 다른 아이들이 가져온 여분이 있어 내 것은 보내기로 한 것이다. 사람마다 다르겠지만 필요 이상의 옷을 가져온 친구는 옷을 보냈다. 손수건을 보낸 친구도 있다. 하여간 그동안 걸으면서 꼭 필요하지 않은 모든 것이 박스에 담겼다.

그곳은 우체국이 없는 관계로 한참을 히치하이킹을 해서 큰 마을로 가서 짐을 보내야 한다. 마침 우리와 여러 날 만났다 헤어지기를 거듭한 고등학생이 있었다. 그는 이제 그만 걷고 내려가려고 했다. 친구들이 차로 픽업을 오기로 했다고 해서 그 친구 편에 짐을 맡겼다. 우체국 소포비에 그의 수고비까지 보태서. 거기에 엄청 고마워하는 마음까지 담아서.

그 친구는 자신의 앞날을 설계하고자 혼자 PCT를 왔다고 했다. 우리 정서로는 상상할 수 없는 고등학생의 그 결단에 우리 모두는 감동했다. 걷는 속도가 비슷해 수시로 만났다 헤어졌다를 하며 말을 트고 서로의 사정을 알아갔다. 우리 모두는 아이를 키우는 엄마로서 어린 학생이 혼자 미지의 길을 걷고 있다는 것에 대견스러워 하며 어쩔 줄 몰라했다. 생김새도, 하는 행동도 고등학생으로는 보이지 않을 정도로 의젓했다. 우리 모두는 이 아이를 보며 얼마나 부러웠는지 모른다.

우리나라 고등학생들은 어떤가? 오로지 대학 입시에 목숨을 걸고 있지 않은가? 세상의 모든 대상이 공부라고 한다면 학교에서 배우는 지식이 인생에서 얼마나 차지할까? 그 대신 자연에서 배우는, 실제 체험에서 배우는 지혜는 학교에서 배우는 지식과는 비교할 수 없을 것이다. 물론, 학교 공부도 중요하지만 실제 체험으로 익히는 것도 인생에서 중요한 역할을 한다고 본다. 학교를 쉬고 온 것인지 방학을 이용해 왔는지는 모르겠지만, 어찌 되었던 자발적으로 혼자서 모든 것을 스스로 책임지며 PCT를 걷기 위해 집을 떠나 온 친구다. 그런 그가 대견하고 예뻐서 우리 모두 좋아했던 아이였다.

우리는 각자 당장 필요 없는 모든 것을 꾸린 후 박스 하나에 넣어 그 친구에게 맡겼다. 그리고 우체국을 만나면 이 박스를 보내 달라고 했다. 우리 말고도 다른 몇 팀도 그에게 소포를 부탁했다.

그렇지만 안타깝게도 그 친구를 통해 보냈던 그 소포는 오지 않았다. 그 후 전화도 받지 않았다. 길을 걸었던 그 아이는 괜찮았는데 픽업 온 친구들이 어찌 좀 껄렁해 보였다. 호기심 많고 장난기 넘치는 10대 친구 몇 명이 모였으니 겁을 상실해서일까? 각각의 박스에 무엇이 들어있는지 궁금해서일까? 우리가 보낸 것은 대부분 옷과 작은 소품이나 장비 등이었다. 현금까지 보낸 친구도 있다고 한다. 그런데 사람을 너무 믿어버린 걸까? 모든 짐은 돌아오지 못했다. 같은 길을 걸었다는 동질감에 일말의 의심도 없었는데, 그리되었다.

처음 맞는 제로 데이Zero Day* 다. 모처럼 하루를 걷지 않고 온전히 쉰다. 꿀맛 같다. 목욕하고, 빨래하고, 발 치료하고, 군것질하고, 책 보고, 산책하고, 맥주 마시고, 웃고, 떠들고, 쇼핑하고, 불 피우고, 짐 다시 싸고. 그 모든 것을 하고도 시간이 여유롭다. 무거운 짐도 잊고 길도 잊고 하루를 잘 쉬었다.

다음날 PCT에서 유명하기로 몇 손가락 안에 든다는 크레이터 레이크 내셔널 파크로 갔다. 셔틀버스가 호수까지 운행했

---

* 걷지 않는 예비일을 말한다. 대개는 마을에서의 재보급 및 휴식을 위해 일정 중에 제로 데이를 포함한다.

고 우리는 잠시 버스를 이용했다. 크레이터 레이크는 말 그대로 어마어마한 크기이고, 물빛은 쪽빛 그 자체다. 호수 가운데 가오리 같이 생긴 섬이 있어 호수의 풍광을 한 단계 업그레이드하고 있다.

크레이터 레이크는 한때 '마자마'라고 하는 산이었는데, 화산 폭발로 산이 빈 그릇 모양처럼 되었다고 한다. 산이 내려앉은 지형을 '칼데라Caldera'*라고 부른다. 세월이 흐르면서 칼데라에 빗물과 눈이 녹아 물로 천천히 채워졌고 지금처럼 거대한 호수가 되었다고 한다. 최대 수심이 590여 미터로 미국에서 가장 깊은 호수로 알려져 있다. 세계에서도 10번째로 깊다고 선해진다. 호수에는 물이 따로 유입되거나 빠져나가는 곳이 없다. 비나 눈이 녹은 물만으로 채워진다고 하는 것도 자연의 오묘함이다.

호수 중심부의 가오리 같이 생긴 외딴 섬은 위자드 아일랜드Wizard Island다. 수면으로부터 275미터나 돌출되어 있는데, 비현실적으로 아름답다. 그런 아름다운 풍경과 더불어 국립공원National Park이자 휴양지라서 하이커뿐만 아니라 일반 관광객도 많았다. 다들 산 위 호수의 그림 같은 풍광에 감동하며 연

---

* 우리나라 백두대간에도 작은 규모이기는 하지만 강원도 부근에 칼데라가 있다.

신 카메라 셔터를 누른다.

아무리 아름답다고 해도 머물 수는 없는 것이 하이커의 인생이다. 우리는 걷는다. 지대가 높은 곳이라 미처 녹지 않은 눈길을 만난다. 6월 말의 눈길을 신기해하며 발자국을 남긴다. 국립공원이라고 특별히 관리한다는 느낌은 없다. 그동안 우리가 걸은 대부분의 길도 이만큼은 관리되고 있었다고 느꼈기 때문이다.

오후에 예정한 캠프에 도착했는데, 물이 없다. 우리보다 먼저 온 두 팀이 알려준 정보다. 물이 없다면 심각한 상황인데 주변을 돌아보니 눈이 있다. 그렇다면 물 대신 눈이다. 눈 쌓인 곳 옆에 일부는 텐트를 치고 일부는 모닥불 피울 나무를 준비한다. 일사천리다.

모닥불을 피우고 양은냄비를 불 위에 걸고 눈을 퍼 와서 녹인다. 하얀 눈은 금세 물로 변한다. 그 물로 정수해 밥 해 먹고, 차 마시고, 발 씻고, 양치한다. 그러고도 물이 남는다.

물에서는 불맛이 난다. 밥에서도 차에서도 불맛이 난다. 나쁘지 않다. 물이 없는 비상사태에서도 누구 하나 당황하지 않고 일이 척척 진행되었다. 팀원들의 움직임은 참으로 놀랍다. 전혀 거리낌 없이, 전혀 망설임 없이, 전혀 걱정도 없이 묻지도 않고 그냥 일이 저절로 진행된다. 오래 다져진 경력과 서로의 믿음에서 오는 행동이겠다. 산을 다닌 친구들은 이 정도의 기본은 갖췄다고 볼 수 있다. 참 고마운 인연이다.

식구가 많은 관계로 장비와 식량에 신경을 써야 한다. 텐트는 4인용과 2인용, 이렇게 두 동을 가져가서 동갑내기 네 명이 한 텐트를 사용했고 희재와 내가 한 동을 사용했다. 다른 개인 장비는 각자 챙겼고 취사도구로 아웃도어용 압력밥솥에 양은 냄비를 큰 코펠 대용으로 가져갔다. 압력밥솥 덕분에 매일 두 끼는 윤기가 자르르 흐르는 밥을 먹을 수 있었다. 나중에 다른 구간을 할 때는 어림없는 호사였다.

양은냄비도 아주 요긴했다. 모닥불에 그냥 올려놓고 눈을 녹이는 데 단연 최고다. 눈을 녹이기 위해 가져온 것 같은 생각이 들 정도로 진가를 발휘했다. 그 외에 매일 찌개를 끓여 먹는 것은 기본이고 특식으로 가져온 냉면이나 국수를 삶을 때도 이만한 장비는 없지 않나 싶게 요긴했다. 냉면이나 국수를 삶아서는 방충망에 면을 넣어 물에 휘휘 저어서 헹궈 먹으며 신나 했다. 정말 우리는 못 하는 것이 없었다. 무서운 대한민국 아줌마인 것이다. 나중에는 송어를 맨손으로 잡기까지 했으니 PCT만을 걷기에는 아까운 인재들이다.

거의 매일 모닥불을 피웠는데, 추위서도 그랬지만 모기 때문이기도 했다. 모닥불 연기로 모기를 쫓아보려고 불을 피울 때도 많았다.

우리는 먼동이 트는 것과 동시에 출발하곤 했는데 아침은 생략이다. 어느 정도 운행하다가 해가 뜨면 양지바른 곳을 찾아 배낭을 내리고 젖은 텐트와 침낭 등을 널어두고는 아침밥을 해 먹는다. 식구가 많아 시간이 많이 걸리기는 하지만 젖은 장비도 말리고 밥도 해 먹는 시간을 줄일 수 있어 한꺼번에 해결한다.

점심으로는 가다가 물을 정수해 미숫가루를 타먹고 저녁으로는 또 밥을 지어먹었다. 그때가 PCT 중 가장 밥다운 밥을 먹은 것이라는 것을 지나고 보니 알겠다. 그 이후는 알파미 Precooked Rice*를, 그것도 하루에 한 번 먹고 말았기 때문이다.

간식은 개인 간식과 공동 간식으로 나눠서 포장했고 그때그때 요령껏 꺼내 먹었다. 누구도 배고프다고 하지는 않았는데 가끔씩 만나는 식당이나 상점에서 먹는 것을 보면 먹는 우리도 놀라고 그걸 보는 사람들도 놀란다.

못하는 것이 없는 우리는 추운 날이면 모닥불에 돌을 달궈서 안고 자기도 했다.

---

* 한 번 끓인 쌀을 섭씨 80도와 130도 사이에서 상압 또는 감압에 의해 수분 함량이 5퍼센트 정도 되게 건조시킨 것으로, 뜨거운 물이나 상온의 물을 넣는 것만으로 먹을 수 있게 되는 밥이다.

어쩌다 우리 중 한 명이 아프면 그의 등짐은 내려지고 분산되어 각자의 짐에 표시도 나지 않게 나눠버린다. 보급받은 날의 짐은 무거울 수밖에 없는데 순식간에 무게 나가는 물건들이 사라진다. 어떤 때는 잠시 다른 일을 할 때 배낭 안에 있는 무거운 물건이 사라지기도 한다.

누가 무겁게 지고 다니는 것을 좋아하랴만 내가 좀 더 무거워도 네가 좀 더 수월하기를 바라는 동지애라고 해야 하나? 쉽게 만날 수 없는 마음씀씀이들이다.

모처럼 바람이 솔솔 부는 능선에 텐트를 쳤는데, 이 좋은 캠프에 물은 최악이다. 식스 호스 레이크Six Horse Lake라고 했던가? 캠프에서 2킬로미터는 내려갔을 것이다. 그렇게 내려간 것도 억울한데, 호수에 고인 물은 도저히 먹을 수 없을 것 같은 썩은 물이다. 물의 색깔은 기분 나쁘게 까맣다. 이끼가 호수를 가득 채우고 있고 모기들은 알을 까기 위해 무더기로 몰려있다.

운행 중에 팬티에 약간의 실수를 해서 씻어야 했기에 일행들보다 먼저 코펠을 들고 내려갔는데 그 지경인 물을 보고 기겁을 했다. 씻기나 제대로 했겠는가? 그래도 그 물로 하루를 살았다. 어쩔 수 없었다.

개를 데리고 걷는 중년 하이커를 만나 우리 트레일이 끝날 때까지 앞서거니 뒤서거니 하며 걸었다. 혼자는 외롭고 두렵기도 해서 개와 함께 걷는 하이커가 가끔 있었다. 자기의 짐도 무거운데 개 먹이까지 지고 다녀야 하는 수고를 하는 것을 보면 개와 함께 걷는 것이 위안이 되기는 하는 모양이다. 그렇다고 개는 또 무슨 죄인가?

모기지옥에 들어왔다. 얼굴에 방충망을 했는데도 어디론가 집요하게 들어온다. 나는 출발 전에 삭발을 하고 왔다. 잘 씻지도 못하는 상황에서 머리카락은 번거로울 뿐이라는 것이 내 판단이다. 평소에도 가끔 삭발을 하지만 장거리 산행을 할 때 삭발은 매우 효과적이다. 우선 간편하고 일부러 머리 감는 번거로움도 없고 머리카락도 빠지지 않아 좋다.

이번에 걸을 때는 맨머리에 여름 챙 모자를 쓰고 그 위에 방충망을 했는데 챙 모자 양쪽 옆의 망사 사이로 모기가 집요하게 공격을 한다. 운행을 마무리하고 머리를 만져보면 모기에 물린 자국으로 울퉁불퉁한 것이 만져진다. 보통 캠프에 도착하면 모두 우비부터 꺼내서 입고 일을 시작한다. 모기가 우비는 뚫지 못했다. 그래서 아무리 더워도 그렇게 하는 수밖에 없다. 우비를 입지 않고 물을 길으러 갔다 오면 엉덩이가 순식간에 울퉁불퉁해진다.

걸을 때도 앞사람을 보면 수 천 마리의 모기가 함께 이동한다. 더러 옷에 달라붙기도 하지만 대부분은 그냥 분주하게 사람을 따라다니는 것 같다. 그들로서는 동물의 피를 맛볼 절호의 기회가 온 것인데 포기하기 어려운 유혹이 아니겠는가? 모기 때문에 쉬지도 못하고 뭔가를 먹어야 하는 잠시의 짬에도 불을 피우는 수밖에 없었다.

오리건 구간은 호수가 많다고 했는데, 실제로 호수가 많고 아름답다. 길은 환상적이지만 길을 감상하거나 여유를 부릴 짬을 주지 않는다. 모기 때문에 이 아름다운 길이 빨리 걸어야만 하는 길이 되는 것이 아쉽다.

나무 무덤을 자주 만난다. 산불이 모든 생명을 죽여 버려 타다만 나무만 빈 몸으로 서있거나 쓰러져 있고, 생명을 키우지 못하는 땅은 먼지만 바싹거린다. 뒷사람을 위해 조심해서 움직여도 소용이 없다. 먼지를 고스란히 마시고 뒤집어쓰며 걸을 수밖에 없다. 고역이다. 먼지로 얼굴이 서걱거린다.

이 길에서 처음으로 한국 사람을 만났다. 창원에 거주하는 정진성(31세)이라는 청년이다. 세계일주를 하다가 잠시 짬을 내서 섹션 하이커로 이 구간을 걷는 중이라고 한다. 하이킹은 두 발로 걸어야 하고 텐트에서 자야 해서 수고스럽지만 돈이 많이 들지 않는 장점이 있어 잠시 트레일에 들어왔다고 했다. 혼자 자유자재로 여행도 하고 하이킹도 하는 젊은이가 대견하고 부러웠다. 저녁에 캠프를 같이 하면 한식을 나눠먹을 수 있는데 그는 빨리 가야 한다며 우리의 권유를 뿌리쳤다. 대단하다. 집을 떠난 지 6개월이나 지났다고 하니, 그동안 한식은 고사하고 제대로 먹고 다니기는 했는지 모르겠는데 먹는 것의 유혹에 흔들리지 않았다. 미련 없이 배낭을 지려는 젊은이에게 고추장 한 튜브와 간식을 나눠준다. 우리 모두는 그를 보며 자기의 아이를 생각했을 것이고 모두 엄마의 마음이 되어 그를 응원했다.

캐빈Cabin을 빌려 하루를 실내에서 보내기로 했다. 자주 보지는 못했지만 작은 통나무집은 언제나 꿈꾸게 한다. 동화 속의 뭔가 있을 것 같은 꿈 말이다. 막상 들어가 보면 그냥 침대만 있는 경우도 있고 다락방이 있는 경우도 있지만 기분이 좋아진다는 점은 늘 같다. 주변에 야영장이 있지만 아마 비용을 지불해야 하는지 개와 함께 걷는 하이커가 캐빈의 바깥에서라도 잘 수 있는지 물었고 당연히 그러라고 한다. 개는 밤새도록 에어매트 위에서 뽀스락거린다. 하지만 특수 훈련을 받았는지

짖지는 않는다. 하긴 개 엄마의 직업이 개 조련사라고 했다. 개는 점잖고 늠름해 우리 일행에게도 예쁨을 받는다. 나만 무관심할 뿐이다.

이곳 캠프장은 장기 캠핑족이 많은지 캠핑카 밖에 정원을 꾸리는 사람도 있다. 처음 접하는 것이 많아 신기하다. 주로 정년퇴임 후 캠핑카로 전국을 돌며 여행하는 사람도 있고 이렇게 한 곳에 오랫동안 있기도 하는 모양이다.

아름답고 우뚝한 스리 시스터즈 피크Three Sisters Peak(세 자매봉)를 지난다. 화산석으로 이루어진 길이 끝없이 이어져 있다. 발이 불편한 친구들은 돌길에서 더 힘들어한다. 햇살이 강하지는 않지만 그늘 하나 없는 돌길은 사람을 지치게 한다. 드디어 돌고 돌던 돌사막이 끝나는 지점에 도로가 나 있다. 물을 구할 수 없는 우리는 고심하다가 일부는 물을 구하러 마을로 내려가기로 했다. 나머지는 조용한 곳을 찾아 텐트를 쳤다.

건이와 희재는 물을 구하러 히치하이킹을 해서 시스터즈Sisters라는 마을로 내려갔다. 남은 인원은 적당한 모래밭에 텐트를 치고 모닥불 피울 나무를 준비했다. 그리고 마을로 내려간 친구를 기다리다가 그들이 우리 캠프를 못 찾을 수 있다고 판단하고 두 명이 큰길에 나가서 기다리기로 했다. 한참 지난 후 미국 아저씨가 왔다. 트레일 엔젤이다. 건이가 보냈다며 건이의 쪽지를 들고 왔다. 우리를 픽업하러 올라온 것이다.

마을에서 우연히 만난 그분은 트레일에서 내려와서 하루라도 엔젤 집에서 자고 가라고 한 모양이고 그 말에 동의한 건이가 쪽지와 함께 그분을 우리에게 보낸 것이다. 우리는 다 쳐둔 텐트를 철수하고 짐을 꾸려서 그분 차를 타고 시스터즈로 내려갔다. 그분은 우리를 등산 장비점에 내려줬다. 장비점에서는 우리를 환영하며 웰컴 드링크로 생맥주 한 잔씩 돌리며 곧 엄청나게 큰 피자도 한 판 내왔다. 장비점 안에는 하이커를 위해서인지는 모르겠는데 생맥주 통과 기계가 갖춰져 있었다.

어리둥절했지만 갈증도 나고 배도 고픈 우리는 '마파람에게 눈 감추듯'이 피자를 먹어버리자 생맥주가 또 나오고 피자가 또 한 판 나왔다. 그리고는 너무 잘 먹는 우리를 구경했다. 말도 없이 먹기에만 열중하다 문득 건이와 희재 생각이 났다. 그들이 어디에 있는지 감감 무소식이다. 우리를 픽업한 분이 그들을 찾으러 갔지만 못 찾고 오기를 계속하자 슬슬 걱정이 되었다. 전화도 되지 않아 연락을 할 수 있는 방법이 없었다.

얼마나 시간이 흘렀을까? 드디어 그들이 나타났다. 고생한 흔적이 역력하다. 한 나절 만에 모두 모인 우리는 다시는 헤어지지 말자고 하며 또 다른 엔젤 집으로 향했다. 우리는 식구도 많고 말도 통하지 않아 집안에 다른 사람과 있는 것보다는 우리끼리 야영을 하는 게 더 좋겠다고 판단해서 엔젤 집 마당에 텐트를 쳤다. 그리고 그 집에서 제공하는 저녁을 먹고 거실에서 시간을 보내는데 우리와 자주 만났던 '투스브러시 toothbrush(칫솔)'라는 트레일 네임을 가진 친구가 피아노 앞에 앉아 근사하게 연주를 하기 시작했다. 그 모습은 참 신선하고 멋있었다. 빼빼 마르고 꼬질꼬질하던 그가 갑자기 달라 보인다. 우리 중 한 명은 그 모습에 반해 귀국하면 당장 피아노를 배우겠다고 했다.

넓은 거실에는 국립공원 사진과 PCT 사진들로 장식되어 있고 벽난로 위에는 청동 부처가 모셔져 있다. 자기는 동양사상에 관심이 많고 명상도 한다며 인도에 갔을 때 청동 부처를 사온 것이라고 했다. 내 생각으로는 청동 부처의 좌대가 없어 조금 아쉬웠다. 그래서 그 당시에는 집에 돌아가면 좌대 하나를 장만해 보내야겠다고 생각했는데 실제로는 그러지 못했다.

다음날 아침까지 대접을 받으며 이들의 보시문화를 부러워했다. 어쩌면 그럴 수 있는지, 어떻게 하면 그런 마음이 생기는지, 생전 처음 만나는 사람을 단지 PCT를 걷는다는 이유만으로 극진히 챙기는 저런 지극함이 어떻게 나오는지? 도저히 알 수 없다. 이럴 때 말이 통하지 않는 것이 가장 답답하다.

다음날은 하루 쉬기로 하고 어제 생맥주와 피자를 무한 제공한 장비점으로 가서 필요한 장비 몇 가지를 샀다. 미안한 마음도 없지 않아서다. 장비점 주인은 꼭 필요한 것이 아니면 사지 말고 하이커 박스에서 쓸만한 것을 골라가라고 한다. 이 사람들은 사람을 참 혼란스럽게 한다. 그동안 한 번도 경험하지 못한 일을 겪으며 우리가 대단한 일을 하는 것 같아 우쭐한 느낌도 들었다. 과연 이 길을 걷기만 하는 것이 그렇게 대단한가? 이들의 문화가 궁금하다.

이제 트레일로 가야 하는 시간이다. 우리가 떠나려고 하자 그렇게 잘 해주고도 부족했는지 더 줄 것이 없는지 살피며 한 사람씩 안아주면서 아쉽다며 눈물을 보인다. 남편분이 우리를 차로 태워주기까지 해서 고개까지 편하게 올라왔다. 우리가 다듬어놓은 캠프지로 돌아와서 다시 자리를 잡고 전날 해둔 나무로 모닥불을 피우고 여유를 부린다. 배부르고 등이 따듯하니 무엇이 부럽겠는가?

꽃길, 벼랑길, 눈길, 숲길, 먼지길을 두루 지난다. 오리건 구간은 호수가 많고 휴양지도 많다고 한다. 실제 우리도 자주 리조트에 들렀다. 맥주도 마시고, 하이커 박스도 열어보았다. 빅 레이크 유스 캠프Blg Lake Youth Camp는 기독교 단체에서 운영하는 것으로 보이는 캠프다. 여러 시설이 많고 보급품도 받아주는 곳인데 중요한 것은 사무실에 등록을 하면 PCT 하이커에게도 무료로 식사를 할 수 있게 해준다고 한다.

광장히 큰 식당에는 여름휴가를 온 가족도 있고 교회에서 단체로 수련회를 온 그룹도 있고, 우리처럼 PCT를 걷는 하이커도 있었다. 어디를 가나 PCT 하이커는 표가 날 수밖에 없는 것이 일단 모두 너무 꾀죄죄하고 남루하다. 음식은 엄청 많이, 엄청 빨리 먹는다. 우리는 그릇에 한가득 음식을 받았는데 순식간에 그릇을 비워버렸다. 너나없이 누구나 그렇다. 너무 빨리 먹어버린 것이 민망해서 다른 사람을 힐끗거렸다.

대부분의 사람들은 어찌 그리도 우아하게 천천히 먹는지, 하이커들 그릇만 깨끗이 비워진 채 서로를 멀뚱히 쳐다보고 있는 것이다. 우리만 그런 것이 아니고 다른 하이커도 우리와 같다는 동질감에 안도했다고 하면 너무 슬픈가? 그러고도 나와 군것질을 한다. 배고픈 탓에 세속에 갔을 때 이것저것 사왔는데, 보급품도 찾았고 저녁도 공짜로 먹었기에 음식은 남아돌 정도로 많았다.

한적한 호숫가로 찾아가서 텐트를 치고 물놀이와 불놀이를 했다. 이곳 하이커 박스에도 내용물이 넘쳐난다. 하이커 모두 저녁을 그냥 먹은 데다가 대부분은 보급품을 찾았기 때문에 여유가 많은 것이다. 우리도 제법 많은 보급품을 이곳 하이커 박스에 남기고 떠난다.

리조트를 만나면 먹을 것이 있는 것도 좋지만 리조트 주변에는 모기가 없어 더 좋다. 방역을 잘해서 일 텐데, 매일매일 모기지옥에서 견디다가 모기가 없는 세상으로 나오니 완전히 다른 세상이다. 아마 앞으로도 '오리건' 하면 모기부터 떠오를지 모르겠다. PCT에서의 일들은 대부분 첫 경험이겠으나, 세상에 이렇게 모기가 많다는 것도 처음 알게 되었다.

모기 이외에 많은 것은 수많은 아름드리 나무지만 블루베리도 엄청 많다. 처음 블루베리를 발견했을 때는 열매를 따서 모은 후에 먹었지만 나중에는 열매가 엄청 많아 그냥 각자 따 먹으며 다녔다. 어떤 때는 손도 대지 않고 입을 그냥 나무에 대고 따 먹기도 했다. 모두 입과 손이 보라색으로 물들었다.

길은 비슷한 것 같지만 매일 다른 길이다. 무슨 길이든 한번 시작했다 하면 끝없이 펼쳐진다. 미국의 땅 덩어리가 넓어서일 것이다. 좁은 한반도의 산을 보던 시각으로는 도대체 감을 잡을 수가 없다. 그래서 하늘도 보이지 않는 숲에서는 답답함을 느낀다.

축구장이 몇 개 모여 있을 정도 크기의 평원에 꽃들이 널려 있고 틈틈이 민들레가 있어 저녁에 밥을 비벼먹을 요량으로 민들레 잎을 따 모으기도 했다. 물론, 저녁에 맛있는 민들레 비빔밥을 먹었다. 별미이기는 한데 한국 사람임을 너무 티 내는 것 같아 한 번으로 끝냈다.

마운트 후드Mt. Hood로 들어선다. 꽃길을 지나고 평화로운 숲의 오름막길을 걷고 이제는 모래길이다. 한낮 내리쬐는 태양을 고스란히 머리로 받으며 발이 푹푹 빠지는 메마른 모래길은 사람을 지치게 했다. 그늘도 없는 가파른 오르막길에 더위와 숨가쁨으로 고전한다.

저 위 흰 눈을 품은 후드가 약을 올리는 것 같다. 한 발자국을 옮기면 온전히 한 발자국 내 디뎌지는 것이 아니라 모래에 빠지며 조금씩 미끄러지기까지 해서 거리가 줄어들지 않는 느낌이다. 결국 땀과 먼지로 범벅이 되고야 고갯마루에 오를 수 있었다. 힘겹게 올라간 우리와는 달리 스키를 즐기는 사람들은 편안하게 차를 타고 올라와서 시원한 눈 위에서 속도를 즐기다 내려갈 것이다. 그들의 차림과 행동은 우리와는 딴 세상 사람처럼 전혀 다르다. 화려하고 경쾌하고 세련되어 보인다.

먼저 유명하다는 팀버라인 롯지Timberaine Lodge에 들어간 우리는 테이블에 앉아 남들이 먹고 있는 모든 음식, 빵, 수프, 샐러드를 시키고 맥주도 주문했다, 음식값이 비싸기로 유명한 곳인데도 일단 먹고 보는 것이다. 여러 명인 우리는 먹는 것도 어마어마했다.

배가 부르자 주변이 보인다. 이곳저곳 구경하며 로비에서 망중한을 하다가 물을 떠서 캠프지로 올라온다. 산과 별장 중간 길 옆에 텐트를 치고 확 트인 아래 세상을 내려다보다가 우리의 특식을 생각해 냈다. 비빔국수가 있는 것이다. 그만큼 먹고도 어디 더 들어갈 곳이 있다고 우리는 양은냄비에 국수를 삶는다. 모두 군침을 삼키며 비빔국수를 기다린다.

창원 청년 정진성도 여기서 다시 만나 함께 국수를 먹기로 했다. 국수가 삶아지고, 헹궈지고, 비벼지고 각자 그릇에 담긴다. 아까 레스토랑에서 먹은 것은 이미 소화가 되어 버렸을까? 우리는 처음 만난 음식처럼 맛나게 먹는다. 모두에게 나누고 조금 남은 국수를 어린 친구, 창원 청년의 그릇에 부었다. 그는 우리처럼 레스토랑 음식도 못 먹은 것으로 알고 있어 마음이 쓰였기 때문이다. 또 우리는 먹을 만큼 먹었다는 생각으로 그렇게 했는데 우리 중 누군가가 불만스런 우스개 소리로 "언니는 남자만 좋아해"라고 해서 모두 사레에 들릴 것처럼 웃었다.

먹고 먹고 또 먹은 하루다. 먹는 것을 좋아하지만 내가 이렇게 식탐이 있는지 몰랐다. 우리가 걸신이 들린 것이 아닐까 할 정도인데, 아침에 일어나 다시 별장으로 내려가서 빵과 이것 저것을 챙겨서 왕창 먹고 다시 출발했다.

반팔 옷을 입은 스키어들의 모습을 보며 나의 고정관념을 부순다. 겨울에는 완전무장을 해야만 스키를 탈 수 있는 줄 알았는데, 이곳은 가벼운 옷으로 가볍게 스키만 있으면 되는 곳이다. 후드로 향해 급경사를 오르다가 길은 살짝 서북쪽으로 틀며 울창한 숲이 곧바로 이어진다.

너무 많이 먹어서일 것이다. 속이 좋지 않다. 미련한 중생은 어쩌면 그리도 먹을 것을 통제하지 못하고 말았을까?

후드로 올라간 만큼 또 내려가야 하는 길이다. 사면을 가로지르며 길이 이어진다. 어느 순간 길은 바닥을 쳤고 이제 계곡이다. 후드에서 내려오는 빙하로 물이 많이 불었다고 한다. 우리는 이리저리 물길을 피하다가 아주 왜소한 외나무다리처럼 강을 가로지른 나무가 하나 놓여 있어 위태롭게 건넜다. 처음이다. 물은 짙은 석회빛이고 물길은 세차다.

바닥을 친 길은 다시 오르막으로 연결된다. 오르고 오르다가 날이 저물어서 도착한 좁은 캠프장에는 텐트를 칠 곳이 없다. 이미 도착한 팀이 텐트를 모두 쳐버려서 더는 텐트를 칠 곳이 없다. 그냥 길에 텐트를 칠 수밖에 없었다. 간밤에 누가 지나가지만 않는다면 내일 일찍 철수하면 될 것이다. 이렇게 어설픈 캠프는 처음이다. 그래도 도착해서 할 것들을 다 마무리하고 조용히 잠든다.

이제 우리 이번 일정도 마무리를 해야 할 시간이 왔다. 길다면 길 수도 있겠으나 너무나 순식간에 지나가버린 것 같아 아쉽다.

원래 PCT는 이글 크리크Eagle Creek를 지나야 했으나 산불로그 길이 폐쇄되었다고 한다. PCT의 유명한 곳 중 한 곳을 못가게 된 것이다. 터널 폴스Tunnel Falls는 오리건 구간에서 첫 손가락 안에 들어가는 유명한 지역이다. 신기하고 경이로운 자연에 다시 한번 감동하는 곳이라는데, 우리는 인연이 아닌가보다. 그래서 다른 길로 가는데, 이 길이 장난이 아니다. 내리막이 심한데 PCT 전 구간 중 내리막이 이렇게 적나라한 곳은처음이고 실제로 이곳 말고는 길이 없다고 한다. 발이 아픈 아이들의 고통은 말이 아닐 것이다. 지금까지 잘 참으며 왔는데마지막에 아예 보란 듯이 고통을 가중시킨다. 마지막까지 진짜 쉬운 길이 없다. 모든 길이 어렵고 각각의 특색이 있다.

우리는 이제 말이 없다. 곧 길이 끝나는데도 희망을 얘기할기분이 아니다. 나는 괜히 아이들에게 미안했다. 내 발이 멀쩡

해서다. 꼭 발이 멀쩡한 내가 이 길을 내기라도 한 것처럼 또는 내가 산불을 내서 이 길로 돌아오게 한 것처럼 느꼈기 때문이다. 이 세상에 영원한 것이 없다는 것은 얼마나 다행한 진리인가? 불편하고 불안한 내리막은 끝이 나고 이제 찻길과 수평으로 된 길이 이어진다.

이길 어딘가에 우리의 이번 목적지인 캐스케이드 록스Cascade Rocks의 '신들의 다리The Bridge of the Gods'가 나타날 것이다. 우리는 각자 최선을 다해 걸었고 최고 속도로 걸었다. 그리고 길 끝에 도로가 나타났다. 도로가 나타나고, 여러 갈래 길이 나타나고, 차들이 마구 달리는 길이 나타나고, 그리고 사람이 사는 마을이 나타났다. 우리는 도착한 것이다. 모두 완전히 지쳤다. 그럼에도 각자의 역할에 따라 움직인다.

도로 사이로 소나무 숲이 있다. 우리가 신을 벗고 다리를 뻗고 쉬고 있을 때 건이는 우리를 위해 백방으로 뛴다. 우리에게 당장 필요한 것이 갈증을 해소해 줄 맥주라는 것을 알고 있기에 우리에게 빨리 시원한 맥주를 마시게 해주려는 것이다. 갈증이 난 우리에게는 한참된 시간이 흐르고 비로소 시원한 맥주를 마실 수 있었다. 상점이 멀리 있어 늦었다며 미안해하는 건이와 현우는 안중에도 없고 맥주만 고마울 뿐이다.

우리는 걸었고 우리가 목표한 곳에 도착했다. 캐스케이드 록스에 도착한 것이다. 모두 신발과 양말을 벗고 자신의 발과 친구의 발을 본다. 눈물이 그렁그렁 맺힌다. 이 발로 우리는 그 먼 길을 걷고 걸어서 여기에 도착한 것이다. 모두 무덤덤한 듯 보이지만 마음속에서는 해냈다는 소용돌이가 치고 있을 것이다. 그랬다. 우리 예비군 산악인 아줌마들이 PCT의 한 구간인 오리건을 거뜬히 걸었다. 많이 힘들기도 했지만 더 많이 행복했다. 이제 우리는 앞으로 어떤 길도 갈 수 있을 것이다. 그 성취감은 참으로 대단했다.

그동안 얼마나 고생했는지가 발에 모두 나타났다. 새까만 때는 당연한 것이고 성한 곳이 없는 발들이다. 고맙다고, 고생했다고, 발을 쓰다듬어 준다.

캐스케이드 록스는 컬럼비아 리버Columbia River에 자리하고 있다. 이제 컬럼비아 리버를 가로지르는 '신들의 다리'를 만나면 오리건 주는 끝나고 워싱턴 주로 접어든다. '신들의 다리'라는 이름은 약 300여 년 전 산사태로 컬럼비아 리버를 덮치며 만들어졌던 천연 다리를 그 지역의 원주민들이 '신들의 다리'라고 불렀다고 하는 데서 유래한다. 이제는 인간이 만든 다리가 그 이름을 이어받아 약 560미터에 달하는 길이로 컬럼비아 리버를 넘어 오리건 주와 워싱턴 주 그리고 캐스케이드 록스와 스티븐슨Stephenson 마을을 연결하고 있다. 캐스캐이드 록스는 해발 고도 43미터로 PCT에서 가장 낮은 고도로 알려져 있다. 토룡*인 것이다.

신들의 다리를 찍고 마시는 맥주 맛은 세상에서 가장 황홀하다. 모두 홀가분하게 그리고 약간 서운해하며 내년을 기약한다. 우리 모두 수고했다. 이 길을 걸은 날들이 아마 생애 가장 멋진 날이 아니었을까 생각한다. 적지 않은 인원이 적지 않은 날을 함께 먹고, 함께 자고 그리고 함께 걸었다. 우리의 팀워크는 완벽했다. 즐겁고 행복한 시간이었다. 고맙고 감사한 인연이다.

우리는 모두 까맣게 그을리고 머리카락은 산발이지만 다소 체중이 빠져서 예뻐졌다고 서로를 추켜세우면서 앞으로 그 체중을 유지할 거라는 이루지 못할 다짐을 하며 본격적으로 먹을 준비에 들어간다. 트레일이 너무 빨리 끝난 것 같아 서운했지만 내일 걷지 않아도 된다는 해방감은 대단했다. 한껏 기분이 고조된 우리는 밤에 신들의 다리를 건넜다 오기도 했

---

* 빈모강의 환형동물을 통틀어 이르는 말이다. 몸의 길이는 작은 종류가 2-3밀리미터, 큰 종류는 2미터 정도이고 긴 원통형으로 가늘며, 많은 마디로 이루어져 있다. 암수 한몸으로 재생력이 강하고 흙 속이나 부식토에서 산다. - 네이버 지식 사전

다. 누구에게라도 자랑하고 싶고 뽐내고 싶은 마음인 것이다.
2018년 초여름은 PCT와 함께 지나가버렸다. 모두에게 특히
함께 걸은 동지들에게 감사하는 마음이 가득하다.

2018년 오리건

시작, 언니, 만남

우리가 PCT의 첫 단추를 오리건 주 구간부터 풀게 되었을 때는 코로나19도 없었고 우리는 한 살이라도 더 젊었다. PCT 라는 이야기가 처음 나왔을 때 사실 우리가 잘할 수 있을지에 대한 의문이 더 앞섰다. 다들 나름 산행을 꾸준히 했다고 하지만 짐을 메고 오랫동안 걷는 일은 모두에게 너무 오랜만일 테니 말이다. 그래도 부담 없이 그냥 친한 산 친구끼리 모여 놀러가는 기분으로 일단 시작은 해보는 게 어떻겠냐는 이야기가 오가고 있었다.

그때쯤 희재 언니를 통해 난희 언니가 함께하고 싶어 한다는 마음을 전해 들었다. 불현듯 난희 언니 소식에 반가움이 먼저 앞섰지만 선뜻 함께 가자고 대답을 주지 못했다. 내가 처음 산을 배우기 시작했을 때부터 언니는 내게 레전드와 같은 사람이었다. '여성 에베레스트 원정'이라는 목표로 난희 언니가 주도한 모임에 내가 합류했을 때도 언니는 우리 모임의 큰 언니였고 나는 막내였다.

걷다가 너무 힘들면 부담 없이 그냥 내려오자던 우리의 마음이 왠지 무거워졌다. 만약, 난희 언니와 함께 가게 된다면 힘들다고 내려오는 게 아니라 힘들어도 끝까지 가야 될 것 같았다. 왜냐하면 대장님이 지켜보고 있으니 말이다.

어떠한 결정도 내리지 못한 채, 그해 나는 한국을 방문했고 난희 언니와 만나기 위해 지리산으로 떠났다. 지리산 피아골 입구에서 난희 언니는 환한 웃음으로 우리를 맞아 주었고 곧바로 산에 올랐다. 처음의 어색함은 피아골을 오르면서 천천히 산속으로 묻혔다.

세월이 흘렀어도 우리가 산을 사랑하고 그리워했던 마음만은 우리의 젊은 시절, 그때와 전혀 변하지 않음을 알았다. 그렇게 지리산 산행은 언니의 지리산 집으로까지 이어졌다. 그리고 행복했던 시절, 때론 너무 아팠던 시절이 떠올랐다. 울음으로 가득 찬 밤을 지새웠다.

지리산에서의 만남을 통해 어떻게든 만날 사람은 다시 만나게 된다는 인연의 소중함을 느꼈다. 그리고 아직도 넘치는 에너지와 좋은 분위기 속에서 우리가 뭔가를 할 수 있다는 힘도 느낄 수 있었다. 이제 추억하는 산보다는 좋은 길을 함께 걸으면서 새로운 추억을 만들어 가고 싶었다. 그리하여 동기 승주, 현우, 정순, 희재 언니, 난희 언니와 함께 오리건 주 PCT에 이르게 되었다.

오리건으로

이제 우리는 총 733킬로미터의 오리건 주 PCT를 떠난다. 넓고 부드러운 계곡과 경사가 급하지 않은 완만한 활화산들로 연결된 오리건 구간은 캘리포니아 주나 워싱턴 주에 비해 산행 난이도가 더 수월하기로 알려져 있다. 트레일이 마을이나 큰 도로를 직접 지나지는 않는 대신 구간마다 리조트나 삭은 별장에서 소포를 받아 주고 부족한 식량이나 연료를 보충할 수 있다.

총 여섯 개의 식량박스를 포장해 PCT 구간 내, 지정된 장소로 보낸 후 시애틀 시내에서 장비 쇼핑도 하면서 산행 준비를 했다.

마침내 8인용 밴을 빌려 우리 여섯 명이 오리건의 끝자락 애쉬랜드Ashland로 향했다. 여덟 시간 동안 운전해야 하는 무시 못할 거리였지만 차 안에서는 지루함이란 없었다. 내일 고생은 내일이고, 일단 만나 뭔가 한다는 자체가 우리를 신나고 행복하게 했다.

칼라한스 마운틴 롯지Callahan's Mountain Lodge에 도착했을 땐 이미 늦은 오후가 다 되었다. 산에 있는 별장답게 제법 운치가 있는 칼라한스 마운틴 롯지는 I-5 고속도로가 지나가는 시스큐유 패스Siskiyou Pass의 PCT 길목에 자리잡고 있다.

체크인을 한 후 나는 승주와 함께 애쉬랜드 공항으로 가서 렌터카를 반납하고 우리를 다시 롯지까지 데려다주기로 한 트레일 엔젤 캐린을 만났다. 오리건 트레일 엔젤 웹 사이트에서 알게 된 캐린은 50대로, 애쉬랜드에 살며 이곳을 통과하는 하이커들에게 필요한 여러 도움을 주는 자원봉사자다. 칼라한스로 다시 돌아오는 길에 캐린은 자신도 몇 년 전에 PCT를 끝냈다며 진심으로 우리의 건투를 빌어주었다.

칼라한스 마운틴 롯지에서 피시 레이크 리조트까지

다음 날 PCT로 들어가는 트레일 입구에서 기념 사진을 찍고 바로 대망의 PCT 첫 번째 구간을 시작하게 되었다. 비가 오지는 않았지만 구름이 많이 낀 날씨여서 걷기에는 좋은 날이었다. 산행 준비로 와자지껄했던 이른 아침 칼라한스에서와는 사뭇 다르게 PCT로 들어서니 모두가 아무 말이 없다. 우리의 발자국 소리만 유난히 더 크게 들렸다.

소다 마운틴 윌더니스Soda Mountain Wilderness로 들어선다. 특별하게 두드러진 지형의 변화 없이 향나무, 전나무, 넓은 잎의 상록수 마드론Madrone이 가득 찬 잔잔한 숲길을 묵묵히 걸으며 파일럿 록Pilot Rock을 향한다. 파일럿 록에 가까이 왔을 때쯤 길이 붉은빛을 띠어 주위의 초록빛 신 진경과 내조를 이루며 멋진 풍경을 자아냈다.

한참을 걸어서 파일럿 리지Pilot Ridge에 이르렀을 때 뒤돌아보니 저 멀리 샤스터 마운틴Shasta Mountain과 I-5 고속도로가 내려다 보인다. 그곳에서 쉬며 경치를 즐겼다. 그렇게 완만한 길을 한참 동안 부담 없이 걷나 보니 어느덧 파일럿 록은 저만치 뒤로 가 있다. 우리가 걷는 만큼 산이 움직여 걷는 속도감을 느낄 수 있었다.

소다 마운틴 주위로 멋진 초원을 지나 오늘의 야영지인 허바트 블러프Hobart Bluff에 도착할 때쯤 비가 내리기 시작했다. 이곳 산속에는 집 몇 채가 드문드문 있었는데, 그 주위에서 물

찾기가 좀 애매한 상태였다. 마침 지나가는 아주머니가 자신의 집에서 물을 길어 가라는 친절을 베풀었다. 물을 받아와 저녁을 준비할 때쯤 비는 멈추었다. 오늘 첫날, 첫 야영지까지 20킬로미터를 걸었다. 그렇게 길지 않은 거리였지만 아직은 모든 게 낯설고 방향감이 없다.

다음날은 허바트 블러프를 떠나 리틀 하얏트 레저보이어 Little Hyatt Reservoir로 향하는 길이다. 그린 스프링스 마운틴Green Springs Mountain 지역을 지나니 우리는 어느덧 깊은 숲속 한가운데 있었다. 트레일은 높낮이가 완만해 걷기에 편했지만 무성한 나무로 덮여 하늘이 가려진 숲길은 걸어도 걸어도 끝이 없는 것 같았다.

PCT 오리건 구간은 그린 터널The Green Tunnel이라는 별명이 있을 만큼 숲이 많다. 실제 오리건 주 전체가 60% 이상 숲으로 덮여 있어 오리건 주 자동차 등록판에는 주를 대표하는 상징으로 상록수가 그려질 정도다. 이런 것만 봐도 이렇게 끝이 없을 것 같은 숲을 걷는다는 것이 이상할 게 없다.

산행은 주로 동기 승주가 맨 앞에서 인도했다. 우리는 승주를 우리의 '브레인'이라 불렀는데, 말 그대로 우리 중에 가장

지적이고 똑똑해서 붙여준 별명이다. 승주와는 1993년도 여성 에베레스트 등반에서 처음으로 인연을 맺었다. 상냥하고 성격이 좋은 것은 물론 항상 논리가 체계적이다. 특히 지도를 보거나 상황 판단 능력이 뛰어났다. 그래서 승주와 동행하는 산행은 늘 든든했고 승주에게 의지를 많이 하게 된다.

리틀 하얏트 레저보이어를 지나 그리즐리 크리크Grizzly Creek에 이르러 작은 인공 송수로 옆의 아담한 캠프지에 둘째 날 캠프를 쳤다. 어제보다는 산으로 더 깊이 들어온 느낌이 들었다. 제법 분위기도 좋아 주위 나무를 모아 작은 캠프파이어를 만들었다. 따스한 캠프파이어에 비친 얼굴들은 피곤해 보였지만 여전히 업된 바이브로 텐트 주위에는 웃음이 끊어지지 않았다.

산행 3일째부터 우리의 발가락들이 하나둘씩 고장나기 시작했다. 우리는 계획대로 꾸준히 걸었지만 하나둘씩 생기는 물집으로 당연히 걷는 속도는 더디다. 한걸음 한걸음이 고통스럽기 시작했다. 첫 일주일이 제일 힘들 거라고 예상은 했지만 발가락 물집으로 여기저기 고통을 호소하는 대원이 많았다. 가지고 온 진통제는 '단방약' 역할 밖에 못했다. 나 역시 새끼발가락에 큰 물집이 생겨 터뜨리자니 더 성이 날 것 같아 그 대로 두었는데 여간 성가신 게 아니었다.

　오늘은 첫 식량을 찾는 날이지만 이 속도라면 피시 레이크 리조트Fish Lake Resort의 마감시간을 맞추지 못할 것 같았다. 그 래서 난희 언니, 현우와 내가 선발대로 먼저 가서 짐을 찾기로 하고 엑스트라 지도 앱을 가지고 있는 승주가 발 부상이 심한 희재 언니, 정순이와 함께 하기로 했다.

　선발대 세 명이 피시 레이크로 향하는 길은 오리건의 캐스 케이드 볼케이노Cascade Volcano 중 하나인 브라운 마운틴Brown Mountain으로 향한다. 브라운 마운틴을 가로지르는 트레일 전체 가 작고 붉은빛 신더Cinder 화산 돌로 덮여 있다. 이색적인 풍 경은 멋지지만 한발 한발 걸을 때마다 무릎과 발바닥에 무리 를 주었다. 그냥 걷는 것만이 거리를 줄이고 이 불편한 고통에 서 벗어나는 방법이라 생각하고 현우와 나는 열심히 난희 언 니 뒤를 따라갔다. 혹시 늦어지면 식량박스를 못 찾을 수 있다 는 걱정을 떨칠 수가 없었다.

　PCT 산행 날짜가 긴 만큼 식량박스 개수도 많고 보낼 데도 다양하다. 특히 우체국으로 보낸 짐을 받을 때는 주말을 피해 받아야 하고 상점이나 리조트로 보낸 짐들은 운영 마감시간을 잘 지켜야 한다.

그렇게 산 모퉁이를 돌면 거의 쌍둥이 수준의 커브가 또 나타나서 지나치기를 수십 번 반복하면서 걸었다. 출발 전 아득히 보였던 마운트 매클로플린Mt. Mcloughlin이 어느덧 코앞으로 다가왔을 때는 정말 반가웠다. 드디어 피시 레이크 리조트로 가는 140번 도로를 만났다.

난희 언니가 도로 안쪽 계곡에서 텐트를 치는 동안 가까운 거리지만 현우와 나는 히치하이킹으로 피시 레이크 리조트까지 내려갔다. 열심히 뛴 덕분에 우리의 식량박스를 늦지 않고 제시간에 찾았다. 리조트 안에 있는 레스토랑에서 햄버거도 주문하고 나서야 리조트 앞 벤치에 앉아 한숨을 돌릴 수 있었다.

벤치 옆 나무숲 사이로 반짝이는 피시 레이크의 물빛이 스며 나왔다. "물고기가 많아 Fish Lake인가?" 현우가 묻는다.

출발 전 한국에서 짧은 쇼트커드를 해서 동그란 눈이 더 돋보이는 현우는 다재다능한 친구다. 사이클링, 낚시, 스쿠버 다이빙 등 못하는 게 없는 만능선수다. 희귀한 장비를 많이 가지고 있을 뿐만 아니라 평소 장비를 잘 알고 아껴 현우와 동행하는 산행에서는 장비 다루는 법을 많이 배운다.

사실 그가 이렇게 PCT를 함께 하기까지 단번에 결정을 하지 못했다. 어떤 이유에서든 한 달 동안 훌쩍 떠나온다는 것은 누구에게든 쉬운 일이 아니다. 나는 이렇게 현우와 PCT를 함께 해서 기뻤고 낚시를 좋아하는 현우가 피시 레이크를 이렇게 잠깐동안만 들렀다 가게 되어 아쉬움이 있었다.

우리가 식량박스에 먹을 것과 마실 것도 함께 챙겨 올라오니 난희 언니가 텐트를 쳐놓고 우리를 반갑게 맞아 주었다. 그리고 맥주 몇 캔을 챙겨 트레일로 다시 돌아가 조금 걷다 보니 희재 언니, 정순, 승주, 세 명이 궁시렁거리는 소리가 가까이 들려왔다. 이 팍팍한 돌길에서 그들의 발바닥이 그만 가라고 비명을 지르고 있을 때 우리를 만났으니 잠깐 헤어졌을 뿐인데도 기뻐하는 얼굴이 역력했다. 안쓰러운 마음에 시원한 맥주를 내미는 순간 발바닥과 무릎의 고통이 모두 사라진 듯 행복해 보였다. 단순한 사람들이다.

피시 레이크에서 크레이터 레이크까지

프리몬트 위네마 내셔널 포레스트Fremont-Winema National Forest 와 스카이 레이크 윌더니스Sky Lake Wilderness 경계선 사이로 이어지는 길을 걷는 중 2014년에 발생한 'The 790 Fire' 지역을 만났다. 불과 작년까지만 해도 트레일을 폐쇄해 많은 하이커가 우회를 했던 곳이다. 산불로 타버린 지역은 뾰족하게 솟은 생명력 없는 차코 빛으로 숯덩이가 된 나무들로 펼쳐져 있었다.

"아이쿠야, 이걸 어쩌누" 하며 안쓰러워하는 난희 언니의 목소리가 뒤에서 들렸다. 나무로 무성했을 숲이 이제는 앙상한 나무 위로 하늘을 드러내고 있을 뿐이었다. 나무, 풀뿐만 아니라 여기가 안식처였을 사슴과 다람쥐, 심지어 작은 곤충까지 그들의 집을 잃어버린 것이다.

그 후로도 크고 작은 산불 지역을 더 많이 만났다. 망가진 숲속 앙상한 나무 아래로 작은 숲 풀이나 이런 나무가 자라고 그 사이사이에 노란 꽃들을 보았을 때는 다시 숲이 찾아오리라는 기대감도 가졌다.

데블스 피크Devil's Peak의 길고 긴 오르막에 올라서 왔던 길을 돌아보니 멀리 마운트 매클로플린과 더 멀어진 마운트 샤스타Mt.Shasta까지 펼쳐져 보인다. 땀으로 찬 등은 산바람에 금세 시원해졌다.

푸르고 아름다운 크레이터 레이크Crater Lake로 유명한 마자마 빌리지Mazama Village에 도착했을 때 우리는 벌써 200킬로미터 가까이를 걸었다. 집에서 출발한 지는 벌써 일주일이 되었다. 아직도 물집으로 고생하지만 어느 정도 산행 노하우가 쌓이기 시작했다.

이곳에서 짐을 다시 정리하기로 했다. 일단 배낭 무게를 최소화해 좀 더 가볍게 걷고, 발바닥에 무리를 줄인다. 룰은 이렇다. 일단 겹치는 아이템 제외, 있으면 좋지만 없어도 되는 것 제외, 없더라도 다른 걸로 대체 가능한 것도 제외, 다른 사람과 겹쳐 빌려 줄 수 있는 것 제외 등이다. 제외된 물품을 모아 보니 비어있던 박스가 어느새 가득 찼다. 이곳 리조트 안 규모가 제법 있는 기념품 상점에서 산뜻한 기능성 옷과 여분의 모기약도 더 구매했다.

다음날 새 옷도 입고 개인 짐도 줄일 만큼 줄여 아름다운 크레이터 레이크를 향해 가는 발길은 소풍을 가는 것처럼 들떠 있었다. 원래 PCT 코스에는 크레이터 레이크가 직접 연결되지는 않지만 대부분의 PCT 하이커가 그러는 것처럼 우리도 오리건의 상징이라고 하는 아름답고 수심 깊은 크레이터 레이크를 그냥 지나칠 수가 없었다. 림 트레일 얼터네이트Rim Trail Alternate의 길은 림 빌리지Rim Village에서 출발하여 호수의 서쪽 가장자리까지 약 16킬로미터로, 코발트 빛 호수를 바로 내려다보고 걷는 길이다.

약 7700년 전 마자마 마운틴Mazama Mountain이라는 거대한 화산이 폭발하면서 산봉우리가 날아가고 거대하게 파여 칼데라가 형성되었다고 한다. 칼데라는 화구(火口)의 일종으로 화산체가 형성된 후 대폭발이나 산 정상의 함몰에 의해 2차적으로 형성된 분지를 말한다. 칼데라의 어원에서 말하듯이 산의 정상 부분이 솥이나 냄비 형태처럼 보여 나온 말 같다. 우리에게 친숙한 칼데라로는 백두산의 천지가 있다.

냄비라는 말이 나와 하는 말인데, 우리에게는 실제 냄비가 있었다. 한국에서 소위 라면 냄비라 하는 얇은 중자 양은냄비(일명 노랑냄비)를 하나 사 왔다. 처음 이 냄비를 보면서 좀 황당하기도 하고 우리가 너무 아주머니 스타일로 가는 것 같아 '이건 아니지'라고 생각했다. 하지만 나중에 너무나도 유용하게 쓰게 되면서 오히려 그것을 가져올 생각을 한 이들에게 감탄을 보내지 않을 수 없었다.

크레이터 레이크를 지나 마운트 틸슨 윌더니스Mount Thielsen Wilderness로 넘어가기까지는 물이 귀한 지역이다. 구즈 캠프 Goose Camp에서 야영을 할 때 눈을 녹여서 식수로 만들었는데, 그때 우리의 양은냄비는 기념비적인 역할을 했다. 필터를 이용해 눈을 정수하여 식수로 사용했는데, 눈도 금방 녹였고, 막 써도 상관이 없으니 모닥불 어디에든 올려놓을 수 있었다. 그 덕에 연료도 아끼고 물도 부족함 없이 사용할 수 있었다.

PCT 하이커 '단'과 '에밀리'

PCT를 하다 보면 정말 체력이 안 되어 그렇든, 다른 이유가 있든, 확연하게 속도 차이가 나지 않는다면 한 번 만난 하이커들은 다음에 어디서든 다시 만나기 마련이다.

단Dawn이라는, 이곳 오리건 출신의 40대 여성을 만나게 되었다. 단은 에밀리라는 반려견인 오스트리언 셰퍼트와 같이 걸었다. 에밀리는 정말 잘 훈련되었고 영특한 데다 사람들에게 너무 다정해 다른 하이커에게 단연 인기가 최고였다.

단은 예전부터 PCT를 하고 싶어하다 마침내 기회를 마련했고, 멕시코에서부터가 아닌 우리처럼 섹션을 나누어 몇 년에 걸쳐서 PCT를 하기로 하고, 오리건을 시작으로 걷고 있었다.

윈디고 패스Windigo Pass를 지나 서밋 레이크Sumit Lake를 향하던 중 개와 함께 걷는 단과 숫자가 많은 우리 팀은 PCT에서 눈에 띄어 서로 관심을 보이며 우리와 앞서거니 뒤서거니 동행했다.

쉘터 코브 리조트

다음 식량이 있는 쉘터 코브 리조트Shelter Cove Resort는 월

라멧 패스Willamette Pass에서 2킬로미터 정도 빠져나가는 도로로 이어진다. 오델 레이크Odell Lake에 근접해 있는 리조트는 가족들의 휴양처로 인기가 많다. 우리가 도착했을 때도 이미 많은 가족이 군데군데 텐트나 RV를 세워놓고 평화로운 시간을 보내고 있었다. 이 리조트는 PCT가 가까이 지나가기 때문에 PCT 하이커를 위해 우편물 등을 받아준다. 특별히 PCT 하이커를 위해 별도로 캠핑장과 장소를 마련해서 화장실, 식수, 배터리를 충전할 수 있는 편의를 제공했다.

〈PCT 가이드북〉에서는 이런 곳을 'PCT 프랜들리'라고 칭한다. 대부분의 PCT를 접하는 리조트들은 이렇게 PCT에 관대한 편이다. 많은 사람이 이곳을 찾아왔지만 특히 우리처럼 두 발로 걸어온 하이커들에게 애절함이 깃든 친절함이 있다. 마치 도전이나 모험 자체에 대한 존경처럼 여겨지기도 한다.

화장실 근처에서 어느 PCT 하이커들이 불을 지피려고 하는데 불이 영 붙으려 하지 않자 정순이가 약간 거들어 주었더니 금방 불길이 일어났다. 모두들 환호성과 엄지손가락을 치켜세우며 "파이어!"라고 한다. 정순이가 그들 텐트를 지날 때마다 그 하이커들이 "하이, 파이어!"라고 하면서 손을 흔들며 인사를 했다. 그 후로 정순이의 트레일 네임은 '파이어'가 되었다.

다음날 아침, 아내를 지원하기 위해 키가 훤칠하게 큰 단의 남편이 왔다. 그는 머리가 닿을 만큼 작은 소형차에 우리를 배낭과 함께 구겨 실었다. 그리고 두 번을 왔다 갔다 해서 윌라멧 패스 트레일 입구까지 데려다주었다. 단은 남편과 함께 리조트에서 하루를 더 쉬기로 해서 우리는 거기서 이 커플과 헤어졌다.

윌라멧 패스에서 맥캔지 패스까지

윌라멧 패스에서부터 그날 30킬로미터를 걸어 한적하기 그지없는 그림 같은 호수, 찰톤 레이크Charlton Lake에 도착하여 짐을 풀었다. 호수는 저물어 가는 해로 붉은 노을빛으로 반짝이고 저녁 햇살에 주변의 울창한 소나무가 그림자를 호수에 비추었다. 이런 전경이 바로 정면으로 보이는 잘 다듬어진 넓은 터는 텐트를 치기에 최고의 명당이었다. 정말 완벽 그 자체인 그림 같은 캠프지였다.

그런데 그 그림 속을 자세히 보니 무슨 점이 가득 차 있다. 이런, 모두 '모기'다! 그냥 모기 놈들이라고 해야 더 맞을 듯싶다. 방충망을 써서 얼굴은 가렸지만 옷을 뚫고 들어오는 강력한 모기는 어떻게 할 수가 없다. 모기는 방충망이 쳐진 희재 언니의 옷을 가소롭다는 듯이 그냥 뚫고 들어 갔다. 호숫가에 앉아 호수의 운치를 조금이라도 즐길라치면 가차 없이 달려 들었다. 그저 말문을 막히게 하는 황당함이 이루 말할 수 없었 다. 이제껏 모기들과 사투를 했지만 이건 최악이었다. 오직 텐 트로 들어가는 것만이 살 길이다. 그렇게 텐트에 들어와서도 같이 따라 들어온 모기들 소탕작전은 계속해 이루어져 여기저 기서 박수소리가 들려온다. 겨우 박수소리가 멈출 때쯤 비로 소 평화가 찾아온다.

다음날 서밋 레이크에서 산행을 시작하자마자 단을 다시 만 났다. 얼굴빛이 그전과 같지 않게 약간 어두워 보인다. 남편을 만났을 때, 그냥 다시 남편을 따라 집으로 돌아갈까 말까에 대 해 고민을 많이 했다고 한다. 그 얘기를 하면서 벌써부터 남편 이 너무 보고 싶다고 눈가에 눈망울이 글썽였다. 애정이나 감 정표현이 솔직한 사람이라지만 굳이 눈물까지 보이다니!

나로서는 위로든, 응원이든 뭐라고 해줄 말이 없었다. 그래 도 그녀가 반려견 에밀리와 함께 자기가 꿈꿔왔던 길을 따라 산행하는 당찬 모습에 가슴 깊이 응원을 보냈다. 그후로 단과 애밀리는 또다시 우리와 앞서거니 뒤서거니 하며 산행을 계속 했다. 단은 나중에 말하기를 정말 포기하고 싶었을 때 우리가 있어 힘이 되었다고 했다.

오리건 중부로

엘크 레이크Elke Lake로 향하는 우리는 벌써 오리건 PCT의 중부지역에 들어섰고 일정도 절반 정도 끝난 셈이다. 시작할 때부터 그렇게 우리의 발목을 잡았던 물집도 많이 나아졌다. 물론, 그 사이에도 크고 작은 새로운 물집이 생기고 없어지기를 반복하며 굳은살이 되어갔지만 우리는 너무 빠르지도 않고 너무 늦지도 않게 꾸준히 하루하루를 채워나갔다. 이제 누가 무엇을 해야 하나를 따질 것도 없이 그냥 자동으로 각자가 해야 할 일을 하며 자기의 역할을 했다.

총 386킬로미터를 걸어온 지점에 있는 엘크 레이크 리조트에 도착해 모처럼 뜨거운 물로 샤워를 하고 리조트 레스토랑의 야외 패티오Patio(테라스)에서 맥주와 채소 샐러드로 단조로웠던 산행 입맛에 상큼한 자극과 활기를 주었다. 리조트의 작은 캐빈 하나를 예약했는데 식량박스를 픽업한 후 찾아간 캐빈은 아담하다 못해 너무 겸손했다. 딱 들어가서 잠자는 작은 오두막 수준이었지만 오랜만에 실내에 들어간다는 자체만으로도 모두들 좋아했다. 캐빈 앞마당의 피크닉 테이블 위에 식

량박스에서 꺼낸 장아찌와 허벅주*를 올려 놓고 그것으로 잔
치를 했다.

그날 밤바람이 거세게 치며 요란한 소리까지 났지만 그런
것에는 아랑곳 없이 아득한 공간에서 다들 잠에 빠진 것 같았
다. 어둠이 내리고 뒤늦게 도착한 단과 에밀리는 캐빈이나 마
땅한 캠프지를 구하지 못했다. 그래서 우리 캐빈 입구 포치 아
래 텐트를 치게 해주어 바람이라도 피할 수 있었다.

다음날 엘크 레이크를 떠나 리이즈 레이크Reese Lake로 향해
가는 길은 에픽Epic(서사시) 그 자체였다. 초반 그린 터널이라는
길고 긴 숲은 어디 가고 거대한 초원과 높은 산봉우리가 이어
졌다. 오리건 주가 걷기에 수월하다지만 다른 주와 상대적인
비교다. 오르고 내리는 높낮이가 결코 만만치 않았다.

스위치백으로 쿠사 마운틴Koosah Mountain을 열심히 오르니
멀리 사우스 시스터 마운틴South Sister Mountain과 바출러 마운틴
Bachelor Mountain이 보이고 남쪽으로 우리가 지나온 다이아몬드
피크Diamond Peak가 보였다. 이제 내려가야 한다. 넓은 야생화
로 가득한 초원 위 사우스 시스터 마운틴을 바라보며 넓은 벌

---

* 제주의 화산암반수에 벌꿀을 넣어 빚은 뒤 오크통에서 장기간 숙성시키는 저온 발
효공법으로 만든 제주의 대표적인 명주다.

판을 내려왔다.

사우스 시스터 마운틴을 지나 메사 록Mesa Rock으로 내려오니 반짝거리는 흑요석인 업시디언 록Obsidian Rock이 보이기 시작했다. 업시디언 리미티드 엔트리 에이리어Obsidian Limited Entry Area의 3킬로미터 내에서 캠프를 하려면 허가가 필요하다. 볼더 록Bolder Rock과 화산의 잔재가 업시디언 리미티드 엔트리 에이리어를 덮고 있고 어디선가에서 들려오는 폭포소리와 계곡의 물소리에 청아함을 느낀다. 정말 필터 따위는 필요 없을, 맑은 계곡 옆에 앉아 긴 휴식을 취했다. 화산의 붉고 작은 자갈길로 덮인 돌길은 우리의 무릎과 발길을 점점 힘들게 했다. 이런 화산 돌길에 이젠 익숙해질 때도 됐을 텐데, 우리의 발길은 그 익숙함에 타협할 생각이 없는 것 같았다.

맥캔지 패스Mckenzie Pass에 점점 가까워질수록 하이커가 많이 보이기 시작했다. 이곳 라바 캠프장은 단일 산행 장소로 주위 로컬 하이커에게 인기가 많다고 했다. 역시나 도착해 보니 이제껏 본 오리건 PCT 패스 중에서 사람과 차가 가장 많고 분주해 보였다. 패스 위엔 작은 전망대까지 있어 일부러 쉬어가는 사람도 많았다.

맥캔지 패스에서 빅 레이크 유스 캠프까지

맥캔지 패스의 아래 마을인 시스터스로 내려와 엔젤 집에서 하루를 보내는 것은 예정에 없던 서프라이즈다. 원래는 이곳에서 쉬어 갈 계획이 없었지만, 그동안 피로도 누적된 데다가 일정이 하루 정도는 쉬어도 될 것 같아 마을로 내려왔다. 희재 언니와 내가 장을 보는 사이 나머지 대원은 하이커 프랜들리 장비점인 하이크 앤 피크스Hike n Peaks에서 맥주와 피자를 대접받고 있었다.

그후 우리는 프리밀라Premila라는 엔젤 집 뜰에 텐트를 치고 야영을 했다. 그 집 위층에는 방이 몇 개 더 있었다. 그 방을 게스트하우스로 운영하고 있었다. 뜰 한쪽에는 마구간이 있었는데, 주인아저씨는 말 한 마리를 데려와 우리에게 쓰다듬게 해 주었다. 게스트들에게 말을 태워주며 부수입을 올리는 것 같았다.

집안 부엌에서 다른 하이커와 아침으로 와플과 프랜치 커피를 대접받았다. 그때 '투스브러시Toothbrush(칫솔)'라는 특이한 트레일 네임을 가진, 키가 크고 긴 수염에 머리가 곱슬인 하이커가 거실에 놓여 있는 피아노에 앉아 그의 거칠어진 긴 손가락으로 파헬벨의 캐논Canon을 연주했다. 가끔 박자가 틀리긴

했지만 곡이 끝났을 때 모두 박수를 치며 환호했다.

투스브러시에게 그의 트레일 네임이 왜 '칫솔'인지 물었다. 휴대용 칫솔의 케이스를 반대쪽으로 펼쳐 모으면 손잡이가 되는 것을 모르고 칫솔이 너무 짧다고 생각해 끈을 달아 새끼손가락에 연결해 이빨을 닦았는데, 그 모습을 보던 하이커가 붙여준 이름이란다. 투스브러시는 오리건의 큰 도시 중 하나인 유진Eugene이 집인데, 오리건에서 태어나고 자란 오리건 토박이다. 유진이면 맥캔지 패스 고개 반대쪽으로 몇 십 킬로미터만 가면 집인데, 왜 집에 좀 들렀다 오지 않았냐고 물어보니, 담담하게 말한다.

"집으로 가면 영영 안 나오게 될 것 같아서."

주인아저씨는 아침식사 후 우리 팀과 투스브러시를 빅 레이크 유스 캠프까지 데려다주었다. 매캔지 패스가 아닌, 계획에 없던 이동이었지만 오늘 하루 온종일 푹 쉬면서 예비일을 갖는 것에 모두가 동의해 주었다.

빅 레이크 유스 캠프는 제7일 안식일재림교회에서 운영하는 캠프다. PCT가 그 캠프 근처를 지나가서 교회 측에서는 하이커를 위해 식량박스도 받아주고, 야영장도 제공해주고, 건물 안에 PCT 하이커들을 위해 휴식 공간까지 따로 마련해 주었다. 건물 내부는 에어컨까지 들어와 오히려 춥게까지 느껴졌는데, 테이블과 의자에 한두 명씩 하이커가 모여들기 시작했다.

그 중에서 투스브러시와는 서로 친구인 것 같은 트레일 네임이 '코코넛 통신'이라는 친구가 합석했다. 코코넛 통신은 하와이 출신의 오리건 섹션 하이커다. 우리가 어렸을 때 다 먹고 남은 야쿠르트 통에 실을 연결해 무전 놀이를 했던 것처럼 하와이에선 먹고 남은 빈 코코넛을 전화기처럼 가지고 놀았다고 했다. 그가 산행 중 어느 날 길목에서 쉬고 있는데 지나가는 두 명의 하이커에게 몇 번 메시지를 전달해 주는 계기가 있었고 그때부터 그의 트레일 네임이 '코코넛 통신'이 되었다고 한다.

그는 투스브러시처럼 혼자 왔지만 지난 마자마 빌리지 근처, 화재가 났던 지역에서 길을 잃어 멀리 계곡으로 떨어졌다. 너무 고생스럽고 무서워 마자마 빌리지에서 하산하려고 했는데 투스브러시를 만나 서로 의지하며 산행을 같이 하는 중이라고 했다. 혼자 왔지만 믿고 의지할 동료가 생겼다는 것은 이처럼 먼 길을 걷는 데 서로가 동기부여가 되어 주고 힘이 되어 주는 것이 확실하다.

대부분의 PCT 하이커는 혼자 왔지만 어느 정도 뜻이 맞는다 싶으면 서로 파트너가 되거나 소규모로 그룹을 이루어 걷는 경우를 많이 봤다. 길이 애매하고 위험해져 혼자 가기 힘든 곳은 으레 사람이 더 모인다. 눈이 많은 곳에서는 서로 번갈아 돌아가며 길을 내어 전진하고, 물이 늘어난 급류에서는 서로의 팔을 잡아주며 건너간다.

PCT는 수십 년 동안 수많은 하이커가 걸어 지나가면서 그들만의 독창적인 문화를 형성했다. 제각기 PCT를 시작한 배경과 목적은 다르겠지만 산티아고를 걷는 순례자처럼 무슨 종교적인 고행을 하는 것 같으면서도 거기에 등산이라는 거칠고 힘든 게 더해져 이 길고 긴 길을 걷고 있는 하이커들 사이에 묘한 동지애가 생겨난다. 거기에 곳곳에 사는 트레일 엔젤들의 크고 작은 격려와 도움까지 더해져 트레일Trail과 패밀리Family의 합성어인 '트래밀리Tramily'라는 신조어가 생겨나기도 했다.

다음날 새벽 짐을 챙겨 캠프를 떠나려는데 투스브러시와 코코넛 통신이 식당 건물 밖의 테이블로 우리를 불렀다. 자신들은 하루를 더 쉬어간다며 우리를 위해 피칸 파이와 커피를 준비했다. 달콤한 피칸 파이를 나누어 먹으며 앞으로 우리가 언제 다시 만날지는 모르겠지만 마지막 남은 북부 오리건 구간에서 서로의 여정에 대한 건투를 빌어주었다. 새벽녘 가로등

빛 아래 하얀 이를 드러내며 웃는 그들의 그을린 얼굴에서 트래밀리의 형제애 같은 것을 느꼈다.

빅 레이크 유스 캠프에서 올랄리 레이크까지

빅 레이크 유스 캠프를 나와 산티암 패스Santiam Pass로 향하는 길은 약 10킬로미터인데, 거의 산책길에 가깝다. 하지만 교회의 기도원에서는 사색을 위해 많은 길을 별도로 만들어 놓았기 때문에 엉뚱하게 빠지지 않게 제대로 된 PCT 길을 찾아 잘 살펴가야 한다.

산티암 패스에서 민토 패스Minto Pass까지 가는 중간 지점에 이름마저 우스운 스리 핑거드 잭 피크Three Fingered Jack Peak를 가로질러 갔다. 이 길은 스리 시스터즈Three Sisters, 워싱턴 마운틴Washington Mountain, 빅 레이크Big Lake 등과 같이 확 트인 경치를 즐길 수 있고, 주위로 초목이 좋아 산에 사는 염소를 자주 볼 수 있다고 한다.

하지만 기대와 달리 짙은 안개로 한 치 앞도 볼 수 없었다. 더욱이 눈으로 덮인 트레일을 걸으니 여러 발자국이 여기저기 흩어져 있어 길까지 잃었다. 결국 다시 돌아와 트레일을 찾아야 했다. 아침 기온이 낮아 눈 속을 헤매며 걷는 게 흡사 동계 산행을 하는 것 마냥 춥고, 스틱을 잡고 있는 손도 시렸다.

민토 패스를 지나면서 마운트 제퍼슨 윌더니스Mt. Jefferson Wilderness라는 넓고 광활한 고개를 만나게 된다. 세엘 레이크 Shale Lake에서 마운트 제퍼슨 윌더니스로 올라가기까지는 20킬로미터 거리다. 3200미터의 거대한 마운트 제퍼슨의 뾰족한 정상 암봉 아래로 내리 뻗은 빙하를 바라보며 걸었다.

광활했던 제퍼슨 윌더니스를 지나 다시 숲으로 들어왔다. 아기자기한 호수들을 지나 단조롭게 내려온다. 오후로 접어들면서 무료하게까지 느껴지는 이 산길에 모두들 말도 없고 지쳐갈 즘 올랄리 레이크 리조트Olallie Lake Resort가 깜짝 선물처럼 나타났다. PCT 바로 옆에 자리한 작고 외진 통나무집은 투박한 듯 소박해 시골스럽지만 편안함이 느껴지는 곳이었다. 너무 외져 다이렉트 우편 서비스가 지원되지 않아 하이커들이 소포를 받지 못하는 곳이다. 하지만 그곳 작은 상점에는 시원한 음료와 기본 식품이 있어 피로를 다소 해소했다.

올랄리 레이크는 이 지역에서 가장 투명하고 깨끗한 호수로 알려져 있다. 리조트에서는 이 호수물을 파이브로 연결한 후 정화해 사용하고 있었다. 우리는 통나무집 옆 파이프에서 물을 받아 오랜만에 필터 없이 물을 마셨다. 이런 산골 깊은 곳에 이렇게 아름다운 호수가 숨어 있어, 한가로이 쉬고 조용히 낚시를 즐기기에는 천애의 장소인 것 같았다. 지나 온 많은 별장 중에서 개인적으로 꼭 한번 다시 찾아가고 싶은 곳이기도 했다.

아직 하루의 산행을 마무리하기에는 이른 오후였지만 산행을 멈추고 호숫가에 텐트를 치며 여유를 부려보기로 했다. 더우기 별장 손님도 없어 보였고 캠프지에는 우리뿐이다. 북쪽을 향해 걸어오면서 극성이던 모기도 줄어 모처럼 여유 있게 호숫가에서 경치를 보며 저녁식사를 준비했다. 올랄리 레이크 너머로 마운트 제퍼슨이 구름 사이로 언뜻언뜻 제 모습을 보여 주었다.

저녁을 먹고 나니 기온이 뚝 떨어졌다. 물은 그 바닥이 보일 만큼 깨끗하고 청아했지만 한기마저 드는 저녁시간이라 다들 수영을 하거나 물속에 들어가는 것을 엄두내지 못한다. 난희 언니만 용감하게 물속으로 들어가서 목욕을 했다. 저녁노을로 반짝이는 호수 위에 언니의 하얀 어깨가 물결과 함께 출렁거렸다.

"아~ 춥겠다!"

올랄리 레이크에서 마운트 후드까지

올랄리 레이크를 떠나 레미티 크리크Remiti Creek까지는 14킬로미터인데, 전체적으로 경사가 낮은 내리막이다. 그 길은 핀헤드 새들Pinhead Saddle을 지나 워너 스프링스Warner Springs까지 18킬로미터를 부드럽게 이어지면서 다시 숲으로 들어간다. 주위에 널려있는 산딸기를 따먹으면서 이런저런 얘기를 하며 갔다. 지금껏 산행 중에 만났던 사람에 대한 이야기 등 이런저런 에피소드를 주고받는 사이에 누구네 집 이야기가 나오면서 자연스럽게 하산이라는 이야기를 했다. 산행이 어느덧 후반 막바지로 들어가니 집 이야기, 가족 이야기가 나오는 것은 자연스러운 일일 것이다.

마운트 후드 하이웨이Mt. Hood Highway를 지나는 바로우 패스Barlow Pass는 마운트 후드Mt. Hood로 가는 마지막 고개다. 바로우 패스 입구 옆 피크닉 테이블에서 남은 간식을 먹으며 마운트 후드로 가는 오르막을 준비했다. 이 지역은 역사적으로도 의미가 있다. 1845년에 건설된 오리건 캐스케이드 레인지Cascade Range에서 짐을 실은 마차가 지날 수 있는 첫 번째 길이라고 안내판에서 설명한다.

휴식을 끝내고 큰길 쪽으로 나오니 마크 PCT 400마일 지점이라고 내 GPS가 알려준다. 오리건 경계선에서 644킬로미터를 올라온 것이다. 마운트 후드로 향하는 길은 10킬로미터를 꾸준히 올라 후드까지 고도 1,000미터를 높였다.

초반부터 시작하는 후드의 아름다운 야생화가 어우러진 초원길을 걸으며 우람한 후드의 위용에 넋을 잃었다. 마운트 후드에 더 가까이 가면서 길은 화산모래 가루로 변해 발이 푹푹 빠져 힘들게 했다.

몇 개의 드라이 밸리Dry Valley를 횡단하니 우리는 어느덧 팀버라인 롯지Timberline Lodge가 내려다 보이는 캠프에 이르렀다. 발아래 펼쳐진, 눈에 익숙하지 않은 문명의 손길이 우리를 기다리고 있었다.

팀버라인 롯지는 오리건 주 최고봉인 마운트 후드(3439미터)의 남면 하단 아래 위치한 산악 산장이다. 이제껏 지나온 여느 리조트보다 규모 면에서 크고 화려하다. 우뚝 솟은 거대한 후드 아래서 여름 스키를 즐기는 스키어와 많은 관광객으로 붐비는 곳이다.

이곳은 (잭 니콜슨이 살벌한 연기력을 빛낸) 스티븐 킹의 공포소설을 영화로 만든 〈더 샤이닝The Shining〉의 외관 호텔로도 유명하다. 최초 계획을 세울 때 이 멋진 호텔 안에서 머무르고 싶었다. 그렇지만 산행 막바지에 있을 날짜 변수로 미리 예약을 못한 상태라 호텔 위쪽 캠프장에서 텐트를 치고 그냥 리조트 시설물만 이용하는 데 만족해야 했다.

리조트 안에서 마지막 식량박스를 픽업한 후 옛스럽지만 한쪽 유리창 너머 마운트 후드가 올려다 보이는 별장 레스토랑에서 우리의 PCT를 축하했다. 여기까지 온 우리 자신과 멋진 별장과 우리의 마지막 식량박스까지 축하할 게 많았다. 술도 시키고 음식도 맘껏 추가했다. 옆 테이블 중년 커플은 동양 여인들의 시끌벅적한 웃음소리에 고개를 돌아 보았고 우리가 PCT 하이킹 중이라니 관심을 보이며 사진도 찍어 주었다.

우리의 럭셔리한 식사는 다음날 아침까지 이어졌다. PCT 하이커에서도 입소문이 난 팀버라인 롯지의 브런치 뷔페다. 마운트 후드 아래 지역에서 경작한 농산물로 이루어진 싱싱하고 다양한 음식이 우리를 위한 특별식의 진가를 발휘했다. 상냥한 웨이터가 즉석에서 만들었다는 블루베리, 블랙베리, 로즈베리로 만든 스무디를 테이블로 가져와 맛을 보게 했다. 덕분에 여유 있는 아침식사를 즐겼다.

팀버라인 롯지를 떠나 다음날 샌디 리버 밸리 Sandy River Valley

로 스위치백을 해서 깊은 계곡으로 떨어지는 듯 걸었다. 넓은 계곡이 강이 되어 나타났다. 그렇게 위험할 만큼 빠른 속도는 아니었지만 마운트 후드에서 내려오는 빙하물과 흙이 뒤범벅 되어 흐르고 있었다. 우리는 설치된 로프를 잡고 넓고 센 강을 건넜다. 오리건 PCT의 처음이자 마지막 도강이었다.

라모나 폴스The Ramona Falls는 원래 PCT에서 500미터 떨어져 있다. 그래서 그냥 지나치려다 그래도 둘러보기로 한다. 많은 사람이 폭포 주위에 있었다. 우리도 점심을 먹을 겸 자리를 잡았다. 산행 끝에서 이런 폭포까지 볼 수 있다니 행운이다.

이곳에서 오리건 주요 도시인 포틀랜드가 멀지 않아 로컬 하이커에게 인기가 많다고 한다. 라모나 폴스는 높지는 않지만 폭이 넓게 퍼져 내리친다. 하얀 물줄기가 언뜻 보면 신부의 면사포처럼 보인다. 물속으로 비치는 바위와 푸른 이끼를 은근히 드러내고 있었다. 아래로 내리치는 남성적인 거대한 폭포수처럼 위협적이지 않고 안개에서 물을 뿌린 듯 은은히 우리에게 다가왔다. 물을 뜨러 가까이 가니 물줄기는 미스티 스프레이처럼 내 머리를 촉촉이 감싸는 듯했다.

무더운 산행길에 좋은 폭포를 만나니 일부러 여기까지 온 게 후회되지 않았다. 어느 누구는 아예 '해먹hammock'을 나무 사이에 쳐놓고 쉬고 있었다. 우리 여섯 명은 나란히 앉아 폭포

구경과 사람 구경을 함께 즐겼다.

인디언 스프링스에서 캠핑은 산에서의 마지막 밤이었다. 특별한 경치가 없는 캠프지였지만 한적하고 조용해 우리만의 공간으로는 최적이었다. 내일 먹을 간식을 빼고는 있는 것을 다 내어 마지막 저녁거리를 준비했다. 내일이 산을 떠나는 날인데 왠지 모두들 들떠있는 기색도 없고 섭섭하다거나 뭐 시원하다는 말이 없다. 여느 저녁때처럼 그렇게 다들 잠자리에 들었다.

그런데 다음날 새벽 텐트 밖에서 정순이가 밖에서 지퍼문을 열어 "굿모닝" 하며 핼쑥해진 얼굴을 내밀었다. 평소 침낭에서 제일 늦게 나오는 아이라서, 이런 의례적인 행동이 모두를 놀라게 했다. 놀랍게도 정순은 벌써 옷을 다 갖추어 입었고 빨리 텐트를 걷고 출발하자는 것이다. 모두들 황당함에 웃음이 터졌다. 그렇게 조용했던 아침이 부산해지며 하산을 준비하는 우리는 활기차게 하루를 시작했다. 그렇다. 그날이 오늘인 것이다. 하산하는 날. 집에 가는 날.

그런데 PCT는 우리를 쉽게 보내주고 싶지 않은가 보다. 마지막 종착지 캐스케이드 록스^{Cascade Rocks} 마을로 향하는 길은 그냥 하산길이 아니었다. 전 PCT 구간 중 가장 낮은 포인트,

해상 50미터까지 내려가야 했기 때문이다. 고도 1200미터에서 그대로 바닥으로 내리치는 것이다.

컬럼비아 리버Columbia River는 일찍이 그 모습을 드러내 우리에게 산 아래, 그 강을 따라, 도로를 따라, 차들을 따라 마을로 가라고 말해주는 것 같이 당장 손에 닿을 것 같은데, 실상은 우리는 아직도 패스를 걷고 있다. 어쩌면 마음이 앞선 나의 눈앞에 보이는 저 아래 길과 실제 내 발 아래의 길이 달라 내 뇌에서 착각하고 있는지도 모른다. 발바닥이 무감각해질 때쯤에 우리는 마침내 도로로 내려왔고 '신들의 다리'를 향해 마지막 힘을 다하여 걸어갔다.

마침

오리건 PCT는 매 순간이 나에게 정말 특별했다. 깊고 깊은 숲속, 그곳을 빠져나와서 펼쳐진 푸른 초원, 그 위에 우뚝 솟은 하얀 산과 멋진 호수, 그 호수 곁에서 숨어있던 매직과 같은 리조트, 이곳에서 만난 사람들 그리고 그곳에 우리 여섯 명이 있었기 때문이다.

대부분이 혼자, 많아야 둘이나 셋이 가는 이런 장거리 산행에 우리 여섯 명이 이렇게 산행을 마칠 수 있었던 것은 산을 사랑하고 즐기는 우리만의 뭔가가 있기 때문이다. 언제나 따뜻한 마음의 희재 언니, 멋진 현우, 나의 귀여운 해피 바이러스 정순, 든든한 승주. 그리고 난희 언니.

미국으로 건너와 오랫동안 특별히 만나는 사람 없이 외로이 지내왔던 나에게 이들은 손을 내밀어 주고, 나 혼자가 아닌 우리가 될 수 있다는 것을 확인시켜 주었다. 이렇게 함께라면 앞으로도 뭔가를 계속할 수 있다는 용기와 자신감을 갖게 한 오리건 PCT였다.

시애틀의 집으로 향해 가는 길은 우리가 한 달 동안 걸어 올라간 만큼 훨씬 더 가까워 있었고 이제 우리가 헤어져야 할 시간이 다가왔다. 아! 잊고 있었다. 우리와 함께 산행하느라 찌그러지고 그을린 우리의 냄비 양에게도 아쉬운 작별을 할 때가 왔다.

"굿바이!"

California _캘리포니아 남부

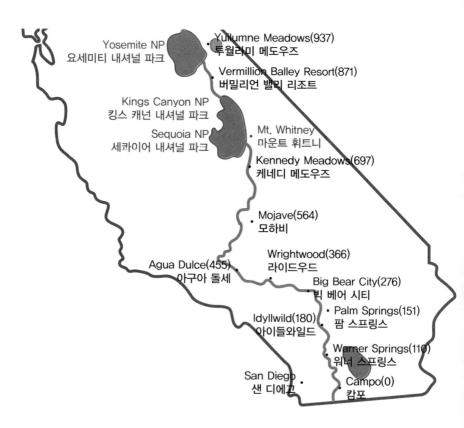

Yosemite NP
요세미티 내셔널 파크

Yuilumne Meadows(937)
투월라미 메도우즈

Vermillion Balley Resort(871)
버밀리언 밸리 리조트

Kings Canyon NP
킹스 캐년 내셔널 파크

Sequoia NP
세콰이어 내셔널 파크

Mt. Whitney
마운트 휘트니

Kennedy Meadows(697)
케네디 메도우즈

Mojave(564)
모하비

Wrightwood(366)
라이드우드

Agua Dulce(455)
아구아 돌세

Big Bear City(276)
빅 베어 시티

Idyllwild(180)
아이들와일드

Palm Springs(151)
팜 스프링스

Warner Springs(110)
워너 스프링스

San Diego
샌 디에고

Campo(0)
캄포

2019. 3. 25. ~ 4. 30. 남난희 정건

2부.
2019년
캘리포니아
남부

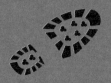

나는 길을 걷기 위해 태어난 사람

　2018년에 이어 2019년에도 PCT 장도에 올랐다. 시기는 7월에서 4월로 빨라졌고 인원은 여섯 명에서 두 명으로 줄었다. 지난해 우리 여섯 명은 오리건Oregon 구간을 시작으로 PCT의 첫 길을 걸었다. 다들 오랜만에 하는 장거리 산행이라 시행착오도 있었고 이제는 나이든 육신의 반란으로 고생도 많았다. 그렇지만 더 많이 행복했던 길이고 시간이었다. 그래서 모두 끝까지 함께 하고 싶었지만 이번에는 각자 사정이 있다. 그런 사정을 무시하고 오랫동안 길을 나서기에는 현실이 녹록하지는 않다. 모두 생활이 우선인 것이다. 당연하다.

　하지만 나는 별로 하는 일도 없고 가능하면 일을 만들지 않고 사는 관계로 세상 일에 걸림이 없는 편이다. 그런 관계로 나는 길을 걷기 위해 태어난 사람처럼 언제든지 길을 떠날 준비가 되어 있다. 그래서 이번에는 식구가 확 줄어 버렸고 나와 건이, 단 둘이 걷게 될 것이다.

나는 아무래도 상관없지만 건이는 많이 부담스러웠을 것이다. 건이에게는 내가 몹시 어려운 산 선배이기 때문이다. 산악계 분위기상 1년 선배도 하늘 같은데 우리는 무려 10년이나 차이가 나는 선후배인 것이다. 그리고 무엇보다 단둘이서 산행을 단 한 번도 해 본 적이 없다는 것도 부담의 요인이겠다. 함께한 산행이라고는 고작 지난해 여러 명이 함께 걸은 PCT 오리건 구간이 처음이었다.

30년 전 히말라야로 가기 위한 훈련을 할 때 함께 하기는 했으나 개인적으로는 호흡을 맞추거나 함께 걷거나 자일을 묶은 적이 없는 관계였다. 그러니 까마득한 산악 선배와 단 둘이 길고 긴 날을 함께하는 것이 당연히 부담스러웠을 것이다. 더구나 매일 30킬로미터 이상씩 걸어야 하는 고행의 연속이다.

사막의 열기와 눈이 쌓여 있는 산을 오르내리고, 추위와 더위, 배고픔과 갈증 등을 함께 감당해야 한다. 야생에서 함께 걷고, 함께 자고, 함께 먹고, 오로지 단둘이서 모든 것을 함께 해야 한다. 쉽지 않은 일정인 것이다. 그야말로 희로애락을 함께 겪어내야 하는 시간이다. 그러니 그로서는 썩 내키지 않았을지도 모르겠다.

그래도 그는 함께 하지 못하는 친구들을 원망하면서도 나와 단 둘이 길 떠나는 것을 미루지 않았다. 그만큼 PCT의 열망이 있다는 것이다. 실은 나로서는 절호의 기회라는 생각을 했다. 물론, 여러 명이 함께 걷는 길도 즐겁고 행복하지만 일행이 단출할수록 걷기의 맛은 더 깊다는 것이 내 생각이기 때문이다.

이렇게 2019년 PCT 캘리포니아 남부 구간을 걷기 위한 준비에 들어갔다. 지난해 PCT를 경험한 덕분에 장거리 하이킹을 준비하는 것이 조금은 유연해졌다. 지난번에 침낭이 얇아 추위로 고생을 한 탓에 이번에는 침낭도 조금 두터운 것으로 바꾸고, 배낭도 장거리 하이킹에 맞는 가벼운 것으로 장만했다. 매트리스도 에어가 아닌 주름으로 하고, 등산화도 중등산화가 아닌 경등산화로 바꾸었다. 의복도 불필요한 것을 모두 생략하고 장비도 최소화해 짐을 줄였다. 경험이 그렇게 중요한 것이다.

한국에서 혼자 미국행 비행기에 올랐다. 이번에는 LA로 간다. 건이가 공항에서 나를 기다리고 있었다. 만나자마자 렌터카로 〈REI 매장〉부터 갔다. 미리 예약해 둔 등산화를 신어본다. 12시간의 비행으로 발이 부어있어 평소에 신었던 치수는 어림도 없다. 몇 치수를 더 늘려야 겨우 발이 들어갔다. 당장 다음날부터 걸어야 하는데 발이 들어가지도 않는 신발을 가져 갈 수는 없고 대략 난감이다. 고민 끝에 그 당시 발에 맞는 신 발을 선택하는 수밖에 없었다. 평소에 신었던 치수보다 2센티 미터나 큰 것이었다.

그 외 필요한 것을 구매하고 곧바로 출발해 남쪽으로 가다 가 어느 도시의 우체국에 들렀다. 건물 한쪽, 사람의 왕래가 많지 않은 구석에서 건이가 미국에서 준비한 식량과 내가 한 국에서 가져간 식량을 계획서에 맞춰서 다시 포장했다. 그리 고 각각의 박스를 만들어서 우리가 찾을 보급지에 보냈다.

그 와중에 남는 짐은 어디 보관할 곳이 없다. 조금 많다고 생각되는 짐은 고민하고 망설이다가 결국 버려야 했다. 우리 가 지고 가는 짐 외에는 버릴 수밖에 없는 우리의 사정이 딱했 다. 모든 짐을 각 보급지로 보내고 우리는 각자의 배낭만 가지 고 다시 고속도로를 달려서 샌디에이고에 도착했다.

그 도시에는 유명한 PCT 트레일 엔젤, 스캇Scout과 프로도 Frodo 부부가 운영하는 숙소가 있어 하루 신세를 지기로 한다. 렌터카를 반납하고 택시로 그 집을 찾아갔다. 뒤늦게, 그리고 예약도 안 하고 도착한 우리를 스캇과 프로도 부부가 반갑게 맞이해 주었다. 그곳에는 이미 많은 하이커가 있었다. 저녁식사가 마무리되고 있는 중이었는데 우리가 도착하자 늦은 우리를 위해 남은 음식이나마 먹으라고 챙겨주었다.

처음에는 도무지 적응되지 않아 어리둥절했지만 시장한 우리는 저녁을 맛나게 먹었다. 저녁을 먹은 후 집을 돌아보니 집은 별로 넓지 않은데, 뒷마당에 여러 동의 큼직한 텐트가 쳐져 있고 앞마당 한쪽에는 캠핑카도 있다. 스캇은 우리를 동양인이라고 배려했는지 캠핑카를 우리만 쓸 수 있게 배정했다.

아직은 시즌이 시작되기 이른 때라 그런지 몰라도 침실이 조금 여유 있는 것 같았다. 세면장에는 여러 나라 언어로 이용 안내 규칙을 적어서 붙여 놓았다. 한국어도 있었다.

"사용 후 문을 열어두시오."

이제는 한국 사람도 제법 온다는 의미다. 스캇은 우리가 한국인이라고 하자 작년에 자기 집에서 자고 간 한국인 한 명이 PCT를 시작한 지 며칠되지 않아 지병으로 사망했다고 알려줬다. 가슴이 철렁했다.

집안 곳곳을 둘러보면서 이분들이 PCT 하이커를 얼마나 사랑하는지를 느낄 수 있었다. 여러 추억이 담긴 액자와 PCT 풍경이 담긴 액자, 이곳을 다녀간 사람들의 기념품이 놓여져 있었다. 거실 한쪽에 반가운 하이커 박스를 발견했다. 물건이 엄청 많았고 대부분 거의 새것이었다. 아직 출발도 하기 전에 이곳에서 여러 정보를 듣다가 너무 많이 가져왔거나 꼭 필요하지 않을 것들을 담아 둔 것이다.

종류는 아주 다양했다. 당연히 식량은 많고, 여러 장비도 있다. 의류, 약품, 담배, 화장품, 길에서 유용하다고 생각했을 온갖 잡화가 있었다. 아마, 이곳에서 짐을 다시 꾸리면서 각오를 다졌으리라. 짐을 최소화해 가벼운 몸과 마음으로 꼭 캐나다까지 갈 거라고.

하이커 박스를 보니 얼마나 다양한 사람이 이 길을 준비하고 떠났을지, 얼마나 고민하며 준비를 했을지, 얼마나 불안했을지 보이는 것 같아 살짝 마음이 이상했다. 그 물건들에서 떠나온 사람들의 면모가 보이는 듯도 했다. 각자 자기만의 일들, 남들에게는 사소할 수 있지만 본인에게는 일생일대의 일들, 각자의 문제들, 그런 것이 모두 이 하이커 박스에 담겨 있는 것 같았다. 물론, 본인의 배낭에는 더 많겠지만. 그 다양함이 읽힌다. 완전 고수부터 생초보까지.

나는 어디에 해당될까? 나는 길을 준비하고 걷는 데는 고수일 것이고 기타 등등에는 생초보일 것이다. 우리도 그 박스에 몇 가지는 담고 몇 가지는 챙겼다.

시작도 하기 전에 엔젤부터 만나 어리둥절하기도 하고, 신기하기도 하고, 고맙기도 하다. 그러면서 이 길이 그냥 나만을 위한 길이 아니라 모두 함께하는 길이라는 것을 절실히 깨달았다. 길을 걷거나, 길을 관리하거나, 길에서 도움을 주는 모든 사람의 공동체 길이라는 것을! 그것을 알게 되는 순간 '이 길은 보통 길이 아니구나! 잘하지 않으면 안 되겠구나!'라는 생각이 확 들었다.

이미 들어서 알고 있다고 생각했고 나름 그 문화를 이해할 수 있을 것이라고 생각했으나 막상 만나고 보니 나에게는 너무나 생소한 일이라 충격이라고 할만했다. 단 한 번 만난 적도 없고 생각해본 적도 없는 이들의 보상 없는 베풂이 그랬다. 저들은 어떻게, 무엇으로, 왜 저렇게 PCT 하이커를 위해 무상으로 보시를 하는 것일까? 하루 이틀도 아니고, 1년 2년도 아니고, 국적도 나이도, 성별도 구별하지 않고 모든 PCT 하이커에게 문을 열어두고는 환영뿐이라니!

스캇과 프로도 부부는 이미 퍼시픽 크레스트 트레일PCT, Pacific Crest Trail뿐만 아니라 애팔래치안 트레일AT, Appalachian Trail과 컨티넨털 디바이드 트레일CDT, Continental Divide Trail, 즉 미국 3대 트레일을 완주해 '트리플 크라운Triple Crown'을 달성한 분들이다. 그래서 그들은 이미 PCT 길에서 무엇이 필요하고 어떻게 해야 하는지 등을 경험했기 때문에, 또 그 길이 얼마나 힘든 길인지 알기 때문에 그들의 노하우를 나누고 알려주고 도와주고자 트레일 엔젤을 시작했다고 한다. 그들은 모든 PCT 하이커에게 숙식을 무료로 제공할 뿐만 아니라 트레일에서 지켜야 할 기본 수칙을 교육하고 도움을 준다. 진정, PCT를 아끼고 하이커를 사랑하는 것 같았다.

하지만 이제 나이가 너무 많아 이 일이 어렵게 되었다고, 한 2년 정도만 더 하고 그만 둘 예정이라고 했다. 그동안 얼마나 많은 PCT 하이커가 이 부부의 도움을 받았겠는가? 캄포까지 가는 대중교통이 없는 관계로 대부분의 하이커가 이 집을 거치는 것 같다. 본토 하이커 즉, 미국 하이커는 하루를, 외국 하이커는 사흘 동안 묵을 수 있다고 했다. 필요한 것들을 잘 준비하라는 배려일 것이다. 어디 그뿐인가?

다음날 아침 모든 하이커에게 아침밥을 제공했다. 그리고 7시까지 짐을 챙겨 앞마당으로 모이라고 했다. 아침을 먹은 후 짐을 챙겨 나가보니 여러 대의 차와 사람이 기다리고 있었다. 우리를 트레일 시작점인 캄포까지 데려다 줄 또 다른 엔젤들이었다.

참 대단한 배려였다. '나는 단지 나만을 위해서, 나의 만족을 위해서, 나의 행복을 위해 이 길을 왔는데 저들은 왜 저렇게까지 하는 거지?' 한 번도 접하지 못한 배려를 이해하기에 나의 지식이나 배움이나 경험이 너무 부족했다.

어떤 마음이면 이렇게까지 호의를 베풀 수 있는 것인지 틀 안에 갇혀있는 나로서는 도저히 이해할 수 없다. 그러면서도 한편으로 뿌듯했다. 이들의 정성 어린 환대를 받으며 PCT가 정말 대단한 길로 여겨졌고 대단한 길을 선택한 내가 정말 이 길을 떠나오길 잘했구나 싶었다. 시작도 하기 전에 모르는 사람들로부터 존중받는 느낌은 기분을 좋게 하고 사기를 북돋아준다. 그러므로 이분들의 역할은 큰 힘을 가지고 있는 것이다.

이렇게 우리는 여러 대의 차에 나눠 타고 줄지어 출발했다. 우리의 대장정 출발점인 미국과 멕시코 국경인 캄포로 가는 것이다. 모든 것이 신기하기만 하고 어리둥절한 나는 완전 촌닭처럼 눈만 껌뻑이며 따라할 뿐이다. 한 시간 여를 달려 도착한 그곳은 그동안 사진으로 본 것보다 더 삭막해 보였다.

끝없는 황토 사막에 황량하고, 살벌하고, 높은 철조망이 끝도 없이 펼쳐져 있었다. 철조망에 민감한 나는 숨이 "헉" 하고 막혔다. 남북을 가로막은 우리 한반도의 철조망이 떠올랐기 때문이다. 의미는 서로 다르겠으나 사람을 가로막는다는 점에서는 의미가 같다. 모든 관계를 차단 또는 단절하겠다는 차갑고도 무서운 쇠줄이다.

차에서 내린 우리 모두는 많이 설레고 많이 들떠있는 표정이다. 이제 시작이다. 약 20명 정도 되는 것 같다. 나라도 성별도 나이도 다르지만 대부분은 젊은이다. 모두 한 자리에 모여서 강연을 들었다. 제법 긴 시간을 주로 트레일에서 주의할 점과 대처 방법 등을 이야기하는 것 같았는데 나는 모두 알아듣지는 못했다. 감으로만 넘겨 짚는다. 그래도 새로운 길을 내지 마라. 텐트는 꼭 캠프지에 쳐라. 변 처리는 물과 떨어진 곳에 땅을 파고 묻어라. 독초를 조심하라. 방울뱀을 조심하고 셀카를 찍지 말라. 등의 얘기는 알아들었다.

단체 사진도 찍고 개인 사진도 찍고 서로 격려하고 파이팅하고 한동안 법석을 떤 후 우리의 고마운 엔젤들은 먼지를 날리며 가버렸다. 이제 우리만 남았다. 걸어야만 하는 우리, 오로지 걷기 위해 온 우리, 한동안 걷기에 모든 것을 걸어야 하는 우리, 야생에서 모든 것을 스스로 해결해야 하는 우리, 온전하게 자신을 책임져야 하는 우리, 자신의 문제를 고행으로 맞짱 뜨려는 우리, 우리만 남았다.

우리 모두는 각자 자기의 업만큼 큰 배낭과 함께 남겨졌다.

서로 잘 하자는 인사와 캐나다에서 만나자는 말들을 남기고 자기 배낭을 어깨에 올렸다. 이제부터 배낭은 주인과 한 몸으로 움직일 것이다. 우리는 섹션 하이커Section Hiker라 한 달 조금 넘게 걷겠지만 스루 하이커Thru Hiker가 대부분일 그들은 최소한 네 달 혹은 다섯 달, 여섯 달 동안 짐을 지고 내리기를 반복할 것이다. 이 길을 끝까지 간다는 전제에서 말이다.

각자 씩씩하게 출발한다. 우리도 서로 눈빛을 주고받은 후 출발했다. 첫날, 첫 길, 첫 배낭, 첫 신발이다. 길을 나서며 일단 이곳 신에게 감사 인사를 건넨다.

"저희를 받아주셔서 감사합니다."

이 길을 만든 분, 이 길을 관리하는 분, 응원하는 엔젤, 함께 길을 걷는 분, 내가 떠나올 수 있게 도움 준 분, 특히 나의 파트너 건이에게 감사함을 전한다. 이렇게 감사 인사를 하는 것은 나의 오랜 습관이기도 하다. 나는 길이 끝나는 날까지 매일 이 인사를 계속할 것이다. 나를 도와주는 고마운 이들에게 마음으로 할 수 있는 유일한 방법이고 나의 기도이기도 하다.

나는 매일 아침 길을 걸으며 내가 알고 있는 고마운 이들의 이름을 불러 축원한다. 그러면서 그들을 한 번 더 생각하고 그들의 고마움을 다시 한번 상기하는 것이다. 평생을 받기만 하고 살았는데 내가 할 수 있는 그 정도는 해야 하지 않겠는가?

두루 인사를 하고 나니 입에 달콤한 침이 고이면서 기분이 좋아졌다.

    좋은 길, 좋은 기분, 좋은 사람, 좋은 출발이다. 그런데 얼마 지나지 않아 사막이다. 사막이기는 하지만 우리가 평소 알고 있는 그런 모래사막이 아니다. 키 작은 나무가 많고 발을 옮길 때마다 모래먼지가 풀썩 풀썩 일어나는 길이다. 길은 뻥 뚫려 있었지만 사방에는 인적이 없다. 길은 평지로 이어진다.

    아침부터 햇살이 강하다. 언제나 처음 길은 힘들기 마련이라 몸 여기저기에서 신호를 보내기 시작한다. 특히 새 신발을 신은 발이 가장 먼저 신호를 보냈다. 하루를 잘 쉰 덕분에 부기는 빠졌지만 어쩔 수 없이 선택한 큰 신발이 발에 맞지 않으니 당연한 결과인 것이다. 조금 불편했지만 처음 만나는 길과 새로운 시작, 그리고 낯선 자연 풍광에 정신이 팔려서 그리 힘들게 느껴지지는 않았다.

    지나치는 하이커는 서로에게 관심을 보이며 어디서 왔는지, 캐나다까지 갈 것인지, 어디서 캠프를 칠 것인지 등을 이야기한다. 그냥 환하게 웃으며 가벼운 인사를 건네기도 하고 최대한 높은 톤의 목소리로 서로를 응원하기도 한다. 그러면서 앞서거니 뒤서거니 걸었다. 어느 순간 그들은 우리를 앞서서 저만치 가버렸다.

다리가 긴 그들은 그냥 성큼성큼 걷는다. 그들에 비해 다리가 짧은 우리는 거의 아장아장 걷는 수준인 것이다. 우리 기준에서는 나름 다리가 짧은 것도 아닐 텐데, 그들에 비하면 턱도 없이 짧아 도저히 그들의 걸음을 따라갈 수가 없다. 그럴지라도 우리는 열심히 걸었고 캠프에는 비슷한 시간에 도착했다. 우리는 일개미처럼 쉬지 않고 걷는 반면 그들은 쉴 때 하염없이 쉬는 것 같다.

건이와 그동안은 전화기를 통해 의견을 주고받았다. 하지만 이제는 직접 얼굴을 보며 대화를 한다. 아날로그 시대의 사람인 나로서는 제대로 된 대화를 하는 것 같아 마음이 놓였다. 우리는 앞으로 여러 날을 함께 보내야 하므로 구체적인 계획, 길에 대한 이야기, 그 길에서 만날 여러 문제와 서로의 각오 등을 이야기하며 빠르게 걸었다.

첫날이다. 각오는 대단했을 것이고 사기는 충만했을 것이다. 내가 출발하기 전 건이의 친구이자 나의 후배들인, 작년에 함께 걸었던 아이들은 내게 당부를 했다. 건이는 힘들다는 내색을 않으니 내가 조정을 잘 해달라는 당부였다. 건이는 미련하고 참기도 잘해 자신의 상황을 잘 표현하지 않고 겉으로 내색도 하지 않아 자칫하면 큰 사고가 날 수도 있다는 것이었다. 나는 그 말을 잘 이해하지는 못했지만 내 방식대로 운행하지 말고 건이를 배려하라는 뜻으로 알아들었다. 그렇지만 우리는 첫날이고 인원도 단둘이라 별 문제는 없는 것 같아 그냥 양껏 걸었다. 걸으며 우리는 각자 행복했고 서로를 고마워했다. 그렇게 첫날부터 우리는 원 없이 걸어서 목표한 캠프에 도착했고 나름 만족한 하루를 보냈다.

PCTPacific Crest Trail의 역사를 보면 이 길은 아주 오래전부터 여러 모습으로 존재해 왔다고 한다. 그러다가 1930년대 이후 길의 각 부분들이 하나로 합쳐지기 시작했고 도보 여행자와 야외생활을 좋아하는 사람들이 멕시코에서 캐나다까지 연결하는 길을 만드는 일에 먼저 관심을 갖기 시작했다고 한다.

하지만 1968년까지 PCT는 공식적으로 인정되지 않았고 그해 10월 2일에야 애팔래치안 트레일과 함께 의회의 공식 승인을 받았다고 한다. 그리고 1993년에 이르러서야 비로소 완전한 도보 여행길이 완성되었다고 한다. 완성되기까지 생각보다 많은 시간이 걸렸고, 완성된 지 오래된 길이 아닌 것이 조금 의외다.

PCT를 처음 생각해 낸 사람은 한 여성이었다. 워싱턴 주 벨링햄에서 퇴직한 교사로 이름은 캐서린 몽고메리Catherine Montgomery다. 그녀는 1926년 산악인이자 작가인 조셉 해저드Joseph Hazard에게 각 주의 경계를 아우르는 미국의 서쪽 산맥들을 타고 오르내리는 도보여행에 대해 제안했다.

몇몇 도보여행자가 그녀의 제안을 환영했지만 6년이 지난 후 클링턴 처칠 클라크Clinton Churchill Clake가 PCT에 대한 정확한 계획을 들고 나온 후에야 비로소 일이 진행되기 시작했다. 클라크는 캘리포니아 주에 사는 석유 사업가로, 야외 활동을 열심히 하는 사람이었다.

클라크는 진정을 넣어 PCT를 위한 야생의 통행로를 인정해 주도록 노력했다. 그의 꿈은 PCT를 뛰어넘어 알래스카에서 칠레까지 이어지는 훨씬 더 긴 아메리칸 트레일을 만드는 것이었다. 그는 야생에서 보내는 시간이 '영원한 치유와 문명화된 가치'를 제공해 준다고 믿었다. 그는 그 후 25년 동안 PCT를 위해 헌신했다. 그러나 1957년 그가 사망할 때까지도 PCT는 요원한 꿈이었다.

1932년 클라크가 로저스Rogers를 만난 것이 PCT에 중요한 기점이 된다. 그는 로저스를 설득해 〈YMCA〉 자원 봉사자들이 직접 조사해 온 길들을 지도로 만드는 일을 돕도록 했다.

이 길들이 훗날 PCT를 구성하게 된 것이다. 로저스는 곧 PCT를 만드는 일에 열정적으로 참여했다. 그리고 남은 일생을 PCT의 앞길을 가로막고 있는 모든 법적, 재정적, 물리적 문제를 극복하는 데 바쳤다.

로저스는 1968년 미국의회가 PCT 국립 자연 경관로를 승인하는 것을 직접 보았고 PCT가 완성되기 1년 전인 1992년에 눈을 감았다. 그 밖에도 PCT를 위해 봉사한 수백 명의 사람이 있었기에 길은 완성되었고 지금 내가 그 길을 걷고 있는 것이다.*

〈PCT 트레일 협회〉는 법적인 권한은 없지만 1977년부터 PCT 트레일을 보호, 유지, 옹호, 관리를 해 왔다고 한다. 협회는 계속 자원 봉사자를 모집해 교육하며 PCT 트레일을 안전하게 관리한다. 하이커들 때문에 자연이 망가지는 것을 최대한 막고, 야생 동물과 식물, 나무들을 그대로 보존해서 그 길을 걷는 사람들이 최대한 날 것의 야생을 경험할 수 있도록 하는 역할을 하고 있다. 우리 모두는 그들 덕분에 안전하게 걷고 있는 것이다.

---

* 이 내용은 〈와일드〉에서 따온 내용임을 밝힌다.

〈PCT 트레일 협회〉는 변화무상한 날씨, 짐승으로부터의 위협, 육체적인 한계, 많은 체력 소모로 인한 피로, 넉넉하지 않은 식량으로 겪게 되는 배고픔, 물 부족으로 인한 갈증, 그 모든 것을 본인이 선택해 왔기 때문에 본인이 온전히 그것을 감당하기를 권유하고 있다.

2015년 나는 PCT라는, 우리의 백두대간과 비슷한 길이 있다는, 미국 서쪽에 긴 길이 이어져 있다는 것을 처음 알게 되었다. 나는 영화보다 책을 먼저 봤다. 친구가 권했던 〈와일드〉라는 제법 두꺼운 책이었다. 내가 이 책을 만나기 전인 2014년에 〈와일드〉라는 영화가 우리나라에서 개봉되었고 그 영화를 본 일부가 PCT에 관심을 가졌을 것이다. 2015년부터 한국 하이커 중 몇 명이 그 길을 직접 걸었고 나중에 책으로 나오기도 했다.

〈와일드〉라는 책의 저자는 셰릴 스트레이드다. 이 책은 저자가 자신이 경험한 실화를 바탕으로 썼는데, 갑작스럽게 인생의 모든 것을 송두리째 잃은 20대 여성이 참된 자아를 찾아가는 매혹적인 여정을 담은 책이다. 너무나 젊은 나이에 인생의 밑바닥으로 내동댕이쳐진 그녀는 어느 날 운명처럼 PCT를 만나게 되고 결국은 길을 나선다.

총 25개의 국유림, 아홉 개의 산맥, 일곱 개의 국립공원, 사막과 황무지, 눈 덮인 산, 원주민의 땅으로 이루어진 그곳에서 그녀는 온갖 고통과 시련을 통과하며 자신의 삶에서 잃었던 것을 하나하나 회복해 나간다. 그리고 마침내 새로운 인생과 조우하는 데 성공한다는 내용이다.

그녀의 매혹적인 여정도 그랬지만 나는 솔직히 그녀의 여정보다는 길 자체에 더 관심이 갔다. 그녀가 걸었다는 그 야생의 길이 미국에 있다는 것을 알게 되면서 나는 자연스럽게 우리의 백두대간을 생각했다.

물론, 그 길은 백두대간과는 많이 다르다. 우선 백두대간보다는 많이 길다. 하지만 백두대간이 자연적으로 이어진 산 능선이라면 PCT는 인공으로 만들어 관리하는 길이다. 온갖 길의 종합 세트장 같은 길이다. 산을 가로지르고, 숲이 이어지고, 끝없는 평원에 계곡을 건너고, 사막을 지나고, 식물이 살지 않는 높은 산도 있고, 예고 없이 나타나는 야생동물의 위협 등 세상에서 만날 수 있는 모든 길의 집합이다.

반면, 백두대간은 오로지 산 능선으로만 이어진 고유한 산줄기를 바탕으로 하고 있다. 물만 건너지 않을 뿐이지 이곳에도 온갖 요소가 넘치는 장거리 트레일이다. 급경사의 오르내림, 잡목 숲, 어려운 시야 확보, 자주 만날 수 없는 물, 야생동물의 위협 등의 요소가 많다.

나는 백두대간 1세대로서 나 자신이 백두대간에 갚아야 할 뭔가 모를 의무가 있다고 생각한다. 빚을 지고 있는 것 같기도 하고 꼭 해야만 할 것 같은 일도 있을 것 같다. 나는 백두대간을 여러 번 걸었지만 항상 반쪽짜리일 수밖에 없는 길을 걸었기 때문에 나머지 반쪽에 대한 숙제랄까? 꼭 하나로 된 백두대간, 온전한 백두대간을 걷고 싶었고 오래전부터 나 자신과 한 약속도 있어 언젠가는 꼭 하고 싶다.

그런데 그 길을 누구도 열어주지 않고 그럴 기미도 보이지 않고 세월만 흐르고 있다. 그리고 나는 늙어가고 있다. 그동안 누군가가 뚫어주면 나는 그냥 뚫려있는 길을 가기만 하면 될 줄 알았다. 하지만 돌아보니 그 일은 누군가의 일이 아니라 우리 모두의 일이자 내 일이라는 생각에 미쳤다.

그래서 늦었지만 시도해 보기로 했다. 남북의 백두대간을 이어 걸을 수 있는 길을 만들어 보기로 하고 시도를 한 것이다. 하지만 그 길은 너무 복잡하고, 너무 멀고, 너무 어렵고, 도무지 너무 까마득해 나의 능력으로는 부족했다. 그동안 거의 은둔자로 살아 주변에 함께 할 사람도 없었다. 법인을 결성해 보고자 백방으로 뛰어다녔지만 이루지 못했다.

무엇보다 백두대간을 관리하는 단체가 여러 곳이라 각각 자기네 입장만 앞세우며 불가 이유를 댔다. 그 어떤 단체도 백두대간에 대한 제대로 된 지식도 없어 보이고 법의 규정 논리로만 대해 답답하고 속이 터졌다. 금방이라도 남북 교류가 될 것 같은 분위기도 자꾸 멀어지고 있는 것 같았다. 거기에 코로나19까지 겹쳐서 나와 함께 일을 하기로 한 로저 세퍼드Rojer Sherherd마저 북한으로 못 가는 상황이 되었다.

참고로 로저는 뉴질랜드 사람으로 백두대간에 애정이 깊은 외국인이다. 북한의 산들, 특히 백두대간에 속한 산들을 여러 차례 올라 다닌 유일한 사람으로 남북 백두대간을 이어야 한다는 것을 역설하고 다니는 사람이다. 그는 1년에 한 번 정도씩 북한으로 가서 산행도 하고 사람들과 교류도 한다고 했다. 그런데 코로나19로 그가 북한으로 가는 길도 막혀버렸다. 그를 통해 민간으로 뭔가를 할 수 있을 것이라는 작은 희망도 사라졌다. 이래저래 일이 흐지부지되고 나는 마음이 상했다.

그러다가 PCT를 알게 되었다. 나는 그 길을 걷고 싶기도 했고, 그 트레일이 어떤 경로로 생겼는지 알고 싶었다. 그들이 트레일을 어떻게 관리하고 운영하는지도 궁금했다. PCT를 하게 된 여러 이유 중 한 가지가 그것이다. 그들의 트레일에 관한 여러 가지, 특히 어떻게 운영 관리를 하는지 알아보고 우리의 백두대간과 무엇이 다른지, 그들의 관리 방법을 우리 백두대간에 어떻게 적용할 수 있을지를 알고 싶었다. 능력이 부족하다고 아무것도 안 할 수는 없겠기에 생각이라도 그렇게 해보는 것이다.

그리고 남북으로 길게 이어진 산줄기라는 공통점이 있는 길이 궁금했다. 북쪽 백두대간을 못 가니 그곳에 가서라도 남북으로 이어진 길을 걸림돌 없이 걷고 싶었다. 나는 그 길을 걷는 내내 '이것이 백두대간이라면' '백두대간에서 이랬다면' '백두대간에서 이런 일이 있었다면'이라는 생각을 하고 또 했다.

신발 문제가 계속 발생한다. 빡빡한 일정 탓에 너무 서둘러 출발하느라 몸(발) 생각을 못 한 것이다. 지나서 후회한들 무슨 소용이겠는가? 발은 계속 불편하다고 호소했고 결국은 오른쪽 새끼발가락에 물집이 생기고 말았다. 그동안 내가 산에 다니면서 가장 신경을 썼던 장비는 등산 양말과 등산화였다. 당연히 걷는 데 발이 가장 중요하다고 생각하기 때문이다. 그런데 어쩌자고 신어보지도 않은 새 신발을, 그것도 발에 맞지도 않는 것을 신고 그 긴 길을 걸을 생각을 했는지. 단 하루가 지났을 뿐인데 발이 아우성을 치는 것은 어쩌면 당연하다.

요즘은 신발이 워낙 잘 나와 예전처럼 신고 길들이지 않아도 발에 부담을 주지 않는다고 알고 있었다. 더구나 경등산화니까 신발에 발이 무난히 적응할 줄 알았다. 무엇보다 아무리 많이 걸어도 신발 때문에 발이 탈이 나본 적이 없었기 때문에 깊이 생각을 못한 탓이다. 그래도 그리 심하지는 않아 길에 신경을 집중하고 풍광에 집중하려고 했고 실제로 그렇게 하니 별거 아니라고 느껴지기도 했다.

길은 길게 이어져 있다. 사막이라지만 곳곳에 물이 많은 편이다. 길 양쪽으로 야생화가 지천으로 피었다. 몇몇 아는 꽃, 어디서 보기는 한 꽃, 이름을 모르는 더 많은 꽃, 생전 처음 본 꽃들을 본다. 꽃은 저절로 피어나 저절로 아름답다. 키 작은 나무와 가시나무가 이곳이 사막임을 알려준다. 사막은 밤낮의 기온 차이가 심해 밤에는 몹시 추웠다. 새벽에 추워서 너무 일찍 일어났고 텐트 안이 추우니 차라리 걷자고 헤드램프를 켜고 출발하는 관계로 일정은 계획보다 빠르게 진행되었다.

지난해 나는 침낭이 얇아 고생한 관계로 이번에는 두터운 것으로 준비해 괜찮은데 건이는 지난해 더웠다고 오히려 얇은 것을 가져온 탓에 밤에 많이 추워했다. 가벼운 침낭으로 주문했다는데, 출발할 때까지 오지 않아 괜찮겠지 싶은 마음에 얇은 것을 가져왔단다. 미국의 최남단임에도 사막의 밤은 추웠다. 사막은 변화무상하다.

전망 좋고, 물 좋고, 아직은 양지가 바른 곳에 텐트를 친다. 나는 햇빛바라기를 하며 발을 살폈다. 건이는 앞으로 가야 할 길에 대한 공부에 골몰하고 있다. 발이 조금 불편하지만 그 정도는 별거 아니다. 오히려 축복받은 인생이라고 생각한다. 나는 산에서 만나는 어려움은 어려움으로 간주하지 않는다. 당연한 어려움이기 때문이다. 누가 편하자고 산에 가는가? 산을 오르다 보면 땀을 흘리고, 숨이 목까지 차오르고, 도저히 못 오를 것 같고, 목숨이 위태로운 순간도 만난다. 온갖 육체의 극한을 만나는 대신 우리는 그에 상응하는 보상을 받는다. 땀을 흘린 개운함부터 자연이 주는 위로, 해냈다는 성취감, 스스로의 만족감 등. 고난 없는 성취는 없듯 산도 그렇다. 그래서 계속 산에 가는 것이라고 생각한다. 무엇보다 산을 누가 떠밀어서 가는 것이 아니고 본인이 선택해 가는 것이다.

대부분 산을 오르는 사람들, 특히 산악인이라 불리는 사람들은 본인의 선택으로 산에 입문했을 것이다. 처음에는 잘 모르고 시작했을 수는 있다. 하지만 시간이 지나며 정신과 육신을 다 쓰며 오로지 산에 빠져드는 마력 같은 그 무엇에서 헤어날 수 없는 것을 경험할 것이다.

그럼, 그 마력 같은 그 무엇은 과연 무엇일까? 사람에 따라 다르겠으나 나는 극한의 어려움이라고 생각한다. 그동안 우리는 암벽을, 빙벽을, 히말라야를, 백두대간을 하며 얼마나 많이 자신의 한계를 보고 느끼고 겪었는가? 당장 포기하고 싶고 어딘가로 도망가고 싶은 욕망을 이겨냈겠는가? 아무리 어려워도 포기하지 않고 이루어낸 성취는 무엇과도 바꿀 수 없는 오로지 내 몫의 만족, 내 몫의 성취인 것이다. 그래서 우리는 산을 오르고 곤란함을 이겨내고 불가능에 도전하는 것이다.

그 과정이 어찌 꽃길만 있겠는가? 가시밭길, 오염 투성이의 길, 욕 나오는 길, 난공불락 같은 길, 멀고도 험한 길, 절대로 갈 수 없을 것 같은 길을 만난다. 그 길을 가는 과정에서 우리는 어렵고, 힘들고, 도망가고 싶고, 포기하고 싶은 것들을 견디고 이겨낸다. 그리고 결국 성취하는 과정을 거치며 자신의 세계를 만들어 나가는 것이다. 그 세계를 만들어 가는 데 어찌 어려움이 없고 힘들지 않겠는가? 나는 내가 하는 모든 산행, 특히 육신을 많이 소진해야 하는 산행에서 어려움이 따르는 것은 당연하다고 본다. 그래서 당연함을 온전히 그대로 받아들이는 것이 내 방식이다.

몇 년 전 〈지리산 학교〉에서 내 수업을 받은 학생 몇 명과 백두대간을 종주할 때의 일이다. 그중 간 큰 학생 한 명이 나에게 얘기했다.

"선생님은 불감증인 것 같아요."

엥? 무슨 불감증? 나보고 힘든 것을 느끼지 못하는, 불감증 환자라고 매도를 하는 것이다. 하하, 내가 그랬나? 그들이 볼 때 내가 그렇게 보였을 수도 있었겠구나 싶다. 그들이 봤을 때 아무리 어려워도 힘든 기색 없이, 아무리 배고파도 배고픈 기색 없이, 물도 잘 마시지 않고 땀도 잘 흘리지 않는, 어찌 보면 재수 없이 항상 그 표정, 그 자세, 그 체력, 그 속도, 그 느낌으로 일관하고 있는 감정 없는 인간? 뭐 그럴 수도 있겠다. 하지만 나는 불감증이라기보다는 당연한 현상이니까 그냥 받아주는 것이다. 부정보다는 긍정이 더 큰 힘을 발휘하니까. 그런 생각으로 산행을 하다 보니 어려움은 당연한 것이다. 그래서 몸에 익은 것이 아닐까?

발에 맞지 않는 신발 때문에 실제로 발이 불편한데도 별거 아니라고, 이겨 낼 수 있다고 하는 것은 치유될 수 없는 내 불감증 때문인가? 그럼 길이 멀어도 좋고 험해도 좋고 길에만 있으면 좋은 것도 불감증인가?

너무 일찍 출발하는 바람에 아침도 건너뛰었는데 우리가 지나온 후에야 트레일 매직이 와서 먹을 것을 나눴다는 소식을 들었다. 조금 아쉽다. 그 행운을 놓친 것이다. 뒤에 도착한 다른 하이커가 알려주지 않았다면 몰랐을 일이고 모르는 것이 훨씬 좋았을 빗나간 행운이다. 그래도 아직은 출발한 지 얼마 되지 않아 실제로 겪는 허기도, 정신적 허기도 느끼기 전이라 다행이라면 다행이다. 하지만 소문으로만 들은 트레일에서 매직을 만날 첫 번째 기회를 놓쳐서 아쉽다.

시작부터 절실하지도 않으면서, 매직을 못 만났다고 아쉬워하는 내가 이해되지 않는다. 그만큼 트레일 엔젤이나 트레일 매직 문화가 신기하고 부럽고 궁금했기 때문일 것이다.

여전히 밤은 춥고 아침에도 쌀쌀한데 바람까지 부니 체감온도는 더 떨어지고 손이 시리다. 캄포를 출발할 때는 모두 경주라도 하듯이 속보로 시작했다. 그런데 발 빠른 사람은 빨리 갔는지 보이지 않고, 느긋한 사람은 천천히 오는지 보이지 않는다. 이제 몇 명만 우리와 앞서거니 뒤서거니 하며 서로 친숙한 눈인사를 건네며 서로의 단편적인 정보를 주고받는다.

그들 대부분은 생태적으로 우월하게 타고났지 싶게 신체조건이 좋아 보인다. 무엇보다도 긴 다리가 가장 돋보인다. 젊고 짐도 가벼워 보인다. 그러니 그들이 걸을 때는 그냥 성큼성큼 걷는다. 그래서 우리를 앞지르지만, 자주 쉬는 편이고 한번 쉴 때 길게 쉬는 것 같았다. 하지만 우리는 개미처럼 일찍부터 걷고, 잠시 쉬고 걷고, 부지런히 걷는다. 그래서인지 캠프에는 항상 비슷하게 도착했고 비슷하게 운행했다.

첫 번째 보급품을 찾는 날이다. 1마일 정도 트레일을 벗어나 마운트 라구나Mt. Laguna라는 곳에 도착했다. 마을이랄 것도 없이 작은 상점과 레스토랑 하나 정도가 있는 작은 마을이다. 그런데 그 상점에서 보급품을 받아주는 것이다. 그래도 세속의 물건을 만날 수 있는 곳이다. 점심은 레스토랑에서 해결하고 따뜻한 곳을 찾아 텐트를 치고 낯익은 상자를 열어본다. 며칠 전 우리가 우체국에서 급히 포장해 보낸 물건이다. 그 물건을 그대로 다시 만난 것에 이상한 안도감이 든다.

내 머리 수술(?)에 들어간다. 출발하기 전에 약간의 실수로 머리를 다쳤다. 시간이 없어 치료도 못한 상태로 출발했는데 며칠이 지나도 상처는 잘 낫지 않았다. 그렇다고 더 심해지는 것 같지도 않았다. 다행히 건이가 간호사라서 계속 상처를 관찰했고 수시로 소독을 해왔다.

이날은 보급품도 받았고, 상점에서 소독약도 넉넉히 샀고, 시간도 있어 수술을 하기로 했다. 자꾸 신경이 쓰여서 머리로 손이 자주 갔다. 어쩐지 상처 부위에 고름이 생긴 것 같이 만져보면 말랑말랑했는데, 그것을 빼버리면 상처가 금방 아물

것 같았다. 그래서 꺼리는 건이를 졸라서 머리에 칼을 대기로 했다.

관련 장비가 있을 리가 없으니 잔뜩 소독을 한 '아미 나이프' 가장 뾰족한 칼로 곪아있는 곳을 뚫어야 하는데 칼끝은 두피를 뚫지 못했다. 나는 두피가 그렇게 두꺼운 줄 몰랐다. 그렇지만 납득이 되었다. 두피가 두꺼운 이유는 머리를 보호하기 위해서일 것이다. 결국 칼로 생 두피를 뚫는 것을 포기하고 바늘로 교체해 다시 수술에 들어갔다.

바늘도 어렵기는 했지만 그래도 들어갔고 그 상처에서 나온 것은 고름은 아니라 약간 엷은 피였다. 고름이 아니라 다행이었지만 손으로 만져지는 액체를 뽑아내고 나니 머리가 개운한 느낌이다. 따뜻한 햇살로 소독을 곁들이니 이제는 낫겠다는 느낌이 왔다.

하지만 결과적으로 상처는 트레일이 끝날 때까지 낫지 않았다. 아마 모든 에너지를 다른 곳, 걷기에 집중해 버려 상처를 치료할 여분의 에너지가 없어서라고 생각했다. 그동안 내가 경험한 바로는 힘든 장기 산행을 하거나 히말라야 등반을 할 때 머리카락이나 손톱이 자라지 않는다. 모든 에너지가 그때 하는 일이나 등반에 집중하기 때문에 다른 곳으로 에너지를 보낼 여지가 없는 것이라고 추측한다. 머리카락이나 손톱 그리고 상처들은 변방이고 당장 에너지를 보태지 않아도 별 지장이 없다고 몸이 인정하는 것이라고 본다. 놀라운 인체 시스템이다.

작은 곳이라도 몸 일부가 아프면 온몸이 불편하게 느껴지는 것은 어쩔 수 없다. 머리 상처로 신경이 쓰이는 것 때문에 좀 피곤했나 보다. 햇빛바라기를 하며 한참을 쉬고 나니 회복되는 느낌이다. 해(태양)는 정말 좋다. 당장 이렇게 상처를 소독해 주고 피로를 회복해 주는 것이 해인 것이다. 여름에도 해를 좋아해 아이들은 나에게 '써니'라는 별명을 지어주었다. 푹 쉬어서인지 발도 괜찮아진 것 같다.

계속 걷기 좋은 날이다. 아침은 쌀쌀하지만 낮에는 살짝 더위를 느낄 정도다. 햇살은 강하지만 뜨거울 정도는 아니라 걷기에 그만이다. 비가 많이 내려서인지 곳곳에 물이 풍부하다.

첫 번째 트레일 매직을 드디어 만났다. 길옆의 나무에 작은 종이 안내판이 있었다. 'PCT 하이커는 잠시 들려서 자신이 준비한 음식을 먹고 가라'고 씌여진 고맙고 반가운 메모지가 붙어 있다. 길을 살짝 벗어나 올라가자 젊은 여성이 먹을 것을 펼쳐두고 찾아오는 우리를 반갑게 맞이했다. 불판에 고기와 채소를 익히고 빵도 따뜻하게 데워 주었다. 물, 맥주, 음료, 과일 등도 있었다.

자기도 몇 년 전에 PCT를 시작했는데 사정이 생겨서 이곳까지만 걷고 그만두었다고 한다. 그때 걸으면서 느낀 점이 많았고 아쉬워서 트레일 매직으로 나섰고 PCT 하이커들에게 작은 도움이라도 주면서 자신의 아쉬움을 달랜다고 했다. 아직 어린 친구가 참 마음도 예쁘게 잘 쓴다. 보고 있는 내가 다 뿌듯했다.

막 보급품을 받았고 세속 음식도 먹고 온 터라 식욕은 없었다. 또 머리의 상처 때문에 그 좋아하는 맥주는 못 마셨다. 그렇지만 그 마음이 고마워 한동안 그 주변에 있으면서 생각에 잠긴다. 이들의 베풂, 기부문화가 정말 부럽고 닮고 싶다. 찻길을 지나는데 지나가던 사람이 과일을 건네주기도 했고 나무 그늘에 맥주 박스가 놓여있기도 했다. 감탄과 감격과 감사와 한없는 부러움 그리고 우쭐함을 느낀다. 우리가 걷는 것만으로 존중받고 있다는 느낌은 참 기분을 좋게 하고 우쭐하게 한다. 그냥 걷는 모든 사람에게 아무 보상 없이 베푼다는 것. 과연 나는 할 수 있을까?

나는 수도 없는 길을 걸으며 놀라워(여자가 혼자? 백두대간을 겨울에?)하는 사람은 만나봤지만 존중받는 느낌은 그리 많지 않았다. 아마 처음이 아닐까? 그만큼 생소하고도 우쭐하다.

방울뱀을 만난 날이기도 하다. 엄청 크고 긴 놈이 길을 턱 가로막고는 비킬 생각을 안 한다. 꼬리에서 소름 돋는 소리를 딸랑딸랑거리며 한껏 여유를 부리고 있다. 스틱으로 땅을 "탕탕"치며 위협해도 꼼짝도 안 한다. 돌아갈 길도 없어 한참을 서서 기다려야 했다. 바쁠 것이 없는지 배가 부른지, 햇빛에 온몸을 펼치고 햇빛바라기를 하는지 아주 느긋하다. 우리만 바쁘고, 우리만 조급하고, 우리만 겁먹고 있는 것이다. 제법 긴 시간이 지난 후에야 딸랑딸랑 꼬리를 흔들며 천천히 숲속으로 사라졌다.

착시인지는 모르겠는데 꼬리 끝에서 어떤 물질을 쏘아 대는 것 같다. 미사일 같은. 휴, 다시는 만나고 싶지 않다. 하지만 이곳은 사막이고 그들이 사막의 주인이니 언제든지 나타날 수도 있겠다. 한번 마주친 방울뱀 때문에 하루 종일 자유로울 수가 없었다. 어디에서나 불쑥 나타날 것 같아 계속 사방을 살핀다. 신경이 쓰인다. 물을 지고 조금 더 진행해 전망 좋은 곳에 자리를 잡는다.

저녁에 보는 풍광과 아침에 보는 풍광은 다소 차이가 있다. 늦은 오후로 접어들면서 산과 숲이 차분하게 가라앉는 느낌이

라면 새벽에는 아주 밝은, 조금은 들뜨는 느낌이다. 그때그때
마다 해 질 녘이라 새벽에 만나는 풍광은 환상이다. 물을 지고
올라오기를 잘했다. 이만한 풍광을 위해서는 그만한 수고는
해야 하는 것이다.

그동안은 사막이라는 이름뿐이었는데 이제부터는 본격적인
사막인가 보다. 물이 귀하다. 아, 또 방울뱀을 두 번이나 만났
다. 이 구간은 차도를 많이 만나는 관계로 매직도 수시로 만난
다. 숲에 방금 갖다 놓은 듯 시원한 맥주 한 박스에 저절로 손
이 갔지만 다시 내려놓는다. 만약 우리나라 백두대간에 누군
가가 이렇게 맥주를 갖다 둔다면 어떤 일이 벌어질까? 모르기
는 해도 아마 다 마시고 가거나 지고 가거나 그러지 않을까?
남을 배려하는 것에 익숙하지 않은 우리를 생각하면 정말 이
런 배려는 본받고 싶은 문화 중 하나다.

100마일 지점을 지난다. 누군가 주변에 있는 조약돌을 모
아 100이라는 숫자를 길에 수놓듯이 박아두었다. 캄포에서 출
발한 모든 하이커는 이곳까지 오면 100마일, 즉 160킬로미터
를 온 것이다. 감동이다. 4300 중 160은 아주 작은 숫자지만
그 의미는 대단하다고 생각한다.

우리 속담에 "시작이 반이다"라고 하지 않는가? 시작하고 160킬로미터를 더 왔으니 반 이상은 왔다고 봐도 될 것 같다. 종일 햇빛에 노출된 채로 걷다가 굴다리를 만난다. 오아시스 같은 그늘이다. 그늘만으로도 좋은데 누군가가 그늘에 여러 통의 생수를 갖다 놨다. 감사하고 감사한 일이다. 사막에서 물만큼 요긴한 것이 또 있을까?

하지만 〈PCT 협회〉에서는 이런 트레일 엔젤이나 매직을 썩 달가워하지 않는다고 한다. 이 길은 그야말로 야생의 길이기 때문이다. 야생의 길에서는 모든 것을 스스로 책임져야 하는 것이 원칙이다. 본인이 먹을 음식도 스스로 해결해야 하고 물도 스스로 구해야 하는데 하이커를 위한다고 음식을 제공하고 물을 갖다 놓으면 그만큼 야생에서의 독립성이 축소된다고 보는 것이다.

PCT는 견고하지만, 거칠고, 멀리 떨어져 있으며, 까다롭고, 위험할 수 있다. 본인의 안전에 대한 책임은 본인에게 있으며 그러므로 모든 것을 본인이 해결해야 하는 것이 원칙이다. 그러하기에 그 길을 선택하는 사람들이 있는 것이다. 그들을 위해 이 길이 존재하는 것이다. 그래서 물이나 음식들을 제공하는 것은 PCT 본질에 맞지 않다고 보는 것이다. 그 외에도 환경 문제, 즉 쓰레기 문제도 대두된다.

대부분 엔젤이나 매직들은 그 문제까지 다 계산하고 봉사를 하겠으나 간혹 그렇지 않은 경우도 있을 것이다. 간혹 숲속에 음식이나 음료를 두면 하이커에게는 엄청난 행운이겠지만 야생동물에게는 치명적일 수도 있다. 야생동물이 인간의 음식 맛을 알았을 때 발생할 문제들은 심각하다고 한다.

처음 맛본 그 이상하고 감미로운 맛! 자연에서는 전혀 만날 수 없었던 자극적인 맛! 그것을 한번 맛본 야생의 그들은 그 맛을 다시 보고 싶어 사람에게 계속 접근한다는 것이다. 그런 일이 벌어지면 인간에게도 동물에게도 불행한 일이 생기고 만다. 이런 이유로 가능하면 그렇게 하지 않기를 바란다고 한다.

그 말에 이론적으로는 전적으로 동의하지만 실제로 우리 모두는 고마운 엔젤이나 매직들을 만나고 싶고 만나면 좋은 것이 사실이다.

물을 만난 하이커는 모두 반기며 물을 마시고 자신의 물병에 담아 가지만 뒷사람을 배려해 적당히 담아가는 것도 인상적이고 배워야 할 덕목이다. 그늘과 물을 만난 우리는 한낮을 그곳에서 쉬었다 가기로 한다. 우리뿐만 아니라 대부분의 하이커가 각자 자리를 잡고 눕거나 앉아 쉰다.

혼자 출발한 사람끼리 길을 걸으며 친해졌는지 무리 지어 함께 걷는 몇몇 사람도 있고 그냥 혼자만의 시간을 고수하는 사람도 있다. 우리는 둘이라 군이 사람을 사귀지 않아도 그만이지만 무엇보다 내가 말을 못 하는 것이 사람들과 못 어울리는 데 한몫을 했다. 이럴 때는 내가 딱해 보이는 것이 사실이다.

푹 쉬었다 걸으니 발이 그리 많이 불편하지 않다고 느껴진다. 그렇지만 신경을 계속 쓰고 있다는 것은 뭔가 불편함이 있다는 것이다. 그래도 발에게 고맙다. 평생 주인을 잘못 만나 고생만 하는 내 발이 아닌가? 지금껏 살아오는 동안 그 발로 얼마나 많은 길을 걸었는지조차 헤아릴 수 없다.

내리 7킬로미터 정도 오르막길을 올라 멋진 곳에 텐트를 친다. 매일 풍광이 바뀌고, 매일 최고로 좋다. 오늘도 캠프에는 우리뿐이다. 사람이 많이 몰리는 캠프지는 자리를 잡기가 쉽지 않은 곳도 있다. 그래서 캠프가 가까워지면 경쟁하듯이 경보로 가서 자리를 잡기도 한다. 하지만 우리는 가능하면 사람이 많이 몰리지 않는 조용한 곳을 선호했다. 그래서 가끔 우리만 있을 때도 있었다.

대부분은 걸음 속도가 비슷한 사람들이 캠프도 같은 곳에

친다. 주로 우리와 함께 하는 사람은 여섯 명으로, 키가 작지만 다부지게 생긴 미국 여성 한 명과 유럽 젊은이 한 명, 똑같이 생겨서 구분이 잘 안 되는 쌍둥이 형제, 해먹hammock으로 캐나다까지 가겠다는 젊은이와 발이 엄청 빠르지만 속도를 조절하는 청년, 그리고 우리다.

이들은 우리와 앞서거니 뒤서거니 하면서, 때로는 하루 먼저 도착했지만 또 만나게 되는 일행으로 우리가 이 구간을 끝낼 때까지 거의 만났다 헤어졌다를 거듭했다. 재미있는 것은 짐을 줄이려고 '해먹'을 사용하는 친구는 캠프지를 찾을 때 가장 우선시하는 것이 해먹을 걸 만한 나무가 있는지를 찾는 것이었다. 대부분 나무가 있었지만 사막이라 나무의 키는 작았고 더러 없는 곳도 있다. 그래서 모하비 사막에서는 어려움이 더 많았을 것이다.

쌍둥이들은 형제인데도 텐트를 각자 쳤고 끼니도 따로 해결했다. 생김새만 같았다. 한 텐트를 둘이 쓰는 사람은 우리뿐이다. 문화 차이겠다.

이제 걷는 데 탄력이 붙어서 하루에 걷는 길이가 처음보다 많이 길어졌다. 하지만 오후가 되면 몸이 힘들다고 신호를 보낸다. 그래도 당연히 그러려니 하며 무시하는 편이다. 수십 킬로미터 정도는 물이 없는 구간이라 이틀 분의 물을 지고 다녀야 하지만 고마운 분들이 찻길이 있는 곳이면 물을 갖다 놓았다. 어떤 곳은 연세가 좀 있는 어른이 하루 종일 물을 공수해 주기도 했다.

그분들의 수고로 물을 많이 지고 다니지 않으니 갈증으로 고생하지 않아도 되고, 짐도 가벼워진다. 감사한 마음이 가득하니 기분도 좋아 몇 가지 이익이 있는지 모르겠다. 그러므로 이 길은 축복의 길이다. 나의 고행을 알지 못하는 사람들로부터 응원받고 인정받는다는 것. 참 멋지다.

7부에서 8부 능선을 계속 돌고 돌았다. 그 길은 과연 끝이 있는 것일지 의구심마저 들게 하는 길이다. 하지만 이 세상에 영원한 것은 없다. 그 길도 어느 순간 끝이 나고 이제는 꽃길이다. 하루도 같은 길은 없다. 매일 변화무쌍한 길이다.

다음날 아침에는 비가 오기 시작했다. 바람까지 세차게 불어서 몹시 추운 날이다. 우비로 무장을 했는데도 몸은 떨리고 손이 시리다. 장갑이 젖어서 더 그랬다. 나는 비바람에 추위를 느낄지라도 다른 사물은 물이 필요하니 비가 와서 좋은 일이라고 자신을 달랜다. 길은 어제와 달리 초원이 펼쳐졌다.

어느 순간, 독수리처럼 생긴 바위가 크게 날개를 펼치고 막 땅을 박차고 날아오를 기세로 우리를 맞이했다. 이곳은 이글록Eagle Rock으로 PCT 하이커 사이에는 명성이 자자한 곳이다. 인기도 많은데 비가 와서인지 다른 사람은 없고 우리뿐이다.

정말 살아있는 독수리 같다. 조각이라면 아주 정교한 조각 같은 바위 독수리다. 자연의 오묘함과 위대함을 느낀다. 특별한 자연을 보고도 오래 있지는 못했다. 움직임을 멈추면 너무 추워 사진 몇 장 찍고는 쫓기듯이 떠나며 아쉬워했다.

오전에 우리의 보급지인 워너 스프링스Waner Springs에 도착했다. 마을치곤 아주 작은 곳인데, 한쪽 평지에 PCT 하이커를 위한 공간이 마련되어 있고 길 건너에는 학교가 있었다. 물을 길어다가 간이 샤워장에서 일주일 만에 몸을 씻고 빨래도 했다. 빨래는 헹구고 헹구어도 까만 때물이 계속 나온다.

보급품을 찾으니 특식으로 넣어둔 김치찌개가 가장 먼저 눈에 들어온다. 우리는 짐 무게 때문에 항상 건조식으로 식사를 했다. 이렇게 보급품을 받는 날은 지고 가지 않아도 되는 특식을 하나씩 넣었다가 먹는데 그 맛은 환상이다. 인스턴트 김치찌개로 이렇게 감동할 수 있다는 것을 길이 가르쳐 준다.

모처럼 쉬는 오후라 전화기 충전도 하고 세상 소식도 듣고 느긋하게 남은 하루를 보낸다. 이곳은 오로지 PCT 하이커만을 위한 고마운 공간이다. 그동안 볼 수 없었던 수많은 하이커가 텐트를 쳐놓고 군데군데 모여서 잡담을 하거나 본인이 경험한 모험담을 떠들고 있다.

하이커를 위해서만 있는 곳이라서 그런지 상점에는 물건이 별로 없다. 하지만 하이커 박스는 대단히 풍성하다. 보급지이다 보니 식량이 많이 남겨져 있다. 무엇보다 신발이 필요한 나는 엄청나게 쌓여있는 신발을 발견했다. 수많은 등산화, 딱 봐도 값이 엄청 나가는 중등산화부터 운동화까지, 진짜 탐나는 등산화도 많았다. 만약 계속 짐을 지고 걷지 않는다면 가져다 신고 싶은 신발이 많았다. 하지만 길에서 욕심은 금물이다. 여러 켤레의 신발 중에서 미국 하이커들이 가장 많이 신는 트레일 러닝화를 하나 발견했다. 그 신발은 내 발에 맞기도 했고 많이 닳지도 않았다. 단지 끈이 조금 상했는데, 수리하면 될 것이다. 횡재를 한 것이다. 그동안 신발이 발에 맞지 않아 고생했는데 누군가가 두고 간 신발이 아주 요긴할 것이다.

이곳에는 왜 이렇게 버려둔 신발이 많을까를 생각하다가 어쩌면 이곳에서 많은 하이커가 포기해 더 이상 필요 없는 신발을 두고 하산한 것은 아닐까 하는 생각이 들었다. 내 생각이지만 틀리지는 않을 것이다.

캄포에서 출발한 지 일주일 정도 지난 시점이고 땅으로 내려가기도 수월하다. 그동안 봐온 많은 하이커의 발은 하나같이 엉망이었다. 물집이 잡히는 것은 기본이고 갈라지고, 발톱이 빠지고. 보는 사람이 딱할 정도다. 그러니 포기하는 사람도 많으리라고 본다. 내 추측이다. 신발 하나를 주워 기분이 엄청 좋아졌고 다른 박스에서 비니도 하나 챙긴다. 그 외에 좋은 물건이 많았지만 거기까지다. 아주 횡재한 날이다.

다음날 주운 신발의 끈을 수리해 신고 걷다 보니 미국 친구들이 왜 이 신발을 선호하는지 알 것 같다. 일단 편하다. 가볍다. 볼이 넓어서 발가락이 자유롭다. 바닥 쿠션이 좋다. 이처럼 장점이 아주 많은 신발이다. 진즉 몰랐던 것이 야속할 정도였다. 걸음이 저절로 걸어지는 것 같았다. 누군지 모르지만 신발을 선물로 준 사람에게 마음속으로 감사 인사를 전했다.

길을 가다가 주로 보급품을 받는 곳에는 어김없이 하이커박스가 있다. 그 외에도 트레일 주변 상점이나 모텔 주변, 어떤 때는 길가에 음식 박스와 장비 박스가 구분되어 각각 놓여있다. 음식은 포장을 뜯지 않은 것도 있고, 내용을 알 수 없는 것도 있고, 각자의 주식이나 간식이었을 온갖 다양한 먹을 것이 새로운 임자를 기다리고 있다.

장비는 주로 사용하다가 버리고, 아니 두고 가는 것이 많다. 쓰다 남은 가스부터 화장지까지. 누군가에게는 소용없지만 누군가에게는 아주 요긴할 물건이다. 각자 보급품을 받으면 짐을 정리하는데 본인에게 너무 많거나 필요가 없는 것 또는 너무 무거워 하는 수 없이 포기해야 하는 물건이나 식품을 하이커 박스에 넣어둔다. 필요한 사람이 가져가는 일종의 또 다른 기부라고 할 수 있다. 참 괜찮은 시스템이고 본받고 싶은 것 중 하나다. 우리의 아나바다 운동과 비슷하지만 조금 다른 것은 여기는 길 위라는 것이다. 우리를 포함한 거의 모든 하이커가 도착해 우선으로 찾는 것도 그 박스인 것 같다.

우선 무엇이 있을지 몹시 궁금하다. 다행히 자기에게 꼭 필요한 물건이나 식품이 있으면 더 금상첨화다. 꼭 필요하지 않아도 무엇이 들어있는지도 모르는 보물상자를 열어보는 것은 재미 그 이상이다. 가난한 하이커에게 그 보물상자는 큰 도움이 될 것이다. 실제로 우리가 만난 사람 중에 먹을 것을 전혀 사지 않고 오로지 하이커 박스에서 공수한 것으로 해결하며 걷는 하이커도 있었다. 약간 불안하겠지만 전혀 불가능한 일은 아닌 것 같다. 최소한 캘리포니아 남부 구간에서는.

비가 잦은 편이다. 숲속 바위 옆에서 겨우 텐트를 친 후 밤을 보내고 출발했는데, 출발하고 얼마 지나지 않아 '마이더스 플레이스Midas Place'라는 트레일 엔젤이 능선 너머에 있었다. 많은 하이커가 그곳에서 하루를 보내고 일어났는지 막 아침을 먹고 있었다.

정보가 없어 이곳에 어제 오지 못한 것을 한탄하며 우리도 그들 틈에서 음식도 먹고 팬케이크를 구워 나눠먹기도 했다. 그곳은 커다란 팬에 누구나 자유롭게 팬케이크를 구워 먹게 했다. 음료, 커피, 맥주, 과일 등이 있어 눈치 보지 않고 마음껏 먹고 싶은 것을 골라먹을 수 있다. 배고픈 하이커의 천국이었다. 한쪽 캠프지에는 제법 많은 하이커 텐트가 있고 여러 날을 묵는 사람도 있는 것 같았다. 아침이었지만 거의 잔치 분위기인데 밤에는 어땠을까 싶다. 이런 분위기가 매일매일 반복될 텐데 그 에너지는 어떤 것일까?

비는 그치고 안개만 자욱한 산속에서 먹고 마시고 배낭 무게를 저울에 달아보고 하이커 박스를 뒤져본다. 한쪽에서는 청소도 하고 설거지도 하며 부산하다.

배를 채운 우리는 한쪽에서 쉬고 있는데, 한 노인이 자기의 침낭이 얼마나 가볍고 따뜻한지를 자랑하며 이 좋은 침낭을 두 개나 가지고 다닌다고 했다. 그러면서 자기랑 결혼하면 침낭 하나를 주겠다며 흰소리를 하면서 다녔다. 재미있는 사람은 맞지만 아무리 좋은 침낭이라고 해도 농담이 지나치다.

이곳은 첩첩산중이다. 아마 다른 쪽으로 차가 다닐 수 있는 길이 있는 것 같지만 그래도 이 많은 쓰레기를 어찌할 것인지 괜한 걱정도 해본다. 매일 수많은 사람이 먹고 마시는데, 청소는 어쩔 것이며 설거지는 또 어쩔 것인가? 내 걱정과는 달리 그들은 봉사와 보시의 즐거움만 있는 듯 유쾌하고 걸림이 없다. 어쩌면 저럴 수 있는지 시도조차 해보지 못한 사람으로 부끄럽다. 물론, 기부를 받지만 정해진 것은 없고 내고 싶은 사람이 내고 싶은 만큼만 내면 되고, 내지 않아도 그만인 '무주상보시Unintended Buddhist alms'*다. 그들의 보시를 만날 때마다 나를 다시 생각하고 우리나라를 생각하게 된다.

언제 나는? 언제 우리는?

매일 우리의 일상은 반복된다. 걷기 아니면 먹기 그리고 잠자기다. 그 외에는 다른 것이 없는 세상에서 가장 단순한 삶을 산다. 길이 삶을 이토록 단순하게 해 준다. 얼마나 고마운 일인가? 보통 10시간 정도 걷는 것 같고, 10시간 정도 쉬거나 누

---

* 집착 없이 베푸는 보시를 의미한다. 보시는 불교의 육바라밀(六波羅蜜)의 하나로서 남에게 베풀어주는 일을 말한다. - 한국민족문화대백과사전

위있거나 자는 것 같다. 그 외의 시간은 먹고, 물 정수하고, 막영을 준비하는 것 외에는 하는 일이 없다.

가끔 씻거나 빨래를 하는 것은 주로 보급품을 찾는 날에 처리한다. 보통은 물에는 들어갈 수 없을 정도로 추워서 운행 중에는 세수 정도밖에 할 수 없어 별도의 씻는 시간이 필요하지 않다. 세수도 못하고 양치만 하는 날도 많았다. 생각도 줄어들고, 걱정도 사라지고, 궁금한 것도 없어진다. 대신 어디까지 가야 하고, 얼마나 왔고, 어디에다 캠프를 칠까? 날씨는 어떤가? 이런 것들에만 관심이 있고 집중을 한다.

얼마나 단순한 삶인가? 걷는 생활에 필요한 모든 것을 지고 다니느라 등짐은 무겁지만 생활은 더없이 간편하다. 이렇게 아무 걱정하지 않고, 무엇에 얽매이지도 않고, 욕심부릴 것도 없고, 누구를 시샘할 일도 없는 원초적 일상이 나는 좋다.

새벽에 일어나면 하루살이 집을 부수고, 배낭을 꾸리고, 간단하게 요기하고 출발한다. 온통 걷기에만 집중하는 것이다. 걷기 위해 태어난 사람처럼, 앞으로 걷게 만들어진 인형처럼. 그리고 힘들거나 배고프면 배낭을 내리고 쉬면서 간식을 꺼내 먹는다. 매일 먹는 것이 싫증나기도 하지만 그냥 의무적으로 먹기도 한다. 먹어야 갈 수 있으니까.

이 길에서는 먹는 즐거움이 없는 편이다. 물론, 항상 정해진 메뉴 외에 보급품을 찾는 날에 미리 보내놓은 특식이나 상점에서 음식을 사 먹을 때는 즐거울 때도 있기는 하다. 그리고 트레일 엔젤이나 매직이 생각지도 못한 곳에서 먹을 것을 제공할 때는 정말 즐거움에 행복함까지 더해진다.

우리가 정한 음식은 간단하다. 일단 하루 운행을 끝내고 저녁을 가장 잘 먹는데 조리까지는 아니더라도 화식(火食)으로 먹는다. 즉, 버너를 켜고 알파미로 밥을 하고 내가 말려간 채소로 국을 끓이며 컵라면 하나를 보탠다. 컵라면을 보태는 이유는 그냥 라면보다 면발이 가늘어서 연료를 절약하고 또 포만감도 주기 때문이다. 알파미는 찬물을 부어서 한 시간가량 두면 밥이 되고 따뜻한 물을 부으면 15분 정도 지나 먹을 수 있다. 하지만 우리는 물을 데워 뜨거운 물을 붓고 버너에 올린다. 그러면 3분만에 밥이 된다. 간은 내가 만든 오래 묵은 집간장으로 한다. 반찬으로는 고추장과 김 그리고 멸치다.

집 간장은 식품으로도 사용하지만 비상 약품으로도 사용한다. 몸살이나 체기가 있을 때 따뜻한 물에 간장을 풀어서 간장차로 마시면 몸이 따뜻해지며 속이 편해진다. 그 외에도 염분이 부족하다 싶으면 물에 간장을 조금 풀어서 마시면 좋다. 가끔 고추장에 밥을 비벼 먹기 싫을 때도 간장에 밥을 비벼먹기도 한다. 하지만 무게 때문에 많이 가지고 다니지는 못한다.

아침으로는 간단한 비스킷이나 마을에 갔을 때 사 온 빵을 따뜻한 차와 함께 조금만 먹는다. 대부분 아침에는 춥기 때문에 차를 끓이느라 버너를 피우면 몸을 녹이는 역할도 한다. 점심은 물 있는 곳에서 쉬면서 방금 정수한 시원한 물로 미숫가루를 타 먹는다. 미숫가루는 나의 친구인 치경이 매년 만들어준다. 온갖 유기농 곡식을 집에서 찌고 말려서 살짝 건더기가 있게 빻아서 만드는 것이 포인트다. 약간의 건더기를 있게 하는 것은 가루가 배 안에서 불면 포만감이 오래가기 때문이다. 조금 슬픈 것 같지만 사실이다. 배가 부르면 든든하고 걸을 힘이 생긴다.

간식으로는 건과와 육포, 비타민 가루가 기본이고 나머지는 에너지바나 과자, 가끔 젤리, 초콜릿, 건빵, 빵 등 그때그때 따라 다르다. 그리고 해가 갈수록 진화하면서 변해 갔다. 영양과 맛과 입에 맞는 것으로.

비상약으로는 건이가 간호사인 덕에 필요한 것을 잘 챙겨온다. 수술도 가능하다고 한다. 나는 약에 대한 거부반응이 있어 첫 해에는 일절 사양했지만 이번에는 건이가 권하는 대로 먹었다. 머리 부상 때문이다.

요즘처럼 모든 것이 풍요롭고 흔한 세상에서 최소의 것으로 생활하기는 이런 기회가 아니면 만나기 어렵다. 백두대간도 이 길과 마찬가지로 최소의 것으로 살아가기를 알려준다. 우리가 살아가는 데는 그렇게 많은 것이 필요하지 않음을 길이 알려주는 것이다.

배 부르게 먹지 않아도 살 수 있다. 특히 우리는 매일 엄청난 체력 소모를 하지만 그렇게 많이 먹지 않아도 된다는 것을 길이 알려준다.

물은 어떤가? 우리는 걸으면서 몸으로 익힌다. 물은 하루에 2리터 정도면 살 수 있다는 것도 알게 된다. 넉넉하지는 않아도 살 수는 있다. 그 정도면 하루 종일 마시고, 밥 해 먹고, 양치까지 할 수 있다. 그동안 우리는 얼마나 많은 물을 낭비하고 살았을까? 매일 필요 이상으로 썼고 온갖 세제를 쓰고 그냥 버린다. 언제나 그렇게 함부로 물을 쓰고 버려도 되는 것으로 생각하는지 모르겠다. 물도 아껴야만 하는 자연인데 그것을 알고 있는 사람은 얼마나 될지.

자기가 살아가는 온갖 짐을 등에 지고 걸어보지 않으면 모른다. 작게 사는 것, 적게 먹고 적게 버리는 것, 그것이 자연과 나를 아끼는 방법이고 우리 모두를 살리는 방법이라는 것을 말이다. 그러므로 길이 스승인 것이다. 스스로 알게 하는, 오로지 체험만이 참 공부다.

배변 이야기를 안 할 수 없다. 트레일을 처음 걷는 며칠은 몸이 적응을 못해서인지 배변을 못 하기도 하지만 곧 적응이 되면 매일 일정한 시간에 신호를 보낸다. 물론, 트레일이나 캠프의 환경에 따라 달라질 수 있다.

이곳의 배변 수칙은 수원에서 200피트, 즉 70여 미터 떨어진 곳에 6인치에서 8인치 정도 구덩이를 파고 일을 본 후에 묻기를 권한다. 그 수칙은 잘 지켜지며 모든 하이커는 일명 '똥삽'을 가지고 다닌다. 그래서 아무리 사람이 많이 몰리는 캠프지에서 화장실이 따로 없지만 배변 흔적도 없다.

화장지는 잘 녹는 것을 사용하라고 권하는 곳도 있고, 어떤 곳은 화장지를 다시 가져가라고도 한다. 물티슈는 가능하면 쓰지 말 것을 권한다. 빨리 썩지 않기 때문인데 물티슈를 사용했으면 필히 가져가게 한다. 여성 생리 용품도 마찬가지다.

그리고 여성의 소변 문제도 다루는데, 가능하면 화장지를 사용하지 말고 천을 사용하기를 권한다. 화장지는 쓰레기도 발생하지만 여러 날을 써야 하는 관계로 무게도 고려해야 하기 때문이다. 그리고 사용한 천을 배낭에 달아 햇볕에 말리거나 물을 만났을 때 빨아 사용하라고 권한다. 자연을 생각하고 자신의 몸도 생각하라는 것이다.

화장지나 기타 인간의 손을 거친 것들이 동물에게 자극을 주고 그들이 그것들로 인해 야생성을 잃거나 병이 들 수도 있다. 우리 몸도 마찬가지로 화장지보다는 천을 더 좋아할 것이다. 나도 이미 오래전부터 이를 실천하고 있다. 매우 괜찮은 방식이다.

아직 이른 시기라 바람이 많고 쌀쌀한 날의 연속이지만 가끔은 한낮의 뜨거움으로 걷기 힘들 때도 있었다. 그럴 때도 우리는 잠시 쉬기는 하지만 그냥 운행을 한다. 하지만 대부분의 하이커는 아예 그늘에서 마음껏 쉬는 것 같았다.

우리와는 다른 부분이다. 내 생각으로 그들이 추위는 잘 견디지만 더위에는 매우 힘들어하는 것이 아닌가 싶다. 아침저녁으로 쌀쌀할 때도 그들은 반팔과 반바지 차림으로 씩씩하게 걷지만 한낮에 더워지면 그냥 퍼져(?) 버린다. 그 모습을 보면서 그런 결론을 내려 본다.

하지만 우리는 그냥 하염없이 걷는다. 모르기는 해도 아마 젊은 날 단체 산악부 활동을 하면서 몸에 익숙하기 때문이지 싶다. 그 당시 어떤 산악부든 극기 훈련 비슷한 것들을 배우고 익혀왔다. 힘듦, 어려움, 두려움, 배고픔, 추위, 더위 그 모든 것을 참고 이기는 훈련이 되어 있어서 그럴 것이다.

지금 생각하면 말도 안 되는 것이 훈련이라는 이름으로 행해졌고 또 당연한 것으로 인식되었다. 그것이 그들과 우리의 차이점인 것 같다. 그때는 참 찬란하고도 힘든 시간이었다. 한 번 몸으로 익힌 것들은 잘 잊혀지지 않고 살아가면서 계속 반복 사용될 것이다.

우리는 꼬박 하루를 쉬지는 않지만 보급품을 찾는 곳에서는 반나절 정도는 여유를 부린다. 하루 종일 쉬는 제로 데이를 갖기에는 일정이 너무 빡빡해 살짝 반나절 정도만 쉬며 볼일도 보고 빨래와 목욕도 하고 세속의 음식으로 체력도 보충한 후 바쁘게 나선다. 우리는 섹션 하이커라서 스루 하이커처럼 느긋할 수 없었다. 길고 긴 날들을 길 위에서 보내려면 조급해서는 안 되기 때문에 그들은 쉴 때 제대로 쉬며 힘을 아껴야 할 것이다. 하지만 우리 같은 섹션 하이커는 정해진 시간에 최대한 가는 것이 바람직하다.

우리의 경우 한 달 정도 걸으니 조금 무리해도 크게 지장이 없고 조금이라도 길을 줄이려는 목적도 있다. 그리고 길을 떠난 후 걷거나 자는 것 외에 해본 게 별로 없어서 오랜 시간 쉬는 것에 익숙하지도 않고 또 금방 지루해지기도 해서 그렇다.

아무런 오락거리도 없고 가져온 책도 다 읽었다. 더는 읽을 것이 없어 반복해 읽는 경우도 있다. 출발할 때는 도움이 될 것 같은 책도 막상 이 길 위에서는 별 재미를 못 느끼는 경우가 있다. 아무것도 하지 않고 가만히 시간만 보내는 것은 고역이라서 차라리 걷기 위해 길을 나서는 것이다. 길에서조차 잊고 푹 쉬지 못하는 것이 좀 딱하기는 하다.

보급품을 찾았다고 조금 늦은 출발을 했다. 그곳 캠프에는 여러 명의 하이커가 몰려 있고 텐트도 약 50여 동쯤 쳐진 것 같은데 막상 걷는 사람은 극소수다. 그동안에도 그랬지만 이 구간은 더 심하다. 사람을 만날 수 없다.

각자 걷는 속도 차이와 쉬는 곳 차이 등이 있겠지만 어떤 사람은 유명 캠프에서만 보이는 것으로 봐서 트레일은 건너뛰고 캠프만 치고 다니는 것이 아닌가 하는 생각조차 든다. 뭐, 그럴지라도 내 몫이 아니니 신경 쓸 일은 아니다.

여느 때와 달리 길이 잘 정비되지 않고 쓰러진 나무가 많다. 장애물 경주를 하듯 제 멋대로 넘어진 나무를 타서 넘고 돈다. 나중에 알고 보니 이 구간은 눈과 산불로 인해 대부분의 하이커가 건너뛰는 곳이라고 한다. 어쩐지 사람이 없더라니. 길의 상태를 보니 그럴만도 하겠다.

끝도 없는 오르막이다. 어디로 눈을 돌려도 멋진 풍광이 펼처져 있다. 물이 걱정되었지만 그 풍광에 이끌려 계속 올랐고 결국 능선 꼭대기 최고점에서 짐을 내린다. 마침 일몰이 진행되는 시간이라 서쪽 하늘은 붉게 물들었다. 사방은 막힘없이 트였고 걸릴 것이 하나도 없는 공간이고 시간이다. 한 동안 넋을 놓고 앉아 그 광경에 정신을 판다. 이 지구별이 이렇게 아름다울 수도 있구나! 이 길이 이렇게 아름답구나! 너무나 아름다워 아득하기까지 하다. 왠지 슬퍼지는 듯도 하고. 하지만 아름다움에만 정신을 빼앗길 수 없다. 현실은 혹독했다.

일단 춥다. 급히 텐트를 친다. 배고프다. 그럼 밥을 해야 하는 데 물이 없다. 각오는 했다. 물을 길으러 가려면 급경사 내리막을 3킬로미터 이상 가야만 한다. 잠정 합의를 본 상태이기는 하지만 물 없이 지내본 경험이 없는 우리는 끝없이 망설인다. 내려갔다 오기에는 너무 멀고, 날은 저물고, 무엇보다 너무 피곤했다.

과감하게 물 없는 하룻밤과 아름다운 풍광을 바꾸기로 하고 아메리칸 스타일로 저녁을 해결했다. 물도 불도 없는, 먹는 즐거움도 없는, 포만감도 없는 쓸쓸한 식사다. 올라오며 쌓인 눈을 만났기에 내일은 눈이라도 녹여 먹자며 서로를 위로하고 자신을 다독이지만 허전하고 배고프다.

넘어진 나무를 기어서 지나다가 나뭇가지에 이마가 찍혀서 혹을 하나 더 달았다. 이제 내 머리는 앞뒤로 혹이 하나씩 있다. 혹부리. 잠이 오지 않으니 혹도 아프다. 달은 왜 또 그리 밝은지….

눈길을 걸으며 갈증에 허덕였다. 눈은 녹으면 물이 되는데, 왜 눈은 먹을수록 갈증이 더 심해지는 걸까? 본격적으로 눈길에 접어들어서 배고픔과 갈증에 허덕인다. 자꾸만 눈을 입으로 가져가보지만 어쩌자고 배고픔도 목마름도 해결해 주지는 못하는가! 눈은 윗부분만 얼어 있어 체중을 실으면 푹 하고 다리가 빠진다. 반복이다. 눈 산은 힘들다. 이렇게 위만 딱딱하게 얼어버린 눈은 더 힘들다. 체력 소모가 엄청 심하고 경등산화는 이미 젖어 버린 지 오래다. 그 와중에 길을 잘못 들어서 한참을 되돌아와야 했다. 그 힘든 눈길을.

지난겨울 지리산에는 눈이 오지 않아 눈 산행을 못 했는데 봄에 이 사막에 와서 원 없이 눈 산행을 한다. 지난밤 물이 없어 저녁도 제대로 먹지 못한 우리는 힘겨워지기 시작했다. 그런데 어느 순간 축복처럼 빙하가 소리도 풍성하게 쏟아져 내려오고 있었다. 당장 배낭을 내리고 지난밤 못 해먹은 저녁거리를 꺼내서 조리해 먹고 나니 그제서야 살만하다. 먹는 것이 이리 중요하다는 것을 다시 확인한다.

비로소 눈도 걱정되지 않고 젖어버린 신발도 별거 아니게 느껴진다. 다시 행복모드가 된 우리는 아무도 없는 산을 독차지하고 흐뭇해 한다. 지난밤 우리 텐트 옆에 다른 텐트가 있었다. 텐트 안에 있는 분도 물이 없어 고생을 하는 듯했다. 아침에 만났을 때는 많이 아픈 사람처럼 보여 걱정스러웠다.

건이가 간호사의 눈으로 그를 관찰했다. 더는 걸으면 안 될 것 같다며 다음 찻길을 만나면 내려가라고 권했다. 우리도 갈증에 허덕였지만 그는 우리보다 더 심각해 보였다. 눈에 단백질 가루를 섞어서 나눠주자 그걸 먹고 원기를 조금 회복하는 듯했다. 본인은 평생 PCT를 하고 싶었지만 생활 때문에 못하다가 정년퇴임을 하고 비로소 길을 떠났다고 한다. 그런데 몸이 이렇게 돼서 몹시 실망스러워한다. 지금은 내려가지만 몸을 회복해 꼭 다시 오겠다고 했다. 그 이후 그를 만나지 못했다. 다음 찻길을 만날 때까지 무사하기를 기원한다.

눈에 모든 것이 다 젖어버렸다. 다행히 날씨는 그렇게 춥지 않았다. 물을 지고 오느라 짐이 무겁다. 어제 물로 인해 고생을 했기에 물을 많이 지고 온 탓이겠다. 숲속 눈밭에 텐트를 쳤다. 짜면 구정물이 나오는 양말과 신발들을 나뭇가지에 걸어두고 텐트에 들어앉았다. 숲으로 지나가는 바람소리가 살랑

살랑 평화롭게 들려온다. 낮의 그 고행들은 모두 잊은 채 밤을 편안하게 맞이한다. 힘들었던 일을 잊는다는 것은 또 다른 축복이 아닐까 한다. 내일 또다시 힘들지라도.

간밤에 부는 산들바람이 양말과 신발을 뽀송하게 말려 주었다. 고마운 바람이다. 하지만 뽀송함도 잠시뿐이다. 또다시 눈길이다. 이른 아침이라 얼어버린 눈이 어제보다는 단단해 걸을 만했다. 그렇지만 시간이 지나 눈의 표면이 녹으며 다시 젖어버리는 것은 일도 아니다. 체력소모도 엄청났다. 팔다리에 힘이 엄청 들어갔다. 얼마나 용을 썼던지 등산스틱이 휘어지고 말았다.

4월 중순 사막의 눈은 몹시 힘들다. 습기를 잔뜩 먹은 눈이라 그렇다. 젖은 눈 위에서 제대로 쉬지도 못해 많이 힘들었다. 눈길에서 오전을 다 보내고 오후로 접어드니 이제는 눈이 아니라 끝없는 내리막이다. 끝없는 스위치백!

일부러 길을 늘이기로 작정했는지 한 번에 1킬로미터 이상씩 갔다가 그만큼 되돌아오기를 얼마나 했을까? 높지 않은 산하나를 두고 꼭대기부터 아래까지 이쪽 끝으로 갔다가 다시저쪽 끝으로 가기를 수도 없이 한다. 이해할 수 없다. 하지만길에 순응한다. 길에서의 나의 철칙이자 어쩔 수 없는 일이기도 하다.

이 길을 낸 사람들은 3킬로미터 정도의 거리를 15킬로미터로 늘이는 재주가 있나 보다. 마을이 바로 저 아래 보이는데 15킬로미터라니 말이 안 된다고 생각했다. 한 시간이면 마을에 도착할 수 있을 것 같은데 건이가 15킬로미터 남았다고 했을 때 나는 믿지 않았다. 이론상 도저히 납득할 수 없는 것이 나는 평소 눈으로 길의 거리를 꽤 정확하게 가늠하고 있었기 때문이다. 그런데 막상 끊임없이 산을 맴돌다 보니 15킬로미터가 남았다는 것이 사실이다. 결국 우리는 수많은 바람개비(풍력발전)와 마을이 바로 아래 내려다 보이는 곳에서 하루를 접어야 했다.

바람이 일기 시작한다. 저 아래 바람개비들이 신나게 돌아간다. 물을 지고 온 우리는 여느 날과 다름없이 적당한 곳을 찾아 씻는 것은 생략하고, 집을 세우고, 밥을 지어먹고, 일찍 자리에 누웠다. 그리고 오늘의 스위치백에 대해 불만 어린 성토를 했다. 그러다가 잠이 들었나? 아니, 어느 순간부터 바람이 점점 더 거세진다. 살짝 불안했지만 별일이야 있을까 싶어 그냥 잠들고 깨기를 반복했는데 설핏 잠이 들었나? 내 코앞에 텐트 폴이 닿을 듯 말 듯 팔랑거리고 있었고 텐트는 온몸을 마구 흔들며 몸부림치고 있었다. 바람이 미친 듯이 불어대고 있는 것이다. 당장 어떤 상황인지 몰라 한 동안 어리둥절했고 상황을 알고 나서도 어찌해야 할지 몰라서 그냥 멍 하다가 시간을 보니 자정이 가까운 시간이었다.

사방천지는 정말 깜깜하고 바람은 마구 부는데, 밖에 나가서 뭔가를 단속할 엄두는 나지 않았다. 조마조마한 마음으로 누워 있는데 결국 "딱" 소리와 함께 텐트 폴대가 부러져 버렸다. 그러자 기다렸다는 듯 텐트는 아예 펄럭펄럭 춤을 추고 우리를 들었다 놓았다 한다. 바람의 방향이 바뀌면 다른 방식으로 펄럭인다. 부러진 폴로 인해 힘이 없어진 부분은 얼굴로 가라앉아 오고 있었다.

눈과 코, 입으로는 모래 먼지가 들어와서 서걱거렸다. 숨 쉬는 것도 조심스럽다. 참으로 공포스러운 시간이었다. 그 당시 우리가 할 수 있는 것은 아무것도 없다는 무력감조차 느낄 수 없었다. 그냥 가만히 있을 뿐이다. 빨리 날이 밝기만을 기다렸다. 그 상황에서도 깜박 잠이 들기도 했던 것 같기는 하다.

그래도 시간은 가줘서 길고도 무서운 밤은 천천히 물러갔다. 날이 밝아왔는데 눈뜨는 것이 두려웠다. 바람은 살짝 잦아들었다. 마냥 누워있을 수 없어 일어나 보니 작은 집 안은 난리가 났다. 모래가 잔뜩 들어와서 온통 모래와 먼지로 가득했다. 텐트는 찌그러져서 아예 본래 모습은 간데없다. 우리는 모래를 뒤집어쓴 미라처럼 뽀얗다. 충혈된 눈만 반짝인다.

우리는 그 와중에 서로를 쳐다보며 웃지 않을 수 없었다. 말할 수 없을 정도로 상황은 심각했지만 우리의 모습은 가관이었기 때문이다. 어떤 상황을 만나도 다음을 위해서는 무언가를 해야 하지 않겠는가. 아침을 먹었는지는 기억나지 않는다. 아마 그냥 출발했을 것이다. 그래도 마을이 가까이 있다는 것이 그나마 다행이라면 다행이다 싶었다.

저 아래 바람개비가 왜 그렇게 많이 설치되었는지도 이제야 이해됐다. 이 지역은 그만큼 바람이 많다는 것을 그 구조물이 말하고 있는 것이다. 거의 패잔병 수준으로 내려가 보니 우리가 내려다봤던 마을에는 아무것도 없다. 조금 큰 마을로 나가기로 했다. 히치하이킹을 시도해 보지만 너무 큰 찻길이라 그런지 차는 엄청난 속도로 지나쳐갈 뿐 우리에게 관심도 없었다. 하는 수 없이 우버 택시를 불러서 조금 큰 마을로 갔지만 텐트를 수리할 곳이 있을 리 만무했다.

이곳은 시골이라 장비점은 당연히 없었다. 텐트를 수리할 수 없다면 큰 도시로 나가서 사 와야 하는데, 참 난감했다. 일단 수리하면 될 것 같기도 해서 상점으로, 주유소로 다니며 텐트를 수리할 수 있는 곳을 찾아보지만 별게 없었다. 혹시 도움이 될까 해서 '케이블 타이Tie-wrap'를 사서 사용해 보기로 했다.

앞으로의 일이 절망스러워 사 먹은 음식 맛도 모르겠다.

나는 낯을 가리는 편이고 사람들에게 신세 지는 것을 피하고 싶어서 미국에 있는 알만한 사람에게도 내가 PCT를 한다는 것을 전혀 알리지 않았다. 그런데 이 사건은 우리의 일정과 곧바로 연결되는 사안이라 고민하다가 LA에 살고 있다는 지인에게 연락했다. 우리의 사정을 설명하며 도움을 요청했지만 거절당했다. 물론 바빠서였을 것이다. 도시에 나가 바꾸라는 답만 들었다.

누가 모르나? 그 답을 듣자고 연락한 것이 아니라는 것을 모르나? 내가 그에게 그 정도의 사람이었나? 생각이 복잡하고 많이 서운했다. 그리고 그 자리에서 그의 전화번호를 지워버린다. 이 정도의 관계라면 다시 연락 주고받을 일은 없을 것 같아서였다.

임시방편이 될지, 어쩔지 알 수 없지만 케이블 타이를 챙겨서 다시 트레일로 들어섰다. 기분이 저조하니 컨디션도 별로였는데, 트레일로 들어서니 기분이 다소 좋아졌다. 굴다리 밑에 엔젤들이 갖다 둔 음식, 과일, 음료가 잔뜩 있었지만 마을에 갔다 온 우리는 그냥 일별(一瞥)하며 지나친다. 더위에 지친 하이커에게는 아주 요긴했겠다.

끝없이 이어지는 사막 오르막은 사람을 지치게 했다. 길 주변에는 나무보다 열대 선인장과 조슈아 트리 등이 있어 여기가 사막임을 알게 해준다. 한낮이라 대부분 굴다리 아래 그늘에서 쉬는데 우리만 햇살을 이고 꾸역꾸역 올라간다. 그래도 길은 걷는 만큼 줄어들어서 돌아보니 까마득하다.

늦은 오후가 되면서 서서히 텐트 걱정이 되기 시작한다. 만약, 텐트를 사용하지 못하면 카우보이 캠핑(비박)을 해야 한다. 어쩌면 정말 도시로 나가서 텐트를 구해 와야 할지도 모른다. 그동안 하이커 박스에서 텐트를 본 적은 없던 것 같다.

캠프에 도착해 텐트를 조심히 친다. 폴이 부러진 곳을 케이블 타이로 단단히 연결해 텐트를 팽팽히 잡아당기는 순간 맥없이 끊어져 버렸다. 큰 기대를 하지 않았지만 실망스럽다. 이 궁리, 저 궁리를 하다가 스포츠 테이프로 그곳을 여러 번 감고 텐트를 다시 쳐 보니 완벽하지는 않아도 버텨주기는 했다. 각진 부분은 스카프로 덧대서 하루를 견딘다. 그 이후 일정이 끝날 때까지 우리는 그렇게 텐트를 사용했고 무사히 잘 끝냈다. 스포츠 테이프가 요긴했다.

지난밤, 바람이 불면 어쩌나 걱정했다. 다행히 바람은 없었고 우리 텐트는 멀쩡했다. 새삼 고마움을 느낀다. 길은 변화무쌍해 이날은 완전 계곡 산행이다. 처음 패스를 올랐을 때 본

코팅된 낡은 안내표가 지난 2월 수해로 인해 길이 망가져서 트레일을 폐쇄한다고 알려준다. 조금 망설였지만 우리는 가능하면 PCT 트레일 전 구간을 빠짐없이 걷고 싶다는 '순진한 열망'으로 계속 가기로 결정했다.

긴 지그재그 내리막을 내려온 후 만난 계곡은 땅 일부가 무너져서 길을 찾을 수 없었다. 그때 돌아서야 했는데 미련한 중생은 그동안 온 길이 아까워 그러질 못했다. 수시로 물을 건너야 했다. 길은 나타났다가 사라지기를 반복했다. 처음에는 신발을 벗고 물을 건넜지만 너무 자주 물을 건너야 해서 나중에는 아예 신발을 벗지 않고 그냥 첨벙첨벙 건너기 시작했다.

길을 잃을까봐 신경을 곤두세우지만, 길 표시가 없어 우리가 잘 가고 있는지 모를 때도 있었다. 감으로 방향을 잡아갔다. 가끔은 길을 살짝 벗어나기도 했지만 다행히 길을 잃지는 않았다. 땅이 쓸려가지 않은 곳에서는 길을 만날 수 있었기 때문이다.

물뱀을 수시로 만났지만 그놈들은 독이 없는지 도망가기 바빴다. 당황한 어떤 놈은 도망간다는 것이 나와 건이 사이를 쏜살같이 지나가서 간담을 서늘하게도 했다. 그 와중에 물을 만났다고 몸도 씻고, 옷을 입은 채로 물에 들어갔다가 다시 나와 말리는 방법으로 자연 빨래도 했다. 수시로 물에 들어가니 발도 시원하고 더위도 느낄 수 없는 좋은 점도 있었다.

이 길에서는 한 사람도 만나지 못했다. 폐쇄된 트레일은 무리하며 가지 않는 것이 맞다. 우리처럼 미련한 사람이 많지는 않을 것이다. 눈길을 걷는 것만큼은 아니지만 힘든 하루였다. 거의 녹초가 되어서야 캠프할 곳을 발견했고 물 바로 옆에 텐트를 치고 나니 세 명의 하이커가 도착했다. 처음 만나는 친구들이다. 그들은 돌아갈까 생각했지만 우리의 발자국을 보고 따라왔다고 했다. 반갑기도 하고 약간 미안하기도 했다.

모처럼 물소리를 듣는 밤이다. 자리에 누워 길은 참 다양하고 어떤 길도 쉽지는 않다는 생각을 한다. 밤에는 많이 추웠다. 낮에는 방풍의를 입고도 몸이 떨렸다. 손이 시려서 스틱을 잡기가 싫을 정도였다. 길도 다양하지만 날씨도 그 못지않게 다양하다.

어제 내려온 만큼, 아니 그 이상 오르막을 오르느라 지쳐갔고 눈 또한 사람을 지치게 한다. 고도가 높은 곳이라 눈이 많은 것 같다. 올라간 만큼 또 내려와야 하는데, 끝이 없다. 눈이 녹아 물은 많은데, 날씨가 추우니 물을 마시지는 않는다. 물이 귀할 때는 아끼느라 못 마시고, 물이 있을 때는 추위 때문에 안 먹히고.

울창한 숲에 좋은 야영지가 있고 이미 많은 하이커가 자리를 잡고 있었다. 우리가 그 계곡을 지나왔다고 하니 모두 궁금해했다. 날씨가 추운 탓인지 누군가 모닥불을 피우자 사람들이 조용히 몰려왔다. 모두 불을 바라보며 서로 걸어온 길이나 걸어갈 길을 이야기한다. 서로의 무용담도 나누는 것 같았다.

불을 조금 쬐다가 텐트로 들어와서 버너를 피우니 텐트가 금방 훈훈해졌다. 우리로서는 드문 호사다. 연료를 아끼려면 이런 호사는 언감생심이다.

며칠을 너무 힘들게 걸었다. 계속 이렇게 걷는 것을 자제해야겠다. 육신이 너무 힘들면 우리 목표가 흐려질 수 있고 몸에도 무리가 갈 것이다. 우리는 걷기 위해 왔지만 풍광이나 느낌, 즐거움, 만족, 행복 등도 이 길 위에서 만나고 싶은 것들이다.

밤에 기온이 영하로 내려갔나 보다. 침낭이 얇은 건이는 밤에 추워 잠을 못 잤다고 한다. 침낭을 이중으로 접어서 몸을 웅크리고 밤을 새웠다는데, 나는 그것도 모르고 혼자 쿨쿨 잘도 잤다.

아침에 또 텐트 안에 버너를 피워 겨우 몸을 녹였다. 밖에 나와 보니 얼음이 얼었다. 추워서인지 모두 텐트 안에서 움직이지 않고 웅크리고 있는 듯하다. 이날은 낮에도 종일 추웠다.

계속된 오르막 탓인지, 간밤에 잠을 못 잔 건이도, 비교적 잘 잔 나도 컨디션이 별로다. 힘겨운 구간이다.

그래도 보급품을 찾는다는 희망으로 열심히 걸었다. 고개에 도착하니 고마운 트레일 매직이 기다리고 있었다. 앞서 찻길에 도착하기 직전에도 나무 아래 과자와 물이 조금 있었다. 특이하게도 수제 담배가 있었는데 마리화나라고 했다. 미국의 일부 주는 마약이나 마리화나를 합법적으로 할 수 있다고 한다. 아마 캘리포니아는 마리화나를 허용하는 주인가 보다.

찻길에서 우리를 기다리고 있는 매직 아저씨는 차 트렁크에 먹고 마실 것을 잔뜩 싣고 와서 막 짐을 풀고 있었다. 당신도 몇 년 전에 이 길을 걸었고 하이커들이 절실한 것이 무엇인지 잘 알기 때문에 조금이라도 도움을 주고 싶어 나왔다고 했다.

우리는 보급품을 찾으러 빅 베어 시티Big Bear City로 내려가는 길이다. 이것저것 챙겨 먹고 있는데 승용차 한 대가 왔다. 그리고는 마을까지 태워 주겠다고 한다. 그분은 픽업 엔젤이다. 하루 종일 고개와 마을을 오가며 보급품을 찾기 위해 마을로 내려가야 하는 하이커를 실어 나른다고 했다.

대부분 하이커는 이곳에서 보급품을 찾기 때문에 여간 도움이 되는 것이 아니었다. 그분의 도움으로 쉽게 빅 베어 시티에 도착했다. 그런데 그동안 만난 마을과 비교할 수 없는 정도다.

말 그대로 도시다. 식당, 빵집, 주유소, 모텔도 있다.

우리는 모처럼 실내에서 잔다고(실은 처음이다) 수소문해 숙소를 잡았다. PCT 하이커에게는 할인을 해 준다고 해서 들어가 보니 세상에 이런 곳도 숙소라고 사람을 받나 싶을 정도로 허름하다. 침구는 얼마나 더러운지 앉기조차 꺼려진다. 싸구려 여인숙보다 못한 곳이었다. 차라리 텐트를 치는 것이 몇 배는 더 좋을 것 같지만 이미 들어왔고 고작 하룻밤인데 싶어서 견디기로 해본다. 침상이 하도 지저분해 심란해하는 나를 보다 못한 건이가 한마디 한다. 산티아고에는 이보다 더한 곳도 많다고.

산티아고는 엄청나게 많은 사람이 몰리는 곳으로 우리나라 사람도, 꼭 천주교 신자가 아니더라도 유행처럼 갔다 오는 곳이다. 인기 있는 도보 길로 알려진 그 길을 많은 이가 걷는 모양이다. 이곳 PCT와 달리 매일 잠잘 곳이 있고 음식도 사 먹을 수 있다는 것이 장거리 하이커에게는 큰 장점이다.

몇 년 전에 가족들과 그곳을 걷고 온 건이는 그 길을 아주 부정적으로 얘기했다. 그곳에서 한국 사람의 평판이 별로 좋지 않아 내 돈 내고 내가 쓰는 데도 엄청 무시를 당하는 것 같아 기분이 나빴다고 한다. 숙소 또한 이곳보다 더 나쁜 곳도 많다고 했다. 이곳보다 더 지저분한 것은 어떨지 도무지 상상이 되지 않는다.

한국 사람이 무시당하는 데도 이유가 있을 것이다. 모든 것이 뿌린 만큼 거둔다고 하지 않은가. 간혹 상식 밖의 행동들이 그런 결과를 만들었을 것이다.

그래도 따뜻한 물로 씻고 빨래도 하고 나니 마음이 좀 누그러졌다. 저장depot 식량을 포장하고 레스토랑에 가서 음식을 사 먹었다. 텐트도 수리하고, 누추한 침상 위에 매트리스를 깔고 침낭을 꺼내서 쉬기도 하고, 도시 구경도 했지만 모든 것이 심드렁하다. 잠시 트레일을 벗어났을 뿐인데 기분이 좀 그렇다. 하이커들도 트레일에서 만나야 몸에 맞는 옷을 입은 것처럼 자연스러운데, 도시에서는 영 어울리지 않는 이물감이 느껴지는 거지꼴이다. 당연히 우리도 똑같은 꼴일 것이다.

이래저래 별로 즐거운 마음이 아니라 그냥 쉬고 있는데 건이가 내 기분도 풀어주고 기운도 북돋운다고 초밥을 사 왔다. 자기 기분도 말이 아닐 텐데 나를 생각해 주는 그가 고맙다. 우리에게는 과한 호사지만 초밥을 맛나게 먹었다. 그만큼 걸었으니 이만한 호사는 누려도 될 것이다.

침구에서 뭔가 자꾸 스멀스멀 올라오는 것 같아 잠을 설쳤다. 잠자리는 빵점이었지만 아침으로 펜케이크와 커피도 나오니 조금은 용서가 되었다. 출발 전에 잔뜩 먹어둔다. 어제 픽업을 해준 그분이 8시에 우리를 트레일 헤드까지 데려다주고는 꼭 성공하라고 축원해 준다. 참 고맙고 선한 사람이다. 그 힘으로 우리는 용기를 100배로 얻어 좋은 길을 양껏 걷는다.

보급 첫날이라 배낭은 무겁지만 힘들게 느껴지지 않는 것으로 봐서 잘 쉬고 잘 먹는 것이 참 중요하다는 생각이 든다. 길도 몸도 좋아져서 배고프지도 지치지도 않고 40킬로미터 정도 걸었다. 한 동안 계곡이 이어지고 인공 다리도 두 개나 만난다. 지금까지는 없었던 보조물이다. 수량이 많아 그냥은 건너지 못하니까 다리를 놓아 걷는 사람을 배려했을 것이다. 계속 계곡을 옆에 두고 물소리를 들으며 걷는 것도 좋다.

이길 어디엔가 온천이 있다고 해서 부지런히 가는 중이다. 따뜻한 온천물에 들어가 있을 생각만으로도 피로가 풀리는 것 같다.

그냥 계곡물이 내려올 뿐인데 사람이 많다. PCT 하이커 말고도 우리와는 다른 세상 사람처럼 보이는 일반 사람도 여러 명 있다. 바로 온천에 도착한 것이다. 온천은 내가 그동안 알고 있는 그런 온천이 아니다. 계곡 한쪽에 흙탕물 비슷한 게 있는데, 이상하게 그곳만 물이 따뜻하다. 계곡물이 갑자기 따뜻해질 리는 없고 아마 다른 방향에 온천수가 나오는 샘이 있을 것이다. 사방 폭 약 5미터 정도인데, 큰 돌로 둥그렇게 경계를 만들었다. 계곡물도 들어오고 온천물도 나가고 하는 신비로운 곳이다.

일반인들이 관광차 드르는 관계로 주변은 조금 지저분한 편이다. 피로와 땀과 먼지에 찌든 우리 하이커들은 배낭을 내려두고 각자 방식으로 온천에 들어가 몸을 녹인다. 우리는 그동안 길에서 낯이 익어 심하게 벗지는 않았다. 하지만 곳곳에 나체로 돌아다니는 사람이 있어 우리 모두 눈을 어디에 둘 지를 몰라 허둥댄다. 젊은 여성 몇 명이 벌거벗은 채로 배낭만 등에 메고 줄을 타고 계곡을 건너는 모습은 무슨 서커스를 보는 것 같다.

나는 물에 몸을 담그고 적당히 때도 밀어보고 옷을 입은 채 빨래도 해본다. 물은 미지근하지만 땀이 나며 금세 피로가 풀리는 느낌이다. 발아래는 진흙 밭이라 조금만 움직여도 구정물이 올라왔지만 따뜻한 물에 몸을 담가 본 적이 얼마만인지 모르겠다. 감개무량이다. 트레일에서 만난 온천은 하이커들에게는 축복이다. 온천 덕분에 몸도 마음도 가벼워져서 그곳에서 하루를 접고 저녁을 맞이한다. 계곡물소리가 요란하다.

처음 출발할 때부터 소문으로 들어 (실은 건이에게 들어) 알게 된 얘기가 있다. 체중이 200킬로그램인 사람이 지금 이 길 어디쯤에서 걷고 있다는 소문이다. 그는 살은 빼려고 PCT를 시작했다고 한다. 처음에는 하루에 5킬로미터 정도씩 걷다가 점점 거리를 늘려간다고 한다. 그 체중으로 이 길을 걷는다는 것은 거의 불가능에 가깝다고 생각한다. 이 길 위에서는 모든 것을 스스로 해결해야 하기 때문이다.

온전하게 자신을 책임지는 길인 것이다. 그러자면 생활에 필요한 모든 것을 지고 가야 한다. 잠자리에 필요한 장비는 물론이고 먹을 것, 특히 마실 물, 그 모든 것을 스스로 해결해야 하는 것이다. 그는 다른 사람보다 두 배, 세 배 어쩌면 네 배 정도 더 나가는 체중으로 그만큼 더 먹어야 할 것이고 물은 더 그렇지 않겠는가? 대부분 하이커는 물이 있는 곳에서 캠프를 치는데 그는 수시로 캠프를 쳐야 하니 물이 없는 곳도 많았을 것이다. 그러려면 물을 더 많이 지고 다녀야 할 텐데 그러자니 그의 짐은 보통보다 더 무거울 것이고 그만큼 더 힘들 것이다.

그런 그가 우리와 같이 걷는다고 한다. 그는 매일 자신의 일상을 유튜브에 올리면서 걷고, 많은 사람이 그의 유튜브를 본다고 했다. 실제로 이 길에서 만난 많은 사람이 그의 유튜브를 보고 있는 것을 자주 목격했다. 어쩌면 대리 만족일 지도 모르겠다. 힘들어하는 그를 보며 비슷한 감정과 느낌, 또는 그보다는 상태가 좋은 자신을 위로하는 목적으로.

건이 말에 의하면 재미도 있다고 한다. 그는 PCT 트레일에서 단연 스타였고 누구나 한 번쯤 만나보고 싶어 했다. 그런데 드디어 그를 만난 것이다. 실버우드 레이크Silverwood Lake는 길을 살짝 내려가야 했고 우리는 지나칠까 하다가 가보니 그가, 그 유명한 그가 거기 있었다.

나야 그냥 엄청나게 큰 사람을 볼 뿐이지만 그의 유튜브를 본 대부분 사람은 그를 궁금해 했고 꼭 만나기를 기대하는 것 같았다. 그런데 공원 같은 곳에 누워 쉬고 있는 그를 직접 본 것이다. 진짜 사람이 저렇게 클 수도 있구나 싶다.

그는 매우 유쾌했다. 그곳에서 먹고 쉬어서인지 별로 많이 힘들어 보이지는 않았다. 차림은 우리 모두처럼 남루했다. 신발은 닳아 너덜거리고, 옷은 색이 바랬고, 배낭은 생각보다 작아 보였다. 어쩌면 그의 체격이 너무 큰 관계로 상대적으로 배낭이 작아 보였을 수는 있겠다. 도착하는 모든 하이커는 그와 기념 촬영을 원했고 그는 유명(?) 스타답게 모두의 모델이 되어 주었다.

실버우드 레이크는 찻길이 나 있고 마을이 멀지 않은 관계로 피자를 배달시켜 먹을 수 있다는, 믿을 수 없는 정보가 있다. 실제로 거의 모든 하이커가 그곳에서 피자를 시켰다. 당연히 우리도 그들과 함께 피자를 주문했다. 가격은 비싸지만 엄청나게 큰 피자가 도착했다. 서비스로 음료 등 여러 먹을 것이 함께 배달되었다. 길에서 배달된 피자라니, 그것도 PCT에서. 감동이다. 각자 또는 모여서 배달된 피자를 먹는데 그 맛이 과히 환상적이다. 모두 행복한 시간이다.

약간 늦게 도착한 한 사람이 유일하게 피자를 시키지 않고 딴청을 피우고 있었다. 그는 프랑스에서 왔다고 하는 중년 남성이다. 아마 돈이 없는 게 아닌지 모르겠다. 모두 피자를 먹으며 웃고 떠들고 와자지껄한데 그만 홀로 떨어져 있는 것이 마음에 걸린다. 우리가 시킨 피자 두 쪽을 나눈다.

피자가 얼마나 큰지 우리는 각자 두 쪽씩 먹으니 배도 차고 만족하고 있는데, 우리를 뺀 모두는 피자 한 판을 다 먹는다. 그러고도 서비스로 준 빵까지 먹어 치우는 것을 보며 저들은 우리와 다른 족속임을 다시 한번 확인한다.

거구 아저씨는 길에서 만났을 그와 비슷한 거구의 사람들과 출발할 준비를 했다. 그는 자신의 체중 200킬로그램 중 100킬로그램을 빼면 어디서라도 그만두고 내려갈 거라고 했다. 그는 1월에 캄포를 출발한 후 50여 일 만에 30킬로그램 정도를 뺐다고 한다. 대단하지 않은가? 그 체중을 이끌고 길을 떠난 것도 대단하고, 지금까지 포기하지 않고 먼 길을 온 것도 대단하고, 무려 100킬로그램을 빼겠다는 목표도 대단하다. 그는 자기의 계획을 달성해 체중이 많이 나가는 사람들이 자극을 받아 자기처럼 행동으로 뭔가 하기를 바란다고 했다. 진짜 어렵겠지만 그가 세운 목표가 달성되기를 기원한다. 100킬로그램을 뺄 수 있기를, 설령 못 빼더라도 끝까지 가기를.

그날 이후 그를 만날 수는 없었다. 그와 우리는 걷는 길이 다르기 때문이다.

이 구간은 행복의 길이다. 길도 좋지만 무엇보다 트레일에서는 좀처럼 맛볼 수 없는 음식을 먹을 수 있기 때문이다. 어제는 배달 피자를 배불리 먹었고 오늘은 햄버거를 먹을 것이다. 이런 음식들을 이틀 연속으로 먹을 수 있다는 것은 행운이기도 하지만 아쉽기도 하다. 며칠 걸러서 나누어 먹을 수 있다면 더 좋겠지만 그렇지 못하기 때문이다. 도로가 있고 차량이 다닐 수 있는 길이 있어야만 배달 피자도 먹고 햄버거도 사먹을 수 있다.

조금만 가면 고속도로를 만나고 그곳 휴게소에 〈맥도널드〉 햄버거 가게가 있다고 한다. 그 〈맥도널드〉 가게는 PCT 하이커에게는 유명한 곳이다. 어떤 사람은 오로지 그 집 햄버거를 먹겠다고 50킬로미터를 걸었다는 말도 들었다.

길 위에서 상점을 만나는 일은 극히 드물다. 보급품을 찾으러 마을로 내려가야만 만날 수 있다. 그런데 그냥 길 위에 상점이 있는 것이다. 그것도 세계적으로 유명한 〈맥도널드〉다. 계곡이 끝나며 고속도로를 따라가니 길 옆에 〈맥도널드〉 안내 표시판이 걸려 있다.

이미 상점에는 꼬질꼬질한 하이커 여러 명이 햄버거를 정신 없이 먹고 있었다. 우리도 배낭을 내리고 햄버거를 주문했는데, "애개~~" 너무 작다. 자주 만날 수는 없었지만 트레일 주변에서 햄버거를 사면 엄청 컸다.

배고픈 하이커를 위해 빅 버거를 만들어서 싼 가격으로 하이커에게 제공했는데, 여기는 그런 배려가 없다. 그냥 시중에서와 같은 크기에 모두 실망하지는 않았을까? 작은 햄버거는 몇 입만에 끝나버린다. 또 일어난다. 우리뿐만 아니다. 모두들 일어났다 앉았다를 반복한다. 햄버거를 더 주문하고 음료수를 빼먹기 위해서다.

미국은 음료수를 한 잔만 사면 마음대로 빼먹을 수 있다. 그동안 배고픔과 갈증에 시달린 하이커들은 보상이라도 하듯이 사이다, 콜라, 환타, 생수, 얼음을 원 없이 빼먹는다. 엄청 먹을 것 같았지만 나는 햄버거 두 개 반을 먹으니 더는 먹을 수 없었다.

주변을 둘러보니 정신없이 먹던 친구들이 이제 좀 배를 채웠는지 다른 사람에게 관심을 보인다. "너는 몇 개를 먹었니?" "나는 몇 개를 먹었다." 등을 무용담처럼 얘기한다. 어떤 친구는 일곱 개, 열 개를 먹었다는 친구도 있었다. 그걸로도 모자라서 여러 개를 사서 배낭에 넣는 사람도 있었다.

이 〈맥도널드〉 가게는 PCT 하이커로 인해 호황을 누리고 있다. 그래서는 아니겠지만 꼬질꼬질하고 냄새나는 하이커가 아무리 오래 앉아 있어도 눈치를 주거나 나가라고 하지 않았다. 이제 배부른 하이커들은 에어컨이 있는 실내에서 잡담을 하면서 느긋하게 쉰다. 우리도 쉴 만큼 쉬고 다시 일어선다.

이번 구간은 외식을 많이 해 주식도, 간식도 많이 남을 것이다. 내리쬐는 햇볕을 고스란히 받으며 오르막을 조금 오르니 매직이 물을 갖다 둔 곳이 있다. 여기서 하루를 접기로 한다. 편안한 곳이다.

모처럼 춥지 않아 밖에서 저녁을 지어먹었다. 그리고 한 동안 하늘을 보며 시간을 보낸다. 보름인지 달이 휘영청 떠올랐고 은은하게 세상을 비춘다. 바람조차 없어 고요함이 더한 밤이다.

만나는 하이커가 많이 바뀌었다. 몇 명을 제외하면 낯선 사람이 많다. 한동안 우리와 비슷하게 운행했던 중년 아저씨가 이날 우리 옆에 텐트를 쳤다. 그는 우리가 어떻게 아침에 그렇게 소리도 없이 일찍 출발할 수 있는지 궁금해했다.

그들이 보기에 자그마한(?) 동양 여자 두 명이 부지런히 가는 것이 신기했을까? 그랬다. 우리는 항상 가장 일찍 소리 내지 않고 출발했다. 부지런히 걸었고, 캠프에는 그들과 비슷하게 도착했다. 특별히 용쓰지 않아도 그냥 몸에 밴 일상인 것이다.

해먹으로 야영을 하는 친구는 발이 형편없다. 온통 물집이 잡히고, 터지고, 발톱이 빠지고 말이 아니다. 대부분의 하이커 발도 형편없지만 이 친구는 더 심하다. 보다 못해 발가락 양말을 한 켤레 나눠줬다. 많이 걸을 때 발가락 양말은 발가락을 서로 부딪치지 않게 하기 때문에 발이 훨씬 편하다. 그러면서 나는 다짐한다. 내년에는 발가락 양말 한 100켤레를 사 와서 길을 걷는 이들에게 나누겠다고. 나도 이 길에서 뭔가를 나누고 싶었는데 발가락 양말이 괜찮겠다.

다음 날은 눈 산행이 예상되지만 내일 일은 내일 걱정하기로 한다. 오늘은 편안하고 행복한 시간을 즐긴다.

역시 눈 산행이다. 그래도 예상보다는 눈이 많이 쌓이지 않아 걷는 데 불편함은 없었다. 오히려 풍광을 더한다. 열심히 걸으면 보급품을 찾을 수 있는 마을에 도착할 수 있다. 그렇지만 그냥 지나치기에는 주변 풍광이 너무 아름답다. 예정보다 하루 빠른 진행이라 뷰가 좋은 곳에서 하룻밤을 보내기로 작정한다. 우리와 비슷하게 걷던 친구들은 계속 진행하고 우리만 남는다.

하얀 눈이 쌓인 캠프에 하늘은 순수한 파란색이고 주변뿐만 아니라 멀리까지의 조망도 끝내주는 아주 멋진 캠프다. 시간도 여유가 있고 시각도 여유가 있어 느긋하게 텐트를 친다. 눈을 녹이고 우리만의 캠프파이어를 하며 논다. 나무는 지천이라 별로 움직이지 않고도 쉽게 땔감을 구할 수 있다.

그렇지 않아도 행복에 겨운데 건이가 짠하고 맥주 한 캔을 내민다. 이 친구, 자기는 마시지도 못하는 맥주를, 나를 위해 나 몰래 지고 왔나 보다. 우리는 짐의 무게 때문에 칫솔도 반토막으로 잘라서 가지고 다닌다. 꼭 필요한 것이 아니면 과감하게 줄여버리는 짐인데 맥주라니. 나는 감동한다. 기분이 한껏 고조되어 불을 쬐며 노래도 부르며 놀았다. '내가 이렇게 행복해도 되나?' 싶은 생각이 왔다가기도 했다. 두둥실 뜬 보름달은 지금 여기가 천상이라고 말하는 것 같다.

건이와 나는 각자 산으로 인한 상처가 조금 있다. 저 먼 에베레스트 이야기다. 그곳에 가기 위한 준비 과정에서 나는 상처를 받았고 건이는 그곳에서, 그것도 최종 캠프에서 상처를 받았다. 나는 가능하면 그때 이야기를 피하는 편이다. 좋은 일이 아니기 때문이다.

그래서 30여 년 가까운 시간을 보내는 동안 그 일은 내게는 금기였다. 그래서 좀처럼 꺼내지 않는 이야기가 왜 나왔는지 모르겠다. 첩첩산중에 둘만의 시간이 분위기를 만들었을까? 내 이야기는 그 당시 산악계에서 대부분은 알고 있지만 거의 왜곡되게 알려져 있었다.

그 이후 나는 산악계를 떠났다. 시골에 와서 등산과는 무관하게 산을 다녔고 지금도 그렇다. 어쩔 수 없이 지금도 내 이름 앞에는 '산악인'이라는 수식어가 붙어 다닌다. 한때는 산악인이라는 명칭을 내 이름 앞에서 떼어내고 싶은 적도 있었다. 그러나 한번 부쳐진 그 명칭은 좀처럼 떨어져 나갈 줄 몰랐다. 어쨌든 어쩌다 그때 이야기가 나왔고 그때 나의 상황을 얘기하게 되었다.

내가 그 일을 겪을 때 건이 또래는 너무 어렸고 일의 내막을 알 리가 없었겠다. 내 얘기를 듣고 많이 놀라는 눈치다. 물론, 나는 내 입장에서만 해석하고 이해하고 있어 객관적일 수는 없겠다. 그때 상처가 꽤 깊었지만 세월이 지나며 괜찮아졌다. 들춰내지만 않는다면.

내게는 에베레스트라는 말 자체가 금기어라, 그때 여성 등반대가 어떻게 했는지 전혀 알지 못했다. 물론, 알려고도 하지 않았지만. 비로소 건이로부터 단편적이기는 하지만 그때 이야기를 조금 듣는다. 그는 최종 캠프에서 정상이 아닌 아래로 내려오며 무슨 마음이었을까?

서로가 하기 힘든 얘기를 하고 난 후 약간 먹먹했지만 나는 웃으며 그의 어깨를 친다. 잘 됐다고, 나도 너도 오히려 잘 됐다고 말한다. 진심이다. 만약 우리가 그때 각자 하고자 하는 것을 성취했다면 지금 살아 이 PCT를 올 수 있었을까? 어쩌면 등 떠밀리듯 더 높은 산을 전전하다가 잘못되지는 않았을까?

그랬더니 건이 웃으며 맞는 말이라고 맞장구 쳐준다. 그러면서 나보고 자기 엄마와 똑같은 말을 한다는 것이다. 하하! 약간 허전한 웃음을 한바탕 웃는다.

이야기도 끝났고 달도 기울어가고 불도 사그라진다. 텐트로 들어와 눕는다. 설핏 잠이 들었던가? 밖에서 이상한 소리가 났다. 바로 우리가 불 피우고 있던 자리, 큰 나무 등치가 있는 곳 같다. 들어보니 무언가를 먹는 소리인데 '누가' '이 시간에' '여기서?' 등등 여러 의문이 몰려왔다.

처음에는 사람이, 그러니까 하이커가 늦게 도착해 무언가를 먹고 있는 줄 알았다. 그런데 자세히 귀를 기울이니 좀 이상한 점이 있었다. 쩝쩝 소리를 내며 무언가를 먹고 있는데 아무래도 사람이 뭔가를 먹는 소리는 아닌 것 같았다. 그렇게 느껴지는 순간 바짝 긴장되었다.

곰인가? 텐트 안에는 많지는 않아도 먹을 것이 있다. 다른 때와 달리 내일이 보급품을 받는 날인데도 걷던 중 먹을 것을 많이 만난 관계로 주식과 부식이 조금 남았다. 잠든 건이를 살짝 불러 본다. 작은 소리로 몇 번을 부른다. 발로 살짝 몸을 건드리자 그제야 잠에서 깨어 왜 그러냐고 묻는다. 금방 상태를 알아차린다.

건이도 뒤늦게 쩝쩝 입을 다시며 먹고 있는 소리를 들었다는 표시를 보낸다. 무슨 동물인지, 왜 여기서 먹고 있는지, 우리를 공격할 마음은 있는지 알 방법은 없다. 숨을 죽이며 빨리 먹고 가기를 바라는 우리의 기대와 달리 정체모를 동물은 오래오래 먹고 약간 이리저리 움직이기까지 했다. 랜턴을 켜볼까, 나가 볼까도 싶었지만 정체를 모르는 데 함부로 움직일 수는 없었다.

너무나 긴 시간 동안(어쩌면 긴 시간이라고 느꼈을) 인간에게

겁을 주며 맛나게도 먹어대더니 어느 순간부터 소리가 더 들리지 않았다. 나가서 확인해보고 싶은 마음이 굴뚝같았지만 무서워 나가지는 않았다.

건이는 비로소 마음이 놓이는지 다시 잠잘 모드에 들어간다. 그리고는 앞으로 그런 일이 생기면 자기는 깨우지 말아 달라고 요구한다. 자기는 무서워 차라리 잠들어 있는 것이 더 낫다는 건가? 그럼 나 혼자 무서워하라고? 괘씸한 것.

그 동물이 또 나타날까 봐 잠들지 못하고 거의 뜬 눈으로 밤을 보냈다. 많은 생각을 하다가 앞으로는 단독 캠프는 치지 않는 것이 좋겠다는 결론을 내린다. 먼동이 트자마자 현장을 보고 싶어 밖에 나가보니 아무런 흔적도 없었다. 깨끗하다.

간밤에 상상하기를 그랬다. 먹고 남긴 흔적이라도 남아 있을 줄 알았는데 전혀 없다. 아마 나 혼자 들었다면 거짓말로 알기 십상이다. 그런데 깨우지 말라고? 아침 기운은 찬란했지만 눈에 들어오지 않고 빨리 떠나고만 싶었다. 급히 짐을 싸서 출발했는데, 잠을 못잔데다가 눈길도 만만하지가 않아 금방 지쳐버렸다.

다행히 오전에 찻길에 도착했다. 히치하이킹도 금방 할 수 있어 라이트 우드Wright Wood라는 마을로 쉽게 내려왔다. 상점문에 집에서 하이커를 재워준다는 엔젤을 소개하는 글과 주소, 전화번호가 적혀 있었다.

어떤 집은 여자 혼자인 경우만 재워 준다고 하는 것으로 보아 그들이 선호하는 하이커를 초대하고 싶어 하는 것 같았다. 우리보다 일찍 온 사람들이 다운타운에 있는 집을 전부 다 차지했다고 한다. 건이가 여기저기로 한참을 수소문해 통화를 한다. 한 집에 가기로 결정했는데 그 집은 좀 멀리 떨어진 곳에 있으니 우리가 기다리면 데리러 오겠다고 한다. 선택의 여지가 없는 우리는 한참을 기다렸다가 뒤늦게 도착한 사진가 한 명과 같이 그 집으로 가기로 했다.

길에서 기다리는데 지나가던 어떤 사람이, 우리가 한국에서 왔다고 하니까, 다른 곳에서 다른 한국 여성 하이커 두 명을 봤다고 했다. 우리는 만나지 못했는데⋯. 아마 우리를 보고 한 말일 것이다.

픽업 온 차를 타고 한 30분 정도 달려서 한적한 시골 마을에 도착했다. 그는 우리에게 목공작업실을 내줬다. 안방에 있는 세탁기를 이용하라며 냉장고에 있는 음료와 맥주를 마셔도 된다고 했다. 그 집은 지하가 있는 2층집이다. 지하는 작업실이고 1층은 자기 가족들이 산다. 2층은 민박용으로 돈을 받고 숙박을 할 수 있는 공간으로 만들었다. 우리는 돈을 내지 않았으니까 작업실을 배당받은 것이다.

그게 어딘가? 우리가 누군지도 모르는데, 더러운 옷을 빨수 있게 안방 세탁기를 내주는 것이 쉽겠는가? 그리고 냉장고에 다른 하이커가 넣어둔 맥주와 음료도 마시라고 하고 주방도구도 마음대로 쓰라고 했다.

게다가 자기네는 가족 주말 모임이 있어 LA로 나갔다가 내일 돌아올 거라며 자동차 키를 주고는 마음대로 쓰라고 한다. 정말 문화 충격이다. 자기 집에 온 것처럼 씻고 빨래하고 냉장고에서 시원한 맥주를 꺼내 마셨다. 세상 부러울 것이 없었다.

오후에 건이는 사진가와 장을 보러 가고 나는 혼자 햇볕을 쐬며 시간을 보낸다. 생각해 보니 PCT를 하며 별 경험을 다 하고, 별 마을을 다 가고, 별 사람을 다 만나는구나 싶다. 대부분이 좋은 경험이고 좋은 사람들이다. 나쁜 사람을 만난 기억은 없다. 사람으로 인해 위험한 적도 없다.

장에 갔던 그들은 쉴 때 몸보신한다고 스테이크를 사왔다. 주인도 없는 집 주방을 차지하고 그 집 그릇으로 스테이크를 구워먹었다. 그리고 미리 마신 맥주도 보충해 넣어둔다.

사진가는 PCT를 하며 체중이 엄청 빠졌다고 하며 헐렁해진 바지 허리를 보여준다. 13킬로그램인지 13파운드인지가 빠졌다고 한다. 우리는 계속 잘 먹어서 그런지 체중이 빠지지 않았다. 나는 원래 체중 변화가 거의 없는 편이다. PCT를 한 달을 걷고 가도 체중 변화는 없었다. 걷이는 한 5킬로그램 정도 빠진다는데 이번에는 아닌가 보다. 실망하는 표정이다. 출발 전에 이번 길에서 체중을 얼마만큼 뺄 거라고 장담을 했는데.

아침에 주인 내외분이 왔다. 그들은 우리가 불편하지 않았는지, 밥은 잘해 먹었는지, 푹 쉬었는지 등 여러 가지를 챙겼다. 고마운 분들이다. 보급으로 받은 특식, 된장찌개를 끓여서 나눠먹고 10시에 집을 나와 트레일로 향한다. 사진가는 내일 부인을 만나기로 했다고 하루를 더 묵을 것이라고 했다. 역시 트레일로 들어서니 마음이 편하다는 것을 느낀다. 나는 길이 제일 편하다. 내가 제일 잘하는 일도 길을 걷는 일이고, 무엇보다 자연은 말을 섞지 않아도 되는 것이 마음을 놓게 한다. 대화를 잘 나누지 못하는 나는 사람을 만나는 것이 어렵다.

필요 없는 짐을 보낼 때 이제는 눈 산이 없지 싶어서 아이젠을 보내 버렸는데 눈앞에 눈이 쌓인 베이든 포웰 마운틴 Baden Powell Mountain이 버티고 있다. PCT의 거의 대부분 길은 산 중턱을 가로지르는데 이번에는 길이 산꼭대기를 지나게 나 있다.

산 입구에는 스키를 타는 사람이 많았다. 이곳은 아직 겨울인 것이다. 산으로 접어드니 처음부터 무릎 높이 정도로 눈이 쌓여 있다. 사람이 지나간 발자국이 있기는 하지만 한 발자국씩 푹 찍혀 있다. 눈에 찍힌 발자국이 우리에게는 너무 멀다. 다리 길이 차이 때문이다. 미끄럽기까지 해서 체력 소모가 너무 심하다.

이 정도의 눈이면 아이젠에 스패츠까지 있어야 마땅하다. 하지만 아무것도 없는 것은 물론이고 신발은 러닝화 수준이라 눈 쌓인 산을 올라갈 수 있을 것 같지가 않다. 결국 도로로 우회하기로 결정하고 뒤돌아 내려온다.

악착같이 배낭에 12발 아이젠을 매달고 다녔던 친구가 이제야 이해되었다. 그녀는 피켈도 하나 달고 있었는데 이 산을 대비한 것일 것이다. 도로에는 바람에 휩쓸린 눈이 한 곳에 모이는 곳도 있어 차량은 통제된 것 같았다. 스키 타는 사람만 오고 간다. 그들은 아무도 이 길이 트레일과 만나는지는 알지 못했다. 트레일을 벗어나면 지도의 도움을 받을 수 없어 불안했지만 앞으로의 지도를 봤을 때 트레일이 이 길을 지나가기는 할 것이다. 감을 믿기로 한다.

날이 저물어 가고 있어 찻길 옆에 눈이 쌓여 길에서는 잘 보이지 않는 곳에 텐트를 쳤다. 트레일을 벗어났기 때문에 불안해서였다. 혹시라도 지나가는 사람이 있을까 봐 그랬고 사람 소리가 나면 불안하기 때문이다. 트레일 위에서는 없던 불안이다.

다음날 고맙게도 세 시간 정도 걸은 후 트레일을 만났다. 고향에라도 돌아온 것처럼 편안하고 마음이 놓인다. 약간의 눈길과 오르막이 연속된다. 어제 우회한 결정은 잘한 것 같다. 산에 눈이 많았으면 속도가 나지 않아 아마 산에서 하룻밤을 지냈을 것이다.

옷과 신발은 다 젖었을 것이고 수도 없이 미끄러지고 넘어지고 했을 것이다. 코스 점검이 미비했고 장비를 못 챙겨서 생긴 결과다. 미국 남부 사막은 4월 하순에도 눈이 많이 쌓여 있다는 것을 알지 못했다.

얼마를 더 가니 멸종 위기 종인 노란 개구리 보호 지역이다. 다시 한동안 차도로 우회를 해야 했다. 일요일이다. 부활절이라고 일반 하이커도 없고 PCT 하이커도 다 내려갔는지 사람을 만나지 못했다. 어쩔 수 없이 또 단독 캠프다. 캠프는 조용하고 아늑하고 쾌적하고 편안하다.

우리의 일정도 마무리되어 간다. 계획보다 하루 정도 빠르게 운행 중이라 조금 무리하면 몇십 킬로미터 정도는 더 갈 수 있을 것 같다. 걸음에 탄력도 붙고 체력도 괜찮으니 갈 수 있을 만큼 갈까 말까를 얘기하며 걷다 보니 자연스럽게 걸음이 빨라져서 가장 많이 걸은 날이다. 40킬로미터 정도 걸었다.

몸도 걷기에 최적화되어 있고 오르막과 내리막이 순해 길이 좋다. 풍광도 좋고 날씨도 좋다. 그런데도 몸은 걸은 만큼 반응을 한다. 기분 좋은 피곤함이다. 며칠 동안 하이커를 만날 수가 없다. 많았던 그들은 다 어디로 갔을까?

후반으로 가면서 더 가고 싶은 마음이 크게 작용한 것인지 우리가 걷는 길의 거리가 매일 연장된다. 오늘도 많이 걸었다. 발이 무리하고 있다고 신호를 보낸다. 거기다가 간식도 부족해 몸이 먹을 것을 요구하지만 간식이 없다. 많은 하이커가 유명한 엔젤의 집이 있는 아쿠아 돌체Agua Dulce에 들른다고 하는데, 우리는 그냥 지나쳤다. 조금이라도 빨리 하이커 헤븐Hiker Heaven에 도착해 다음 일정을 결정해야 해서 마음이 급했다.

하이커 헤븐은 말 그대로 하이커의 천국이라는데 글쎄? 이곳에 사람은 엄청 많이 몰려 있다. 텐트도 50동이 넘을 것 같다. 이들은 어디에 있다가 이곳으로 온 것일까? 유명 캠프에만 와서 죽치는 사람들은 아닐까? 그런 생각이 드는 것은 나뿐이 아닐 것이다.

어쨌든 하이커로 보이는 사람은 무지 많고 우리와 비슷하게 걸었던 친구들도 모두 그곳에 있어 도착하는 우리를 환영해 주었다. 하이커 헤븐은 오로지 PCT 하이커만을 위한 공간이다. 트레일에 관한 정보들과 그들이 필요로 하는 것들을 도와주는 것 같다. 간이 샤워와 빨래 등을 다 해결할 수 있고 하이커 박스도 있어 남는 것을 넣고 필요한 것을 가져올 수 있었다.

많은 사람으로 인해 분주했지만 겨우 한쪽에 텐트를 치고 우리가 필요한 것을 했다. 이곳에는 음식은 없고 음료와 맥주가 있는데 아주 싼 값으로 기부 형식의 돈을 내고 가져다 마실수 있었다. 그동안 너무 조용하고 사람이 없는 곳에서 캠프를 해서인지 분위기가 어수선하고 산만해 보인다.

한쪽에서는 애팔래치안 트레일에서 만나 함께 걸었고 PCT를 함께 왔다는 그룹이 몰려있다. 좀 시끄럽게 웃고 떠들 것으로 예상했는데 그렇지 않다. 아마도 마리화나를 함께 피우는 그룹이라 그런가보다 했다.

원래 이곳 하이커 헤븐에서 올해 우리의 일정을 끝내기로 했다. 그렇지만 시간도 조금 있고 조금이라도 더 걸어둬야 다음이 쉬우니 사흘 정도 더 걷기로 결정한다. 사흘을 더 걸으면 100킬로미터 정도는 더 걸을 수 있을 것이다.

이제 먹을 것이 없는 우리는 식당이 열기를 기다린다. 아침을 사 먹고 사흘 동안 먹을 식량을 사서 다시 길 위에 선다. 본격적으로 사막에 가까워 오는 걸까? 날씨는 덥고 산 색도 여름의 그것이다.

500마일 갱신이다. 대단하다. 800킬로미터를 걸은 것이다. 몸은 혹사 정신은 호사, 그것이 우리의 일상이다. 그랬다. 후반부에 접어들어서 속도를 내면서 몸은 힘들지만 정신은 한없이 명료해졌다. 뭔가를 더 할 수 있을 것 같은 느낌을 계속 받으며 걷는 중이다. 건이는 후반으로 접어들수록 체력이 좋아지고 있는 것을 알겠다.

내가 건이를 처음 알게 된 것은 1992년 정도였을까? 그때 나는 서울 신월동 시장 주변에서 〈샘물서점〉을 운영할 때였다. 그 당시 나는 책을 무작위로 읽을 때니 〈산〉 잡지도 당연히 봤겠지. 그때 눈에 띤 것이 조선대 산악부 학생 두 명이 백두대간을 종주했는데 그중 한 명이 여학생이라고 했다.

그 당시 백두대간 산행이 막 붐을 타고 있기는 했지만 아직 여성이 종주하는 것은 쉽지 않을 때였다. 이미 그것이 무엇인지 아는 나로서는, 그리고 여성 산악인끼리 무언가를 도모하고 싶은 마음이 있었던 나로서는 여학생이 백두대간을 종주했다는 소식이 반가웠다.

나로서는 참으로 익숙하지 않은 일이기는 하지만 어떻게 수소문해 그녀에게 연락했다. 극히 드문 일이다. 내 연락을 받은 그 대학생은 나의 부름을 받고 광주에서 서울로 올라왔다. 우리는 〈샘물서점〉에서 만나 아마 백두대간 산행에 관한 이런저런 얘기를 했을 것이다. 기억은 나지 않지만 나는 나의 고유명사 같은 백두대간을 걸은 그 친구를 대견하게 봤을 것이고 그는 내가 어려워 어쩔 줄 몰랐을 것이다.

그것이 우리의 첫 만남이었다. 그 후에 히말라야로 가기 위한 훈련을 함께 하는 시간은 있었지만 함께 발을 맞추거나 자일을 묶은 적은 없었다. 그래서 개인적으로 산행을 함께한 적은 없는 산악 선후배 관계다. 그 후 둘 다 산악계를 떠나 나는 시골로 와서 여유작작하게, 그는 미국으로 가서 치열하게 각자 자신의 삶을 살며 나이 들고 있었다. 그런데 이제 30여 년이 흘러 이렇게 우리는 함께 걷고 있는 것이다. 인연이라는 것이 묘하다.

사막이다. 물이 전혀 없는 지역이라 이 길을 만든 분들의 노고를 느낄 수 있는 곳을 만난다. 지도에 물 표시는 있지만 전혀 물이 있을 것 같지 않은 곳이다. 한참을 가다가 다시 올라와서 찾아보았다. 길 조금 위로 양철 같은 지붕을 비스듬하게 설치해 빗물이 양철 아래에 파진 구덩이로 모이게 한 인공 우물(?)이 있다. 흐르는 물이 아니라 가두어 둔 물, 고여 있는 물, 어쩌면 썩은 물일수도 있다. 그런 물이라도 있는 것이 하이커에게는 도움이 될 것으로 생각해서 우물을 설치했을 관계자들의 노고가 보이는 듯하다.

그 물이 언제부터 고여 있었는지 알 길은 없다. 도무지 먹을 수 있는 물 같지는 않았다. 하지만 물을 구할 수 없는 우리를 포함한 이 길을 걷는 사람들에게는 선택의 여지가 없다. 몸을 깊숙이 숙여 물을 길어본다. 언제 비가 왔을까? 물은 거의 바닥이고 깨끗하지 않은 물이 떠졌다. 그 물이라도 있어야 하기에 물통을 채우지만 께름칙하다.

낮 동안은 사람을 거의 만나지 못했는데 밤에는 사람들이 가끔 지나간다. 야간 산행인 것이다. 이제 낮에는 날씨가 더우니 밤에 걷는 것이다. 더운 날씨에 우리만 꾸역꾸역 걸은 셈인데 나는 야간 산행을 선호하지 않는다. 걷기라는 것은 발로만

가는 것이 아니라 눈도, 마음도, 정신도, 육신과 함께 간다고
본다. 그래서 나는 밝을 때 사물을 보고 느끼며, 풍경을 보고
감동하며 걷고 싶어 한다. 그래서 특별한 경우가 아니면 그렇
게 하려고 한다. 야밤에 걷는 저들도 그 물을 길러서 갈까 궁
금하다. 밤에는 찾기 쉽지 않을 텐데.

여전히 단독 캠프다. 오늘 하는 막영은 이제 마지막이 된다.
벌써 그렇게 되었다. 한 달 동안 우리는 걷고, 감동하고, 감사
하고, 행복했다. 지난해 오리건 코스보다 한 다섯 배 정도 힘
들었고 한 오십 배 정도 좋았다.

나는 정말 좋았는데 건이는 어땠을까? 처음에는 나와 단 둘
만 하는 것에 부담을 느끼는 것 같았는데 시간이 흐르며 괜찮
았을까? 걸을 때 말이 없는 나 때문에 뒤에서 묵묵히 따라오며
힘들지는 않았을까? 친구들과 재미나게 걷는 것도 좋지만 조
용한 걸음도 좋지 않을까? 모든 일이 그렇듯이 각각 장단점이
있을 것이다.

부러진 폴대로도 잘 버텨 준 텐트를 새삼 둘러본다. 고마운
우리의 집이었다. 다른 장비도 다 고맙지만 매일 지었다가 부
수기를 반복하고 눈, 비, 바람들을 고스란히 받으며 우리를 보

호해 준 텐트는 더 애틋하다. 얇은 천 한 겹이지만 그 안에만 들어가면 벽이 있는 집처럼 느껴지는 안온함이 있다. 비바람, 추위에서 우리를 지켰고 짐승으로부터도 우리를 보호했다.

이제 이번 걷기의 마지막 날이다. 지난밤에 그 물로 정수를 두 번이나 해서 밥을 해 먹었다. 다행히 탈은 없었다. 낮에 마실 물을 조금 남겼는데 길에 아주 조금 물이 고인 곳이 있어 과감하게 버렸다. 그 물도 신통하지는 않았지만 어제 물보다는 나을 것 같았다.

마지막 날 우리의 대화는 내려가서 뭘 먹을까에 집중했다. 이번에는 엔젤이 많아 부족함이 없었는데도 먹는 타령이다. 항상 이렇게 긴 산행이 끝날 때면 나오는 대화 주제다.

말이 나오는 순간 입에 침이 고이며 무얼 먼저 먹을지를 생각하기도 전에 '물회'가 먹고 싶다고 얘기했다. 그러자 정말 '물회가 먹고 싶어졌다. 남해 부산집의 메밀국수 잡어 물회, 제주의 순옥이네 전복 물회가 떠오른다. 그러자 건이도 물회를 먹고 싶다며 세 그릇을 시켜서 하나는 원샷을 하고, 하나는 음미하고, 하나는 천천히 먹겠다며 신나라 한다. 물회를 먹어 본 적이 없다는 친구가.

아마 LA에 가서 찾아보면 분명 물회가 있을 것이라는 희망을 가지고 입맛을 다신다.*

마지막 길은 꽃길이다. 이름을 알 수 없는 주황색 꽃이 우리를 환영하듯이 길 주변에 널려있다. 꽃길을 뛰듯이 내려오자 우리의 최종 목적지가 눈에 들어온다. 찻길 건너에 곧바로 하이커 타운Hiken Town이라는 곳에 허름한 호텔이 폐허처럼 자리 잡고 있다.

이제 2019년 PCT 일정이 마무리되었다. 별 감정이 없다. 조금 힘이 빠지는 느낌, 조금 아쉬운 느낌, 조금 시원하고 조금 쓸쓸한 느낌, 뭐 그런 느낌들이 복합적으로 오간다.

당장 텐트를 치지 않아도 되고 그 안에서 잠을 자지 않아도 된다.

좋은가? 과연.

아침 일찍 일어나 길 떠날 준비를 하지 않아도 된다.

좋은가? 과연.

---

* 결국 시간이 없어 LA에서는 물회는 먹지 못했고 나는 귀국하자마자 먹었다. 혼자만 먹은 것 때문에 영 목에 걸렸다. 나중에 건이가 왔을 때 물회를 먹이고 싶어서 한 겨울인데도 덜덜 떨며 물회를 먹었다.

매일 건조식품으로 끼니를 때우지 않아도 된다.

좋은가? 과연.

길에서의 모든 것은 이제는 현재 진행형이 아니라 과거가 되었다.

좋은가? 과연.

과연 좋은가? 괜히 서운한 느낌을 어쩌지 못해 좋은지를 자꾸 묻는 것이다.

호텔로 직행해 방을 잡고 보니 너무했다. 아무리 거지꼴의 PCT 하이커만 오는 곳이라고 해도 그렇지, 허술하고 지저분하고 말이 아니다. 방에도, 화장실에도, 세면장에도, 날벌레 사체가 쌓여있다. 거미줄도 주렁주렁 널려있다. 언제 청소를 했는지도 모를 건물이 호텔이라니. 하이커 타운이라는 말이 무색하다. 더구나 상점도 없다. 주인이 내주는 차로 한참 내려가야 있는 구멍가게에는 고르고 말고도 없이 선반에 듬성듬성 있는 물건이 고작이다.

식사 대용으로는 냉동피자가 고작이다. 그나마 맥주가 있어 다행인가? 중국 쌀이 보이기에 밥을 지어먹을까 해서 한 봉 샀다. 그리고 호텔로 돌아와서 조심해서 (거미줄에 걸릴까 봐) 샤워하고 약식 빨래도 한다. 침대 시트를 갈아달라고 했다. 다시 가져온 것도 비슷하기는 하지만 빨아 말린 흔적은 있어 좀 나았다. 하룻밤인데 견디는 거지 뭐.

그렇게 우리의 마지막 날을 보내며 만약 내년에 오면 이 호텔에서 자야 하나 말아야 하나를 고민했다. 김치국물부터 마시고 있는 것이다.

지난해 걸은 오리건 구간은 PCT 고속도로라는 말이 맞는 것 같다. 이번 캘리포니아 남부 구간에 비해 그만큼 길이 좋았다는 의미다. 앞으로 남은 하이 시에라나 워싱턴은 어떨지?

작년 오리건 구간도 좋았지만 이번 캘리포니아 남부 구간도 좋았다. 체력이 소진되도록 양껏 걸었다. 풍광도 빼어났다. 가끔 추웠고, 더웠고, 바람이 불었고, 비가 왔지만 날씨는 비교적 좋았다. 우리는 최선을 다해 걸었고, 즐겼고, 만끽했다. 모기 없는 트레일은 천국이라 할 만했고 매 순간이 최고의 시간이었다.

몸은 힘들어도 불편할 정도는 아니었고 넉넉하지 않은 물과 음식으로도 잘 견뎠다. 오로지 타인을 위해서 봉사하는 여러 사람을 보며 나 자신을 돌아보고 우리의 현실과 비교해보고는 했다. 까마득했다.

미국의 PCT를 걸으며 우리의 백두대간을 생각했다. 자연을 대하는 그들을 보며 우리나라 자연을 생각했다.

감사함이 가득한 길.

행복이 샘솟는 길.

꿈의 길.

빛의 길.

2019년 캘리포니아 남부

시작

긴 여정의 시작은 간단했다. 다시 걷고 싶었고, 그 뜻을 모아 우리는 그렇게 다시 만났다. 나는 오래전 미국으로 이주한 후 산을 멀리 떠나 살다가 산이 많은 워싱턴 주로 와서야 다시 산을 시작할 수 있었다. 20년이 훨씬 흐른 후였다.

·무작정 걸었던 캘리포니아 시에라 네바다 산행을 통해 처음 PCT를 걷는 하이커들을 만났다. 그들은 나와 반대 방향으로 북상하고 있었다. 낡고 허름한 옷에 웃음기도 없이 쉬어갈 만한 곳에서 쉬지도 않고 가는 그들이 내게는 정말 하드코드, 쩐 하이커로 보였다. 멕시코에서 캐나다까지의 4300킬로미터를 걸어가는 그들을 보면서 나 또한 그들처럼 걷고 싶다는 꿈

이 생겼다.

이렇게 전 구간을 걸은 이들을 일컬어 스루 하이커라고 한다. 하지만 전 구간을 한꺼번에 다하기엔 나의 체력이 의심스럽기도 했지만 무엇보다도 시간이 문제였다. 총 5개월이 걸리는 PCT를 집중해 걷기에는 챙겨야 할 가족과 일터가 나를 자유롭게 해주지 않았다.

그러고 보면 내가 만났던, 대부분의 전 구간을 목표로 했던 스루 하이커들은 휴학, 휴직 아니면 구직 중인 젊은 친구가 대부분이었다. 아예 일찍 은퇴한 운 좋은 50대, 60대가 간혹 있을 뿐이었다. 그래서 궁여지책으로 우리가 할 수 있는 최선의 방법으로 매년 한 달씩 걷기로 한 것이다. 구간 종주자나 섹션 하이커는 일주일이 됐든 한 달이 됐든 가고자 하는 길을 몇 개의 작은 구간으로 나누어서 매번 시간을 내어 그 길을 걷는다.

그렇게 걷다 보면 결과적으로 퍼즐을 맞추듯 그 길을 완성하는 것이다. 섹션 하이킹의 장점은 가고자 하는 길의 특성에 맞는 가장 적합한 시즌을 선택할 수 있다는 것이다. 일을 그만두는 일 없이 연차나 휴가를 내고 갈 수 있는 만큼 가는 것이니 휴직이나 퇴직을 하지 않고도 실행할 수 있다. 단점이라면 기간이 너무 길게 늘어질 수 있고, 이런저런 사정으로 인해 차일피일 미루다 보면 영영 완주를 못 할 수 있다는 점이다.

우리의 PCT 섹션 하이킹은 옛 시절, 산과 인연을 맺은 산우로 이루어졌다. 대부분이 〈93년 여성 에베레스트 원정대〉 훈련으로 인연이 된 친구들이었다. PCT는 4285킬로미터, 매년 800킬로미터를 걸어도 꼬박 5년이 걸린다. 이렇게 길고 긴 산행길을 우리가 얼마나 감당할 수 있을지 시작부터 의구심이 들었다. 하지만 '뭐, 히말라야 벽 등반을 하는 것도 아닌데…' 하며 기대반 격려반으로 시작했다.

첫출발 구간으로 사막이 시작하는 캘리포니아 남부보다 숲이 많고 길이 좋다는 오리건 주를 선택했다. 시범삼아 한 달을 걸었다. 모두 잘해줘서 완주했고 거기에 용기를 얻었다. 그래서 본격적으로 멕시코 국경에서 치고 올라가기로 한 것이다.

캘리포니아의 3월 봄날, LA 공항에서 난희 언니는 환한 웃음으로 나를 맞이했다. 준비하는 동안 전화 몇 통화와 문자 메시지를 주고받았지만 오리건 산행 이후 첫 해후인 셈이다. 지난 산행은 각자의 역할이 있었고 나의 부족함을 많은 팀원들이 메꿔주고 챙겨주었다. 하지만 이제는 언니랑 나, 단 둘이 걷는다. 난희 언니도, 나도 가 본 적 없는 멀고 먼 미지의 길만큼이나 서로 다른 두 사람이 가까이서 알아가는 또 다른 형태의 모험이 시작되었다.

난희 언니, 스캇과 프로도

샌디에이고San Diego에 사는 PCT 트레일 엔젤, 스캇Scout과
프로도Frodo는 PCT를 걷는 사람들에게는 이름이 꽤 알려진 부
부다. 2006년 처음 샌디에이고 집에서 17명의 하이커들을 도
운 것을 시작으로 2020년 그들이 은퇴할 때까지 수천 명의 하
이커가 그들의 집에 다녀갔다.

2019년, 우리가 갔을 땐 1년만 더하고 다음 해에 은퇴를 계
획 중이라고 하니 우리가 막차를 탄 셈이다. 렌터카를 반납한
후 택시를 타고 저녁 7시가 다 되어서야 집 외벽에 큰 PCT 깃
발이 펼쳐진 그들의 집에 도착했다. 도착하자마자 한 자원봉
사자가 우리를 반기며 화장실과 샤워 등 집 내부를 안내했다.
특히 각자의 이름을 써놓은 일회용 물컵의 용도와 이곳에서
있는 동안 준수해야 할 내용을 종이에 적어 우리에게 주었다.

3월과 4월은 캘리포니아 PCT 사막을 걷기에 적당해 벌써
그 집은 PCT를 막 시작하려는 하이커로 가득 차 있었다. 집
뜰엔 텐트가 많이 쳐져 있었고 바로 옆 넓은 캐노피Canopy* 아

---

* 천정 지붕 또는 천이나 금속 덮개가 부착되어 태양, 우박, 눈 및 비와 같은 기상 조건
에서 그늘이나 피난처를 제공할 수 있는 구조다. 일반적으로 바닥이 없는 텐트일 수
도 있다. - 위키백과

래에는 매트리스와 침낭을 깔고 쉬는 사람도 보였다. 사람들 속에서 스캇이 나와 우리에게 환영 인사를 했다. 늦게 온 특혜인지 우리에게는 앞마당 입구에 주차해 놓은 구형 캠핑 트레일러를 내주었다. 넓어서 누가 더 오면 나누어 써야 하나 했는데 우리가 마지막 주자였나 보다.

다른 사람의 방해 없이 언니와 나는 넉넉한 공간에서 마지막 짐을 점검했다. 식량은 날짜대로 맞추어서 개인 포장했고 간단히 먹을 수 있는 단백질 가루와 비타민을 충분히 챙겼다. 이 무게에 2~3리터의 식수가 추가로 더 들어가니 짐을 싸는데 신중하지 않을 수 없었다.

막상 자려고 하니 잠이 잘 오질 않았다. 새벽에 집에서 나와 시애틀 공항, LA 공항, 장비점을 들러 우체국 코너에서 짐 포장을 하고 바로 여기까지 운전해 왔다. 이제 멕시코와의 국경선이 코앞이다. 길고도 바쁜 하루였다. 더구나 난희 언니는 한국에서 왔으니 시차 때문에 더 힘든 하루였을 것이다. 하루 정도 여유를 부려 볼만도 한데, 도착하자마자 내일 바로 출발이다. 내가 너무 일정을 밀어붙인 것 같아 미안했다. 고맙게도 언니는 특별한 이견 없이 계획한 대로 따라와 주었다. 내일이면 언니와 나 단둘만의 길을 시작하는 것이다.

첫날

국경 벽 바로 옆의 언덕에 있는 사우슨 터미너스Southern Terminus의 기념비에서 기념 촬영을 마치고 우리는 바로 산행을 시작했다. 땅은 건조하고 하늘에는 구름 한 점 없다. 3월의 아침 길은 습하지 않아 상쾌하게 느껴졌다. 1마일 이정표 지점에 멈춰 사진을 한 장 더 찍고 본격적으로 걷기 시작했다.

다음 식량박스가 있는 마운트 라구나까지는 67킬로미터다. 사흘에 걸쳐서 간다. 첫날 산행은 오르막과 내리막의 반복이다. 고도가 500미터 정도라서 비교적 걷기에 편했다. 시작하자마자 너무 고생하지 말라는 PCT의 배려인지 싶었다. 반나절 정도 지났을 때쯤 오른쪽 계곡 건너편 가까이에 낯익은 봉우리 하나가 눈에 들어왔다. 널찍한 산 모양새에 하단의 나무숲 하며 눈덮인 산봉우리가 어디서 본 듯하다.

사실 지난 1월 말부터 나는 '세컨드 찬스'로 알려진 유튜버 한 명을 팔로우하고 있었다. 세컨드 찬스는 내가 PCT를 준비하면서 자료를 찾던 중에 유튜브 알고리즘에 의해 우연히 알게 되었다. 그는 고도비만으로, 이런저런 다이어트를 시도하다 마지막 시도로 PCT를 걸으며 영상을 하나씩 업로드했다.

살을 뺄 목표로 하루에 5~10킬로미터씩 천천히 걸으면서 찍은 게 그의 산행 영상이다. PCT를 하다가 죽을 수도 있다는 주위 사람의 우려가 있었지만, 그는 타고난 낙천적인 성격과 초보 하이커가 PCT에서 배워나가는 흥미로운 얘기로 영상을 찍었다. 그의 영상은 제법 조회 수가 많았다. 이곳이 그에게는 사흘째 날이었을까? 이곳을 지나는 날 얼마나 배가 고팠는지 저 눈덮인 봉우리가 마치 초콜릿 퍼지 케이크 위에 아이스크림으로 토핑을 한 것처럼 보였다고 한 말이 떠올랐다.

그는 1월 말부터 하루에 5킬로미터에서 10킬로미터 정도를 걸어왔을테고, 이제 곧 4월인데 세컨드 찬스는 지금 어디쯤 가고 있으려나…. 그가 바라는 대로 살은 좀 빠졌나 하며 생각에 잠길 때쯤 어느덧 첫 야영지인 하우저 크리크Hauser Creek에 도착했다. 계곡 사이로 흐르는 시냇물 옆 빈 공간에 벌써 꽤 많은 하이커가 야영을 하고 있었다. 그렇게 첫날 산행을 마쳤다.

둘째 날, 한낮 더위를 피하고자 새벽에 랜턴을 켜고 일찍 출발하기로 했다. 오르막 1800미터 고지를 넘어 도착한 모레나 레이크 파크Morena Lake Park에는 아직도 이른 새벽의 기운이 감돌았다. 아무도 없이 조용했다. 이 공원 안에 작은 상점이 있다. 아침거리를 좀 살까 했는데, 일찍 출발한 탓에 아직 상점을 열지 않아 그냥 지나간다.

볼더 옥스Bolder Oaks로 향하는 길은 사막이라기보다는 화강암으로 가득 찬 돌산 같은 느낌이다. 패스는 큰 오르막이나 내리막이 없이 순조롭게 이어졌지만 태양이 쨍쨍해서 그 열기로 걷는 속도를 더디게 했다. 캘리포니아 사막에서 흔히 볼 수 있는 덤불숲으로 어우러진 지그재그형의 스위치백Switch-Back으로 꾸준히 올라갔다.

덤불숲은 무릎 정도의 낮은 수풀이다. 그늘이 되어줄 작은 그림자도 없기 때문에 쉼 없이 천천히 꾸준히 가는 게 최선이었다. 위로 올라갈 수록 지나온 계곡은 시야에서 아득히 멀어져 갔다. 산등성이에 올라서 우리가 마주하는 것은 반대편에 있는 깎아지듯 내려간 발레시토 밸리Vallecito Valley였다.

그 절벽 아래로 안자 보레고Anza-Borrego의 끝없이 넓은 사막이 내려다 보였다. 지금의 PCT 루트는 옛날 올드 선라이즈 하이웨이Old Sunrise Highway와 이어져 오른쪽으로 깎아진 절벽 위에 아슬하게 길을 끼고 북쪽으로 이어졌다. 1800년대에 마차로 우편물이나 짐을 나르기 위해 만들어졌다는데, 이렇게 높은 곳에 기가 막히게 놓인 길을 보니 그들의 개척 정신에 경외감마저 들 정도다. 고도가 높고 시야가 좋아 행글라이딩을 할 수 있는 장소로도 인기가 있다고 한다. 좀 더 걸으니 시닉 오버룩스Scenic Overlooks 지점이다.

마운트 라구나에서 워너 스프링스까지

우리의 첫 번째 식량 공급지, 67킬로미터 지점인 마운트 라구나 근처의 상점으로 보낸 첫 번째 소포를 찾았다. 상점 옆 파인 하우스 카페Pine House Cafe에서 식사를 하고 근처 캠핑장에서 야영을 했다. 아직 3월이라 그런지, 아니면 주중이라 그런지, 그 큰 야영장에 아무도 없이 우리 텐트만 있었다.

짐을 풀고 언니의 머리 상태를 점검했다. 첫날 스캇 집 캠핑 트레일러 안에서 언니가 고해하듯 희미한 랜턴 빛 아래 오백 원짜리 동전 크기의 머리 혈종을 보여주었다. 병원에 가면 혹시 PCT 계획에 차질이 생길까 봐, 아예 검사 받는 것을 생략할만큼 언니의 PCT에 대한 열정에 놀라웠고, 동시에 상처가 더 커지거나 심해지면 어떻게 하나 하는 걱정이 몰려왔다.

우선은 소독한 바늘로 혈종에 구멍을 내고 피를 짜내어 부기를 빼기로 했다. 진통제 몇 알만 먹은 언니는 가부좌를 하고 앉아 살을 뚫는 통증을 신음 한번 없이 참아냈다. 시술 후 거즈로 덮고 언니에게 비상용 항생제 몇 알을 챙겨 줬다. 스테로이드 약이라도 있었으면 좋았을 걸…. 아쉬웠다.

그 후 산행 내내 상처를 소독했다. 언니는 소량의 소염진통제만으로 버텼다. 그냥 최고의 컨디션으로 걸어도 힘든 사막 구간에서 난희 언니는 머리에 상처까지 안고 걸었다. 언니는 아침저녁으로 소독 거즈로 겨우 상처를 커버하다가 해가 나기 시작하면 거즈를 걷어내어 바람과 햇볕의 좋은 기를 받게 했다. 언니만의 비법이었다. 지금 생각해 보면 약과 소독은 그냥 보충제였고 상처를 이기려는 언니의 엄청난 의지와 기가 상처를 잘 아물게 한 것 같다. 어느 날 언니가 모자를 벗고 거즈를 떼어낸 후 걸어가는 뒷모습을 보며 나는 언니에게 무슨 신기(神技) 같은 게 있지 않나 조금씩 의심하기 시작했다.

매일매일 우리의 산행은 패턴이 일정했다. 우리는 일어나 따스한 커피나 차 한잔으로 몸을 녹인다. 더운물을 여유 있게 끓여 두세 컵을 더 마신다. 한낮의 갈증에 대비해 미리 수분을 충분히 섭취해 탈수증을 막는 것이었다. 텐트를 철수하고 배낭을 메고 출발하기 전, 간단히 그날 하루 일정과 패스에 대해 얘기한다. 언니가 내 스틱을 챙겨 내게 건네준 후 언니의 합장으로 편안한 안식처를 준 빈 야영지를 향해 감사 인사를 한다. 뭐 빠진 것 없나 한 번 더 확인하면 곧 우리 산행의 시작이다.

특별히 쉴만한 곳이 있지 않으면 서너 시간 이상을 계속해 걸었다. 다행히 난희 언니와 나, 서로가 아침형 스타일이라 바이오리듬이 맞는다. 한기마저 드는 서늘한 아침 공기를 맞으며 걷는 우리의 아침 산행길은 서로가 말이 없다. 처벅처벅 걷는 발소리와 스틱 소리만 들린다. 명상하듯 걷는 언니를 굳이 방해할 필요는 없다. 특별히 갈림길이 나타나거나 길의 각도가 유난히 틀어지지 않는 한 말이다.

10시쯤 매트리스를 깔고 신발과 양말까지 벗고 아침 겸 간식을 먹으며 긴 휴식을 취한다. 이때쯤이면 벌써 하루 일정의 3분의 1 정도를 걸었기 때문에 긴 휴식 후 나머지 길을 걷는 데에는 여유가 있어 우리는 이런저런 얘기를 하며 간다.

안자 보레고 데저트 스테이트 파크Anza Borrego Desert State Park를 지난다. 벌써 국경에서 100킬로미터 이상을 넘어섰다. 산 페리프 크리크San Felipe Creek에 위치한 시저스 크로싱Scissors Crossing은 78번 고속도로를 가로지르는 도로 옆에 있다.

산을 넘어 내려와 도로를 향해 가는 길은 넓은 들판을 가로지르는 자잘한 수풀 사이로 길게 이어졌다. 오후 3시, 구름 한점 없이 내리쬐는 태양 아래 대지는 뜨거운 태양의 열기를 제대로 받아 복사 열기로 온몸이 달아 오른 듯했다. 물도 거의 바닥이 난 상태라 갈증은 더했다. 이런 곳에선 다른 해결 방법이 없다. 그냥 한걸음이라도 더 걸어서 고통스러운 상황을 벗어 나는 수밖에. 이곳 시저스 크로싱에서 배럴 스프링스Barrel

Springs까지 앞으로 40킬로미터 사이, 물이 없어 하이커에게 물에 대해 경고를 하는 곳이다. 그래서 시저스 크로싱에서 물 지원이 절실하다. 〈가이드 맵〉에선 78번 고속도로를 지나 도로 다리 밑에서 물을 보충할 수 있다고 했다. 이렇게 물이 귀한 곳에 누군가 물통을 갖다 놓는 것을 '워터 캐시Water Cache'라고 한다. 발음상 캐시니 정말 이곳 사막에서는 물이 현금만큼 필요한 것이 아닌가 싶다.

마침내 다리 아래에 도착했다. 고맙게도 충분한 워터 캐시와 과자, 음료, 맥주까지 있었다. 이곳 78번 고속도로에서 몇몇 하이커는 히치하이킹으로 20킬로미터 떨어진, 줄리안Jullian이 있는 마을 아래로 가서 식량을 보충하기도 한단다. 특히 마을에 있는 맘스 파이 숍Mom's Pie Shop은 PCT 하이커에게 파이와 아이스크림, 음료를 무료로 제공한다고 했다. 파이와 아이스크림이라는 말 자체만으로 침을 고이게 했지만 마을까지 왔다 갔다 하면 반나절이라 포기했다.

대신 우리는 다리 아래의 그늘에서 매트를 깔고 푹 쉬면서 일단 열기를 피하기로 했다. 나는 솔라 패널을 충전하러 밖에 내놓았고 난희 언니는 〈트레일 로고 북Trail Log Book〉에 물건들을 갖다 놓은 이름 모를 트레일 엔젤에게 감사의 글을 남겼다.

물도 마실만큼 마시고 쉴 만큼 쉬었지만 아직도 열기는 여전했다. 언제까지 이러고 있을 수만은 없는 일이다. 개인 물통을 가득 채우고 거기에 여분으로 각각 3리터의 물을 더 챙겼다. 이 정도 물이면 오늘 밤에 밥 해 먹고, 간단히 씻고, 내일 아침에 물을 만나기까지 버티기에 충분하다. 이제 물 걱정 없이 텐트를 칠만한 곳만 있으면 된다. 올라갈 만큼 최대한 가서 경치가 좋은 캠프지를 찾기로 했다.

그늘에서 벗어나자마자 잠깐 잊었던 뜨거운 열기가 다시 찾아왔다. 산 페리프 크리크의 긴 오르막길은 끝도 없는 것 같았다. 땀에 젖어 정신없이 올라가는 와중에 테디 베어 칼라Teddy Bear Cholla 선인장이 드문드문 눈에 들어왔다. 겉보기에는 부러운 황금빛 털로 덮여져 곰 인형의 솜털처럼 보인다. 하지만 실상은 날카로운 가시로 둘러 싸인 선인장이다.

해가 질 때쯤 산마루에 아담한 캠프지를 찾았다. 캠프지 앞에는 특별하다고 말할 정도의 멋진 뷰는 없었다. 하지만 공간이 확 트여있어 시야가 넓었고, 드문드문 테디 베어 칼라 선인장이 우리 벗이 되었다. 워터 캐시에서 받은 물이라 필터로 걸러야 하는 번거로움이 없어 저녁 준비는 여유로웠다.

몬테주마 밸리 로드Montezuma Valley Road 바로 옆에 위치한 배럴 스프링스Barrel Springs 야영지는 파이프로 연결된 우물이 있어 물이 넘친다. 그래서 하이커들에게 인기 있는 곳이다. 특히 반나절 거리에 문명의 손길이 기다리는 워너 스프링스Warner Springs가 있기 때문에 앞서거니 뒤서거니 하며 만났던 PCT 하이커들의 눈빛이 조금은 활기차 보였다. 국경에서 출발해 일주일이 걸렸고 워너 스프링스까지 180킬로미터를 걸었다. 이제 하나의 큰 구간이 마무리되는 곳이기도 하다.

다음날 아침 워너 스프링스로 향하는 길은 10킬로미터 가까이 넓은 초원으로 이어졌다. 이제껏 우리가 겪은 건조한 사막의 기운은 어디로 가고 아침부터 비가 부슬부슬 내리기 시작하다가 바람까지 더해진다. 체감 온도가 급격히 떨어져 갔다. 위아래 방풍방수 옷을 입었지만 걷지 않으면 금세 추워져 온몸을 떨게 했다. 어제까지 더위에 허덕였던 게 거짓말 같다.

초원에 깔린 짙은 안개로 시야가 좁아져서 이글 록Eagle Rock으로 가는 갈림길을 놓칠까 봐 조바심이 났다. 이글 록은 워너 스프링스에 가는 길에서 조금 벗어난 곳에 있는 큰 독수리 바위다. 다행히 안갯속 멀리, 독수리의 왼쪽 날개가 희미하게 보여 갈림길에서 바로 오른쪽으로 진입할 수 있었다.

이글 록은 이곳 PCT 구간의 하이라이트다. 자연석이라고 믿기 힘들 정도의 독수리 형태를 한 2.6미터 높이 바위가 거대한 날개를 펼치고 있었다. 안갯속에서 숨어 먹이를 찾는 듯 오뚝한 부리하며, 힘이 넘치는 통통한 가슴이 사진에서 본 화려한 모습 그대로였다. 오기 전에는 이 바위 등에 올라 타, 날아가는 듯한 포즈로 사진 찍기를 기대했다. 하지만 차가운 비바람이 세차게 불고 바위는 미끄러워 보여 그 위에 올라가 사진을 찍으려고 엄두를 내지 못했다. 그냥 바위 주변에서 사진을 찍고 나니 빨리 워너 스프링스의 따스한 곳으로 가고 싶은 마음뿐이다. 언제 맑고 좋은 날에 다시 와서 저 거대한 독수리 등 위에 앉아 날으는 날을 기원한다.

PCT 길목에 있는 워너 스프링스 커뮤니티 센터에 짐을 내렸을 때 비는 이미 멈추었다. 센터 안에는 먼저 온 PCT 하이커로 가득 차 있었다. 지역 주민인듯한 자원 봉사자 한 명이 따스한 커피와 함께 친절히 안내해 주었다. 이곳은 물과 화장실, 샤워 서비스가 있고 간단한 통조림도 판다.

센터 앞마당은 캠프 자리로 내어 주었다. 건물 뒤에는 빨래터도 있다. 텐트 대신 해먹을 가지고 다니는 친구 제이슨Jason이 발 마사지통에서 마사지를 받고 있었다. 엉망이 된 그의 발이 담긴 물 안에 수상한 뭔가 떠 다니는 것 같았다. 언니는 그가 안쓰러운지 여분으로 챙겨 온 발가락 양말을 내주었다. 제이슨은 눈빛까지 촉촉할 정도로 고마워하며 어쩔 줄 몰라했다. 헐대로 헌 발가락 사이에 꼬들꼬들한 양말을 재무장한 제이슨의 발걸음이 내일이면 더 가벼워지길 바랄 뿐이다.

워너 스프링스에서 샌 하신토, 샌 고르고니오 패스까지

다음날 점심을 먹고 빨래가 다 말라갈 때쯤 짐을 챙겨 워너 스프링스를 떠나 반나절 거리의 아구아 칼리엔테 크리크Agua Caliente Creek까지 가기로 했다. 점점 하이커로 북적거리는 커뮤니티 센터와 캠핑장을 빠져 나가고 싶은 마음이 커졌다. 잘 쉬고 식량도 보충했으니 이젠 떠나야 할 시간이다.

다음 식량 픽업까지 70킬로미터 미만이니 이틀 치 식량이면 충분하다. 아구아 칼리엔테 크리크의 물소리를 들으며 올라가는 우리의 발걸음은 가벼웠다. 산행 시작 후 계곡 물소리를 들으며 가는 것은 처음이어서 시원한 느낌이다. 정수필터가 필요 없을 정도로 맑은 물이 흐르는 나무숲 그늘에서 하루를 접었다. 부산했던 워너 스프링스 캠프지에서 사람들의 오고 가는 소리에 잠을 설쳤는데 오늘밤은 계곡 물소리를 들으며 잠을 청할 수 있을 것이다.

192킬로미터 지점, 치맛자락의 주름결을 따라가는 로스트 밸리 스프링Lost Valley Spring의 허리 자락을 따라 서서히 올라갔다. 점점 낮은 덤불 사이사이로 크고 작은 바위가 나타나더니 어느덧 거대한 모양의 볼더Boulder가 주위 산에 가득했다. 바위들이 넓어서 올라가서 쉬거나 햇빛이 강한 날은 그 아래 그늘에서 쉬기에 충분했다.

220킬로미터 지점, 둘 스프링Tule Spring을 지나 오르막길로 올라 산마루에 섰다. 저 멀리 지평선 너머 주위 산과 비교가 안 될 3300미터의 거대한 샌 하신토 마운틴San Jacinto Mountain 이 첫 모습을 드러내며 마운트 하신토 스테이트 파크Mount San Jacinto State Park로 우리를 이끌었다.

78번 고속도로로 내려와 PCT에서 1500미터 떨어진 파라다이스 카페에서 우리 식량박스를 찾았다. 따로 수수료를 받지는 않았지만 수수료를 대신해서 대부분의 하이커는 짐을 찾고 난 뒤 카페에 앉아 거대한 햄버거, 샐러드, 밀크셰이크 그리고 후식으로 치즈 케이크까지 세트로 시켜 먹는다. 우리도 질세라 이것저것 주문해 먹었다. 하이커들이 게걸스럽게 먹은 모습에 익숙한듯 웨이터는 아무 말도 없이 컵에 물을 채워주고 갔다.

이때쯤이면 배도 채웠겠다 쉬고 있는 PCT 하이커들의 머리가 좀 복잡해지기 시작한다. 선택의 기로에 서는 것이다. 이대로 식량을 픽업해 바로 트레일로 직진해 가거나 아니면 히치하이킹해 40킬로미터 아래에 있는 마을인 아이일와일드Idyllwild로 가서 식량을 보충한 후 다시 샌 하신토를 건너 갈 것인지를 정한다고 한다. 특히 앞으로 갈 약 20킬로미터 정도의 고개는 몇 년 전 산불로 그 잔해가 많고, 정비가 안 돼서, 비록 폐쇄는 하지 않았다지만 길이 거칠고 험하다. 그래서 많은 하이커가 그 길을 피해 쉬운 길로 우회하거나 그냥 통과한다고 했다. 우리는 일단 지나가는 차를 세워 가까운 마을인 아이일와일드까지 타고 가서 필요 없는 짐을 보내고 몸과 마음을 새롭게 정비하기로 했다.

마을로 내려와 보니 아이일와일드는 이름에서 느껴지듯 여유 있고 서부적인 느낌이 난다. LA에서 두 시간 거리라서 많은 여행자들이 단일 코스로도 많이 찾아온다고 했다. 차가 없어도 어디든 걸어서 해결되는, 정말 여유 있어 보이는 작은 산악 마을이다.

몇 개 안 되는 호텔이나 모텔은 이미 꽉 차 있다. 방 잡기를 포기하고 그냥 호텔 로비에서 쉬면서 짐 정리를 했다. 호텔 직원은 우리가 투숙객이 아닌데도 친절하게 집으로 보내는 소포를 받아 준다. 그리고 귀찮다는 기색 없이 뭐가 필요한 게 있는지 상냥한 웃음을 지으며 묻기도 했다. 호의가 계속되면 권리인 줄 착각한다고 하던데, PCT 하이커를 대하는 그들의 친절함이 이제 익숙해져 당연함까지 느낄 정도다. 호텔에서 안

내해 준 주위 캠핑장으로 가서 텐트를 치고 고단한 머리를 뉘었다. 우리는 우회나 통과 없이 돌파하기로 했다.

다음날 아침 일찍, 히치하이킹을 해서 다시 시더 스프링 Cedar Sparing 트레일 입구까지 올랐다. 샌 하신토의 길목, 새들 정선Saddle Junction까지는 44킬로미터, 고도 1200미터를 넘어야 하는 만만치 않은 구간이다. 우리가 우려했던 대로 트레일은 산불로 길이 많이 망가지고 정리되지 않았다. 패스는 거칠었고 타다 남은 검은 흉터를 입은 나무들은 적막해 보였다.

걷는 내내 다른 하이커는 만날 수 없었다. 산행 시작 부분 외에 물이라곤 전무한 마른 산을 가야 했다. 하루를 정리하고 텐트를 친 곳에서 물까지 내려가기에는 생각했던 것보다 경사지고 멀어서 그냥 물 없이 밤을 보내기로 했다. 저녁식사를 준비하는 것은 어려운 것 같아서 대신 남아 있는 약간의 물로 차를 만들어 간단한 간식으로 저녁식사를 대신하고 일찍 잠자리에 들었다. 나는 아무리 산행이 힘들어도 저녁을 먹고 자야 다음날 일어나면 몸이 재충전되어 하루를 시작할 수 있었다. 그런데 저녁을 먹지 않고 대충 차와 간식으로 저녁을 때우고 나니 다음날 아침 리셋이 안 되어 어제의 피곤함을 그대로 안고 하루를 시작해야 했다.

새들 정선을 향하는 오르막길은 끝없이 이어졌다. 나는 전혀 기운이 나질 않았다. 오늘 하루는 시작 후 모든 산행을 통틀어 가장 힘든 날이 아닌가 한다. 지난 열흘 가까이 멕시코 국경에서부터 각각 다른 모양의 마른 사막 구간을 오르락내리락했지만 이 샌 하신토 마운틴San Jacinto Mountain은 달랐다. 지도에서 보면 마을에서 얼마 안 떨어져, 깊은 산속으로 들어온 것은 아닌데도 철저히 오갈 데 없이 고립된 그런 막막함이 드는 느낌이었다. 길은 거칠고 메말랐다. 지난 산불로 생명을 잃어버린 나무 사이에서 어떤 삶이나 희망 같은 것은 기대할 수 없는 절망감마저 들었다. 이런 고통 속에서 벗어날 수 있는 유일한 방법은 오직 한 발자국이라도 걷는 것뿐이었다.

드디어 새들 정선 가까이에서 물을 만났을 때, 나는 아예 매트를 깔고 누워버렸다. 난희 언니가 물을 받아 어젯밤 먹지 못한 저녁거리로 아침을 준비했다. 내 그릇에는 라면과 채소밥을 더 넣어주었다. 그런데 신기한 일이다. 밥이라는 것. 건전지가 빠져버린 장난감 인형 같은 내 몸에 밥이 들어가자 언제 그랬냐는듯 힘이 나고 몸이 리셋되는 느낌이었다. 충분히 쉬고 단백질 주스까지 더 마시고 나니 기운이 돌아오기 시작했다. 나보고 더 쉬라고 마지막 설거지와 이것저것을 챙기는 언니를 바라본다. 미안함과 고마운 마음이 함께 들었다. 나는 내 발만이 이 고난을 해결한다는 말을 취소하기로 했다. 나의 다리뿐만이 아니라 고난을 함께 해줄 든든한 파트너가 있기 때문이다.

일어나 다시 걷는다. 무릎 높이까지 눈이 덮여 길은 질퍽거리고 걷는 속도는 더뎠다. 꾸준히 걸어서 샌 한신토를 지나 풀러 리지Fuller Ridge의 캠프지에서 야영했다. 텐트는 질척거렸지만 널어놓았던 젖은 옷과 양말은 바람이 솔솔 불어오기 시작하자 말라갔다. 그때는 그 바람의 기운이 심상치 않음을 미처 몰랐다.

다음날 아침 풀러 리지 캠프지에서 나와 샌 고르고니오 패스San Gorgonio Pass로 향했다. 샌 고르고니오 패스는 샌 하신토와 샌 고르고니오에 있는 3000미터 큰 산 사이에 있는 넓고 큰 평지와 같은 곳이다. 이 패스에 미국의 동서를 가르는 주요 노선 I-10Interstate 10 고속도로가 지나간다.

우리가 풀러 리지 트레일 헤드를 돌자 저 멀리 I-10 고속도로 넘어서 북쪽에 정면으로 버티고 있는 눈 덮인 샌 고르고니오가 보였다. 당당하게 우뚝 선 드라마틱한 비주얼은 잠시 서로 할 말을 잊을 정도로 우리를 압도했다. '그래! 내일 오를 산은 내일 생각하고 오늘 내려갈 길을 먼저 챙기자.' 우리 아래 놓인 I-10 고속도로까지는 무려 고도 2400미터를 단숨에 낮추는 캘리포니아 구간 중에서 가장 길고 긴 내리막이다. 이곳을 우리는 '빅 드롭Big Drop'이라고 했다. 그런데 저 아래 I-10 고속도로가 손에 잡힐 듯 가까이는 보이는데, 나의 GPS는 적어도 30킬로미터를 더 가야 한다고 말한다.

딱 설악산의 서북주능선에서 한계령을 바라보는 느낌이라 반나절이면 내려갈 것 같은데 30킬로미터라니…. 내 지도가 뭔가 잘못된 게 아닌가 싶었다. 계곡으로 계속해 내려가는데, 저 아래 마을은 전혀 가까이 올 생각을 하지 않는다. 전선도 보이고 집들도 보이고, 지나가는 차들도 보이는데, 오히려 계곡으로 내려가면 갈수록 우리는 더 멀리 떨어지는 느낌이다. 스위치백으로 계곡 저 끝에서 이곳까지 길을 늘릴 만큼 늘리다 보니 길은 내리막길이라 해도 거의 평지 수준이었다. 이 길을 왔다 갔다 하기를 수십 번이다.

언니가 참다못해 말했다.

"아! 길 낸 친구들이 이 마을의 산을 제대로 구경시켜 주려고 일부러 이리저리 돌리나 보다!"

결국 우리는 이날 도로에 못 미친 10킬로미터를 남기고 캠프를 해야 했다. 시야가 트이고 마을이 내려다보이는 곳이었다. 아침부터 불었던 바람이 저녁이 되자 성이라도 난 듯 난폭하게 몰아치기 시작했다. 지난밤, 바람 폭풍의 공격에 박살이 난 텐트를 접고 난희 언니와 나는 완전 의욕을 상실한 패잔병처럼 터덜터덜 마을로 내려왔다.

지난밤 불어닥친 거센 바람으로 우리의 집이고 안식처였던 텐트의 폴대가 부러졌고 여기저기 찢어진 부분도 있었다. 어디서 이것을 고쳐야 할지, 아니면 다시 새것을 사야 할지 정말 난감했다. 언니는 이 지역 트레일 엔젤을 알아봐서 도움을 청해 텐트를 구해보자고 했다.

우리는 일단 우버Uber를 불러 고속도로에서 가장 가까운 출구로 빠져나갔다. 먼저 〈스타벅스〉가 눈에 띄어 들어가 진하고 뜨거운 커피에 설탕과 크림을 넣어 마시며 안정을 취하고 주위를 둘러보기로 했다. I-10 고속도로 주위로는 호텔과 식당, 주유소가 전부였다.

주유소 안에서 텐트의 플라스틱 폴대를 잡아 묶을 수 있는 케이블 타이를 구입하고 스포츠 테이프를 이용해 텐트를 임시로 수리했는데, 그럭저럭 사람 몸은 들어가서 잠을 잘 수 있는 정도가 되었다. 부디 다음 보급지까지 잘 버텨 주길 바랄 뿐이었다. 히치하이킹을 해서 다시 트레일 입구로 갔다.

샌 고르고니오 패스에서 빅 베어 시티까지

I-10 고속도로 아래의 터널을 지나 코튼우드Cottonwood 트레

일 헤드로 향했고 산기슭을 향해 서서히 올라가기 시작할 때 이미 태양은 중천에 떠 있고 뜨거웠다. 어젯밤 그렇게 불었던 바람은 온 데 간데없다. 한낮의 열기만이 우리를 내리쬐고 있었다. 트레일 입구에는 지난 폭우로 화이트 워터 캐니언White Water Canyon 위의 계곡길이 망가졌다는 경고가 있었다. 산 넘어 산이다.

대부분의 PCT 하이커는 이 구간 역시 우회하거나 생략해서 인지 산행 내내 한적하고, 우리 외에는 어떤 하이커도 만날 수 없었다. 패스가 작은 계곡 쪽으로 빠지면서 샌 하신토는 시야에서 사라지고 우리는 모론고Morongo와 유카 밸리Yucca Valley의 품으로 깊이 들어갔다.

다음날 화이트 워터 캐니언 상단부로 이어지는 패스는 아슬아슬한 계곡 아래로 이어졌다. 우리는 적갈색 협곡이 넓게 펴진 풍경을 즐기며 걸었다. 능선이 아름답고 계곡은 깊어 하늘에서 드론으로 이 풍경을 찍었다면 이 멋진 길을 제대로 담아볼 수 있었을 텐데 하는 아쉬움을 가진 채, 휴대폰 카메라를 파노라마로 바꿔 멋진 풍경을 몇 장 담아보았다.

화이트 워터 캐니언에서 황홀했던 경치도 잠시, 계곡을 내려와서 만나는 미션 크리크Mission Creek는 시작부터가 호락호락하지 않았다. 처음엔 신발을 젖지 않게 하려고 신발을 벗고 길이 없는 계곡을 건너기를 몇 번을 반복하다 아예 신발을 신은 채로 그냥 물속을 걸었다. 길은 가다가 끊어지기 일쑤였다. 계곡을 타다가 옆 쪽에 길을 발견하면 다시 계곡에서 올라와 그 길을 걸었다. 또 길이 희미해지면서 없어지면 우리는 다시 계곡 쪽으로 내려왔는데, 자주 작은 가시덤불에 묶여 힘들게 빠져나와야 했다. 지난 폭우가 세게 오긴 왔나 보다. 이렇게 길이 엉망이니 말이다. 어제 출발 이후 패스에는 우리 둘밖에 없었다. 사람들이 왜 이 구간을 생략하는지 이해가 되었다.

언니가 앞장서서 길을 찾으며 가는데 뱀을 두 번 만났다. 그 순간부터 나는 앞으로 먼저 갈 엄두를 못 내고 언니 뒤만 따라갔다. 언니에게는 미안했지만 그게 제일 안전한 것 같았다.

난희 언니는 거의 동물적인 감각으로 끊어진 길을 잘 찾아 이어나갔다. 가던 길이 끊기면 당황하지 않고 천천히 좌우를 살펴 조심히 발길을 옮겨 끊어진 길을 이어나갔다.

해가 질 무렵에서야 계곡 산행은 거의 끝났다. 능선으로 이어지는 오르막길 옆 작은 물줄기가 있는 캠프지에 배낭을 내렸다. 계곡과 젖은 풀밭 길을 헤매느라 퉁퉁 불어터진 발을 축축한 신발에서 빼낼 땐 신음소리가 저절로 났다. 건조하다는 이 사막 구간에서, 길고도 긴 계곡 등반이라니, 산은 정말 예측할 수가 없다.

스포츠 테이프로 임시 수리한 텐트 안은 버너의 열기로 금세 따스해졌다. 폴대도 잘 버텨줘서 아늑함을 주었다. 얇은 천 쪼가리가 부여해 주는 밖과 안의 구분은 참으로 대단하다는 생각이 또다시 들었다.

다음날 마침내 그 험한 계곡을 넘어 미션 스프링스 캠프Mission Springs Camp로 들어섰다. 이정표도 곳곳에 많고 길은 더 선명해지면서 걷기에도 편했다. 2015년 산불로 샌 베르나르디노 내셔널 파크San Bernardino National Park는 몇 년 동안 폐쇄되어 있다가 최근에 복구 작업으로 다시 개장되었다. 하지만 아직도 검게 탄 나무가 있어 그 사이를 지나갔다. 자연은 참으로 위대하고 신비로워 그 안에 살아가는 모든 생명에 경외감을 느끼게 해 준다. 검게 타 우뚝 서있는 타버린 나무 기둥 위로 파란 하늘에 하얀 뭉게구름이 떠있다. 그리고 그렇게 타버려서 버려진 나뭇가지에도 새싹이 돋아나고 있다.

그 아래로 작은 시냇물이 흐른다. 타고 남은 숯덩이 틈으로는 작은 물고기가 헤엄치고 또 다른 생명이 피어오르고 있다. 마치 산불이 재앙이 아니라 새로운 생명을 탄생시키는 고난의 시간으로까지 느껴지는 것은 지나친 억측일까?

패스가 넓어지면서 오고 가는 사람의 흔적이 많아지는 것으로 보아 빅 베어 시티Big Bear City로 가는 18번 고속도로가 가까워지는 것을 느꼈다. 식량은 오늘 하루 저녁거리만 남기고 거의 바닥이 난 상태였다. 다음 식량박스가 기다리는 빅 베어 시티에서 할 일이 많다. 텐트 폴대를 다시 수리해야 하고 태양광 패널 와이어가 끊어져서 고치거나 다시 사야 한다. 언니의 머리 상처를 소독할 의약품도 더 필요하다. 18번 고속도로를 10킬로미터를 남기고 아로스트레 크리크Arrostre Creek에서 마지막 식량을 탈탈 털어 소박한 식사를 준비했다. 밤공기가 차갑다. 추운 밤이다. 최고로 추운 밤이었다. 계곡 옆 널따란 캠프지의 캠프파이어 주위로 하이커들이 추위를 녹이려 모여들었다. 배낭에 있는 옷을 모두 꺼내 입고 잤다. 우비까지 죄다 꺼냈다.

빅 베어 시티에서 딥 크리크까지

빅 베어 시티를 출발해 이어지는 길이 서쪽으로 틀어지면서 우리가 하루를 지낸 빅 베어 시티의 호수를 옆으로 내려다 보면서 걸었다. 호수 너머 우리가 지나 온 저 멀리 베르나르디노 마운틴Bernardino Mountain이 보였다. 여기저기 산불 흔적의 헐벗은 나무가 보이고 트레일을 보수하고 있는 중이긴 했으나 홀콤 밸리Holcomb Valley로 가는 길은 높고 낮음 없이 순조로웠다.

이후 이어지는 길이 무리가 되지 않아 하루에 40킬로미터 이상을 걷는 경우가 많아졌다. 딥 크리크 핫 스프링스Deep Creek Hot Springs를 향하는 우리는 아직도 산 베르나르디노 내셔널 포레스트San Bernardino National Forest 내에 있었다. 빅 드롭 이후 나흘째 내내 걷고 있으니 이 지역이 얼마나 넓은지 실감이 났다. 이곳의 하이라이트, 딥 크리크 핫 스프링스를 향하는 발길은 더 빨라져 몇몇의 하이커를 추월한 상태였다. 아름다운 계곡 안에서 여러 개의 온천을 품고 있는 딥 크리크 핫 스프링스는 자연 온천을 할 수 있는 보너스와도 같은 곳이다.

도착하자마자 난희 언니와 나는 거의 빛의 속도로 텐트를 치고 온천으로 들어갔다. 넓고 차가운 계곡물 옆에 몇 개의 크고 작은 온천수에서 냉탕과 온탕을 동시에 즐길 수 있었다. 냉탕까지는 엄두를 못 내고 따스한 온천 안에 기대어 넓고 하얗게 흐르는 물이 화려한 딥 크리크 쪽을 바라보았다. 남부 캘리포니아 구간에서 단연 최고 장소였다.

꿈만 같았던 자연 온천의 호사를 누리고 새벽녘 계곡을 출발할 때 보니 어제 많은 사람으로 부산했던 계곡은 온 데 간데없다. 들리는 건 계곡 소리와 온천에서 올라오는 물안개뿐이다. 어제와는 사뭇 다른 분위기를 연출한다. 딥 크리크 옆

능선의 허리선 쯤의 경사진 면을 가로지르는 평평한 길을 부드럽게 흐르는 강줄기를 따라 모하비 댐Mojave Dam 쪽으로 향했다.

모하비라는 말이 지도상에 처음 등장하니 모하비 사막이 멀지 않음을 말해준다. 우리가 걸어온 길이 벌써 300마일을 넘어섰다. 500킬로미터에 가까운 거리다. 모하비 댐은 1970년대 이곳 딥 크리크와 웨스트 포크 모하비 리버West Fork Mojave River 사이에 홍수를 막기 위해 육군 소속 엔지니어들이 만들었다고 한다.

댐을 지나 포장도로를 잠시 걷다가 다시 패스로 들어갔다. 실버우드 레이크Silverwood Lake를 향해 가는 20킬로미터는 부드럽고 편한 오솔길이다. 실버우드 레이크는 이름 그대로 은빛 햇살을 가득 받아 반짝이고 있었다. 호수 내 공원 쪽으로 향하는 길은 넓고 큰 호수 주위를 돌면서 이어진다. 호수 저편, 이제 아득히 보이는 모하비 댐 위로부터 점점 몰려오는 구름과 호수의 푸른빛이 어울려 멋진 전경을 감상할 수 있었다. 날씨만 덜 싸늘했다면 그냥 뛰어 들어 수영을 하고 싶을 만큼 물은 맑고 깨끗했다.

레이크 파크 내의 크래호른 피크닉 에이리어Cleghorn Picnic Area는 와이파이가 잘 터져서 공원 근처 아래 마을 피자집에 피자 배달을 시킬 수 있는 곳이다. 그래서 하이커 사이에 입소문이 나 있다. 피크닉 에이리어에 도착해 보니 벌써 한편에서는 하이커들이 피자를 시켜 먹고 잔디에서 쉬고 있었다. 우리도 피자 한 판과 음료수를 주문했다.

피자를 기다리는 동안 어디서 귀에 익은 웃음소리가 들렸다. 잔디에서 쉬고 있는 하이커 중 한 명이 바로 '세컨드 찬스'였다. 유튜브에서 들었던 그 특유의 실없이 헤헤거리는 웃음소리가 어딘가 귀에 익다고 생각했더니 바로 그였다. 세컨드 찬스를 드디어 우리가 따라잡은 것이다. 체중 감량을 목적으로 그야말로 목숨을 담보로 산행하기 시작했다는데 나는 그가 어디쯤이나 가고 있었을지 늘 궁금한 터였다.

세컨드 찬스는 3개월 동안 지금까지 총 500킬로미터를 걸어 실버우드 레이크에서 우리와 만나게 된 것이다. 그는 남은 피자 반 판을 들고 올라와 우리 쪽에 있는 하이커와 얘기를 나누었다. 가까이서 보니 그는 턱수염까지 길렀고 핼쑥해진 볼살에다 그을린 피부 덕에 그의 헤이즈 빛 눈동자가 더 두드러지게 보였다. 특이하고 남다르게 우람한 체구로 하이커 사이에는 벌써 인기 셀럽이 되었다. 그가 산행을 시작할 무렵 유튜브에서의 모습보다 얼굴 윤곽도 뚜렷해졌고, 자신감도 있어 보였고, 어느 정도 여유 있는 모습이 있어 좋아 보였다.

우리는 주위 캠프장을 찾을 것 없이 피크닉 테이블 옆에 텐트를 치기로 했다. 화장실도 가깝고 실내만큼은 아니어도 테이블 위로 햇볕이나 비를 막아주는 지붕이 있으니 하룻밤 텐트를 치고 지내기에는 안성맞춤이었다. 몇몇의 하이커도 우리 주위로 합류했다.

PCT를 걷는 하이커에게는 트레일 네임, 즉 별명이 있다. 본명 대신 그 사람의 상황이나 개성에 맞는 이름을 본인이 아닌 누군가가 붙여주는 PCT만의 문화 중 하나다. 난희 언니는 언니가 지은 한국말 트레일 네임으로 재미나게 그들을 부르고 있었다. 언니가 나름 그들에게 지어 부르는 이름은 가지가지다. 무슨 심정인지 빙벽용 12발을 가져온 시카고 아가씨에게는 '12발', 배낭을 늘 삐딱하게 메고 뭔가를 늘 주렁주렁 매달고 친구는 '달랑이', 그 밖에 '쌍둥이', '해먹' 등 재미난 이름이 많다.

그러고 보니 난희 언니와 나는 그럴싸한 트레일 네임이 없이 걷고 있었다. 단지 지나가면서 인사하며 주고받으며 나누었던 몇몇의 하이커 사이에서 우리의 한국 이름인 '나니'와 '거니'로 불려지는 것 같다.

12발도 우리 바로 옆 피크닉 테이블 옆에 텐트를 쳤다. 자기 전 나니가 직접 만든 발효차라고 하며 한 잔 건네주었다.

12발은 낯설지만 짙은 차를 맛보며 고맙다고 했다. 나 역시 따스한 발효차로 피자로 놀란 배를 안정시켰다. 어느덧 실버우드 레이크 파크는 짙은 어둠으로 고요해졌다. 12발도, 달랑이도, 세컨드 찬스도 모두 잠이 든 실버우드 레이크의 밤이 깊어 간다.

아침으로 어제 남은 피자를 먹고 실버우드 레이크 파크를 떠나 15번 고속도로가 지나는 캐전 패스Cajon Pass로 향한다. 산 가브리엘 마운틴San Gabriel Mountain으로 이어지는 PCT 길은 형형색색의 야생화로 아름다웠다. 아래 마른 계곡으로 내려치는 드라마틱한 협곡의 깎아짐에 감탄할 때부터 캐전 패스의 고속도로에서 차 소리가 나기 시작했다. 언니는 길 아래로 위태롭게 상체를 굽혀 떨어지는 크라우더 캐니언Crowder Canyon을 보며 그 엄청난 스케일에 인상 깊어했다. 작은 드라이 계곡을 몇 개 더 지나니 마침내 15번 도로의 외곽길이 나왔다.

길을 인도하는 이정표 앞, 도로로 이어지는 입구에 서 있었는데 'Mcdonalds 0.4'라는 이정표가 보였다. 마을이나 산 지명이 아닌 〈맥도널드〉로 가는 길이라니! 우리가 애타게 찾던 곳이 어디인지를 들킨 것 같다. 그렇다. PCT 선상에 〈맥도널드〉 햄버거 가게가 있는 것이다.

〈맥도널드〉 안에 들어가니 벌써 10여 명의 하이커들이 진을 치고 있었다. 마침 가게를 나가는 하이커의 지팩 배낭 그물 망 안에 적어도 10개의 빅맥과 사이드 백에는 대형 음료수 물 컵이 끼어있는 것을 보니 웃음이 안 나올 수가 없었다.

캐전 패스를 건너는 PCT는 I-15 고속도로 아래 언더패스 터널Underpass Tunnel로 이어졌다. 걷는 동안 터널은 어둡고 반대 편 동굴 입구 쪽으로 빛이 들어온다. 터널 끝으로 향하는 우리 는 3차원의 세계로 들어가는 신비한 느낌을 받았다. 또 하나의 터널을 지나 패스로 들어가면서 7킬로미터를 더 걸었다. 좁은 비포장도로가 나오고 그곳에 워터 캐시와 트레일 엔젤이 갖다 놓은 PCT 스티커가 있는 박스가 있었다. 우리는 바로 옆의 캠 프지에서 몇 명의 하이커와 함께 야영을 했다.

그날 밤, 대부분의 하이커는 저녁으로 맥도널드 햄버거를 먹었다. 나는 그날 밤 MSG와 소다 과다복용으로 혀와 입이 말라오기 시작했다. 어떻게 표현할 수 없는 위장의 불편함에 부대꼈다. 괴로워하는 내게 난희 언니는 언니표 비상 간장을 혀끝에 몇 방울 넣어줬다. 간장을 넣는 순간 입에 침이 고이면 서 한 10분 지나니 혀 속에서 바싹바싹 타들어가는 느낌이 사 라지며 편해졌다. 사실 나는 평소 언니의 믿거나 말거나 식의 민간 처방 요법에 좀 회의적이었다. 나는 죽염보다 치약으로 이를 닦는 게 더 상쾌했고 속이 거북하면 발효차보다 소화제를 더 신뢰하는 편이다. 좀 아프면 바로 진통제를 찾았다. 그런데 그날 그 간장 몇 방울의 위력을 내 몸으로 체험했고 신비한 융합을 느꼈다.

캐전 패스를 지나면서 어느덧 우리의 산행도 후반기로 접어들고 있었다. 마지막 식량 보급지인 라잇우드Wrightwood 마을로 향하고 있었다. 초반 길은 잘 정리된, 큰 오르막길 없이 순조롭게 진행되는 것 같더니 엔젤라 내셔널 포레스트Angela National Forest로 넘어가면서 길고 긴 오르막이, 그것도 눈길로 덮여 우리 앞에 펼쳐져 있었다.

먼저 지나간 하이커의 눈발 자국은 있었지만 쑥 빠지고 질척거려 속도를 전혀 못 내고 있었다. 결국 블루 리지 근처 구피 캠프장을 한참 못 가서 캠프지에 야영을 했다. 시야가 넓게 트인 공간에 경치도 좋았다. 눈이 없는 캠프지라 마음에 드는 곳이었다. 하지만 그날 밤 의문의 불청객이 우리 텐트를 방문하면서 평온했던 분위기를 완전히 바꾸어 버렸다.

"건아" 하는 언니의 목소리에 잠이 깨긴 했는데, 밀려오는 잠에 대답하는 둥 마는 둥 다시 잠에 빠져버렸다. 다음날 아침 난희 언니는 어젯밤 날 깨울 때 날짐승이 텐트 근처에서 왔다 갔고, 이후 한 번 더 왔었다고 조금 흥분한 톤으로 어젯밤 상황을 장황하게 설명했다. 언니는 잠에 빠진 내가 야속한듯 했다. 변명 같지만 나는 그때 무서웠기보다 왠지 언니의 강한 기로 뭐든 다 물리치고 막아서 날 보호할 것 같은 막연한 믿음이 있었나 보다. 그래서 걱정이 되기보다는 근거 없는 막연한 안심으로 쉽게 잠들었던 것 같다.

언니에게 물었다. "언니 만약 그게 곰이었는데, 나는 자고 우리를 막 헤치려면 언니는 어떡했을 것 같아요?"

"뭐 어떻게 해. 무서운데, 그냥 죽은 척이라도 해야지."

"…"

우리의 마지막 보급지였던 라잇우드 마을을 떠나 아구아 둘새Agua Dulce라는 마을까지는 180킬로미터다. 대략 6일간 걸어야 한다. 이제 우리의 캘리포니아의 남부 구간도 종점을 향해 가고 있었다. 첫날 다시 히치하이킹을 해서 PCT 입구, 인스파이래이션 포인트Inspiration Point에 내려 아침의 선선한 기운을 맞으며 빈센트 갭Vicent Gap으로 향한다. 우리의 어깨너머로 멀리 캐전 패스가 마지막 모습을 보여주었다.

고도 2000미터에 위치한 빈센트 갭은 2번 산악도로가 지나가는 작은 고개 같은 곳이다. 발에르모Valyermo에서 올라온 차가 몇 대 있었다. 길과 날씨가 좋으면 많은 하이커가 당일로 마운트 바던 파우엘Mt. Baden Powell로 올라가기 때문인 듯하다. 정상까지 12킬로미터, 오르막은 초입부터 눈에 푹푹 빠져 30분 정도를 오르다가 포기하고 다시 빈센트 캠으로 내려왔다. 눈길의 상태가 너무 안 좋고 내일 아침 빙판길이 우려되었기 때문이다. 우리는 상의 끝에 2번 도로 북쪽 길로 우회하기로 했다. 물론, 패스보다 5킬로미터가 더 늘어난다. 2번 도로는 지난 산사태로 길이 닫혀 있어 차들이 안 다니지만 길은 어느 정도 복구되었으며 자갈들 외에는 지나가기에 전혀 문제가 되지 않았다.

도로 왼쪽 사면에 바던 파우엘로 가는 능선과 나란히 걷기 시작했다. 맞은편 도로 계곡 아래서 물소리가 들렸다. 멀리 모하비 사막의 평전(平田)이 끝없이 보였다. 도로 모퉁이를 돌면 또 다른 모퉁이가 반복해서 나타난다. 길이 끝없이 이어졌다. 다시 PCT 길과 만나는 이슬립 새들Islip Saddle까지는 길고 지루한 도로였지만, 2번 산악도로는 언니와 나만의 공간이었다. 산길은 아니었지만 도로를 걸으면서 또 다른 운치를 느끼게 해주었다.

해가 질 때쯤 도로의 안쪽, 물이 흐르는 곳에 텐트를 치고 하루를 마무리했다. 도로 건너편 높은 산등선에서 사람소리가 들렸다. 환청인가!

엔젤스 내셔널 포레스트Angeles National Forests로 접어들면 가

브리엘 마운틴을 지나 모하비 사막의 초입으로 향하게 된다. 이젠 밤에도 그렇게 춥지 않았고 산등성이에는 눈을 더 이상 볼 수 없었다. 페어웰 투 스프링Farewell To Spring이라는 이름의 보랏빛 야생화가 무성한 산등성이를 넘어 밀 크리크Mill Creek 산악 소방서 위 캠프터에서 하루의 여정을 풀었다.

옆 피크닉 테이블로 하이커가 하나둘씩 모이기 시작할 때, 해는 벌써 지고 노을만 남기고 있었다. 종종 바람이 흙먼지를 일으키는데 다들 노을에 취해선지 텐트에 들어가지 않고 이런 저런 얘기가 한창이다. 그중 뉴욕에서 온 섹션 하이커는 버너 자체를 포기하고 물만 부어먹으면 된다는, 그가 개발한 드라이 시리얼을 보여주었다. 잘게 자른 마른 과일과 온갖 잡곡을 넣은 그의 주식은 말 그대로 드라이Dry해 보였다. 그는 사이사이 식량박스를 찾을 때 따스한 음식을 먹어준다고 했다. 아무리 무게를 줄이는 게 중요하다지만 새벽에 찬 기운을 녹여줄 차 한잔의 가치에 비교할 수 있을까 싶었다. 소형 버너에 가스까지 하면 고작 해야 300그램인데 말이다. 난희 언니와 나는 그의 무게 줄이기 방식에 "이건 아니다"라고 동의했다.

PCT 하이커들은 최경량, 소위 울트라 라이트 제품을 선호한다. 어떻게 하면 무게를 줄일 것인가에 대해 강박에 가까울 정도로 민감하다. 배낭이 가벼워야 속도도 내고 그만큼 걷는 고통이 덜하기 때문일 것이다. 그런데도 종종 몇몇 하이커는 본인이 설정한 럭셔리 물건 하나를 가지고 다니는 것을 볼 수 있다. 무게나 크기가 무리가 안 되는 선에서 자신의 PCT 산행 중 이것만큼은 꼭 가지고 다니고 싶은 것들, 소위 멘탈에 도움이 되는 것들 말이다.

대부분이 마스코트다. 실제 물에 뜨는 작은 튜브를 가져와 호수에서 노는 하이커가 있는가 하면 어느 젊은 아가씨는 아기였을 때부터 가지고 있던 '빌드어 베어' 인형을 가져왔다. 우리가 '달랑이'라는 부르는 친구는 무슨 호리병 같은 것을 부적처럼 배낭에 달고 다녔다. 난희 언니가 줄이고 줄이면서 최적에 가깝게 가져온 배낭 안의 물건 중에는 시집이 있다. 저녁먹고 한적한 시간에 누워있을 때면 언니의 차분한 목소리로 읽어 주는 시 구절이 간혹 자장가처럼 들리기도 했다.

나는 이번 산행이 오리건 이후 두 번째 구간인데, 나의 럭셔리 물건으로 특별히 지정해 가지고 다니는 게 없다. 굳이 찾는다면 엑스트라 배터리 정도다. 산행 중에 음악을 자주 듣는 편은 아니지만 전화기 앱에 좋아하는 노래를 몇 곡 저장해 두고 가끔 듣는다. 나는 〈방탄소년단BTS〉의 노래를 좋아한다.

이제 노을은 아예 어둠 속으로 사라지고, 한두 명의 하이커마저 들어가 버리자 텅 빈 피크닉 테이블 위 전화기 속에서

〈BTS〉의 '봄날'이 적적히 들려왔다. 이제 집에 가려면 일주일 남았다. 카운트다운에 들어간 것이다. 집이 그리워지기 시작했다.

아구아 둘세 마을은 깨끗하고 하이커에게는 친절한 작은 마을이었다. 원래 계획에는 아구아 둘세까지 산행을 마치는 것으로 했는데 이렇게 부지런히 걷다 보니 계획된 날짜보다 좀 일찍 도착했다. 언니와 나는 상의 끝에 귀국하는 날짜까지 나흘 치의 식량을 더 보충하고 100킬로미터 지점인 하이커 타운까지 더 걷기로 했다. 때마침 병원 친구 에스테라가 LA에 와 있어 산행 후 하이커 타운에서 차로 데려가기로 해서 수월하게 LA까지 갈 수 있게 되었다. 이래저래 잘 되었다.

아구아 둘세를 출발해 한여름 속으로 가는 길은 역시나 뜨거웠지만 계획된 일정을 다 끝낸 터라 언니와 나의 걸음은 여유로웠다. 우리는 지난 산행에서 있었던 에피소드와 지나간 하이커들 얘기를 하며 걸었다. 그리고 언니는 문득 언니의 된장 얘기를 했다. 언니는 사랑하는 아들을 먼저 보내고 절망감에 아예 오랜 시간 동안 손을 놔버린 언니표 된장 얘기를 했다. 언니의 아픈 마음만큼 지금은 빈 통만 가득한 언니네 마당의 공허한 장독대 하며…. 언니는 이젠 뭔가 해야하지 않을까 하며 된장 철은 이미 지났고 내려가면 녹차 농사를 지을 것이라고 했다. 언니가 그렇게 언니의 아픈 얘기를 지나가듯 흘릴 때 나는 고마웠다. 뭔가 얘기를 하는 것이 치유의 시작이라고 생각하기 때문이다.

마지막 날 호스 트레일Horse Trail 캠프를 떠나 하이커 타운까지 가는 길에는 파란 수풀과 호리호리한 연갈색 풀이 펼쳐져 있었다. 더욱이 노란색과 하얀색의 사막 야생화로 인해 꽃 잔치였다. 우리의 산행 마지막 날을 축하받는 느낌이었다. 언니는 꽃만큼 활짝 웃으며 사진 몇 장을 부탁했다.

PCT 바로 옆에 위치한 하이커 타운은 좀 이상한 마을이었다. 1960년대의 무슨 영화 세트처럼 조잡한 작은 건물인데, 각각 미장원, 우체국, 파출소, 감옥 이름을 가지고 있었다. 내가 생각하기에 이곳이 우연히 바로 PCT가 지나가는 길 가에 위치해 집주인이 이것저것 만들어 PCT 하이커를 상대로 숙소를 제공하고 수입을 올리고 있는 것 같았다.

관리인이자 주인아저씨가 여기저기를 대충 설명한 후 방 하나를 내주었다. 가격은 20불. 저렴하다. 역시나 공동으로 쓰는 거실과 부엌은 마른 설거지로 가득 차 있었고 앉을 의자도 제대로 없었다. 다행히 뜨거운 물이 나와 샤워는 할 수 있었다.

뭐 하룻밤인데. 나는 냉장고에서 캔 맥주와 오렌지 소다를 꺼내서 일단 우리의 갈증을 해소했다. 숨을 돌리고 나 집 주위를 돌아보니, 난희 언니가 자꾸 PCT가 연결된 산 쪽을 쳐다본다. 언니는 더 걷고 싶은가? 시간만 더 길었으면 모하비 너머까지 더 할 수 있겠다는 미련이 들기는 했다. 하지만 내년을 기약해야 했다.

이젠 집으로 가야 할 시간이다. 나는 산에 가는 것만큼 산을 내려오는 것도 좋다. 그냥 산에 빠져 몇 달 동안 전 구간을 통째로 끝내는 스루 하이커들의 집념과 노고를 가히 어느 무엇과 비교할까마는 산에 너무 오래 있으면 산에 동화하는 것보다 오히려 독이 될 수도 있다고 생각한다. 이번 아니면 언제 오냐 하며 억지로 버티는 산보다 내려가야 할 때 내려가는 산이 나는 좋다.

집을 떠나 산으로 왔지만 산을 통해 우리가 누리는 일상의 소중함을 더 실감하고 감사할 수 있기 때문이다. 사랑하는 가족들이 궁금하고 그동안 멀리 나와 있었으니 돌아가면 더 신경 써줘야겠다는 다짐을 하기도 했다.

나는 이제 배낭을 내려놓고 난희 언니와도 작별을 해야 한다. 개성과 스타일이 다른 두 사람이 만나 길고 긴 산길에서 믿고 의지하며 걸었던 지난 시간들…. PCT라는 거대한 자연 속에 푹 빠져 행복했던 시간들이 아니었나 한다. 시간이 꽤 흐른 지금도 그때 그 시간을 추억하면 할수록 얼마나 멋진 기억 들이 있었는지를 절실히 느끼니 말이다. 다음날, 난희 언니와 나는 캘리포니아 남부, 마지막 PCT 엔젤 에스테라를 기다리 며 이렇게 PCT 캘리포니아 남부 구간을 마무리했다.

California _캘리포니아 중부

Etna(1600)
에트나

Mt. Shaste 마운트 샤스타

Dunsmuir(1500)
던스뮤어

Burney Fall SP(1447)
버니 폴스

Old Station(1372)
올드 스테이션

Lassen NP
라센 내셔널 파크

Belden(1278)
벨튼

Sierra City(1191)
시에라 시티

Tahoe Lake(1089)
타오 레이크

2021. 7. 21. ~ 8. 25. 남난희 박정순 정건

3부.
2021년
캘리포니아
중부

길은 내가 걷지 않으면 절대로 줄어들지 않는다

코로나19로 온 세상이 전쟁이다. 아직도 코로나19가 극성이지만 지난해는 그것으로 인해 세상이 공포 분위기였다. 해외에 나가는 것은 고사하고 가까운 바깥 출입을 엄두도 낼 수 없는 상황이었다. 모든 것이 조심스럽고 모든 사람이 집안에서 불안해하며 살아갔다. 과학의 발전으로 못할 것이 아무것도 없을 것 같은 21세기에 전염병이 세상을 장악해버렸다. 그래서 거의 모든 것이 멈춘 세상을 겪으며 움츠리고 산다.

당연히 2020년에는 PCT가 폐쇄되었다는 소식을 듣는다. 그렇지 않다고 해도 길을 떠날 수 없는 분위기였다. 그래서 한해를 건너뛰고 2021년에 조심스럽게 계획을 세워 본다. 아직도 코로나19는 여전히 세상을 지배하지만 서서히 움직이는 사람이 생겨나기 시작했고 우리도 괜찮을지 어떨지를 고민했다. 여러 날 고심하다가 걷기로 결정을 내렸다. 그러면서도 우리가 잘하고 있는지를 묻고 또 물었다.

일단 가기로 결정을 하고 나니 마음이 차분해졌다. 이번에는 정순이가 합류한다. 그래서 올해는 세 명이 걸을 것이다.

결정을 내리기까지가 힘들지, 일단 결정되고 나니 일은 일사천리로 진행되고 준비에 들어간다. 건이는 캘리포니아 중부 구간의 구체적인 계획을 세웠고 시에라 네바다 산맥으로 들어갈 수 있는 허가를 신청했다. 그 밖에도 미국에서 그가 해왔던 일들을 준비했다. 나와 정순이는 식량 계획을 세우고 준비했다. 장비도 점검하고 보충할 것들을 확인했다.

당시에는 백신 접종이 원활하지 않아 나는 1차 접종만 한 상태다. 하지만 정순이는 마을 이장이라는 직책이 있어 2차까지 접종을 했다고 한다. 끝나고 귀국하면 정순이는 격리에서 제외되겠지만 나는 아마 2주간 격리해야 할 것이다. 그래서 미국에서 백신을 접종할 수 있는지 알아보기로 했다.

준비는 순조롭게 진행되었다. 함께 가지 못하는 친구들은 우리의 준비를 도와주며 아쉬움을 달랬다.

지난번에 끝낸 하이커 타운 지역에서 시작하는 것이 맞지만 그곳은 사막이라, 8월에는 더워서 걸을 수 없다고 한다. 모하비 사막의 한복판이라서 기온이 섭씨 50도까지 올라간다. 그래서 그곳은 다음에 가기로 하고 100킬로미터 정도 건너뛰어서 출발하는 것으로 일정을 잡았다.

급하게 준비하느라 미처 항공권을 예약하지 못했다. 급하게 티켓을 준비하려다 보니 비행기 값이 너무 비쌌다. 여러모로 알아보던 중 전석훈 형과 연락이 닿았다. 그는 지금 LA 집에 있으니 미국에 왔을 때 연락하면 트레일 헤드까지 픽업을 해 주겠다고 했다. 비싼 비행기 값 대신 차비를 어느 정도 줄인 셈이다. 대부분 트레일 헤드까지는 대중교통이 없어 고생을 많이 하는데 그의 도움이 정말 고맙고 천군만마를 얻은 것 같았다.

지난번처럼 우체국에서 급히 재포장을 하지 않고 트레일 주변 숙소에서 하룻밤을 자며 짐을 재포장하기로 결정했기 때문에 여유가 있었다. 그리고 혹시 남은 짐은 버리지 않고 석훈이 형에게 주거나 그 집에서 보관할 수 있게 되었다.

그렇게 우리는 다시 장도에 올랐다. 이번에는 지난번과는 사뭇 다른 길을 걷게 될 것이다. 지난번은 눈과 사막으로 이어진 길이었지만 이번에는 하이 시에라다. 즉, 높낮이가 심한 3000고지와 4000고지를 오르내린다는 의미다.

그곳은 풍광이 빼어나기로 유명한 곳으로 존 뮤어 트레일 John Muir Trail과 80% 정도 겹치는 구간이다. 존 뮤어 트레일은 미국 캘리포니아 주 시에라 네바다 산맥에 위치하고 있다. 총 길이 358킬로미터로 미국 본토의 최고봉인 마운트 휘트니에서 요세미티 밸리Yosemite Valley까지 이어진 길이다. 미국 하이커뿐만 아니라 전 세계 하이커가 한 번쯤은 걷고 싶어 하는 길이라고 한다. 경관이 빼어난데다가 고도의 업다운이 심해 PCT 구간 중 가장 풍광이 좋지만 가장 힘들다는 양면성도 있는 미국의 대표 트레일로 알려져 있다.

어떤 상황이 우리를 기다릴지 기대하며 이번에는 정순이와 둘이 LA로 향한다. 공항에는 건이가 도착해 있고 석훈이 형도 기다리고 있었다. 석훈이 형은 정말 오랜만에 보는 것이다. 아마 35년 이상은 지났을 것이다.

그만큼 우리는 나이를 많이 먹었다는 말인데, 예전에 알고 지낸 사람을 오랜만에 만났다 싶으면 30년 저쪽으로 세월이 흘러버린 것을 깨닫는다. 대부분은 내가 지리산으로 삶터를 옮기면서 관계가 끊어진 탓이다. 그래도 또 이렇게 인연이 이어져서 다시 만나게 되고 도움을 받는 것이다.

석훈이 형이 우리를 트레일 헤드까지 데려다준다고 해서 차를 빌리고, 반납하고, 대중교통을 알아보고, 히치하이킹을 시도하고, 택시를 부르고 하는 모든 번거로운 일이 해결되었다. 거기에 더해 발생하는 비용까지.

차가 있으니 LA에서 준비도 하고 하루만 더 있다 가고 싶었다. 하지만 이미 산 가까운 마을에 예약한 숙소를 취소할 수 없었다. 장비점에만 잠시 들렀다 출발하기로 한다. 아는 사람이 태워주는 차로 고속도로를 달리며 그동안 밀린 온갖 이야기 등이 중구난방으로 오간다. 대학 산악부 동기이자 친구인 건이와 정순이의 수다는 끝이 없다. 웃고 떠들다 보니 예약한 숙소에 도착했다. 저녁거리와 맥주를 사들고 숙소에 들어가서 먹고 마시면서 짐을 분류해 재포장하고 하루를 접는다.

다음날 우체국에 들러서 각 보급지에 짐을 보내고 이제는 PCT로 향한다. 이번 출발 지점인 워커 패스Worker Pass에 도착하니 아침인데도 열기가 확 느껴진다. 아직도 사막인 것이다. 워커 패스는 공식적으로 캘리포니아 남부가 끝나고 캘리포니아 중부로 진입하는 곳이다. 그래서 PCT 하이커에게는 상징적인 패스 중 하나다.

우리가 갔을 때는 7월 하순이다. 스루 하이커의 PCT 시즌이 지났을 때다. 그래서인지 이 고개는 적막했다. 표지석 뒤로 언제 갖다 놨는지 알 수 없는 물통 몇 개만이 남겨져 있었다. 한때 요긴했을 물이 지금은 쓸모없는 물이 되어버린 것이다.

고마운 우리의 첫 번째 트레일 엔젤 전석훈 형과는 이제 헤어질 시간이다. 서로 감사 인사와 잘하라는 응원을 보냈다. 이제 그는 차를 돌려 도시로 가야 하고 우리는 짐을 메고 길을 걸어야 한다.

길은 처음부터 오르막이라 무거운 배낭과 더위에 숨이 막혔다. 며칠 무리한 일정이기는 했다. 오기 위한 준비와 오랜 시간 비행, 시차, 그리고 오랜만에 만났다고 지난밤 무리를 좀 했으니 당연하다. 더구나 몸이 풀리기 전이다.

힘겹게 오르다가 목을 돌려 뒤를 돌아보면 석훈이 형은 아직도 떠나지 못하고 하염없이 우리를 바라보고 있다. 우리가 길을 떠나는 것에 대한 부러움과 염려가 있을 것이다. 한때 본인도 수도 없이 했을 장거리 산행을 우리가 아직 하고 있는 것에는 부러움이 있을 것이고 아직도 무거운 배낭을 메고 길고 험한 길을 떠나는 것에는 염려가 있을 것이다.

사막이라 그늘도 없는 길이 길게 이어진다. 물을 제법 지고 왔는데도 금방 동이 나버려 갈증에 시달린다. 첫날이라 몸도 안 풀렸는데 더위와 갈증에 시달리니 많이 힘들다. 젠킨슨 마운틴Jenkinson Mountain이라는, 2000미터가 넘는 산을 지나 조슈아 트리Joshua Tree라는 곳에 물 표시가 있어 힘든 첫날을 접기로 하고 배낭을 내린다.

막힘없는 능선이라 그런지 바람이 심하게 불어댄다. 두 친구는 물 뜨러 길 아래로 내려가고 나는 적당한 곳을 찾아 텐트를 쳤다. 아무리 힘들어도 해야만 하는 일이 있다. 물을 길어서 정수하고 텐트를 치고 밥을 해 먹어야 한다. 그것이 끝나야 하루 일과도 끝인 것이다.

낯선 곳에서의 첫날밤, 바람소리만 들리는 적막한 산에서 잠들지 못하고 뒤척인다. 며칠 동안 이렇게 보내며 내가 이곳 산에 적응할 준비를 하고, 산도 나를 받아줄 준비를 하는 시간이 필요하다. 그것은 낯선 자연과 나와의 관례인 것이다.

다음날 역시 아침부터 더웠다. 오르내림이 심한 곳을 지나며 여전히 갈증에 힘들어한다. 나는 평소에도 물을 많이 마시지 않는다. 특히 산행을 할 때는 물이 많이 필요하지 않은 특수체질이다. 그래서 장거리 산행에서는 매우 유리하다. 물 때문에 져야 할 짐이 줄어들기 때문이다.

이런 사막에서는 누구나 물을 많이 마셔야 하고 또 마실 수밖에 없을 것이 사실이다. 그만큼 덥고 건조하기 때문인데, 나는 사막에서도 물을 많이 마시지 않고 잘 걷는다. 내 입 안에는 샘이 하나 더 있는 것 같다. 나는 평소에도 혀끝을 입천장에 붙이는 습관이 있다. 그러면 입천장에서 침이 나와 항상 입을 촉촉하게 해 주기 때문에 갈증을 잘 느끼지 않는다. 아마 입천장에 침샘이 있나 본데, 평소에 그곳을 자극하면 침이 많이 나오는 것이 아닐까 싶다. 입이 항상 촉촉하니 갈증을 느끼지 않는다고 본다. 물론 정답은 아니다. 내 체험이 바탕이다.

이제 아이들은 자기의 물을 다 마셔버렸다. 갈증에 허덕일 때 내가 선심 쓰듯이 내 물을 내준다. 그러면 젖을 빨아먹듯이 내 배낭에 달린 호스에 입을 대고 쭉쭉 빨아먹는다. 힘든 와중에도 그 모습이 하도 웃겨 배를 잡고 웃는다.

너무 더우면 간식은 생각도 없다. 오로지 물만 먹히는 것은 몹시 괴로운 일이다. 지대가 제법 높은 곳인데도 '사막의 여름은 이렇구나' 하는 것을 보여주는 것 같다. 사막이라 물이 귀하기는 한데 전혀 없는 것은 아니라서 물 있는 곳이 곧 쉬는 곳이고 막영을 하는 곳이다. 오후로 접어들어도 더위는 기세를 줄일 줄 모른다. 시즌이 아니라 걷는 사람은 우리뿐이다. 누구도 이 시기에 이 사막을 걷지는 않을 것이다.

아이들보다 조금 앞서 침니 크리크Chimney Creek라고 하는 물 있는 곳에 도착했다. 덤불 사이로 시커먼 물이 제법 많이 흐르고 있다. 물색이 검어서 약간 무서운 느낌도 있었지만 일단 물이 있다는 것에 안도한다. 짐을 내리고 아이들이 도착하기 전에 목욕하고 빨래하고 텐트도 치고 있자니 아이들이 도착했다. 그들도 나처럼 물을 길어서 정수하고 씻고 빨래하고 각자 할 것을 했다.

캠프가 물 바로 옆이라 편했고 자리도 나쁘지 않았다. 저녁까지 다 해 먹고 각자 자기 시간을 보내려고 자리를 잡았다. 정순이가 아직 안 씻었는지 아니면 설거지를 하러 갔는지, 물로 갔는데 어느 순간 그의 절박한 비명소리가 들려왔다. 깜짝 놀라서 내려가려니까 "오지 마. 오지 마." 다급하게 소리친다.

처음에는 무슨 상황인지 몰라서 어쩔 줄 몰라하는데, 뱀이, 그것도 엄청나게 큰 뱀이 물가에 있다는 것이다. 스틱을 던져줄까 했지만 그걸로는 어림도 없을 것 같다. 어떻게 해야 할지 모르겠는데 곰 스프레이*가 생각났다. 그걸로 뿌려볼까도 했지만 그러면 더 자극을 할 것 같아 그렇게는 할 수도 없었다.

안절부절 못하고 시간을 보낸다. 우리가 이렇게 불안한데 시커먼 물 안에 갇힌 정순이는 얼마나 무섭고 불안할까? 더구나 그는 유난히 뱀을 무서워한다고 했는데.

시간이 얼마나 지났을까? 한 30분은 지난 것 같다. 날이 서서히 저물고 있었다. 왠지 시커먼 물이 처음부터 찜찜하더라

---

* 이 지역은 곰이 출몰하는 곳으로 곰 스프레이를 필수로 가지고 다녀야 한다. 갑자기 곰의 공격을 받았을 때 곰 스프레이를 뿌려서 위기를 모면하기 위해 다소 무거워도 비상으로 가지고 다닌다.

니. 거기가 뱀의 집인지도 모르고, 발가벗고, 목욕하고, 빨래하고, 별걸 다 한 것이 소름 돋았다. 그 상황에서 아무것도 할 수 없어 그저 안절부절 속만 태울뿐이다. 한참을 그러고 있는데 정순이 올라와서는 "앙" 하고 울음을 터트렸다.

얼마나 무섭고 두려웠을 것인가? 참고 참다가 우리를 보는 순간 자기도 모르게 울음이 터졌으리라. 아이는 새파랗게 질려 있었고 덜덜 떨고 있었다. 아이를 진정시키고 뱀의 크기를 물어보니 우리가 상상하는 것 이상으로 큰 놈이라는 것을 알았다. 굵기는 허벅지 이상, 길이는 3미터 정도. 그만한 크기의 뱀은 실물로 본 적은 없다.

가만히 생각해 보니 이곳은 물과 너무 가깝다. 고로 뱀과 너무 가까이 있다는 것이다. 여기는 뱀의 무대다. 밤에 다시 출몰할지도 모른다. 그리고 정순이의 상태가 심각하다. 여기는 안 되겠다. 이사를 가야 하는 데 날이 저문다.

그래도 다른 곳을 알아보려고 나가서 둘러보고 자리를 다시 잡았다. 이번에는 물에서 한참 떨어진 곳이라 괜찮을 것 같다. 어두컴컴한데 텐트를 옮기고 빨래를 옮기고 물주머니를 옮기고, 야단법석을 떨었다. 그리고는 텐트로 들어오니 나도 떨리는 것 같았다.

밤에도 잠이 올리는 없다. 이 생각, 저 생각을 하다가 '정말 이사를 잘했구나' 하며 가슴을 쓸어내리기도 하고 '내가 목욕할 때 그놈은 어디에 있었을까' 생각하니 소름이 돋았다. 아마 그놈도 많이 놀랐을 것이다. 졸지에 자기 집에 이상한 동물이 나타나 별 짓을 다 하고 있는 것을 보며 놀라서 숨어 있다가 우리가 좀 조용해진 틈을 타서 자기의 굴로 돌아가는 와중에 정순이와 조우한 것이 아닐까 추측한다.

나는 실물을 보지 못해 다행이지만 실제로 몇 미터 앞에서 고스란히 봐야 했을 공포스러운 대상의 움직임, 발 없는 동물의 소름 돋는 꿈틀거림, 슬로비디오를 보는 듯한 느림, 정순이의 그 시간은 참으로 끔찍했을 것이다.

어쨌든 그놈은 우리에게 잔뜩 겁만 주고 큰 피해는 주지 않았다. 이사하는 수고는 했지만. 건이가 물 앞 바위에 커다랗게 써서 부쳐 놓았다고 한다.

"이 물에는 큰 뱀이 있으니 조심하시오."

다음에 오는 하이커가 우리처럼 당하지 말라는 배려다.

나중에 정순이는 인터넷 검색이 되는 곳에서 뱀 종류부터 검색했다. 그 이후로 그가 봤다는 뱀의 크기는 날로 커졌다. 그는 상상으로 뱀을 키우나 보다. 이렇게 우리는 PCT에서 생각지도 못한 동물을 하나 더 만났다.

사막의 무더위는 그동안 우리가 겪은 무더위 그 이상이다. 바싹바싹 타오른다. 나름 산전수전 다 겪은 산악 고수들인데도 힘겨워하고 있다. 더위에 지친 몸은 물만 찾지만 물을 마신다고 해결되는 문제가 아니다. 물을 마셔도 마셔도 갈증뿐이다. 그동안 마신 물로 배가 출렁출렁할 것이다. 사막이 끝나는 지점이 이 정도인데, 모하비는 어떨까?

만약, 우리가 지난번에 끝낸 하이커 타운에서 다시 시작했다면 아마 하루도 못 걷고 탈출했을 것이다. 간식은 전혀 먹히지 않으니 짐만 무거울 뿐이다. 다음에 사막 구간을 갈 때는 준비를 잘 해야겠다고 생각한다.

걷는 동안 뜨거운 열기로 사람을 한 없이 지치게 하더니 한순간 구름이 몰려오며 비를 뿌린다. 이럴 때 비보다 더 반가운 것이 없을 것이다. 비는 금방 지나가버렸지만 대기의 공기를 식히기에는 부족함이 없었다.

그 유명한 케네디 메도우즈Kennedy Meadows에 도착한다. 여기에 도착하면 이제 공식적인 사막 구간은 끝났다고 본다. 이곳까지 무사히 도착한 모든 하이커는 서로를 환영하며 축하의 파티를 여는 곳으로 알고 있다.

비로 인해 살짝 젖은 풀들이 널린 길을 걷다가 몇 갈래로 교차하는 찻길이 나온다. 그 찻길에서 트레일을 벗어나 마을로 올라가면 유명한 케네디 메도우즈의 '제너럴 스토어General Store'가 있다. 그런데 약간 실망이다. 여기가 그 유명하다는 그 곳인가? PCT에서 이곳만큼 주목받는 곳은 없는 것으로 안다. 그만큼 유명하다. 캄포를 출발한 하이커들이 온갖 고난과 역경을 이기고 사막을 통과해 여기까지 왔고 이제부터는 하이 시에라라는 또 다른 환경으로 진입하는 기점이기 때문이다.

대부분 4월에 캄포를 출발한 하이커는 5월 말에 이곳에 도착할 것이다. 그래야 눈 때문에 갈 수 없었던 하이 시에라가 열려서 오리건을 걸을 수 있고 눈이 많이 오기 전에 워싱턴에 도착할 수 있다는 계산이 나온다. 그래서 올해 이미 모든 하이커는 이곳을 지나갔을 것이다. 7월 말이기 때문이다.

그래서인지 우리가 도착했을 때는 당연히 하이커는 단 한 명도 없었고 상점 문도 열려 있지 않았다. 그동안 본 관련 자료에서는 이곳이 아주 멋지게 묘사되어 있어 기대를 하고 왔는데 시즌이 끝났다고는 해도 너무 쓸쓸하다. 11시에 문을 연다고 해서 기다리기로 한다. 상점 바깥을 서성이기도 하고 하이커 박스도 열어보지만 초라하다. 하이커가 붐볐을 때는 풍성했을텐데, 철이 지났다고 이렇게 초라해진 것이다.

찻길이 있는 곳이라 지나던 사람들이 가끔 차나 오토바이에서 내렸다 가기도 한다. 지루한 시간을 보내고 상점 주인이 문을 열었다. 그 상점 주인은 친절하지도 않고 관심도 없고 궁금해하지도 않았다. 그냥 무뚝뚝하게 점원으로서 역할만 할 뿐이다. 기대하고 시킨 햄버거는 수준 이하이고 물건도 비싸다.

이곳에서 무엇을 기대했던 것일까? 물론 우리는 스루 하이커는 아니지만 케네디 메도우즈에 대한 로망이 있었다. 관련 자료에서 본 바로는 모든 하이커가 이곳에 도착해 서로를 축하하고 격려하며 하이 시에라에 대한 정보를 나눈다고 했다. 만약, 하이 시에라에 눈이 많아 못 가게 되면 여기서 기다렸다가 가기도 하므로 모든 하이커의 1차 기착지 역할을 하는 것과 동시에 여러 하이커를 결속하는 곳이라고 알고 있는데, 실망이다. 주변에 텐트를 치고 맥주을 몇 병 사다가 마시며 서운함을 달랜다.

이곳 케네디 메도우즈는 〈와일드〉의 주인공 셰릴 스트레이드가 모하비를 출발해 온갖 고생을 하며 도착한 첫 번째 기점으로 책이나 영화에서도 잘 묘사된 곳이다.

그녀는 움직이기 어려울 정도의 짐을 지고 출발했지만 이곳에서 다른 하이커의 도움을 받으며 짐을 정리하는 과정이 나온다. 하이킹 경험이 전혀 없는 그녀는 필요 이상의 것을 너무 많이 가져왔다. 쌍안경, 톱, 삼각대, 겨드랑이 냄새 제거제, 면도기, 그 외 많다. 그녀가 출발했을 때의 짐 무게는 그 당시 그

녀를 상징하고, 이곳에서 짐을 들어낸 것은 얼마동안 걸으면
서 그만큼 가벼워졌다는 것을 상징하는 것이다. 며칠 걸었을
뿐인데 그의 짐은 엄청 가벼워졌다. 실제 짐을 들어냈듯이 마
음의 짐도 그만큼 줄었을 것이다.

웹 사이트 정보 중 브런치에서 나에 대한 정보를 우연히 보
고 깜짝 놀란 일이 있다. '네피셜 지오그래픽'이라는 분이 나와
셰릴 스트레이드를 비교 분석해 쓴 글을 발견했다. 나는 한 번
도 생각해 본 적이 없는 것을 예리한 눈으로 분석했다.

나의 백두대간(그 당시의 정확한 명칭은 태백산맥)과 셰릴의
PCT를 비교하며 비슷한 점과 다른 점을 이야기했는데 읽고
보니 그렇구나 싶었다.

나는 1957년생이고 셰릴은 1968년생이다. 11년 차이다.
나는 1984년 백두대간을 종주했고 셰릴은 1995년에 PCT를
걸었다. 딱 11년 후다. 그러니까 같은 나이일 때 나는 우리 땅
을 걸었고 셰릴은 자기네 땅을 걸었다.

거기까지는 비슷하다. 여자 혼자라는 공통점과 장거리 걷기
라는 공통점도 있다. 그러나 다른 점이 더 많다. 우선 그와 나
는 태생부터가 다르다. 나는 한국전쟁이 끝나고 사회의 혼란
과 가난 속의 베이비 붐(?)을 타고 태어났다. 미국의 1968년의

상황을 잘 모르지만 어쨌든 그녀는 세계 최고의 부자 나라에서 태어났다.

나는 한학을 하시는 아버지와 평범한 어머니 밑에서 여러 가족과 함께 조금 엄격하지만 평범하게 자랐다. 당시 시골에서 "공자 왈, 맹자 왈"만 하시는 아버지는 노동력이 없었고 몸도 허약하셨다. 당시 유학자들은 한의학도 공부했다고 한다.

아버지도 평소 한약을 조제해 본인도 드시고 주변에 아픈 사람에게 지어주기도 하셨다. 또 아이들에게 한문을 가르치는 훈장을 하셨다. 내 어릴적 기억은 항상 집에서 나는 한약 냄새와 먹 냄새, 한지에 세로로 쓰인 한문책과 함께였다. 반면 생계의 책임은 고스란히 어머니 몫이었다. 그래서 어머니는 농사를 지어야 했다. 물론 일꾼이 있기는 했지만 시골에서는 누구나 일을 해야 하는 시대였다. 더구나 노동력이 없는 남편을 둔 어머니는 더 많은 일을 해야 했을 것이다.

나는 3대가 한 집에 살며 그럭저럭 뛰어날 것 없이 그냥 평범한 아이로 자랐다. 그리고 성인이 되어 도시로 나온 후 오르는 산을 알게 되었다. 등산이라는 세계를 알게 되며 새로운 세상을 만난 것이다. 내가 만난 산은 나를 다른 사람으로, 특별한 사람으로 만들어 주었다. 그동안 살았던 삶과 전혀 다른, 비로소 나의 모든 것을 걸 수 있는 대상을 만난 것이다. 내가 온전하게 나로 살아갈 수 있는 대상을 만난 것은 행운이었다. 나는 산에 깊게 빠져 들었고 오르는 산에 모든 것을 걸었다. 직장에 가도 산만 아롱거리고 무엇을 해도 산이 우선이었다. 모든 일은 산과 타협되지 않으면 미련 없이 포기해 버렸다.

운동신경은 없지만 등산은 운동신경과 무관했다. 〈등산학교〉라는 곳을 알게 돼서 좀 더 체계적으로 배우려고 입학을 했고 남들보다 조금이라도 더 많이 오르려고 기를 썼다. 그렇게 산에만 미친 듯이 다니며 살았는데 그것만으로는 양이 차지 않았을까? 더 길게, 더 오래 산행을 하고 싶었다.

당시 히말라야는 너무 멀었고 내가 선택할 수 있는 것은 국내였다. 국내에서 길게 할 수 있는 산행지를 찾다 보니 백두대간, 당시 태백산맥이 생각났다. 가장 긴 산줄기이니 그것을 하면 어떨까? 그 당시 백두대간이라는 말은 아직 세상에 알려지기 전이지만 우리가 그렇게 배워 왔고 그렇게 알고 있는 가장 긴 산맥이니 혼자 걸으면 어떨까 생각했다. 그것이 무엇인지도 모르면서 겁도 없이 선택한 것이다. 무식하면 용감하다고 했지 않은가?

그 산행이 얼마나 엄청난 것인지 알지 못한 나는 떠나기로 작정을 하고 계획을 세웠다. 자료는 거의 없었지만 앞서 걸은 사람이 있다는 것을 알게 되었고 그의 도움을 받기로 했다. 그는 〈국토순례회〉의 성량수라는 분이다. 당시 태백산맥과 소백산맥을 이미 종주한, 막강한 산 사나이였다. 서로의 자존심이나 고집 때문에 삐그덕거리기는 했지만 그의 도움으로 나는 길을 떠날 수 있었다.

잘 알지 못하는 내게 산행은 겨울에 하는 것이 가장 등반성이 높다고 해서 그렇게 했다. 그리고 밥을 해 먹으면 짐이 너무 무거우니 빵으로 먹어야 한다고 해서 그렇게 했다. 나는 떠나는 것에만 목적이 있었지 겨울도 상관없고 빵도 괜찮았다. 하지만 길도 없는 산을, 눈 덮인 겨울에 혼자서, 그것도 여자 혼자서, 눈 녹인 물에 탈지분유를 타서 딱딱하게 굳은 빵과 함께 먹고, 밤에는 눈보라가 휘날리는 산의 홑겹 텐트에서 잤다. 그 당시는 그것이 얼마나 말도 안 되는 일인지 알지 못했다.

눈이 가장 많이 왔다는 그 해. 1983년 12월 31일 부산으로 가는 기차에 몸을 실었고 첫날부터 사고가 발생했다. 눈에 살짝 덮인 얼음을 밟고 넘어지며 발목을 다친 것이다. 신체 어디나 중요하지 않은 곳이 없다지만 그중 발은 걷는 데 직접 관계가 있는 부위다. 무거운 짐 때문에 넘어진 채로 한참을 버둥거려야 했다. 아마 그것이 산의 경고였을지 모른다. 그 정신으로는 받아줄 수 없다는 산의 경고, 산신령의 경고. 어쩌면 정신 차리라는 경고일지도 몰랐다.

그렇게 첫날부터 시련은 시작되었고 그 시련은 여러 다른 형태로 내게 오고 갔다. 민가에 내려가 모르는 사람으로부터 도움을 받았다. 며칠을 지나니 완전하지는 않았지만 걸을만 했다. 심하게 다치지는 않았다. 도움을 받은 집에서 가지 말라고 말리다가 나무지팡이(그 당시에는 등산 스틱이 없었다)를 하나 들려줬고 나는 그것을 집고 절뚝거리며 다시 길을 떠났다.

산은 알아차리라고 내게 혼을 냈지만, 정신 차리고 제대로 가라고 경고를 했지만, 끝내 받아주기로 한 것 같았다. 그렇게 77일 동안 눈길을 걷고 눈밭에서 자고 눈 녹인 물로 분유를 타 먹고, 넘어지고, 일어나고, 길을 잃고 헤매고, 간첩으로 오해 받으며 떠나 온 것을 후회하며, 수도 없이 내려가기로 마음먹 었다가도 걷고 결국, 걸어 갈 수 있는 곳까지 갔다.

이렇듯 지극히 평범하게 자랐고 자극적인 이야깃거리가 없 는 나와는 달리 셰릴은 젊지만 아주 자극적으로 살았다. 어릴 때 아버지의 폭력과 부모의 이혼, 너무나 이른 나이에 죽은 어 머니, 가족의 해체, 이른 결혼과 이혼, 뭇 남성과 무절제한 섹 스, 마약 등으로 그 나이에 많은 것을 경험하며 인생의 나락에 서 허덕였다.

그랬던 그녀가 PCT의 부름을 받았고 그 길을 걸은 것이다. 나와 다른 점이 대부분이지만 특히, 나는 산악 경험이 풍부하지는 않지만 기초부터 익힌 사람으로 야외 생활에 필요한 최소한의 기본은 숙지했다면 셰릴은 완전 생초보라는 차이다. 무거운 짐은커녕 야외에서 잠을 자 본 적도 없는 사람으로 준비부터가 엉망이었을 것이다.

〈캘리포니아 1권〉을 열두 번도 더 읽었다고는 하지만 이론과 실제의 차이가 얼마나 많은지는 알지 못한 것 같다. 또 경험도 없는데 누구의 도움도 받지 못해 당장 필요하지 않은 것도 잔뜩 준비했다고 한다.

그렇지만 그녀는 출발했고, 짐이 무거워 몸을 가누기도 힘들고, 발이 다 망가지면서 온갖 위협이 닥쳤지만 조금씩 길과 타협하며 자아를 찾아가고 있었다. 그리고 나도 그녀도 천신만고 끝에 목표한 곳에 도착한다.

나와 그녀의 공통점이 또 있기는 하다. 우리가 가야 할 길이 어떤 것인지 잘 몰랐다는 것이다. 그간의 산악 경험과 기초가 되어 있다고 믿었던 내가 겨울 백두대간이 무엇을 의미하는지, 어떤 어려움이 도사리고 있는지 도무지 몰랐고 계산에 넣지도 않았다. 생초보인 그녀도 당연히 마찬가지로 그랬을 것이다. PCT에 어떤 야생의 어려움이 도사리고 있는지 계산에 넣지 않았을 것이다.

걷기를 끝내고 몇 년 후 나도 그녀처럼 그 길의 경험을 책으로 출간했다. 내 책 〈하얀 능선에 서면〉은 그때의 땀과 눈물과 고통과 감동이 고스란히 남아있다. 그 책이 출간되자 나의 특이한 경험으로 인해 많은 사람이 그 책을 읽었고 〈하얀 능선에 서면〉은 베스트셀러가 되었다. 나의 힘겨움을 보며 독자들이 대리만족을 하지 않았을까 추측해본다.

나는 그 산행이 끝난 후에 너무 힘들었던 탓인지 모르지만 그 산행 이야기를 피하고 싶었다. 하지만 주변 분들이 그렇게 소중한 경험이니 책으로 출간해 세상에 알리라고 권하기를 반복했다. 나는 평소에도 글쓰기를 좋아해 항상 일기를 쓰지만 책을 한 권 낸다는 것은 나의 일이 아닌 것 같았다.

당시 책을 내는 사람은 특별한 사람으로 인식되어서 그 분야에 전문 교육을 받아야 한다고 생각했다. 도무지 엄두가 나지 않아 망설이다 〈수문 출판사〉 이수용 사장님의 정성에 밀려 버렸다. 그분은 당시 우이동에서 내가 운영하는 신월동의 서점으로 매일 출근하다시피 했다. 서울의 동쪽 끝에서 서쪽 끝까지다. 결국 6년이나 지난 후에야 책을 출판하게 되었다.

한편 셰릴은 나보다 더 오랜 세월을 묵히다가 17년이나 지난 후에 책을 출간했다. 출간 즉시 베스트셀러를 석권하며 온갖 화제를 만들며 미국 최고의 신예 작가로 떠올랐다. 그리고 영화로도 만들어지면서 미국뿐만 아니라 전 세계에 PCT를 알리며 많은 사람을 PCT에 오게 한 장본인이 되었다. 그녀는 지금도 PCT에 관련된 일을 하는 걸로 알고 있다.

'우연일까? 같은 나이 때 장거리 산길을 걸었다는 것.'

우리가 걸은 길은 비슷한 부분도 있고 전혀 다른 부분도 있다. 일단 백두대간은 PCT보다 짧다. 하지만 능선으로만 이어진 고개는 만만하지가 않다. 급경사의 오르내림을 수도 없이 반복해야 한다. 지금이야 길이 좋지만 그 당시는 큰 산을 제외하면 길도 없었다. 무엇보다 등산 지도가 없을 때라 군사 지도와 나침반만으로 길을 찾아야 했으며 수시로 길을 잃었다.

때는 겨울이라 엄청난 눈을 헤쳐 나가야 했고 추위에 허덕여야 했다. 그때는 겨울이 아니어도 그런 산행을 하는 사람이 없을 때라 사람 구경은 하지도 못했다. 일주일에 한 번 오는 지원대가 고작이고 아주 가끔 민가나 야산에 나무하러 올라온 극소수의 사람을 만났다. 하지만 길을 걷는 사람은 만나지 못했다.

반면 그는 소수이기는 하지만 같은 길을 걷는 사람들을 만나 도움도 받고 교류도 한다. 그는 그들로부터 'PCT의 여왕'이라는 별명을 얻는다. 그때만 해도 PCT를 걷는 몇 명 되지 않는 사람은 모두 남성이었고 유일한 여성인 셰릴은 그중에서도 너무 특이해 더 돋보였을 것이다. 하지만 나는 여왕은 고사하고 '악녀' '철녀' 같은 무지막지한 별명이 붙여졌다.

PCT는 백두대간보다 길지만 길이 비교적 잘 나있고 주로 평지이며 오르막과 내리막 길은 스위치백으로 만들어서 큰 경사는 많지 않다. 그리고 자원봉사나 트레일 관계자가 수시로 길을 점검하고 관리한다. 하지만 무지막지한 더위 속에서 사막을 걸어야 하고, 생명이 살지 않는 고지대를 오르내려야 하고, 눈 쌓인 지역을 걸어 넘어야 하고, 방울뱀이나 곰 등 무서운 야생 동물과 상상할 수 없는 온갖 야생으로의 고행이 기다린다.

백두대간이나 PCT나 마찬가지로 물은 구해서 직접 지고 가야 한다. 다만 PCT는 지도가 있어 물 표시를 따르면 되지만 당시 백두대간은 감으로 물을 찾아야 했고 눈이 있는 곳은 눈을 녹여서 사용했다. 식량도 마찬가지다. 보통 일주일치 정도 먹을거리를 지고 다녀야 한다. 나는 일주일에 한 번씩 사람이 직접 먹을 것을 가지고 와서 보충해 주고 갔다. 셰릴은 본인이나 친구가 보급품을 특정 장소에 보내놓으면 찾아 보충하는 방식이었다.

비교하자면 끝이 없다. 나는 그 산행이 끝나고 우리나라의 모든 매스컴의 관심을 받았다. 책이 출간되고도 관심을 받았다. 그리고 1990년에 실제 백두대간을 다시 걸으며 세상에 알렸다. 그래서 많은 사람이 백두대간을 알게 되고 산행 붐을 일으켰다. 영화로 만들어 보자고 하는 사람도 있었지만, 그것은 이루어지지 않았다. 아직도 반쪽짜리 백두대간이고 완전한 백두대간을 만들기 위한 방법을 모색해 보지만 길이 보이지 않는다. 그리고 나는 늙어가고 있다.

정치 상황 때문에 우리는 백두산에서 지리산으로 이어진, 고유 산줄기인 백두대간을 걸을 수 없다. 나라가 갈라져 있어, 길은 있는데 갈 수 없다는 것, 그것은 참 참담한 현실이다. 언제까지 그리워만 하면서 살아야 하는 것인지 까마득하다.

특이한 것은 그 고행의 와중에도 그녀는 끊임없이 자기의 여성성을 내보인다는 점이다. 그동안 세속에서의 생활이 그래 그런지 몰라도 남의 눈에 예뻐 보이고 싶어 한다. 그래서 거친 야생에서의 생활로 인해 본인이 생각하기에 엉망이 되어버린 자신의 미모를 염려하고 속상해한다. 자신의 그 무거운 배낭에는 목걸이와 귀걸이가 있고 행여나 만날지 모를 로맨스를 대비해 콘돔을 가지고 다닌다. 우리 정서로는 상상이 가지 않지만 그녀는 자신의 여성성을 감추려고 하지 않고 또 솔직하다. 그녀는 트레일에서 만나는 몇 되지 않는 남성들을 보며 가슴이 두근거리는 것을 수시로 느꼈지만, 실제로 하이커와 남녀 관계로까지 가지는 않았다. 그러나 오리건의 한 도시에서 처음 만난 남성과 찐한 하루를 보내기도 한다.

나와 비교하기는 그렇지만 나는 평소에도 남자냐는 소리를 많이 듣고 살았는데 산에서는 더 했다. 몸보다 더 큰 배낭을 메고 혼자 산을 돌아다니는 것은 우리 현실에서 여자의 몫이 절대 아니었다. 더 덧붙일 것 없이 "그래 총각은 군에 갔다 왔는가?" 그 한마디로 다른 비유는 하나마나다.

세릴이 PCT의 전 구간을 다 걷지도 않았지만 책 출간으로 인한 파급효과는 대단했다. 그런 길이 존재하는지도 몰랐을 나를 비롯한 많은 사람이 그 길에 관심을 가졌고 실제 그 길을 걷고자 집을 떠나 길 위에 섰다. 문자의 파급력, 책의 힘은 실로 대단한 것이다.

결론적으로 산에 대한 욕심으로 혼자 산에 더 많이 더 오래 있고 싶어서 출발한 나는 다녀와서 산에 더 깊이 빨려 들었고 어찌 보면 목표는 달성했다고 하겠다. 원 없이 산에 혼자 내동댕이쳐졌으니까. 온갖 것, 정신과 육신이 갈 수 있는 시작과 끝을 모두 경험했으니까. 그 산행이 지금까지의 나를 만들었고 지금 내가 살아가고 있는 기준이 아닐까 생각한다.

세릴도 자기가 의도한 바를 얻었으리라. 어쩌면 그녀는 인생 자체가 PCT 걷기 전과 걷기 후로 확실하게 나눠졌을 것이다. 인생 밑바닥에서 베스트셀러 작가로, 유명한 강연자로, 아이들의 엄마로, PCT의 주인공으로. 이렇듯 장거리 걷기는 단순히 걷기만 하는 것이 아니라 인생을 송두리째 바꿔 버리기도 하는 힘이 있다. 가끔 내게 힘들다고 넋두리하는 젊은이에게 백두대간을 권하는 이유도 그와 무관하지 않다. 자신의 모든 것을 걸고 최선을 다해 집중하다 보면 뭔가 잡히는 게 있을 것이다.

모처럼 비가 텐트를 적셨다. 사막의 비는 보물이다. 촉촉한 길을 기분 좋게 출발한다. 길가의 풀들이 비에 젖어서 바짓가랑이를 적신다. 주변의 풀이나 꽃, 자라는 나무가 조금 달라졌다. 촉촉한 숲에 사슴이 한가하게 풀을 뜯고 있다. PCT에서는 생각보다 짐승을 많이 만날 수 없었다.

예전에 친구 혜숙이와 미국의 국립공원을 차로 돌아볼 때는 수도 없이 야생 동물들을 만났다. 곰을 수시로 만났다. 하산하는데 바로 앞에서 곰이 지나가는 것을 보기도 했다. 하루에 다섯 번이나 곰과 마주친 날도 있고, 먼 발치로 보기도 했다. 찻길 바로 옆에서 자기를 카메라에 담는 인간을 아랑곳하지 않고 풀만 아작아작 먹는 큰 곰도 만났다. 티탄 내셔널 파크의 캠프장에서 어슬렁거리는 불곰도 보고, 옐로스톤 내셔널 파크에서는 곰 가족과도 스쳤다. 남쪽에서는 주로 검은 곰이었고 북쪽에서는 갈색곰, 즉 불곰을 만났다.덩치가 장난이 아니지만 공격성은 보이지 않았다. 아마 사람들이 자기들을 해치지 않는다는 것을 알고 있는 것 같다.

온갖 종류의 사슴, 엘크, 여우, 스컹크, 마무트, 야생말, 이름을 모르는 더 많은 종류의 동물, 그림책에서나 보던 동물이 야생에서 자유롭게 돌아다니는 것을 보며 미국은 땅 덩어리도 넓지만 야생 동물도 무지 많고 그들은 사람을 전혀 무서워하지 않으며 자유롭고 평화롭게 살아가고 있어 충격이었다. 동물들의 천국이라는 느낌이 들었다.

그래서 PCT에도 당연히 온갖 종류의 동물을 많이 만날 줄 알았다. 그런데 생각과 다르게 거의 만날 수 없었다. 보통 동물들은 해발 고도 1800미터 이하에서 살아간다는데 PCT는

1800미터 이하인 곳이 많지만 1800미터 이상인 곳도 많다. 우리가 걷고자 하는 하이 시에라는 주로 1800미터 이상이지만 곰이 서식한다고 한다. 요즘은 기후 문제나 먹이 문제로 자꾸 위로 올라오고 있다고 한다.

생각하기에는 인적이 드문 첩첩산중에 동물이 더 많을 것 같은데 잘 만나지 못했다. 무슨 이유는 있겠으나 '야생 동물들도 사람 가까이 있는 것을 선호하나?' 하는 생각을 버릴 수가 없다. 내가 알지 못하는 무언가가 있을 것이다.

강가에서 비로소 하이커 몇 명을 만났다. 이번 구간에서 처음 보는 사람들이다. 다리 아래 그늘에서 쉬고 있는 베트남의 남자 어른을 중심으로 그의 누나에, 누나의 딸에, 딸의 남자 친구에, 그 친구의 친구에 이리저리 아는 사람이 그룹으로 왔다는데 짐은 많아 보이고 걷는 것은 어려워하는 것 같았다.

양지바른 곳에 텐트를 내다 말리고 물 만난 김에 빨래해 널었다. 물장난 치고 놀다가 다리 밑을 보니 엄청난 제비집이 매달려 있었다. 다리 밑 전체를 제비집으로 덮어버렸다. 처음 보는 광경이 신기하다.

떡본 김에 제사 지낸다고 아예 텐트를 쳐 버렸다. 일찍 하루를 접은 것이다. 한참을 쉬었다가 출발한 그들은 강 건너 저 멀리서 천천히 움직이고 있다. 내일 우리가 가야 할 길이다.

어제만 해도 덥다고 했던 우리는 이제는 쉴 때 그늘은 춥다고 햇볕을 찾아다닌다. 그늘을 피하고 싶을 정도로 날씨는 시원하고 나무는 많아졌다는 의미다. 이곳은 하늘에 구름이 몰려온다 싶으면 금방 비를 뿌린다. 그리고는 순식간에 지나가 버린다. 줄기차게 내리는 비가 아니라 그냥 지나치는 비라서 성가시지는 않다. 그것으로 인해 텐트 안이 눅눅하다는 것은 기분을 좀 잡치게 한다.

어제 우리를 앞서가던 하이커 그룹을 만났다. 되돌아오고 있었는데 너무 힘들어서 도로 내려가기로 했다고 한다. 하루만에 몰골이 말이 아니다. 비 맞은 생쥐 꼴이라고 하면 너무 과한가? 포기하는 것도 용기인 것이다.

보급품을 찾는 날이라 새벽에 랜턴을 켜고 출발했다. 실은 어제 이곳에 물이 있어 운행을 일찍 중단했기 때문이다. 자리가 좋아 캠프파이어를 하면서 놀았다. 그동안 야간 운행을 별로 하지 않아 헤드램프를 쓸 일이 없다는 이유로 짐을 줄인다고 아주 작은 랜턴만 하나 가지고 왔는데 야간에 길을 비추기에는 무리다.

하이 시에라로 접어들어서인지 지대는 높고 날씨는 추운 편이다. 이제는 큰 침엽수 숲이 이어진다. 지나다가 큰 소나무 아래서 엄청 큰 송이버섯을 하나 발견한다. 우리나라 것보다 한 열 배는 커 보이고 색깔은 희다. 이곳은 건조해 버섯이 잘 자라지 못하는 곳일 텐데 버섯이 자란다. 버섯이 흰색인 것은 건조해서일 것이다.

아이들은 정말 송이버섯인가 긴가민가했지만 나는 송이버섯을 확실하게 알고 있다. 어렸을 때부터 송이버섯을 보고 따고 먹으면서 자랐기 때문이다. 우리 집 앞에 송이버섯이 많이 나는 산이 있었다. 그런데 이곳 산에서 송이버섯을 만난 것이다. 와락 반갑지만 너무 크고 이미 오래되었다. 냄새를 맡아보니 희미한 송이 냄새가 났다. 조금 떼서 맛을 보니 별 맛을 못 느끼겠다. 살짝 소나무 향이 난다. 너무 늙어서 그럴 것이다. 그래도 송이라고 캐서 배낭에 챙긴다. 오늘저녁에 송이 요리를 해 먹을 것이다.

완전 카우보이 복장을 한 청년이 말을 몰고 산을 가로지른다. 자기는 저 아래서 목장을 운영한다고 하며 우리에게 호슈어 메이우드 캠프장으로 가는 지름길을 가르쳐 준다. 그의 말대로인지 아닌지는 모르겠지만 직선도법으로 산을 가로질러 캠프에 도착한다. 이곳에 텐트를 쳐두고는 론 파인Lone Fine이라는 마을로 보급품을 찾으러 갔다 올 것이다. 이 캠프는 해발 고도가 높은 관계로 더운 지방 사람들이 더위를 피해 올라와 휴가를 즐긴다. 캠프장은 넓고 화장실과 샤워 시설이 있다.

텐트를 쳐놓고 히치하이킹을 해서 론 파인으로 내려갔다. 가는 길은 심한 내리막 찻길로 고도를 한 2000미터는 내려간 것 같다. 그 길은 찻길임에도 아슬아슬하고 위험스럽게 느껴졌다. 산에서 세상으로 내려가는 길은 불편했다. 한동안 내려가던 길은 어느 순간 평지로 이어지더니 이번에는 설치 미술을 한 것 같은 돌덩어리가 무더기로 있는 길이 한 동안 이어진다. 그러다가 곧 도시가 나타났다.

그 도시는 달나라의 세상처럼 사막 한가운데 이물처럼 자리를 잡고 있었다. 차에서 내리는 순간 숨이 헉하고 막힐 정도로 뜨거운 기운이 훅 들어왔다. 사막 한가운데 자리 잡은 이 도시는 사람이 살 수 없는 땅처럼 느껴졌다. 한 동안 세상 밖 산 속에서만 살다가 온 우리는 이 열기에 어쩌지 못하고 어리둥절했지만, 그 와중에도 온갖 상점, 식당, 주유소, 모텔, 우체국 등 그 모든 것이 있는 게 보였다.

길가에 내린 우리는 상점에 들어가 시원한 맥주부터 벌컥벌

컥 마시며 갈증부터 해결했다. 그런 후 우체국에 들러서 보급
품을 찾고는 모처럼 레스토랑에서 우아하게(?) 음식을 시킨다.
우리가 음식을 너무 많이 시킨 것인가? 종업원이 몇 번을 확인
했다. 우리가 테이블에 가득 차려진 음식을 눈 깜짝할 사이에
다 먹어버리자 주변 사람은 놀라운 표정으로 우리를 힐끔거렸
다. 실은 더 먹을 수도 있었는 데 말이다.

배가 가득 찬 우리가 만족한 마음으로 뜨거운 밖을 내다보
니 분명 한국 사람처럼 보이는 몇 명이 다리를 절룩거리며 차
에 짐을 싣고 있었다. 아마도 존 뮤어 트레일을 끝내고 지금
이곳에 내려왔으리라. 창밖으로 보이는 그들이 반가워 나도
모르게 나가서 와락 아는 체를 할 뻔했다. 다행히도 그러지 않
았지만 절뚝거리는 그들을 보며 존 뮤어 트레일의 어려움이
바로 와닿는 느낌이었다. 나름 걷기의 고수들이 선택했을 길
일 텐데 쉽지는 않았나 보다.

사막의 도시 론 파인에서 보급품을 찾고 세속 음식도 양껏
먹고 나니 이제는 도시에서 할 일이 없다. 이제 캠프로 올라가
야 하는 것이다. 내려올 때는 히치하이킹을 했지만 올라갈 때
는 쉽지 않을 것 같다. 장비점에 들러서 우리를 위까지 데려다
줄 사람을 부탁하자 그곳에서 딱 그 일을 주로 하는 사람을 소

개해 줬다. 그는 캠핑카에 생활에 필요한 모든 것을 싣고 다니는 나그네로, 이렇게 픽업도 하고 마운트 휘트니Mt. Whitney 가이드도 하며 산다고 했다. 약간의 비용을 지불하고 우리는 다시 캠프에 돌아왔다. 배가 불렀지만 낮에 따온 송이버섯으로 안주를 만들어 한잔 더 하고서야 잠자리에 든다.

짐이 무겁다. 천둥 번개가 친다. 비가 온다. 날씨가 춥다. 고도가 높다. 막 받은 보급품이 무거운 것은 이번 구간이 길다는 의미다. 이번에는 한동안 보급품을 받을 수 없는 지역이라 9일치 식량을 지고 가야 하는 것이다. 하이 시에라로 접어들며 자주 비가 왔지만 천둥 번개는 처음이다. 스틱을 들고 걷는 우리는 겁을 먹는다. 하지만 그리 오래가지 않아 안심했다.

내리는 비와 높은 고도 탓에 기온이 내려가서 추위를 느낀다. 어제 더위가 까마득하다. 잘 먹고 잘 쉬기는 했으나 급경사를 올라가야 PCT 트레일을 만나는데 모든 조건이 힘겹다.

가는 도중 아주 어린 송이버섯을 만나기는 했으나 짐도 무겁고 절실하지도 않아 그냥 지나친다. 어쩐지 앞으로 저만한 버섯은 만나기 어려울 거라는 예감을 받는다. 그래도 PCT에 송이버섯이 있다는 것이 신기했다. 그동안 들어보지도 못했고, 기대하지도 않은, 먹을 수 있는 버섯이 그곳에 있는 것이다. 하기는 여기는 온통 소나무 숲이니 그럴 수는 있겠으나 버섯이 자라기에는 너무 건조한 조건이다.

한참을 힘겹게 올라 PCT를 만났다. 내일은 미국 본토에서 가장 높은 4418미터의 마운트 휘트니를 오를 것이다. 마운트 휘트니는 PCT 경로에 있는 산은 아니지만 가까운 곳에 있어 대부분 PCT 하이커는 그 산을 올랐다가 간다고 한다. 우리도 당연히 그럴 것이다.

존 뮤어 트레일과 동일한 길인 데다가 마운트 휘트니와 연결되는 길이라 오가는 사람이 많다. 그동안 계속 우리만 있다가 사람들을 만나니 번거롭다. 여성 하이커 혼자 걷는 것도 자주 보이고, 동양인도 있고, 나이 든 사람도 가끔 만난다. 다양한 사람이 보이는 이유는 요즘이 여름 휴가철이고 마운트 휘트니나 존 뮤어 트레일이 미국 하이커의 로망이라 더욱 그런 게 아닐까 생각한다.

두 코스 모두 상징이 있는 트레일이다. 좀 걷는다는 사람이면 누구나 한 번은 오르고 싶고, 걷고 싶은 길일 것이다. 휘트니는 미국 본토에서 가장 높다. 존 뮤어는 그 자체가 빛의 길로 알려지며 전 세계인들이 걷고 싶은 유명한 트레일이다. 그러니 사람이 많은 것은 어쩌면 당연하다.

크랩 트리 레인저 스테이션Crabtree Ranger Station 인근 캠프장에는 많은 사람이 자리를 잡고 내일 마운트 휘트니를 오를 준비를 하며 모여 있다. 며칠 동안 계속 비가 와서 휘트니에서 일출을 볼 수 없었다고 하며 날이 좋아지기를 기다리는 사람도 있었다. 우리도 내일은 휘트니 정상에서 일출을 보기 위해 일찍 출발할 것이다.

캠프 주변을 돌아보니 가장 외곽진 곳에 레인저 스테이션 건물이 통나무로 지어져 있다. 간이 샤워 시설과 야외 화장실이 있었다. 정확히 말하면 화장실이 아니고 변기 하나가 야외에 딸랑 놓여있는 것이다. 지붕도 벽도 없이 오로지 변기 하나만. 주변의 나무들처럼, 사방의 바위들처럼 언제나 그 자리에 있었던 것처럼 놓여있고 뚜껑은 닫혀 있다. 큰 일을 보면서 사방팔방을 조망할 수도 있고 온갖 자연의 소리를 들을 수 있다. 딱 내 스타일이다. 나는 이런 막힘없는 자연에서 볼일 보는 것이 좋다.

계곡이 너무 좋아 목욕을 할까도 했지만 땀도 흘리지 않았고 날씨도 추워 생략했다. 빨래만 해서 양지쪽에 널고 햇빛을 쫓아다니며 햇빛바라기를 한다. 당장 내일은 높은 고도의 오르막을 오르느라 숨이 가쁘겠으나 지금은 여유롭고 한가하다.

밤 12시에 일어나 준비해 2021년 8월 1일 밤 12시 30분에 헤드램프를 켜고 출발했다. 마운트 휘트니로 가기 위해서다.

우리는 정상을 올랐다가 다시 돌아와야 하므로 거의 모든 짐은 캠프에 두고 여벌 옷과 간식과 물만 챙겨서 출발했다. 모처럼 등에 진 짐이 가벼우니 저절로 걸어지는 것 같았다. 하지만 밤이고 날씨는 춥다. 끝없는 오름이 이어진다. 우리보다 앞선 그룹의 불빛이 저 위에서 움직인다. 우리 뒤에서 오는 그룹은 저 아래서 쉼 없이 움직인다.

가끔 발 빠른 그룹이 우리를 추월해 앞선다. 모두 열심히 쉼 없이 천천히 올라가는 것이다. 이때 우리 모두의 목표는 단 하나다. 마운트 휘트니를 오르는 것이다. 어두워 오히려 험한 바윗길이지만 고도감을 느끼지 못하는 장점도 있다. 높은 고도로 인해 속도는 낼 수 없다. 쉬지도 못하는 것은 움직임을 멈추면 당장 추위가 몰려오기 때문에 느리게라도 움직여야 하는 것이다.

어느 순간 동쪽 하늘에 붉은빛이 뜨면서 서서히 날이 밝고 있다. 조금 늦으면 일출을 놓칠지도 모른다는 생각에 속도를 내보지만 4000미터가 넘는 고도라 빨리 걷는 것이 쉬운 일이 아니다. 그래도 시간에 맞춰서 정상에 도착했다. 동그랗게 떠오르는 해는 아니지만 일출을 만난다. 나는 허리를 깊숙이 숙여서 감사 인사를 전한다. "저희를 받아주셔서 감사합니다."

무수히 많은 산꼭대기에서 일출을 맞이했다. 그래서 만날 때마다 감동하지만, 이 또한 감동이 아닐 수 없다. PCT의 보너스인 것이다. 이런 일출을 볼 수 있어 참 고맙고 감사하다.

정상은 널찍한 바위 조각들로 이루어져 있다. 높은 고도와 추운 날씨 탓에 바위 표면이 얼어서 매우 미끄럽고 조심하지 않으면 위험할 수도 있겠다. 우리나라 산처럼 정상석은 없지만 기념사진을 찍으라고 배려한 듯 보이는, 마운트 휘트니 정상에 작은 펼침막이 있다. 모두 차례를 기다려서 그 펼침막을 높이 들고 서로 기념사진을 찍어주며 축하를 주고받았다.

정상 조금 아래 돌로 지어진 건물이 있다. 그곳 방명록에 우리가 다녀갔음을 남기고 이제는 하산이다. 올라갈 때는 캄캄해서 미처 몰랐는데 밝을 때 보니 매우 험한 바위투성이 길로 이어져 있었다. 길은 위험한 듯 보이지만 최대한 안전하게 나 있다. 자세히 관찰하지 않으면 알 수 없을 정도로 표시 나지 않게 관리 보수하고 있는 것을 알 수 있었다.

가령 비가 오면 쓸려버릴 곳에 모래가 깔려 있고 요철이 심한 곳은 잔돌을 깔아 보완했다. 섬세하게 그렇지만 표시 나지 않게 길을 이어가게 하는 것이 내 눈에는 보였다. 자연을 그대로 두며 인간의 접근에도 최대한 안전을 고려하는 것. 그 방식은 우리가 배워야 할 자연과 나를 위하는 방법이겠다.

올라갈 때 체력을 많이 소모한 탓에 내려올 때 속력을 내지는 못했다. 그렇지만 속도를 낼 이유도 없는 것이 지금 내려가면 나머지 시간은 휴식을 하기로 했기 때문이다. 오전 11시를 넘기며 우리는 캠프로 돌아왔다. 이날 나머지 시간을 쉬고 다음 날 출발하기로 했는데, 밥을 해 먹고 조금 쉬고 나니 이제 할 일이 없다.

주변은 어제 이미 다 돌아보았다. 뭔가를 사 먹을 상점도 없고, 남은 시간을 주체할 수 없다. 그동안 걷거나 자는 것에만 길들여져 몸은 걷지도 자지도 않는 시간을 못 견뎌했다. 뭐 오락이랍시고 끝말잇기도 해봤다. 어렸을 때 해 본, 실뜨기 놀이도 해 보지만 놀이의 재미있는 진행을 하지 못하는 우리는 금방 싫증이 나고 말았다.

처음 시작은 웃고 떠들고 재미있을 것 같지만 어떤 오락도 끝까지 못 간다. 금방 재미가 없고 할 일이 없어진 우리는 서로의 얼굴을 처다보다가 그래 차라리 가자. 걷기로 의견을 모으며 짐을 싸기 시작한다. 어쩌자고 한나절을 못 쉬고 다시 길을 나서는 것인가!

이제 마운트 휘트니를 중앙에 두고 북서쪽으로 이동할 것이다. 또한 PCT 중 4009미터로 가장 높은 포레스터 패스Forester Pass를 넘을 것이다.

우리의 진행과는 반대편에서 오고 있는 많은 하이커와 스친다. 그들은 존 뮤어 트레일JMT, John Moore Tail을 걷는 사람들로 대부분 요세미티에서 출발하기 때문에 우리와는 반대 방향이다.

JMT 하이커와 PCT 하이커는 한눈에도 알아볼 정도로 차이가 나는 게 재미있다. 일단 JMT 하이커는 짐이 많다. 285킬로미터의 거리에 보통 15일에서 20일 정도 소요되는 길이라 4300킬로미터에 5개월에서 6개월 정도 걸리는 PCT와는 다르게 해석되는 것 같다. PCT는 짐을 줄이고 줄여서 최소화하지만 JMT는 짐이 무거워 고생스러워도 필요하다고 판단되는 것은 가져가는 것이다.

그리고 차림새에서도 차이가 확실하다. JMT를 하는 사람들은 비교적 깨끗한 편이다. 며칠 걷지 않았기 때문이다. 반면 PCT 하이커는 꼬질꼬질하다. 이미 길을 걷기 시작한 지 오래되었고 보통 옷을 한 벌로 버티기 때문이다. 장비에서도 차이가 난다. 그들은 거의 중등산화를 신고 등산가처럼 차려입었다. 우리는 대부분 경등산화나 러닝화를 신으며 옷도 가볍고 잘 마르는 소재로 선택한다. 배낭도 그들은 초대형 배낭을 메고 다니고 우리는 가벼운 소재로 된 중형 정도를 멘다. 텐트나 기타 야영 장비도 그들은 튼튼한 등산용 장비를 사용하지만 우리는 최대한 가벼운, 특수 제작한 것들을 사용하거나 조금 허술해도 가벼움에 중심을 둔다. 아마 식량도 그럴 것이다. 그들의 식량을 자세히 볼 수 없어 잘은 모르겠지만 말이다.

JMT는 다양한 연령의 사람들이 걷는데, 나이가 들어 보이는 사람도 많다. 은퇴 후 일생의 로망이었을 길을 나선 것은 아닐까? 물론, 젊은 사람도 많다. 방학을 맞아 또는 취업 전에 아르바이트를 해서 비용을 마련한 뒤 참여하고 있을 것이다. 특이하게 젊은이들의 차림은 거의 비슷하다. 후드티에 모자를 뒤집어쓰고 반바지를 입었으며 파란색 계통의 선글라스를 착용했다.

나이 든 사람들은 비교적 점잖은(?), 산에서 정장이라고 할 수 있는 긴팔 셔츠, 긴바지, 장갑 그리고 중등산화 정도다. 물론, 그렇지 않은 사람도 있다.

PCT는 대부분 혼자 출발하는 경우가 많은데, JMT는 그룹이 많은 것 같다. 부부, 가족, 친구 등 도저히 먼 길을 감당하기 어려워 보이는 노인이 있는가 하면 아주 어린 친구도 자기의 배낭을 지고 당당하게 걷는다. 과연 하이킹의 천국이라는 말이 틀린 말이 아니라는 것을 알겠다.

포레스터 패스로 가는 길은 호수가 큰 보석처럼 박혀 있다.

호수 물은 햇볕을 받아 영롱하게 반짝인다. 존 뮤어가 이 길을 빛의 길이라고 했다지. 멀리서 봤을 때는 도저히 길이 없을 것 같은, 도무지 어디로 길이 나 있을지 감이 잡히지 않는, 주변에는 돌산으로 둘러쳐져 있어 넘기 어려울 것 같은, 고개를 향해 난 길을 가면서도 납득이 안 가는, 하지만 눈앞의 길은 뚜렷한 길을 따라 걸으며 우리의 의견이 분분했다. 저 멀리 산에, 바위투성이 산에, 바위틈에 움직이는 사람을 보고서야 길이 그쪽으로 나 있다는 것을 납득한다.

고개 아래쪽에서 트레일을 정비하는 사람을 만난다. 간편한 장비로 파인 길에 돌로 보충을 하고 있었는데 정비했다는 티가 나지 않게 최대한 자연스럽게 길을 다듬고 있었다. 너무 반갑고 고마워 고개 숙여 인사를 한다. 저들의 수고로 우리는 이렇게 안전하게 걸을 수 있는 것이다. 길을 만들다가 사고당한 사람의 동판도 걸려있다. 숙연해진다. 길을 만들고 관리하는 사람들에게 다시 한번 마음속으로 감사 인사를 전한다.

이 길은 그동안 우리가 걸어온 PCT와는 조금 차이가 있다. PCT는 스위치백이 길든 말든 그대로 길이 난대로 걷는 반면 JMT는 지름길이 간혹 만들어져 있다. 트레일 관계자들은 그렇게 새로운 길을 만드는 것을 절대 못하게 하지만 사람이 많이 몰리다 보니 이런 일도 생기는 것인가? 어디나 사람이 많이 몰리면 별종이 있는 것인가?

지그재그 돌길을 천천히 그러나 쉼 없이 오른다. 한여름이라 눈은 다 녹고 없다. 어떻게 여기로 길을 낼 생각을 했는지도 궁금하다. 돌로만 이루어진 산은 가파르지만 길은 안전하게 나 있다. 처음 길을 만든 분들의 노고가 느껴진다.

드디어 포레스터 패스, 즉 PCT의 가장 높은 고개에 올라섰다. 물론, 전날 올라간 마운트 휘트니보다는 낮지만 그 산은 PCT에 포함되지 않기 때문에 이 고개가 높이로는 PCT 최고인 것이다. 사방은 트여있고 고개 양쪽으로 호수가 각자의 모습으로 빛난다. 아름다운 풍광이다.

하지만 눈이 없는 관계로 삭막한 아름다움이라고 해야 하나? 이 고개를 시작으로 계속 3000미터에서 4000미터 가까운 고개를 매일 올라갔다가 내려오기를 반복해야 할 것이다. 3300미터가 넘는 여덟 개의 고개를 넘으려면 날짜도 그만큼 걸릴 것이다. 시에라 네바다 산맥 중심에 선 것이다.

날씨는 화창하지만 그늘은 춥다. 대부분 돌길이다. 한참을 내려갔다가 올라갔다가 하느라고 몹시 힘들지만 호숫가로 난 길은 환상의 길이다. 세상에서 가장 아름다운 길이라 할 만하다. 패스 주변은 높은 지대로 인해 생명을 살리지 못해 삭막하고 건조하지만 조금만 내려가면 숲길과 꽃길이 나온다. 그리고 호수를 만나고는 하는 길이 이어진다.

마주 오는 하이커가 곰을 만났다고 전해준다. 곰을 만났거나 곰을 만났다는 정보를 들은 사람들의 반응은 천차만별이다. 완전 호들갑을 떨며 수선을 피우는 사람이 있는가 하면 뭐곰을 만나더라도 자기 식량에만 손을 대지 않으면 그만이라는 무덤덤한 반응 등. 마주 오는 미국 여성 하이커 두 명은 엄청 호들갑을 떨며 짱돌을 하나씩 손에 들고 내려오며 우리에게도 짱돌을 하나씩 들고 가라고 거의 강요를 한다.

"하하" 곰이 들으면 웃을 일이다. 캘리포니아의 그 유명한 흑곰이 그깟 짱돌 하나에! 코웃음을 칠 것 같지만 우리 중 한 명은 착실하게 짱돌을 챙겨든다. 드디어 곰이 출몰하는 지역에 온 것이다. 이 구간에서는 곰통을 꼭 가지고 다녀야 한다. 곰통에는 식량과 치약, 화장품 등 냄새나는 모든 것은 넣어 텐트와 떨어뜨려 보관해야 한다. 곰통은 단단한 플라스틱 재질로 만들어진 원형 박스다. 뚜껑을 돌려서 열고 닫히게 만들어져 있어 곰이 뚜껑을 돌려 먹이를 꺼낼 수 없게 되어 있다.

무게는 약 1킬로그램 정도다. 모든 하이커에게는 부담이 되는 무게인데도 필히 가지고 다녀야 한다. 곰 때문이기도 하지만 곰통이 없다는 것을 관리자에게 걸리면 길에서 추방이라고 하니 불편해도 모두 지고 다닌다.

이날은 여러 팀으로부터 곰 소식을 들은 날이다. 대부분의 하이커가 계곡 옆 캠프장에서 야영 준비를 하지만, 우리는 아무래도 좀 더 운행을 해야겠기에 길을 나선다. 올라가며 연신 사방을 살피고 일부러 큰 소리로 떠든다. 헛기침도 하고, 나오지 않는 휘파람도 불고, 가끔 스틱을 부딪쳐서 소리도 낸다. 우리의 존재를 알아차리고 곰이 미리 도망가기를 바라는 마음을 담아 그 상황에서 낼 수 있는 모든 소리를 내며 걷는다.

그러면서도 발을 얼마나 빨리 움직였는지 세 시간 정도를 예상한 오르막길을 한 시간 반 만에 와버렸다. 곰의 위력이 대단하다. 그 덕에 단독 캠프지만 너무나 멋진 풍광과 아름다운 호수를 선물로 받았다. 매더 패스Mather Pass가 코앞인 것이다. 이 길의 주인은 호수다. 점점이 박힌 호수가 보석처럼 빛을 발휘한다. 또한 이곳의 주인은 곰이 아니겠는가?

여전히 일찍 출발해 다른 패스보다 약간 순한 매더 패스를 넘었다. 아이들은 뒤에서 수다를 떨면서 오고 있다. 무슨 할 말이 그리도 많은지 연신 깔깔거리며 발을 옮기고 있다. 건이 저렇게 수다스러운지 몰랐다. 작년에 나와 단 둘이 걸을 때는 거의 말을 하지 않는데 어떻게 견뎠을까 싶다.

그들의 수다 덕분이었을까? 우리가 내려가고 있는 길로 한 동양 여성이 올라오고 있었다. 한국인이냐고 한국말로 그녀가 먼저 묻는다. 이 길에서는 처음이다. 그녀의 이름은 '린다Inda' 다. 이민자다. 30년 전에 미국으로 왔다고 한다. 한국 이름은 이인덕, 나보다는 몇 살 어리다. 지금 JMT를 걷는 중이고 동행으로는 홍콩 사람과 중국 사람이 있지만 각자도생으로 서로 자유롭게 걷는다고 했다.

우리는 반가운 마음에 배낭도 내리지 않고 짧은 시간에 여러 이야기를 나눴다. 주로 그녀가 얘기를 했지만, 결론은 '너무 좋다. 하지만 배가 고프다'란 내용이 주다. 그 외에는 한국에서 했던 일과 미국에 와서 한 일, 몸이 많이 안 좋았는데 걸어서 다 낳았다는 말을 속사포처럼 쏟아낸다. 한국말로 주고받는 말에 속이 후련해 보였다.

뭐라도 나눠주고 싶은데 모든 것을 빠듯하게 가지고 다니는 우리에게 여유분이 있을 리 없다. 항상 휴대하는 죽염이 생각나 나눠주고 헤어지려고 하는데 우리의 일정을 물어본다. 자기 집이 샌프란시스코 부근이니 일정이 끝나고 연락하면 픽업을 해 주겠다는 것이다. 우리로서는 엄청난 행운을 오늘 아침 지금 여기서 만난 것이다. 이곳에는 천사들만 사는가? 고마울 뿐이다.

연락처를 주고받으며 건이가 슬쩍 내 정보를 주며 찾아보라고 말을 흘린다. 비슷한 길을 걷는 우리는 서로에게 힘내라고 응원을 했다. 그리고 우리는 아래로, 그는 위로 각자의 길을 따라 헤어졌다. 왠지 기분이 짠하기도 하고 좋기도 하다.

매더 패스를 뒤로 하고 길게 내려갔다가 다시 긴 오르막을 오르면 여러 호수를 지나 뮤어 패스Muir Pass에 도달하게 될 것이다. 뮤어 패스가 포레스터 패스를 제치고 왜 그 이름을 차지했는지 알겠다. 너무나 아름답기 때문일 것이다. 이 패스 하나만으로도 JMT의 백미를 느낄 수 있다. 패스 바로 아래까지도 물은 풍부했다. 그동안의 호수와는 비교할 수 없을 정도의 크기와 아름다움을 자랑한다. 이렇게 높은 곳에 이만한 호수가 있다는 것도 놀랍지만 그렇게 많은 물이 어디에서 다 오는 것인지도 궁금했다. 뮤어 패스를 두고 양쪽으로 호수가 하나씩 자리했다. 일부러 한 장식처럼 자리를 잡고 있는데 그 이름이 존 뮤어의 두 딸 이름이라고 한다. 헬렌Helen과 완다Wanda.

그 명칭이야 후대 사람들이 지어 부쳤겠지만 그만큼 존 뮤어를 기리고 싶은 마음이 컸을 것이다. 뮤어 패스 정상에는 아담한 뮤어 롯지Muir Lodge가 돌로 지어져 있다. 산장 안에 들어가면 자연조명이 각도에 따라, 시간에 따라 공간을 비추는 방향을 다르다. 철저히 계산된 것으로 보이는 자연조명은 신비하고 매력적이다.

허락한다면 하룻밤 묵어가고 싶은 곳이다. 하룻밤을 이곳에서 보내면서 밤이 산과 만나는 것을 느끼고 싶고, 호수에 내려앉는 밤을 보고 싶고, 이곳 하늘의 별을 헤고 싶고, 산장의 적막함을 느끼고 싶다. 이곳에서 존 뮤어라는 사람과 만나고 싶다.

존 뮤어John Muir는 1838년 스코틀랜드 태생 미국인으로 자연주의자, 작가, 자연보호주의자다. 그는 많은 편지, 수필 그리고 책을 통해 자연을 탐험한 이야기를 전해주었는데, 특별히 시에라 네바다 산맥에 대해 자세히 소개했다. 그의 자연보호운동은 요세미티 계곡 세쿼이아 내셔널 파크 그리고 다른 자연보호구역을 보존하는 데 중요한 역할을 했다. 그가 창설한 〈시에라 클럽〉은 미국에서 유명한 자연보호 단체가 되었다. 그의 공헌을 기리기 위하여 시에라 네바다 마운틴의 등산로를 존 뮤어 트레일이라 부르고 있다.*

---

* 이 내용은 〈위키백과〉에서 따온 내용임을 밝힌다.

일정이 있어 내려와야 하지만 발길이 떨어지지 않아 서성인다. 돌벽에 이마를 갖다 대니 서늘한 냉기가 짜릿하게 전해진다. 다음에 오면 꼭 이곳에서 하룻밤을 보내기로 하고 아쉬운 작별을 한다. 끝도 없는 내리막이다. 뮤어 랜치Muir Ranch로 가는 길은 길게 내리막으로 이어진다.

지난 며칠의 산행으로 내리막은 곧 오르막이 이어진다는 것을 알고 있다. 물론, 세상의 모든 산이 그렇기는 하다. 올라간 만큼 내려가야 하고 내려간 만큼 올라가야 하는 것이 산행의 진리다. 인생도 그와 다르지 않다.

뮤어 랜치에는 우리의 보급품이 기다릴 것이다. PCT를 살짝 벗어나 더 내려와야만 한다. 그동안 만난 보급지와는 또 다른 곳이다. 하기는 단 한 곳도 비슷한 곳이 없기는 했다. 이번 보급품은 배를 타고 호수를 건너와야 하는 관계로 규격에 맞는 통에 물건을 넣어 보내야 하고 비용도 만만치 않다고 했다. 기간도 녹록하지 않아 우리가 오기 전에 건이가 미국에서 미리 보내느라 아마 그동안 줄곧 먹어 왔던 식량과는 조금 다를 것이다.

짐을 찾았다. 호수를 건너면서 물에 빠졌는지 식량의 일부는 젖어 있었다. 이미 곰팡이가 생긴 것도 있었다. 어떤 친구의 짐은 몽땅 물에 빠져서 하나도 쓸 수 없게 된 것도 있었다.

그것에 비하면 우리는 그나마 괜찮은 편이었다. 그나마 다행인 것은 하이커 박스에 물건이 넘쳐난다는 것이다. JMT를 걷는 거의 모든 사람은 이곳에서 보급품을 받고 짐을 다시 꾸리면서 짊어지고 갈 수 없는 것들을 다 하이커 박스에 두고 가는 것이다.

끝이 없을 것 같은 오르막과 내리막을 이미 경험한 그들 모두는 짐이 운행에 얼마나 지장을 주는지를 알아버렸기 때문에 최소의 짐으로만 꾸리다 보니 남겨지는 것이 많아지는 것이다. 그래서 뮤어 랜치의 하이커 박스는 항상 물건이 넘쳐난다. 그래서 하루가 지난 식품은 주변의 (물론, 호수 건너) 어려운 이웃이나 시설에 기부한다고 한다. 그리고 심하게 물에 빠져서 식량을 못 쓰게 되면 최대한 하이커 박스를 이용하게 하고 그러고도 모자라면 배상을 해 준다고 한다.

우리 식량은 많이 젖지 않았지만 그래도 조금은 젖고 상했다. 버릴 것은 버리고, 하이커 박스에서 필요한 것을 채워 캠프장으로 돌아와 자리를 잡는다. 캠프로 출발하려고 하는데 피크닉 테이블에 주인 없는 위스키 한 병이 놓여 있다. 저것이 무엇인가? 뮤어 랜치에는 상점이 없어 우리가 보낸 물건 이외에는 살 수도 구할 수도 없는 곳이다. 그러므로 당연히 시원한 맥주는 없다. 우리가 보낸 짐에 허벅주가 있었던가?

처음에는 당연히 그냥 지나쳤다. 내 것이 아니니까. 몇 번을 왔다 갔다 하며 보니 위스키는 항상 그 테이블에 그냥 있지만 아주 조금씩 양이 줄어가는 것이 보였다. 그래서 병을 들고 보니 '프리Free'라는 글씨가 붙어 있었다. 자유롭게 마시라는 것이다. 술의 매직인가?

"뭐야? 자유롭게 마시라는 거잖아!"

사방을 한번 돌아보고 술병 뚜껑에 조금 따라서 마셔 본다. 40도의 독주가 목을 타고 뜨거운 기운을 남기며 내려간다. 맛보다는 느낌이다. 짜르르한 그 생소하고도 황홀한 느낌. 순간 지금은 코로나19 시국이라는 점이 떠올랐다. 아마 너도 나도 병뚜껑에 입을 대고 마셨을 텐데…. 그 위스키 한 모금. 괜찮을까? 괜찮겠지.

몇 번을 오가며 조금씩 축을 냈고 병은 조금씩 비워지고 있었다. 나뿐만 아니고 다른 모두도 조금씩만 마시며 뒤에 오는 다른 사람을 배려하는 것 같다.

이곳은 PCT가 아니지만 길에서 아주 가끔 만날 수 있는 온천이 있는 곳이다. 따뜻한 물에 몸을 담그는 것을 유난히 좋아하는 나로서는 놓칠 수 없는 기회다. 일단 좋은 자리에 텐트를 쳐두고는 유일하게 있는 갈아입을 옷을 챙겨서 강을 건넌다.

수량은 있지만 건널만한 강을 건너고 초원이 펼쳐진 곳, 그곳에 온천이 자리 잡고 있었다. 따뜻한 물이 나오는 자연 웅덩이가 몇 개 있고 그중 한 곳에 두 사람이 있다. 여기가 가장 좋은 곳인가 싶어 옷을 입은 채 물에 들어간다. 과연 온천이라는 말에 맞게 물은 따뜻했다. 물에 몸을 담그자마자 그동안의 피로가 풀리는 듯했다.

우리 말고 두 명의 온천주의자들이 있었다. 그들은 모두 걷기보다는 온천에 더 관심을 두는 것 같다. 뭐, 그것도 나쁘지 않지. 남자 어른 한 분은 어딘가 아파 보였는데, 어쩌면 이 온천에 치료차 온 것은 아닌지 모르겠다. 아주 오랜 시간 공을 들여 온천 찜질을 하고 있다. 우리는 이 탕 저 탕을 다니며 한동안 따뜻한 물을 즐기며 행복해한다.

온천욕도 했겠다. 몸도 마음도 느긋해져서 휴가 나온 사람들처럼 어슬렁거린다. 주변도 돌아보고 특식으로 받은 냉면도 끓여 먹으며 망중한을 즐긴다. 그때 누군가가 "곰이다." 소리친다. 일순간 정적이 흘렀고 한 순간 흩어져 있던 사람이 몰리며 웅성거린다. 우리도 가보니 곰이, 엄청나게 큰 곰이 엉덩이를 실룩이며 천천히 앞으로 전진하고 있었다. 사람에게는 일말의 관심도 없다는 듯이, 뒤에서 웅성거리고, 사진 찍고 하는 사람들을 철저히 무시하고 천천히 걷고 있다. 먹이를 찾는 것도 아닌 그냥 마실 나온 것처럼 태평이다.

나는 곰의 얼굴을 보지 못했지만 몸통과 엉덩이의 털이 갈색에 가까웠다. 이 지역의 곰은 모두 흑곰이라는데 얼마나 오래 살았으면 검은 털이 갈색이 되었을까? 아마 오래 살기도 했지만 캘리포니아의 강한 햇볕도 한몫했을 것이다. 날이 어둑해지며 사람들이 흩어졌다. 아무 공격성이 없는 곰에게서 관심을 거둔 것인가? 그래도 각자 텐트에 먹을 것이 없나 다시 점검하고 곰통이 잘 있나 확인했을 것이다.

이렇게 뮤어 랜치의 일정이 끝나가고 있다. 뮤어 랜치는 JMT나 PCT 하이커에게는 참으로 유익한 곳이다. 보급품을 받을 마을도, 트레일 엔젤도 없는 시에라 네바다 산맥 가운데라서 하이커들은 짐을 많이 지고 운행해야 하는데, 고맙게도 이곳에서 보급품을 받아주니 많은 도움이 된다.

엔젤이나 매직이 없는 것도 이 지역은 허가를 받아야만 들어올 수 있는 곳이기 때문일 것이다. 길 가는 사람들을 도와주겠다고 허가를 받기도 그렇지만 차가 다니는 도로가 없는 것도 이유겠다. 남쪽에서부터 걸어온 하이커들은 엔젤의 도움을 받아봤기 때문에 은근히 그들을 기다리지만 JMT 구간에서는 어림없는 일이다.

다음날은 원래는 제로 데이로 정했지만 결국 오전 반나절만 쉬고 오후에 출발했다. 오전에 다시 온천을 찾아가서 몸을 담그고 있다가 점심이 다 되어서 나왔다. 그리고 평소 먹던 미숫가루가 아닌 음식 이것저것으로 양껏 먹고는 출발이다. 짐은 무거워졌지만 잘 먹고 온천욕까지 해서인지 몸은 가볍다. 긴 오르막에도 힘들지 않다.

영 그럴 것 같지 않은 높이에 보석 같은 호수가 나타나고는 했다. 특히 패스 위에서 양쪽으로 박혀 있는 쪽빛 호수들은 환상 그 이상이다. 매일 고개를 하나씩 넘으며 매일 기막히게 아름다운 호수를 만나는 게 일상이다.

호수라고는 저수지밖에 없는 우리에게는 생경스럽고 신기한 풍경이다. 산에는 눈이 하나도 없는데 어디서 저 많은 물이 생기는 것일까? 호수 물은 고여 있는 것 같지는 않은데 어디로 통하고 있을까? 물론, 호수 밖으로 흐르는 시내도 있지만 그렇지 않은 곳도 많아 그런 생각을 해본다.

쎌토 레이크Sselto Lake를 넘어 마리 레이크에 집을 짓는다. 한 곳에 머물 수 없는 떠돌이 인생은 이렇게 매일 새로운 곳에 집을 짓고 부수기를 반복하며 조금씩 북쪽으로 걸어간다. 이런 인생도 나쁘지 않다. 힘들지만 좋고 행복하다.

다음날 여전히 아래로 떨어졌다가 여전히 길게 올라간다. 실버 패스로 가는 길이다. 길을 걸으며 기도를 하는 게 일상인데 이날은 나도 모르게 평소에 안 하던 기도가 나왔다.

"산산령님 송이버섯 하나 보내주세요."

송이버섯이 절실하지는 않았지만 한번 맛본 것에 맛이 들었을까? 어느 순간 정말 하얀 버섯이 내게 손짓을 하고 있었다! 이번에는 어린 동송이다. 산신령님이 내 기도를 들어 주신건가? 나는 산신령을 믿는다. 내가 40년 이상을 별 사고 없이 산에 다닐 수 있는 것은 산신령님 덕분이라고 생각한다. 산이 나를 받아주고 산신령님이 나를 보호한다고 믿고 있다. 나는 지금까지는 산은, 산신령은, 항상 내편이라고 알고 있다.

그리고 나는 옛날 원주민이 살아가는 방식을 이해한다. 그들은 자연을 가족으로 알고 있으며 존중하고 존중받는다. 꼭 필요한 것이 아니면 하지 않고 꼭 필요할 때 자연에게 부탁을 하면 자연이 대답을 하는 방식이다. 가령, 사막에서 마실 물이 필요할 때, 먹을 것이 필요할 때 기도를 하는 것이다. 그러면 꼭 필요한 만큼 어딘가에 물이 있고, 먹을 수 있는 풀이 있고, 동물이 스스로 나타나는 것이다. 자연과 철저히 공존할 때 자연과 소통이 되고 서로 피해를 주지 않고 평화롭게 살아가는 방식이다. 나는 그 방식을 이해하고 가능하면 그렇게 하고 싶어 한다. 물론 어림도 없지만.

내 기도에 산신령님이 응답했다고 멋대로 해석하며 감사한 마음으로 송이를 캐서 배낭에 담았다. 오늘 저녁은 송이버섯 하나로 풍성해질 것이다. 괜히 뮤어 랜치의 하이커 박스에서 올리브 오일이 있어 조금 챙겼는데 송이를 구워 먹을 수 있겠다. 참 신기하다. 운행 중에 올리브 오일을 먹을 일은 없었다. 항상 메뉴가 같고 나는 기름을 좋아하지도 않는데 그것을 챙겨 온 것이다.

물이 풍성하고 편안해 보이는 캠프지를 발견했다. 배낭을 내린다. 물은 있으나 몸을 씻지는 못했다. 물에 들어가기에는 날씨가 너무 쌀쌀하고 땀도 흘리지 않았기 때문이다. 날씨가 건조해서인지 그렇게 힘든 산행에도 땀이 나지 않는다.

낮에 선물로 받은 송이버섯으로 요리를 할 것이다. 일단 잘게 찢어서 라면 스프로 만든 채소국에 듬뿍 넣을 것이다. 그리고 가지고 온 올리브 오일에 버섯을 살짝 구워 먹을 것이다. 마침 허벅주가 있다. 허벅주는 도수가 40도인 제주산 정통 증류 소주다. 제주에 사는 희재가 응원 차 보낸 것이다. 걷다가 힘들 때 한 잔씩 마시고 힘내라고 보내준 것인데 이렇게 좋은 안주와는 아주 어울린다.

송이를 우선 다듬고 깨끗이 씻어서 잘게 찢어놓는다. 프라이팬이 있을 턱이 없는 우리는 코펠 바닥에 올리브 오일을 두른다. 그리고 버섯을 올려서 살짝 익혀 냈다. 한 점을 맛보니 송이향이 가득 입안으로 들어온다. 아직 어린 동송이라 그런지 지난번 것과는 맛에서 차이가 많이 난다.

정말 송이버섯 맛 그대로다. 미국 송이도 우리 송이와 같은 맛이 난다는 것이 신기했다. 구운 송이 안주로 허벅주를 한 잔 마신다. 빈속에 찌르르한 느낌이 아주 황홀하다. 버섯의 크기가 우리 것의 다섯 배라서 라면채소국에도 듬뿍 넣었다. 그렇게 특별식으로 포식을 하니 세상 부러울 것이 없다.

송이버섯을 많이도 아닌 단 하나만 보내주신 산신령님에게 감사드린다. 그 이후 거의 매일, 딱 한 개씩 송이가 내 눈에 띄었다. 아이들은 내 눈에만 보이는 송이를 신기해했다. 나도 신기했다. 매일 단 하나씩, 물론 내가 앞서가니 그럴 수도 있지만 내 눈에만 보인다. 분명 산신령님의 배려라고 생각했다. 나중에 정순이도 하나 발견하고 좋아라 했다. 어쨌든 감사하며 매일 송이를 먹는 호사를 누렸다.

아무리 풍광이 빼어난 길을 걸으며 행복을 느낄지라도 힘든 것은 어쩔 수가 없다. 20여 일을 쉬지도 않고 계속 고개를, 그것도 오르막과 내리막이 심한 돌길을 걸어서 그럴 것이다. 신발이 해지기 시작한다. 신발은 편한만큼 약하겠지만 걸은지 한 달도 못 되었는데 벌써 그렇게 되었다는 것은 그만큼 길이 험했다는 의미다.

몸이 좀 쉬라고 신호를 보낸다. 이번에는 입술이 부르텄다. 다리도 좀 쉬었으면 한다. 그래서 다음 보급지인 레즈 메도우즈Reds Meadows에 도착해 좀 쉬기로 한다. 보급품을 찾아들고 아랫마을로 가기 위해 버스를 기다린다.

셔틀버스와 일반 버스를 갈아타며 마을에 도착했다. 그곳은 엄청 유명한 종합 휴양지 같았다. 많은 사람이 자전거, 스키, 보드, 승마 등 온갖 레포츠를 즐길 수 있는 곳이다.

모처럼 숙소를 잡고 세속에서 우리가 할 수 있는 모든 것을 한다. 일단 진탕 먹고 마셨다. 그리고 숙소에 들어와서 욕조에 빨래를 했다. 그런데 빨래 상태가 말이 아니다. 이건 탄광에서 뒹굴다 나온 것처럼 까만 때 국물이 헹궈내도 끝도 없이 나온다.

손으로만 하기에는 힘들어서 스틱으로 휘휘 저어 보기도 한다. 발로 밟아 보기도 하고, 세 명이 교대로 하기도 한다. 아주 가관이다. 물을 너무 많이 써서 모텔에 미안할 지경이다. 산에서는 모든 것이 꼭 필요하기 때문에 지저분하게 느끼지 않았다. 그런데 빨래를 실내에 널어놓고 보니까 노숙자의 물건도 그렇지는 않을 것 같다.

밖에서는 휴가철을 맞아 무슨 축제를 하는지 폭죽을 터트린다. 밴드의 음악과 많은 사람의 소음이 섞여서 시끄럽다. 우리는 나가지 않고 방 안에서 우리만의 시간을 보낸다. 우리는 그동안 너무 밖에만 있었다. 풍찬노숙(風餐露宿)이라고나 할까. 이렇게 벽이 있고 천정이 있는, 욕조가 있고 침대가 있는, 전화기를 충전할 수 있고 세상의 소식을 들을 수 있는 공간이 있는 곳에 들어온 것이다. 바깥에는 나가고 싶지 않다.

또한 축제에는 별관심도 없을 뿐만 아니라 뭇사람들이 많이 모인 자리는 번거롭고 익숙하지도 않다. 또한 걷는 것 외에는 움직이고 싶지가 않아서이기도 하다. 어쨌든 쉬기로 했다. 세속으로 내려온 것은 잘한 결정이다.

잘 쉬고, 잘 먹고 모텔에서 본전을 단단히 뽑고 다시 내려왔던 반대로 올라간다. 이제 다시 짐을 지고 하염없이 걸어야 하는데 레즈 메도우즈를 선뜻 떠나지 못한다. 하이커 박스를 뒤지며 챙기지도 않을 물건을 들었다 놓기를 반복한다. 팬케이크에 달달한 시럽을 잔뜩 발라 먹고서야 하는 수 없이 배낭을 멘다. 하룻밤의 세속 경험이 너무 좋았나? 하지만 길에 들어서자 세속의 미련은 사라지고 다시 내 걸음에 집중할 수 있었다. 역시 길에 오니 나를 찾은 것 같아 마음이 가벼워졌다.

이제 심하게 넘어야 할 고개는 없다. 순한 솔밭 길을 걷다가 물을 만나 짧은 하루를 접는다. 텐트에서 듣는 물소리는 감미로운 자장가 같다. 잠시 후 흐르는 물소리에 다른 물소리를 하나 더 보탠다. 비가 오는 것이다. 오랜만에 내리는 비다. 이 비가 트레일의 먼지를 가라앉게 하고 가뭄에도 도움이 되면 좋겠지만 가뭄을 해소하기에는 부족할 것이다. 너무 심하게 가물었다.

매일 여러 호수를 만나며 걸었는데 비슷한 호수는 단 하나도 없는 것 같다. 각자 자기의 모양과 수량이나 깊이로 물의 색깔을 내보이고 있다. 그래서 어떤 곳은 송어가 공중제비로 묘기를 부리기도 한다. 이곳은 사전 허가를 받으면 낚시도 할 수 있다고 한다. 실제로 배낭에 낚싯대를 지고 다니는 사람도 있다. 호수에서 여유 있게 낚시를 하는 사람도 가끔 만났다.

아일랜드 패스Island Pass로 올라가는 길은 그동안의 다른 패스를 올라갈 때보다는 수월한 편이다. 어느 순간 눈앞에 그동안의 호수와는 전혀 다른 넓은 호수가 나타났다. 이름에 걸맞게 호수 가운데 바위들이 엄청 많이 박혀 있다. 바위섬이 천

개라든가? 수많은 까만 돌들이 저마다의 모양으로 호수물과 함께 세월을 보내고 있다. 그 모습이 평화로워 보인다. 호숫가 풀밭에서 한동안 쉰다. 물과 장난도 친다. 산의 한쪽 옆구리에 붙어 있는 눈이 녹아 호수로 흘러드는 것을 보기도 한다. 이렇게 시간을 보내다가 일어난다. 매일매일 최고의 풍광을 선물하는 길이다.

어느덧 JMT와 헤어질 시간이 왔다. 그동안 JMT와 같은 길을 걸으며 무수히 많은 JMT 하이커를 만났는데, 이제는 길이 달라졌다. 그들은 요세미티 계곡에서 출발해 이곳 도나휴 패스Donohue Pass에서 계속 남쪽으로 간다. 그러다 마운트 휘트니를 만나며 JMT는 끝난다. 우리는 이 고개에서 JMT를 버리고 계속 북쪽으로 가야 한다. 그 다양한, 그 많은 하이커는 이제 만나지 못할 것이다. 앞으로는 길에서 하이커를 만나기가 어려울 것이다.

그동안 마주 오는 수많은 하이커와 교류는 없었다. 지나치면서 최대한 환한 표정으로 최대한 밝은 목소리로 간단한 인사를 주고받는 정도였다. 주로 "안녕" 정도에서 좋은 날씨라거나, 아름다운 길이라고 하거나, 행복한 트레일이라거나, 각자를 응원하는 짧은 한 마디씩 주고받는다. 그런 인사는 같은 길을 걷는다는 동질감과 유대감을 느끼게 해준다. 그리고 밝은 기운이 전달되며 기분이 좋아지는 효과가 생긴다. 마주 오는 사람이 없어지면 더 이상 그런 인사를 나눌 상대도 없어진다. 남녀노소 참 다양한 사람이 많았고 모두 표정이 좋았는데, 이제 기약이 없다.

투월러미 메도우즈Tuolumne Meadows 지역에 도착해 보급품을 찾아 짐을 보충한다. 오가는 발길이 줄어 먼지가 덜 난다. 길은 잘 뚫려있다. 마주 오는 사람이 없으니 길은 우리 차지가 되었다. 우리의 발자국 소리뿐이다. 뒤에서 두 친구의 끝없는 수다가 이어진다. 어찌 그리 할 말이 많은지 신기하다. 대학 산악부 동기인 그들은 공통분모가 많아서일 것이다. 그들이 부럽기도 하다.

보급 첫날이라 짐이 무겁게 느껴지는 것도 사실이지만 계속되는 운행으로 피로가 쌓여서인지 속도가 나지 않는다. 오르내림이 심한 탓도 있다. 하지만 이 길은 길에 순응하는 사람에게만 자신을 내어준다. 우리는 길에 순응한다.

코가 근질근질하더니 코피가 나온다. 나에게 자주 생기는 일이 아니라 약간 어리둥절하다. 힘들다는 신호 같은데 글쎄? 내가 그만큼 힘든가? 힘들기는 하지만 그 정도는 아닌데? 힘들다는 생각보다 행복감이 더 많은데? 역시 나는 힘들다는 것을 느낄 수 없는 불감증인가? 아이들이 눈치채지 못하게 얼른 처리하고 시치미를 뗀다.

모처럼 물에 들어가 몸도 씻고 빨래도 했다. 날씨가 춥지 않아 가능한 일이다. 여유 있는 시간이라 모닥불도 피워 본다. 우리 단독 캠프다. 앞으로 남은 날은 종종 우리만의 밤을 맞이할 것이다. PCT 하이커는 이때쯤이면 모두 이곳을 지나갔을 시즌이기 때문이다.

주변의 산이 온통 바위로 형성되어 있는 길에 접어들었다. 바위산이 주변을 압도하고 있다. 바위산을 양쪽에 두고 끝이 없을 것 같은 길이 이어져 있다. 오르내림 또한 심하다. 오랜 일정으로 아이들이 힘들어하고 속도도 나지 않는다. 정순이는 왜 이 고생을 사서 해야 하는지 스스로에게 좀 화가 나있는 것 같다. 나에게도 원망 섞인 눈치를 보내는 것 같다. 물론 장난기가 묻어있기는 했지만.

'내가 뭐? 내가 왜? 내가 강제로 끌고 왔나? 하하!'

그만큼 힘들다는 투정을 그렇게 표현을 하는 것이다. 당연하다. 힘든 것이 너무 당연하다. 하지만 인생을 함께 살아 줄 수는 있으나 대신 살아 줄 수 없듯이 산행도 마찬가지다. 산길

을 함께 걸어 줄 수는 있으나 대신 걸어 줄 수는 없다. 산길을
걷는 것과 인생을 사는 것은 비슷하다.

길은 내가 걷지 않으면 절대로 줄어들지 않는다. 오로지 내
가 걷는 한 발자국이 모여서 길을 줄여나가는 것이다. 내가 나
를 믿고 그리고 길을 믿어야 하는 것이다.

긴 오르막이 끝나고 내려가는데 무슨 기척이 들렸다. 사람
이 올라오나? 사람을 만나지 못한 지 며칠이나 지났는데? 걸
음을 멈추고 귀를 기울인다. 나뭇가지가 부러지는 소리가 들
린다. 그러면 사람은 아니라는 건데 뭐지? 곰인가? 소리 나는
쪽을 자세히 살피니 버드나무가 살짝 흔들리고 있었다. 버드
나무가 있다는 것은 물 주변이라는 말이다. 나와의 거리는 한
20미터 정도다.

그리고 나는 보고야 말았다. 곰이다. 털이 아주 새까만, 별
로 크지 않은 녀석은 열심히 버드나무 잎을 따 먹고 있었다.
그 와중에 가지도 부러트리면서. 바짝 긴장한다. 어린놈이 더
위험할 것이다. 아이들은 한참 뒤에 있다. 가능하면 소리를 내
지 않으려고 하며 뒷걸음질을 한다. 아무것도 모르는 아이들
은 떠들면서 오고 있어 마음이 조여든다.

한순간 아이들은 내가 뒤돌아 오는 것을 발견한다. 내가 손

가락을 입술에 대며 "쉿"이라고 사인을 보내자 금방 알아차린다. 모두 '얼음'이 되었다. 잠시 그러다가 누구랄 것도 없이 돌아 왔던 길을 뛰듯이 올라갔다. 그러다 이건 아니다 싶어 멈추고는 어떻게 할지 의논을 했지만 뾰족한 수가 있을 리 없다. 다시 발길을 돌려 조심스럽게 내려가 본다.

녀석은 여전히 나뭇잎을 맛나게 먹고 있다. 와작 와작 소리까지 내면서. 먹느라 정신이 팔렸는지 녀석은 우리에게는 관심도 없다. 우리만 두렵고 우리만 긴장한 것이다. 건이가 나보다 간이 큰가? 앞장섰다. 나도 발소리를 최대한 줄이고 뒤따른다. 겁 많은 정순이를 앞세워야 했지만 마음만 그렇지 행동으로는 옮겨지지 않았다.

녀석과 사정거리가 생겼다고 계산되는 지점부터 걸음이 빨라졌다. 끝없는 내리막길을 뛰듯이 내려와 바닥을 치니 모두 지쳐버렸다. 배낭을 내동댕이치고 한동안 서로를 쳐다보며 말이 없다. 계곡 풍경은 삭막하고 곰이 이동하는 길일 것 같지만 너무 힘들어서 더 이상 운행은 무리라 판단한다. 여기서 야영을 하기로 한다.

이곳은 분명히 곰이 있을 것 같다. 그리고 아까 그 곰은 어린 녀석이라 주변에 어미가 있을 확률이 높다. 왠지 기분이 좋지 않다. 곰이 아니라도 주변 기운이 음습하고 냉기가 느껴진다. 서둘러 저녁을 지어먹고 식량을 곰통에 단단히 넣어 조금 멀리 두고 텐트 안으로 들어온다. 이럴 때 텐트는 위안이 된다. 무슨 일이 있어도 우리를 보호해 줄 것 같다. 물론 그렇게 믿고 싶은 것이겠지만.

간밤에 별일은 없었다. 썩 기분이 좋지 않은 캠프를 일찍 등진다. JMT를 버렸지만 PCT에서 요세미티 내셔널 파크 외곽을 지나친다. 많이 가물었는지 풀들이 바삭거리고 길에 먼지가 많다. 1000마일 지점을 통과한다. 캄포에서 이곳까지의 거리가 그렇다는 말이다. 1600킬로미터!

대부분의 하이커는 이곳까지 걸어온 것에 감격할 것이다. 자신이 대견하고 멋져 보였을 것이다. 많이 지치고 남루해져 있는 자신을 확인했을 것이다. 그래도 앞으로의 길에 자신감이 생길 것이다. 이만큼 왔으면 나머지도 할 수 있다고 자신을 위로했을 것이다.

그러므로 이곳은 의미있는 지점이다. 우리는 캄포에서부터 오지는 않았지만 많이 왔고 대견하다. 서로의 노고를 취하한다.

지대는 높지만 캘리포니아 사막처럼 생긴 지형의 오르막

길을 하염없이 가로질러서 올라간다. 나무 하나 없이 삭막하다. 그나마 날씨가 덥지 않아 많이 고통스럽지는 않다. 민둥산이라 길은 저 멀리까지 보인다. 무슨 줄 같은 것이 까마득하게 이어져 있는 것처럼 말이다.

PCT의 여러 풍광을 만나며 영화를 찍으면 좋을 여러 곳을 지났다. 이곳도 서부영화를 찍으면 좋을 곳이겠다 싶다. 그만큼 특이한 곳이다.

끝이 없을 것 같은 길도 나의 한 걸음 한 걸음이 모여 꼭대기에 도달한다. 바람이 너무 심해 몸이 날아갈 것 같다. 잠시 있어도 추워 옷을 꺼내 입어야 했다.

이제는 산마루다. 바람 부는 능선은 또 다른 어려움을 준다. 지형이 많이 바뀌고 살아가는 생명들, 나무나 풀, 꽃들의 종류가 달라졌다. 산마루가 끝나자 돌산 사이로 길이 이어져 있다. 길 아래로 아름다운 호수가 보석처럼 반짝인다. 포레스터 패스 비슷한 느낌의 고개에 오르니 한동안 만나지 못했던 사람을 만났다. 이곳은 소노라 패스Sonora Pass와 가까워 당일 하이커가 있는 것 같았다.

패스 옆 바위는 아마 오래전에 아메리카 원주민의 터전이었을 것 같다. 바위 군데군데 동굴이 있고 멀지 않은 곳에 물도 있다. 하기는 이 땅 어디든 원주민의 터전이 아닌 곳이 있겠는가? 탐욕스러운 백인들이 몰려오면서 그들은 점점 오지로 들어와서 숨어 살았을 텐데, 이 지역은 딱 은둔하기 좋은 곳이라고 생각된다. 그렇게 봐서 그런지 바위 모양이 심상치가 않다. 꼭 무슨 의미가 있을 것 같다. 이끼도 여러 색으로 바위를 장식하고 있다. 노랑, 주황, 빨강, 보라, 연두, 초록, 감청 이렇게 다양한 색깔의 이끼가 한꺼번에 있는 것은 처음 본다. 주변의 모든 것이 영적으로 느껴져서 한동안 그 기운을 느끼며 시간을 보낸다.

소노라 패스에서 히치하이킹으로 노스 케네디 메도우즈에 도착했다. 시즌이 지나서인지 주변 환경이 좀 쓸쓸하다. 야영을 할까 어쩔까 망설이다가 도미토리를 얻기로 한다. 삐거덕거리는 통나무집 2층으로 올라갔다. 한방에 침대는 여러 개 있으나 이용하는 사람은 우리뿐이다.

그동안 무겁게 지고 다니던 곰통을 보내기로 한다. 이제부터는 곰통을 가지고 다니는 것이 의무사항은 아니다. 그렇지만 앞으로도 곰이 나타날 확률은 있다고 한다. 잠시 망설이기는 했지만 무게도 만만치 않고 통이 있으면 배낭 싸기가 쉽지 않아 불편했기 때문에 보내기로 한다. 그동안 고집스럽게 지고 다닌 정순이는 홀가분하겠다.

숙소에서 하룻밤을 보내고 다시 길에 섰다. 그동안 지나온 길 중에 이번 길이 전체 구간 중에 가장 편안하다. 지금까지 오는 동안 길 주변에 야생 담배 잎으로 보이는 식물이 아주 많았다. 야생 담배는 척박한 땅에서도 잘 자라는지 다른 풀들이 다 말라도 그 풀은 견디는 것 같다. 아마도 독성이 강해서인지 야생 동물도 방목하는 소들도 그 잎을 먹지 않는 것 같다.

아메리카 원주민이 나오는 영화나 사진을 보면 담뱃잎을 말아 피우는 장면이 자주 등장하는데, 그럴 수 있겠구나 싶다. 그냥 지천에 널려 있는 것을 그들은 즐겼을 것이다.

편한 길을 걸으며 이런저런 이야기를 하다가 건이가 오래전에 봤다는 드라마 줄거리를 듣는다. PCT를 걸을 때 하는 단골 줄거리다. 산 이야기를 가장한 젊은 남녀의 애달픈 사랑 얘기다. 이 얘기는 PCT를 처음 시작할 때부터 몇 번을 들었다.

건이는 20대 초에 막 산행을 시작하며 산 얘기가 나오는 그 드라마를 봤다고 했다. 이성에 대한 호기심과 산에 대한 열정이 혼합된 시기에 본, 산과 사랑을 다루는 이야기는 그의 기억에 각인되어 있었을까? 나는 이미 몇 번을 들어서 알고 있는 내용을 다시 듣는다. 어떻게 토씨 하나 틀리지 않고 다시 이야기할 수 있는지 신기할 정도다.

건이는 아주 어린 나이에 미국으로 간 것도 아니면서 가끔

사춘기 소녀처럼 굴기도 한다. 꼭 나의 첫사랑이 궁금해서는 아닐 것이다. 함께 있는 시간이 너무 많고 그냥 걷기에는 무료해서일 것이다. 지난 캘리포니아 남부 구간을 걸을 때도 갓 입학한 중학생처럼 나의 첫사랑을 얘기해 달라고 졸랐다. 이번에도 또 첫사랑 타령이라 내가 그의 별명을 붙여주었다.

'중1'. 이성에 대한 호기심이 많은 중학교 1학년생이라는 뜻이다. 중1이 있으면 중2도 있어야 하지 않겠는가? 그래서 정순이는 '중2'다. 한때 북한이 남쪽으로 쳐들어오고 싶어도 중2가 무서워 못 쳐들어온다는 말이 있을 정도로 중2는 무서운 존재라고 들었다. 그 무서움은 안하무인이라는 뜻일 텐데 우리의 정순은 그렇지는 않지만 투덜거림이 심한 편이다. 겁이 유난히 많은 그녀는 길을 걸을 때도 항상 가운데서 걷기를 원한다. 텐트 안에서 잘 때도 가운데를 고수한다. 그런데 먹는 것을 별로 좋아하지 않는 것 같다. 간식 먹을 때도 이거 싫다, 저거 맛없다 한다. 저녁에도 밥을 지어먹으면 가장 먼저 숟가락을 내려놓고 더 먹으라고 해도 싫어라 한다. 투덜투덜해 중2가 되어 버렸다. 그럼 나는 뭘까? 모르겠다. 그들이 내 앞에서 단 한 번도 뭐라고 불러본 적이 없으니까. 뭐 '중3'이라고는 부르지 않았을 테고, 뭘까?

드물게 마주 오는 하이커를 만났다. 그는 우리가 진행하는 방향 어디쯤 산불이 났다고 전해준다. 그도 길 위에 있어 자세한 것은 모르지만 아마도 트레일이 폐쇄될 것 같다고 한다. 그리고는 남쪽으로 사라졌다. 우리의 일정이 얼마 남지 않았는데 무슨 변수가 생긴 것 같아 불안하다. 더 이상 사람도 만날 수 없고 통신도 두절되니 정보를 알아볼 방법이 없다. 그냥 갈 뿐이다. 우리가 할 수 있는 유일한 행동은 그것이다.

숨 쉬는 공기에 불 냄새가 나는 것 같다. 확실하지는 않지만 그냥 공기가 다른 것은 알겠다. 길은 편안하지만 마음은 불안하다. 길 주변의 온갖 소나무 잎, 솔방울 같은 것이 불쏘시개 역할을 할 것이다. 그럴 리야 없겠지만 산불로 인해 피해가 발생할 수도 있을 것이다. 가령 탈출을 못해 갇혀 버린다거나 하는 일들처럼 말이다. 아무것도 알 수 없는 우리는 그저 앞으로 나아갈 뿐이다. 세상은 적막강산(寂寞江山)이다. PCT를 걸으며 이렇게 긴장한 적이 있었나?

그렇게 정신없이 걸어 에베츠 패스Ebbets Pass라는 곳에 도착했다. 아니나 다를까 산불로 인해 트레일을 폐쇄한다는 따끈따끈한 안내 메모가 걸려있다. 우리의 일정은 아직도 5일이나 남았고 마지막 보급품을 보낸 곳도 있다. 트레일이 방금 폐쇄되었다면 갈 수도 없고 가서도 안 되는 상황이 생긴 것이다. 처음 당하는 일이라 몹시 당황스러웠다. 어쩌지 못하고 있는

데 인적이 드문 길에 차가 오고 있어 본능적으로 태워달라는 손짓을 했다. 차는 멈추었다. 몹시 당황한 우리는 그 차를 탈 수밖에 없었다. 차를 타고 보니 남겨진 트레일에 제대로 작별 인사도 못하고 오게 된 것을 알게 되었다. 너무 서운하고 아쉬워 자꾸만 돌아본다.

마지막 보급품을 찾아야 하는 곳이 사우스 타오 레이크South Tahoe Lake라는 곳이다. 그 마을로 데려다 달라고 했더니 그 마을로 가는 길은 모두 폐쇄되었다고 한다. 대신 찻길 주변 마을을 거쳐 가는 길이 있을 거라며 내비게이션으로 길을 찾는다. 마을을 돌고 돌아 우리를 목적지에 데려다주었다. 정말 고마운 분을 만난 것이다. 그들은 정년퇴직 후 여행을 다닌다고 했다. 그래서 시간이나 장소에 구애받지 않고 어디에서나 자유롭게 일정을 조절할 수 있다고 하며 우리를 안심시킨다.

우리의 앞날이 어떻게 진행될지 몰라서 몹시 불안하다. 그나마 고마운 사람을 만나 우리의 마지막 보급품이 있는 마을인 사우스 레이크 타오로 갈 수 있었다. 여기는 마을이라기보다는 도시라고 할 만하다. 호텔, 레스토랑, 쇼핑몰 등이 있고 우체국도 두 곳이다. 처음 우리가 내린 우체국에 우리의 보급품이 없다. 다시 알아보고 다른 우체국에 있다는 소식을 들었다. 다시 그곳으로 가야 했다.

이 도시는 산불로 인해 매우 위태로웠다. 관광객으로 붐볐을 거리는 한산했다. 도시로 오는 길은 막혔다. 주변의 공기는 연기를 가득 담고 있고, 날리는 재는 눈처럼 하얗게 날아다녔다. 잠시 있는 사이, 재가루가 옷과 배낭에 하얗게 앉았다. 생각보다 심각한 것 같다. 길에 지나다니는 사람은 거의 없다. 가끔 만나는 사람들도 불안한 표정으로 종종걸음이다. 우리도 빨리 이 도시를 떠나야 할 것 같았다. 대중교통은 이미 끊어진 상태라고 한다.

우리는 린다(인덕)를 생각해 냈다. 매더 패스 아래서 만난 그 한국 여성이다. 우리를 픽업해주겠다고 했으니 아마 우리를 도와줄 거라는 희망을 가지고 그에게 전화를 했다. 우리의 전화를 받은 그는 두 말도 하지 않고 당장 출발하겠다고 한다. 아, 정말 또 다른 엔젤을 만난 것이다. 감사, 감사할 뿐이다.

금방 출발한다고 해서 정말 금방 올 줄 알았다. 하지만 우리는 잿눈을 맞으며 다섯 시간을 기다렸다. 미국의 금방은 우리의 금방과는 차이가 있는 것을 몰랐다. 물론 이곳까지 오는 길이 중간중간 막혀서 돌고 돌아왔다고 한다. 배낭과 우리의 몸에 재가 눈처럼 내려앉아 우리는 눈사람, 아니 재사람처럼 되어갈 무렵 그녀가 나타났다.

산불로 인해 일정이 뒤죽박죽이 되어버렸다. 원래 우리는 마지막 보급품을 찾아 5일을 더 걸을 계획이었다. 그럴 수 없는 우리는 항공부터 도시에서의 체재비 등을 다시 짜야하는 일이 생긴 것이다. 도시에서 우리는 무엇을 할 것인가? 야생에서 걷기에만 익숙해져 있는 우리는, 특히 나는 도시에서 할 일이 없다.

각자 고민에 빠진다. 린다가 우리를 어디로 데려다 줄지 물었다. 우리는 한 동안 대답을 못 하다가 차마 집에 가면 안 되겠느냐는 말은 못 하고 집 부근 야영장이 있으면 내려달라고 했다. 그도 한참을 고민하더니 남편에게 물어보고 집으로 가자고 했다. 우리야 그렇게 하면 너무 고맙지만 미안한 것도 사실이었다. 누추하다고 하는 그의 집은 전혀 누추하지 않았다. 고맙게도 안방을 내줬다. 먼지와 땀과 재까지 뒤집어쓴 꼬질꼬질한 우리는 비누를 쓰며 마음껏 씻고 빨래도 세제를 넣고 제대로 해본다. 그 사이 린다는 한식으로 음식을 잔뜩 차렸다. 우리는 정말 복도 많은 사람이라고 인정하며 배 두드리며 먹고 마신다. 고마운 인연이다.

린다 씨는 미국에 있는 동안 암에 세 번이나 걸렸었는데 우연히 알게 된 하이킹으로 모든 병이 완쾌됐다고 한다. 그래서 정말로 걷기에 깊이 빠져있는 신봉자였다. 가끔 한국에 와서도 이산 저산을 올라 다녔다고 하고 작년에는 지리산을 종주했다고 한다. 다시 한국에 오면 내가 백두대간을 안내하겠다고 약속했다. 한국말이 고팠을까? 두서없는 이야기가 끝없이 이어진다. 외국인 남편과 외국에서 사는 것이 쉽지는 않았을 것이다. 이야기에 외로움이 묻어난다. 아무튼 그의 집에서 편안하게 보내며 돌아오는 비행기도 앞당기고 해야 할 일들을 처리했다.

이번에도 참 고마운 사람들의 도움을 많이 받았다. 특히 시작할 때 전석훈 선배의 도움으로 트레일 헤드에 쉽게 접근했다. 끝내고 내려올 때는 산에서 잠시 스친 인연으로 이만한 도움을 받은 것이다. 그 외에도 일일이 열거하기 어려울 정도로 많은 사람의 도움을 받았다. 걷기는 우리가 했지만 주변의 고마운 사람들의 도움과 응원이 있었기에 가능한 일이다.

걷는 동안에 건이 딸 시내가 교통사고가 나서 다쳤다는 소식을 들었다. 우리는 걷기를 그만하고 건이를 집으로 가라고 권했다. 당연히 그래야 하지만 건이 남편 창경이 걱정 말고 다 끝내고 오라고 해서 우리는 중간에 내려오지 않고 계속 걸을 수 있었다. 고마운 배려였다.

백두대간을 할 때도 그랬지만 나는 먼 길을 떠날 때는 화두를 하나씩 정해 골몰한다. 화두라고 해야 할지, 숙제라고 해야 할지, 약속이라고 해야 할지, 다짐이라고 해야 할지 잘 모르겠지만 집중 과제를 하나 정해 매일 생각하고 매일 상기한다. 그동안 주제는 감사, 용서, 죽음, 순례 등이 있었다. 이번에는 백두대간이다. 백두대간은 죽을 때까지 나의 과제지만, 지금 내가 할 수 있는 일이 별로 없다. 그래도 내가 할 수 있는 뭔가를 찾아 해보려고 마음은 먹고 있는 것이다.

이번에는 PCT를 걸으며 백두대간 노래를 하나 만들어 보려고 작정했다. 길이 끝날 때까지 머리에 맴돌기는 하는데, 결정적으로 나오지는 않아 아쉽다. 그동안 해보지 않은 분야라서 어떻게 해야 할지 모르겠다. 단편적인 단어나 문장은 찾아냈지만 어떻게 얼개를 맞출지 모르겠다. 돌아가서 차분하게 편집을 해봐야 하겠다. 전문가의 도움이 필요할 수도 있겠다.

이렇게 이번 PCT는 산불로 인해 애초에 계획한 만큼 못하고 탈출하듯이 내려와 버려서 아쉽다. 우리는 충분히 더 걸을 수 있었지만 길이 허락하지 않았다. 세상의 모든 하이커가 격찬해 마지않는 존 뮤어 트레일은 과연 그럴 만했다. 아름답고 신기하고 신비롭고 멋진 길이다. 눈이 다 녹아 버려서 눈 풍광은 보지 못했지만 있는 그대로 충분히 아름답고 좋았다. 길에 욕심이 많은 나는 다음에 다시 오기로 작정했다. JMT와 합쳐진 길에서 보이진 않던 PCT 표식이 JMT를 벗어나자 비로소 나타나 반가웠다. 나는 PCT 하이커인 것이다.

우리가 걸은 트레일은 단조로움이 함축된 세계다. 매일 똑같은 리듬과 지극한 단순함에 적응하지 않으면 안 된다. 어떤 인위적인 규칙이나 규범, 기준이 없는 곳이다. 오직 자연과 인간적인 척도만 있는 곳이 우리의 세상이었던 PCT다. 모든 것을 스스로, 오로지 자신이 행하고 자신이 책임진다. 철저히 독립적으로 야생에서 살아남아야 한다. 본인이 스스로 자연임을 인식하게 하는 그 시간들은 참으로 축복받은 시간이었다.

매일매일이 내 생애 최고의 날이었다.

이렇게 한해를 보람차게 보냈다.

감사 오로지 감사뿐이다.

2021년 캘리포니아 중부

시작

캘리포니아 중부 PCT는 공항에서 만난 전석훈 선배가 우리를 트레일 입구까지 태워 주기로 하면서 처음부터 모든 일이 수월하게 진행되었다. 수속을 마친 난희 언니와 정순이 공항을 빠져나와 산을 향해 출발했다. 서로 오랜만이라 차 안은 온통 이야기꽃이다. 산을 다니면 산이라는 공동 관심사가 생기고 이를 나누다 보면 우리는 쉽게 마음을 열게 되는 경우가 많다. 그러다 보니 몇 년, 몇십 년이 지나 아주 오랜만에 만났거나, 심지어 서로 전혀 몰랐던 이라도 나이, 지역 그런 것은 전혀 상관없이 선배, 후배, 그리고 친구가 되는 게 아닌가 싶다.

중부 캘리포니아 PCT는 난희 언니, 정순이 그리고 내가 함께한다. 전 구간 거리는 워커 패스Walker Pass를 출발 지점으로 하여 타오 레이크Tahoe Lake까지 올라가는 약 800킬로미터의 길이다. 워커 패스를 출발해 사막의 끝자락을 지나자마자 하이 시에라 지역으로 들어간다. 하이 시에라는 기복이 심하고 험한 만큼 산세가 화려하기로 유명하다. 그래서 우리가 얼마나 속도를 빼서 어디까지 갈지는 잘 모르겠지만 앞으로 우리가 맞이할 산행에 기대가 컸다.

워커 패스

워커 패스에서 다음 식량 보급지인 캐네디 메도우즈까지는 80킬로미터다. 비교적 짧은 거리일 수도 있으나 아직도 이곳은 사막의 한 자락이며 우리는 한여름 태양 아래서 걸어야 한다. 결코 만만치가 않은 구간이다. 178번 국도를 타고 워커 패스로 진입했을 때는 벌써 해가 중천에 떠있었다. 태양의 열기를 받은 대지에 서니 숨이 막힐 것 같았다. 오늘의 야영지 조슈아 트리 스프링까지는 20킬로미터다. 트레일 내내 따로 물을 공급할 곳이 없기에 출발 전 물을 마실 만큼 마시고 각자 물통과 여분의 물병까지 가득 채웠다.

사실 워커 패스에서 출발할 때부터 내 컨디션은 별로 좋지 않았다. 워커 패스에서 출발한 지 얼마 걷지 않아 쥐가 나기 시작했다. 화장실을 수십 번 갔다 왔다 하는 등 산행 첫날부터 패잔병 신세다. 산행 첫날은 나에게 있어 늘 도전이다. 몸을 산에 맞춰야 할 시간이 필요하다는 뜻이다.

중간에 발 마사지도 받고 짐도 덜고 우여곡절 끝에 조슈아 트리 스프링에서 도착했다. 이번 구간 첫 야영지다. 우리가 텐트를 친 곳에서 여기저기 작은 수풀 덤불 사이로 조슈아 트리 Joshua Tree(여호수아 나무)가 보였다. 특별한 이름에서 느껴지는 것처럼 〈구약성경〉의 여호수아가 기도할 때 하늘을 향해 팔을 높이 펼쳐 손을 편 모양과 비슷하다고 지어진 이름이란다. 줄기가 길어 나무 같지만 실제 키가 큰 식물이란다. 조슈아 트리 주위에 텐트를 치고 길어 온 물로 저녁을 준비하며 하루를 마무리한다.

늦은 밤, 침낭을 깔고 누웠지만, 너무 피곤해서인지 잠이 오지 않았고 이런저런 생각이 들었다. 계획대로 모하비 사막과 테하차피를 피해 온 건 현명한 판단이었지만 아직도 사막의 연장이라 그 더위와 열기가 생각보다 더 장난이 아니다. 내일은 또 얼마나 더울지 상상이 안 갔다.

다음날 우리는 스페니시 니들 크리크Spanish Needle Creek를 지나 침니 크리크Chimney Creek의 무시무시한 뱀의 추억을 뒤로 하고 마른 계곡의 침니 피크 윌더니스Chimney Peak Wilderness로 들어섰다. 한낮의 열기는 정말 상상 이상이었으며 한동안은 열받은 전화기가 작동되지 않아 종이 지도로 길을 찾아야 했다. 그늘만 나타나면 정순이와 나는 떼를 쓰는 아이들처럼 쉬어가자고 난희 언니를 조르기 일쑤였다.

지난 10년 동안 캘리포니아는 매년 기록적으로 기온이 올라갔고 산은 말라가고 있다. 사막은 더 뜨거워진다. 개울과 호수 물이 말라 가니 자연스레 물탱크 안의 물도 바닥을 보인다. 그러니 마지막 보루인 워터 캐시에 의존하는 비중이 더 커지고 있는 게 사실이다.

케네디 메도우즈

산행 나흘째, 고도 2000미터 가까이에 위치한 케네디 메도우즈의 상징인 녹색 이정표를 만났다. 일단 사막이라는 하나의 장애물을 넘은 것이라 매우 기뻤다. 이 녹색 이정표는 사막이 끝나고 하이 시에라가 가까이 왔음을 약속하는 표시이기도 하다.

출발 전에 계획을 짜고 자료를 수집하면서 사진으로만 접한 곳을 이렇게 직접 실물로 대할 때면 숨은그림찾기에서 단서를 찾은 듯 신난다. 정순이에게 동영상 샷을 부탁했다. 케네디 메도우즈 이정표와 나를 넣어 〈BTS〉의 '아이돌' 공식 뮤직비디오 첫 멘트를 카피했다.

"어서 와. 캐네디 메도우즈는 처음이지?"

이 말이 끝나면서 카메라를 돌려 벌판을 넓게 찍어보라고 했지만 정순이가 NG를 내서 카메라를 몇 번 더 돌리게 했다. 〈BTS〉의 '아이돌'을 흥얼거리며 문명의 세계, 우리의 식량과 시원한 맥주가 기다리는 케네디 메도우즈의 '제너럴 스토어'로 향했다.

새벽부터 너무 일찍 산행을 서둘러서인지 '제너럴 스토어'는 아직도 닫혀 있었다. 배낭을 내려놓고 기다리기로 했다. 내가 생각했던 것보다 아담한 크기의 '제너럴 스토어'의 건물은 서부 카우보이 영화에서나 볼 수 있는 것처럼 아주 클래식하다. 유튜브 동영상으로 많이 봤던 와자지껄했던 그런 분위기는 아예 없다. 비시즌이라서 상점 건너편 넓은 캠프장도 텅 비어 있었다. 상점 앞에는 성조기가 펄럭이고 그 주위는 자질구레한 장신구로 가득 차 있다. 옛날 금광사업 때 썼을 것 같은 작은 레일카, 나무 수레바퀴, 목재 물통 등 좀 장난기마저 드는 자잘한 물건을 통해 이 상점 주인의 취향을 엿본다.

정순이가 상점의 여기저기를 사진 찍으며 돌아다닐 때 난희 언니는 앞마당에 자리 잡은 노송의 그늘 아래 그네에 앉아서 무언가 생각에 젖은 듯했다.

하이 시에라로

케네디 메도우즈를 떠나면서 서서히 하이 시에라로 들어서게 된다. 시에라 네바다Sierra Nevada는 '눈의 산맥'이란 뜻이다. 미국 서부 등줄기, 우리나라의 백두대간과 비슷한 곳이다. 시에라 네바다 산맥 중에서 하이 시에라는 총 320킬로미터의 가장 화려하고 높은 주 능선길이다. 남쪽 세쿼이아 내셔널 파크Sequoia National Park를 시작으로 북쪽으로 타오 레이크Tahoe Lake까지 이어진다. PCT는 마운트 휘트니Mt. Whitney의 세쿼이아Sequoia, 킹스 캐니언Kings Canyon, 요세미티Yosemite 같은 주요 국립공원을 지나간다.

케네디 메도우즈에서 다음 식량 보급지인 코튼우드 패스Cottonwood Pass까지는 80킬로미터다. 2박 3일분의 식량을 챙겨 전체적으로 1000미터 고도를 서서히 높이며 올라갔다. 공식적인 사막구간은 지났다지만 아직도 패스는 말라서 공기는 여전히 건조했고 한낮의 열기는 계속 뜨거웠다. 넓은 마른 초원과

제프리 파인Jeffrey Pine이 가득 찬 숲을 지나 모나치 메도우즈 Monache Meadows에 이르러서야 하이 시에라로 들어가는 것을 조금씩 느낄 수 있었다.

푸른 초목 사이를 지나 케른 리버 사우스 포크South Fork Of The Kern River에 이르렀을 때 강을 가로지르는 케른 리버 브릿지Kern River Bridge가 우리를 반겼다. 케른 리버 브릿지는 높고 긴 철제 다리다. 강물의 폭은 넓지만 현재 수심은 무릎밖에 안 된다. 수심에 비해 이 다리 스케일이 좀 과하다 할 정도로 큰 것 같았다. 하지만 눈이 녹고 강수량이 많을 경우 흐르는 물이 얼마나 많아지고 수심이 높아지는지가 짐작되었다.

잔디에 누워 강물에 씻은 발을 말리니 나른함이 몰려왔다. 이날 일정이 더 남아 있었고 아직 이른 오후였지만 내일은 내일이다. 나와 정순이가 조르듯 자고 가자고 했다. 난희 언니도 싫지는 않은 듯 이곳에서 야영을 하기로 했다.

그 덕에 다음날, 이 구간 첫 3000미터 이상인 오렌차 피크 Olancha Peak(3698미터)를 향해 올라갈 때 거리를 만회하느라 진땀을 더 빼야 했다. 오렌차 피크의 산 능선에 올라섰다. 오랜 세월 비바람에 씻긴 풍화암으로 가득 차 이제껏 걸어왔던 패스와 또 다른 이색적인 경치를 볼 수 있었다. 산마루에 올라서니 저 멀리 오웬스 밸리Owens Valley의 하류 지역이 아득히 보였다. 시에라 마운틴 주위로 둘러싼 마른 오웬스 레이크도 보였다. 이제 하이 시에라의 첫 관문인 코튼우드 패스가 멀리 있지 않음을 느꼈다.

코튼우드 패스에서 론 파인까지

코튼우드 패스는 이번 중부 구간에서 아주 중요한 곳이다. 론 파인으로 내려가 식량박스를 픽업해 앞으로 산행할 JMT 구간을 꼼꼼히 준비해야 하기 때문이다. 다음 뮤어 랜치에서 식량 픽업까지는 9일의 기간이 걸린다. 특히 뮤어 랜치는 깊은 산속에 위치해 있고, 그냥 우리 짐만 픽업하는 것이라서, 앞으로 2주 동안 문명의 혜택이 없다. 론 파인에서 준비할 것을 최대한 꼼꼼히 준비해야 다가올 산행에 지장이 없다.

운 좋게 코튼우드 패스에서 바로 나오는 차가 있어 히치하이킹으로 론 파인 마을까지 수월하게 내려갔다. 론 파인은 마운트 휘트니의 길목에 있는 소박한 관광 마을이다. 본토 최고봉을 접하고 있어 우리 상식으로는 부산하고 유흥 시설도 많을 것 같지만 놀랍게도 정말 딱 있을 것만 있는 아담한 소규모 마을이다.

우체국에서 짐을 찾고 마을에서 식량보충 등 일을 보러 다넜다. 한여름 건조한 더위가 몸으로 느껴져 금방 지치는 듯했다. 에어컨이 있는 곳에서 짐을 내려놓고 쉬든지 아니면 산으로 바로 출발하고 싶은 마음뿐이었다.

다시 히치하이킹을 해서 코튼 패스로 돌아가는 게 여의치가 않았다. 론 파인에 있는 산악 장비점에서 차를 태워줄 사람을 알아보니 로안Roan이라는 사람을 소개해주었다. 택시보다는 훨씬 저렴하다고 했다.

기다린 지 얼마 안 되어 40대 중반쯤 되어 보이는 로안이라는 친구가 머세이드 캠핑카를 장비점 뒤에 있는 주차장으로 몰고 온다. 오자마자 이리저리 대충 짐칸을 정리한다 싶더니 우리 보고 타라고 했다. 우리가 그의 차 문을 연 순간, 차 안의 산악 장비 냄새와 혼자 사는 남자 냄새 같은 게 진동했다. 차 안은 금방 어디서 캠핑이라도 하다 왔는지 먹다 남은 음식과 아무렇게나 벗어던져 몰아넣은 옷가지 등이 널려 있었다. 언니는 조수석에, 정순이와 나는 로안의 침대이기도 할 것 같은 선반에 앉아 불편한 라이드를 시작했다.

로안은 젊었을 때부터 산을 좋아하며 이곳저곳을 떠돌다가 지금은 마운트 휘트니 주위에서 이런저런 일을 하며 산다고 했다. 코튼 패스로 다시 올라가는 길은 깎아지는 절벽길에 아슬아슬한 커브까지 있어 스릴이 어마어마했다. 안전벨트 없이 선반에 걸터앉은 정순이와 나는 어디 잡을 게 없나 찾아보다가 결국 서로를 잡고 버텼다.

그 아슬아슬한 오웬스 밸리를 올라가는 동안 계속해 로안은 내게 말을 거느라 자꾸 뒤를 돌아본다. 난희 언니는 불안한지 손잡이를 두 손으로 꼭 잡고 한국말로 "집중" "집중"이라고 했다. 로안은 언니의 조바심을 이해했는지 잠시 말을 멈추기는 했다. 그러나 그것도 잠시, 다시 며칠 전에 70세 노인과 가이드 겸 포터로 2박 3일 일정으로 휘트니 정상까지 갔다 온 얘기를 했다. 그 외에도 그는 식량조달이 어려운 JMT의 오니온 밸리 지점까지 일당을 받고 짐을 싣고 갔다 오는 일, 행글라이더가 날아가서 착륙하면 GPS로 찾아와 픽업하는 등 그는 이 산에서 할 수 있는 온갖 일은 다하는 것 같았다. 그렇게 돈을 모아 마운트 휘트니 자락 아래 작은 집을 짓고 정착하고 싶다고 했다.

로안 이야기를 듣고 나니, 나도 한참 산에 빠져 살던 지난 20대 시절이 생각났다. 암벽등반 기술과 배짱으로 외벽 청소 아르바이트를 했다. 그 시절 대학생이 하는 아르바이트치곤 비교적 짭짤한 수입이라서, 그 돈을 모아 다시 산에 가고 여행을 했던 적이 있었다. 미국이든 한국이든 산사람들의 방랑끼는 못 말리는 것 같다.

아슬아슬한 운전으로 야영지 입구에 우리를 내려주면서 로안은 한국에 가본 적은 없지만 꼭 가고 싶다고 하기에 나는 한국 산은 또 다른 멋이 있으니 기회가 되면 꼭 오라고 했다. 로안은 이왕 여기까지 올라온 김에 이곳 근처에서 차를 주차하고 자고 갈 거라 했다. 자유로운 영혼의 산악인 로안, 그의 차가 멈춘 곳이 그의 목적지이고 집터다. 오늘 밤은 저 멀리 론파인의 야경이 보이는 깊고 깊은 오웬스 밸리가 그의 앞마당이겠지.

마운트 휘트니로

알코올도 하루에 몇 잔까지 마실 것인지를 계산하여 플라스틱 병에 담아 최대한 짐을 줄이고 줄여서 단단히 짐을 쌌다. 그리고 다음 식량 보급지까지 먹어야 할 9일 치 식량을 꼼꼼히 준비했다. 이틀째 되는 날 코튼우드 패스를 떠나 치킨 스프링 레이크Chicken Spring Lake 정상을 향해 가는 길은 스위치백이다. 지그재그 길이 잘 되어 있어, 짐도 걸음도 무거웠지만 천천히 꾸준히 올라갈 수 있었다. 오르막을 넘어서면서 스프링 레이크 정상에 올라섰다. 이제 세쿼이아 내셔널 파크Sequoia National Park로 들어서게 된다.

퇴적된 빙하로 수천 개의 크고 작은 호수로 가득한 세쿼이아 내셔널 파크는 미국 본토 최고봉 마운트 휘트니Mt. Whitney(4421미터)를 시작으로 JMT와 조인한다. PCT는 JMT를 따라 요세미트 내셔널 파크로 이어진다. 그 길은 포레스터 패스Forester Pass(4009미터)를 시작으로 깊고도 높은 3000미터가 넘은 다양한 모습의 패스를 지나야 한다.

산행 시작부터 많은 하이커로 패스가 붐볐다. 아무래도 마운트 휘트니를 제일 짧게 다녀올 수 있는 휘트니 포털Whitney Portal 쪽보다는 이곳 패스 쪽에서 허가서를 받은 게 더 쉽기 때문이다. 그래서 걷는 길이가 늘어나도 이곳부터 휘트니를 가거나 JMT를 시작하는 하이커가 많다.

대부분의 하이 시에라 내셔널 파크는 철저하게 허가제로 산을 관리하고 있다. 단일 산행 외에는 산에 오고 싶어도 허가증 없이는 못 온다. 이 화려한 휘트니라는 산 아래 론 파인이 오히려 소박하게 느껴질 정도로 개발되지 않은 것도 이 때문일 것이다. 사람이 있어야 장사가 되는 것이 당연한 이치일 것이다. 난희 언니는 이렇게 관리되고 보호받는 국립공원에 많은 관심을 보였다. 보호한다는 입장에서 그냥 막아버리는 산보다 할당제로 허가해서 산을 찾는 이들에게 철저하게 산에서 해야 할 것과 조심할 것을 교육시키는 것이다. 그 방법이 자연을 지키는 데 더 효과적이라고 보는 것이다.

출발할 때 그렇게 좋지 않았던 컨디션이 이제야 정상으로 돌아온다. 시에라는 유명세만큼 패스가 잘 정돈되어 있다. 이 정표가 많아, 아예 GPS를 꺼버리고 걸었다. 난희 언니는 작년처럼 먼저 앞장서서 걸었다. 정순이와 내가 뒤를 따랐다.

작년 언니와 둘만의 산행은 차분한 분위기가 있었다면 이번 정순이와 함께하는 산행은 정순이의 유머러스한 입담 덕분에 긴 패스의 지루함을 몰랐다. 꽃이 많은 곳에선 쉬어 가는 일도 잦았다. 패스에서 만나는 야생화는 정순이를 늘 행복해하게 했고 언제나 사진을 알뜰하게 찍었다.

정순이와 다시 만난 건 에베레스트 훈련 대원으로 산행한 이후 20년이라는 긴 시간이 흐른 뒤였다. 지난 긴 세월이 무색하게 우리는 금방 친해졌다. 특히 정순이가 PCT에 관심을 보여 합류하면서 서로를 더 알게 되어갔다. 정순이는 내 컨디션이 안 좋아 보일 때는 걱정스러운 눈빛으로 나를 염려해 주었다. 지난 산행 첫날, 내 다리에 근육경련이 일어났을 때도 뛰어와 마사지를 해주었다. 이런 동기와 함께하는 산행은 정말 든든하다. 정순이는 내가 잘 오나 확인하는지 가끔 뒤를 돌아볼 때마다 눈이 마주친다. 배고프니 쉬어서 뭣 좀 먹고 가자는 내 눈빛을 금세 알아채고는 앞에 가는 언니를 부르곤 한다.

정상이 평평한 산 평원을 지나 산등성 위에 올라서니 마운
트 휘트니가 처음으로 모습을 드러냈다. 톱니 이빨 같이 뾰족
뾰족한 첨탑 형상의 마운트 휘트니는 어쩐지 거칠고 아주 낯
설게 느껴졌다. 산의 포근함이라는 표현과는 아주 거리가 먼
높이와 위압감이다.

크랩트리 메도우즈Crabtree Meadows로 가는 갈림길에서 잠깐
PCT를 떠나 존 뮤어 트레일JMT에 합류했다. PCT에서 잠시 벗
어나 1박 2일 동안 마운트 휘트니를 들렀다 오는 길이니 기존
PCT 거리에서 30킬로미터가 더 늘어나는 셈이다.

휘트니 크리크Whitney Creek 쪽으로 거슬러 올라갔다. 푸른 초
원이 형성된 크랩트리 메도우즈 위쪽에 텐트를 치며 내일 새
벽 휘트니 정상 산행을 준비한다. 원래 마운트 휘트니는 PCT
에 들어가 있지는 않지만 굳이 여기까지 왔으니 허가 없이 잠
깐 들러다가도 된다는 세쿼이아 내셔널 파크의 아량일 것이
다. 다만 마운트 휘트니 바로 아래에서 캠핑을 하면 안 되고
크랩트리 야영장에서 출발하는 조건이 있다. 마운트 휘트니
아래에 가서 자면 다음날 산행이 수월하겠지만 다시 PCT로
돌아올 것을 고려하면 이것도 감사하다.

휘트니 정상

자정이 지난 칠흑 같은 밤, 랜턴을 켜고 휘트니 정상을 향해 출발했다. 숲에 가려 별이 보이지 않는다. 전적으로 랜턴에 의지하며 어둠 속을 정신없이 걸었다. 한참을 가 트리 라인을 벗어나면서 공간이 열리자 하늘 위의 별빛이 보이기 시작했다. 저 멀리서 낮은 각도로 몇 개의 불빛이 반짝인다. 우리보다 먼저 출발한 이들이거나 근처에서 야영한 이들일 것이다. 한참을 걸어서 마운트 휘트니 쪽에 가까워졌을 때 거대한 스위치백이 다가온다. 정상으로 향하는 랜턴 불빛이 갈 길을 알려주었다. 드디어 등선 위로 올라서 고도 4100미터 지점의 삼거리에 도착했다.

이곳은 론 파인에서 시작하는 휘트니 입구 코스에서 올라오는 하이커와 합류하는 곳이다. 여기서 정상까지 3킬로미터 남았다. 마지막 직선 코스는 휘트니 정상을 향해 서쪽으로 방향을 틀어 칼날 봉우리의 경사면을 가로 질러간다. 새벽하늘이 조금씩 밝아온다. 이제는 랜턴을 끄고도 갈 수 있을 만큼 주변의 나무와 산이 윤곽을 드러낸다. 천천히 정상을 향하는 우리의 발걸음은 조금씩 설렌다. 걸음은 빨라졌다. 아침 5시 30분, 정상에 섰다.

4418미터, 마운트 휘트니는 빙하가 없는 바위산으로 정상은 화강암으로 이루어져 있다. 정상에는 대피소Shelter가 있다. 신기하게도 멀리서 봤던 뾰족뾰족한 봉우리는 어디로 가고 정상은 특이하게 넓고 평평한 고원Plateau이었다. 테이블 모양의 거대하고 평평한 바위들이 하늘에서 누가 뿌려놓은 듯 사방으로 여러 군데 깔려 있었다. 원래 우리는 침낭을 가져와 바위에 누워 일출을 기다릴 생각도 있었으나 너무 추웠다. 기념사진을 찍은 후 대피소 안으로 들어갔다. 이 대피소는 지금은 마운트 휘트니를 등반하는 사람을 위해 이용되고 있지만 1909년 처음 지었을 때는 고소비행 고소증을 연구하기 위해 세웠다고한다. 선인들의 모험심은 늘 감탄스럽다.

대피소를 나와 보니 어느덧 하늘이 핑크빛으로 변하더니 동쪽 짙은 안개 사이로 청명한 하늘이 드문드문 비추었다. 일출을 시작하려는지 아니면 해가 벌써 떴는지 정상 위로 걸터앉은 구름으로 알 수가 없다. 다만 그 속에서 안개 낀 하늘빛이 점점 진해지는 것으로 보아 태양이 떠오르고 있다는 것을 짐작할 뿐이다. 정상 위 구름은 마치 놀이동산의 솜사탕처럼 보였다.

정상을 뒤로하고 하산을 시작했다. 이제 정상에 머물었던 구름도 걷혔다. 하산 길 하늘 아래 선명히 드러난 마운트 휘트니의 시그니처 '칼날 리지'의 자갈비탈이 우리 앞에 펼쳐져 있었다. 멀리 하이 시에라의 봉우리와 어우러진, 말로 형용할 수 없는 멋진 광경이, 자정 넘어 힘들게 여기까지 온 우리에게 보상을 해주는 것처럼 느꼈다.

난희 언니와 정순이의 볼은 차가운 기운에 상기되었지만 햇볕에 반사된 얼굴은 환하게 웃고 있었다. 비탈 아래에서 보이는 기타 레이크Gita Lake가 얼마나 내려가야 하는지를 말해주었다.

포레스터 패스

크랩트리를 떠나 틴달 크리크Tyndall Creek의 트레일 정상에 이르렀다. 물살 좋은 틴달 크리크 바로 옆에 배낭을 내려놓았다. 간식으로 미숫가루를 타 마시며 포레스터 패스Forester Pass를 넘기 위한 마음가짐을 다지고 있었다. 8킬로미터 남짓한 거리지만 PCT에서 가장 고도가 높은 곳인 만큼 4009미터의 포레스터 패스까지는 줄기차게 올라가야 한다.

어느덧 다이아몬드 메사Diamond Mesa를 돌아 꾸준히 올라가니 포레스터 패스로 가는 벽이 보였다. 이 벽은 병풍처럼 둘러싸인 화강암들이 가까이 다가오는 듯 보여 실제로 어느 지점이 패스로 넘어가는지 찾아내기가 쉽지 않았다. 언덕 근처 돌산더미 사면에 가서야 폭 패인 곳이 우리가 올라가야 할 패스임을 알 수 있었다.

포레스터 패스를 넘어가는 이 길은 1931년에 완성되었다. 패스 정상까지 이어지는 과감한 스위치백 트레일은 튀어나온 화강암을 깎아 겨우 한 사람만 걸어갈 정도로 만들었다. 그래서 아슬아슬하게 좁고 가파르다. 특히 눈이 어설프게 쌓여 있거나 길이 얼어있는 경우는 안전을 위해 아이젠과 피켈이 필수다. 정상으로 향하는 짧은 코너를 꺾어 마침내 고개에 올라섰고 앞에 펼쳐진 광활한 비에스타에 우리 모두는 환호했다. 이젠 세쿼이아 내셔널 파크에 안녕을 고했다. 고개 너머에 놓인 명성 높은 킹 캐니언 내셔널 파크Kings Canyon National Park로 접어들면서 존 뮤어의 기나긴 여정에 발동이 걸린다.

산행 시작부터 정순이는 무거운 짐을 메거나 궂은일을 마다하지 않았다. 그런 그녀가 글렌 패스Glen Pass를 향할 때는 약간 뿔이 난 듯했다. 워커 패스 첫날부터 정순이가 곰통을 메고 왔다. 곰통이 자꾸 등 쪽에 걸리는지 쉴 때마다 배낭에서 곰통을 빼서 다시 위치 옮기기를 반복해도 여전히 불편했나 보다. 곰통은 이곳 하이 시에라 산행에서 필수품이지만 애물 덩어리이기도 하다. 이렇게 긴 종주 등반에는 몇 그램이라도 귀찮을 판에 빈 통 자체로 1킬로그램이 넘는 통은 쇳덩이와 같다. 더욱이 커다란 부피는 배낭의 반을 차지해 아무리 짐을 잘 넣어도 배낭의 폼이 안 나온다. 미안한 마음에 바닥에 깔린 옷가지들을 등부분에 대어주니 쿠션이 생겨 좀 더 나은 듯, 괜찮다고 했다.

곰과 매더 패스

매더 패스를 향할 때 반대편에서 오는 하이커에게 서 곰을 봤다고 조심하라는 얘기를 들었다. 이때부터 우리 모두는 긴장하기 시작했다. 원래 오늘 일정은 좀 더 가서 캠프지를 찾는 것이었다. 그런데 곰이 주위에 있다는 말과 동시에 '걸음아 나 살려라' 하며 정신없이 올라갔다. 어디서든 곰이 나타날 수 있다는 두려움 때문에 정신없이 올라오다 보니 어느덧 매더 패스 코앞까지 와버렸다. 생존 본능이 대단하다. 거의 초능력과도 같다.

매더 패스의 주능선 넓은 고원 위에 작은 호수가 있었다. 배낭을 내려놓고 땀을 식히며 호수 주위를 둘러본다. 이름 없는 호수가 생각보다 크고 넓었다. 작은 초목 뿌리 하나 없는 척박한 회색빛 잔돌이 호주 주변을 둘러 싸고 있었다. 해는 이미 능선을 넘어 떨어졌다. 호수 위를 비추는 하늘빛이 주변을 차분하게 했다. 점점 어둡게 변해가는 하늘에서 어느덧 나타난 달빛에 반사된 호수는 짙은 은빛으로 빛나고 있었다.

언니와 정순이가 텐트를 치고 나는 물을 길으러 호수로 내려왔다. 호수물에 손을 담그자 손이 시릴 정도로 차가웠다. 공기가 얇아서인지 저 산 아래 너머 시에라의 돌산들이 어둠 속에 아득히 더 멀게 보이고, 호수는 하늘을 그대로 담아 천체 지도를 그린 듯 내려앉아 있었다.

너무 헐벗은 야생의 아름다움일까. 매더 패스 능선의 거대한 검은 그림자가 우리를 감싸는데, 거기서 오는 두려움, 순간 거기에 꽉 들어찬 평온함이 내게 안겨왔다. 어두워지는 하늘에 별이 하나둘씩 나타나기 시작하면서 우리의 캠프 불빛과 별들이 교차하면서 내가 저 먼 우주로 떨어지는 환각에 빠지는 듯했다. 그 순간 어디선가 멀리서 에일리언의 목소리가 들려왔다.

"건. 뭐 해? 물 안 떠 오고…"

뮤어 롯지

고도 3650미터 지점의 뮤어 패스를 거의 다 올라왔을 때쯤 뮤어 롯지가 우리를 반기고 있었다. 뮤어 롯지는 존 뮤어 트레일 패스 위에 있는 유일한 대피소다. 전체 존 뮤어 트레일 구간의 중간 지점을 말해주는 아이콘 같은 존재다. 뮤어 패스 양쪽 아래 뮤어가 생전에 사랑한 두 딸 이름을 딴 '완다'와 '헬렌' 호수가 있는 것은 시에라가 보내는 뮤어에 향한 존경과 배려가 아닌가 한다.

1930년경 건축된 팔각형 모양의 이 돌집은 꼬깔콘 모양의 지붕으로 덮어 독특하고 귀엽다는 느낌마저 들었다. 겉보기에는 단순해도 안에 들어가 보면 천정을 돌끼리 서로 지탱하며 타원형으로 올려져 있어 제법 높고 공간은 넓어 보였다. 지금은 벽난로의 입구를 막아 쓸 수 없지만 예전에는 하이커들을 따스하게 해 주었을 화로 근처에는 아직도 그을음 자국이 남아 있었다.

몇 년 전 알래스카에서 막 이사 온 동료 간호사와 산 얘기를 하다가 존 뮤어 트레일 얘기가 나왔는데, 자기가 알래스카에서 알고 지냈던 옆집 이웃 할아버지가 존 뮤어 손자라는 것이다. 나는 구글에서 존 뮤어 사진을 보여주니 놀라 웃으며 긴

검정 수염하며 깊은 눈매가 이웃 할아버지와 거의 똑같이 생겼다 했다. 존 뮤어의 손자가 옆집 할아버지라니. 얼마나 흥미로운 일일까!

햇볕이 너무 좋아 뮤어 롯지 밖에서 짐을 내려놓고 쉬기로 했다. 바깥에는 마운트 휘트니 쪽을 향하는 젊은 하이커들이 모여 담소를 나누고 있었다. 대부분이 JMT 하이커다. 이미 절반의 JMT를 끝냈다는 성취감에서인지 자신감이 있어 보였다. 서로 어디서 왔나 묻고 하는 사이 어느 젊은 아가씨가 워싱턴 주 출신이고 시애틀 근교에 살고 있다고 한다. 좀 더 얘기해보니 우리 큰 아이와 같은 고등학교 출신이었다. 정말 세상이 좁다.

난희 언니는 우리가 지금까지 지나온 패스 중에서 뮤어 패스에 남다른 감회를 느끼는 것 같았다. 언니는 왜 이곳에 뮤어 패스라는 이름의 가치를 주고 대피소까지 만들어 기념했는지 알 것 같다고 했다. 물론 패스 주위의 뛰어난 경관이 있기 때문이기도 하지만 아마도 언니는 이곳에서 좋고 특별한 기운을 느꼈나 보다. 그러면서 언니는 언젠가 이곳에 다시 올 기회가 되면 남동생과 꼭 한 번 더 오고 싶다고 했다. 멋지고 아름다운 곳에서 누군가가 떠오르고 함께 하고 싶은 것은 그 사람을 사랑하는 마음일 것이라 생각한다.

뮤어 랜치

뮤어 패스에서 내려가는 길은 북으로는 맥클러 메도우즈 Maclure Meadows로 향하는 에벌루션 베이슨Evolution Basin이 멀리 멀리 펼쳐져 있었다. 주위에는 시에라 퇴빙하의 봉우리가 연이어 그 위용을 자랑하고 있었다. 야생 꽃들이 어우러져 우리의 내리막길을 더 가볍게 했다. 꽃을 좋아한다는 말로는 충분하지 않은, 차라리 연모하고 사모하는 정순이의 손이 바빠지기 시작했다. 나 역시 뮤어 랜치로 가는 마음이 셀렌다. 뮤어 랜치에는 우리가 보낸 식량박스가 우리를 기다리고 있기 때문이다.

뮤어 랜치는 JMT나 PCT 산행에 중요한 곳이다. 이곳은 식량조달은 물론이고 주위에 자연 온천이 있어 하이커들에게는 작은 낙원과도 같은 곳이기도 하다. 뮤어 랜치는 JMT의 깊은 산속에 자리 잡고 있기 때문에 그곳으로 가는 찻길이 없다. 그래서 우리가 산속으로 보내는 식량의 수송이 좀 복잡하다. 먼저 한 달 전 뮤어 랜치 주인에게서 이메일로 운송 바코드를 받는다. 그러면 그 바코드가 붙어있는 5갤런, 즉 약 20리터 용량의 양동이에 식량을 담은 후 우체국에서 그 짐을 보낸다. 그러면 뮤어 랜치 주인이 산 아랫마을의 우체국에서 짐을 픽업해 먼저 배로 호수를 건넌 후 말의 안장에 얹어 이곳 목장까지 운송한다. 복잡한 만큼 한 양동이 당 가격도 만만치 않다.

몇 년 전 경옥 언니와 동기 현우, 승주와 네 명이 존 뮤어 산행을 했었다. 그때 나만의 아프다면 아픈 추억이 있다. 며칠간의 긴 산행 끝에 그렇게 기대하고 열어본 식량박스에서 나온 술을 보고 모두 경악을 했다. 긴 산행으로 피곤할 때로 피곤하고 지친 이들에게 보상으로 술을 준비했었는데, 문제는 그 양을 딱 술 못하는 내 수준으로 했다는 것이다. 한 모금이 될까 말까 한 샘플용 양주 세 병과 와인캔 하나! 짐을 열자마자 순간의 침묵과 함께, 쏟아지기 시작한 분노에 가까운 그들의 질책을 지금도 잊을 수가 없다. 그래서 이번에는 마음먹고 여유 있게 술을 준비했다. 난희 언니와 정순이의 만족하고 행복한 모습을 기대하면서 말이다.

샐던 패스

뮤어 랜치에서 이틀째되는 날, 텐트를 철수하여 샐던 패스 Seldon Pass까지 가기로 했다. 샌 와킨 밸리San Joaquin Vally에서 샐던 패스까지는 거리가 얼마 되지 않았지만 고도 1000미터를 높이는 쉽지 않은 길이다. 예비일이니 그냥 쉴 걸 하는 후회감이 들 때쯤 셀던 패스 정상에 올랐다. 셀던 패스는 이제껏 거쳐 온 패스보다는 비교적 아담했다. 바위 위에 나란히 앉아 멍하니 내려다보는 건너편 마리 레이크Marie Lake의 정경은 반나절의 노고를 만회해 주었다. 여기까지 잘 왔다.

하이 시에라 산행을 시작하면서 특별한 보물상자를 가지고 다니는 것 같은 기분이다. 매번 그 상자를 열 때마다 내가 마주하는 특별하고 진귀한 물건들처럼 말이다. 우리가 이제껏 지나 온 수많은 계곡, 호수, 패스들은 각자 그것만의 특별한 매력이 있다. 여기 마리 레이크Marie Lake 역시나 웅장하게 크지는 않지만 해가 져버린 은빛 하늘에 은은히 빛나는 호수를 내려다보며 귀한 매력에 빠져버린다.

레즈 메도우즈를 지나 이틀만 더 걸으면 투왈라미에서 식량박스를 픽업할 수 있는데, 우리는 이곳에서 예정에 없던 휴식을 하기로 했다. 레즈 메도우즈 리조트에서 트레일을 떠나 마을로 내려와 하룻밤 정도 속세에 묵기로 했다. 앞으로 갈 길을 생각하면 좋은 휴식인 것 같기도 했다.

매머드 모텔 욕탕에서 한바탕 빨래를 소독(?) 했다. 언니는 휴식을 취한다고 침대에 누워있는 동안 정순이와 나는 마을 주위를 구경하며 돌다가 피자랑 음료를 사서 모텔에 돌아왔다. 이렇게 산에서 내려오면 사람 좋아하는 정순이는 와이파이가 연결됨과 동시에 카톡이며 밀린 메시지 체크로 바쁘다. 반면 난희 언니는 인터넷은 완전히 뒷전이고 따스한 물에 몸을 담그는 온탕을 더 좋아한다.

나는 산행을 한다고 집을 떠나게 되면 산행에 집중하고 싶어 집으로 전화를 안 하는 편이다. 산행을 시작한 지 20일이 다 되어가고 혹시나 해서 전화를 해보니 애들 아빠가 전화로 뜻밖의 소식을 전한다. 학교 방학이라 집에 와 있던 딸아이가 교통사고로 왼쪽 팔이 부러져 수술하고 이틀 전에 퇴원을 했다고 한다. 수술은 잘 되었으니 너무 걱정하지 말고 산행을 잘 마치고 오라고 담담하게 얘기한다.

딸아이는 자고 있어서 통화는 못했지만 그래도 아빠가 간호사니 잘 간호해 주겠지 하며 전화를 끊었다. 교통사고라니, 이게 무슨 일인가. 숙소를 떠나 트레일로 향하는 버스를 타기 전 딸아이와 직접 통화를 했다. 어떠냐는 말에 딸아이는 아빠가 간호를 전혀 못한다고 불평하기 시작했다. 아침에 겨우 타이레놀 진통제 하나 주고 어디로 가버린다고 했다. 그리고 언제 오냐는 말에 나는 머뭇거리다 "8월 말…"이라고 했다. 그러자 갑자기 딸아이의 목소리 톤이 올라가더니 8월 25일도 8월 말이고, 8월 30일도 8월 말이라며 짜증을 낸다. 곧 간다고 아이를 달래며 전화를 끊었는데 마음이 그렇게 좋지가 않았다.

미국에는 뉴욕이나 시카고 같은 큰 도시의 중심 시내 말고는 대중교통이 좋지 않다. 아이들이 어릴 때는 어딜 가든 부모들이 데려가고 데려오는 게 가장 큰 일 중 하나다. 미국은 차가 거의 필수품이다 보니 미국의 아이들은 15살 때부터, 늦어도 고등학교 때인 16살부터는 운전을 시작한다. 그래도 운전교육을 아주 체계적이고 상세하게 해서 대충 배운 어른보다 더 규칙도 잘 지키고 운전을 잘하기도 한다.

그런데 아무래도 미성년자이고 어리다. 그래서 친구들과 어울리다 보면 생각지도 않은 사고가 일어나기도 한다. 어느 한 친구에게 차가 있으면 친구들을 태우고 다니는데 간혹 큰 사고로 이어지는 경우가 있다. 모든 부모가 불안해하고 걱정하는 부분이다. 물론 밤에 차를 운전할 때에는 시간제한이 있지만 운전 미숙으로 사고를 피할 수 없는 경우가 많다. 나중에 들어서 알았지만 친구가 운전하는 차를 탔는데 급커브에서 돌다가 차가 전복되어 동승자 모두가 다쳤다는 것이다.

왼쪽 창가에 있었던 딸아이는 왼쪽 팔의 가운데 관절 부분이 골절되고, 같이 타고 있던 다른 아이들도 갈비와 목, 오른팔이 부러지는 큰 사고를 낸 것이다. 집에 일이 있고 아이가 다쳤는데, 내가 직접 도움을 줄 수 없는 게 안타까웠다. 버스에서 내려 산행을 시작하는 데 집중이 되질 않았다.

레드 메도우에서 JMT와 잠시 갈라졌던 PCT는 사우전트 아일랜즈 레이크Thousand Islands Lake에서 다시 만난다. 사우전트 아일랜즈 레이크는 풍광이 아름답기로 유명한 곳이다. 말 그대로 천 개의 호수라는 의미인데, 호수 안에 있는 크고도 작은 섬은 물의 수량에 따라 호수 위로 드러난다. 점처럼 보이는 작은 섬이 천 개까지 만들어져 사우전트 아일랜즈라고 불린다고 했다. 이곳에서는 어느 각도로 사진을 찍어도 실패할 수 없는 곳이다. 눈의 패치들이 희끗하게 덮인 배너 피크와 데이비드 마운틴을 정면으로 보고 서있는 푸른빛 사우전트 아일랜즈 레이크를 처음으로 본 순간, "아아!" 감탄사가 안 나올 수가 없다. 그래서 쉬어가는 사람들도 많다.

말을 탄 무리가 보인다. 대여섯 명의 사람이 말안장 위에 앉아 여유 있게 호수를 바라보고 있었다. 국립공원을 관리하는 레인저Ranger들이 이곳에서 산행 허가를 자주 확인하는 곳이기도 하다. 아니나 다를까 야담한 체구의 레인저가 허가서를 보자고 한다. 존 뮤어에 들어온 후 두 번째다.

우리는 호수 가까이에서 점심을 먹고 가기로 했다. 호수 주위로 따스한 햇살에 달궈진 회색빛 바위 사이로 전나무들과 풀들이 있다. 지금까지 여러 곳의 아름답고 멋진 곳을 지나왔지만 대부분 고도가 높거나, 아찔할 정도로 깎아진 곳이거나 혹은 날씨를 이유로 그곳을 서둘러 떠나야 할 때가 많았다. 하지만 이곳 사우전트 아일랜즈는 배낭을 내려놓고 쉬고 즐기는 곳이다. 푸른 하늘이 호수에 복사되어 물은 잠잠하고 평화로워 사진을 찍고 산책하기에 완벽하게 보였다. 호수 옆 넓은 바위에 앉아 여유로운 시간을 즐겼다.

투왈라미 메도우즈

도나후 패스Donohue Pass(3373미터)는 앤설 애덤스 윌더니스 Ansel Adams Wilderness를 떠나 요세미티 내셔널 파크로 들어가는 길목이면서 우리가 걷는 JMT에서의 마지막 패스다. 이 고개를 넘고 라엘 캐니언Lyell Canyon을 따라 15킬로미터 평지에 가까운 길고 긴 투왈라미Tuolumne 강물을 따라 내려가야 한다. 그렇게 걷다 보면 투왈라미 메도우즈 위의 요세미티 내셔널 파크를 순환하는 120번 국도를 만난다. 그곳엔 우리의 식량 소포가 있는 우체국을 겸비한 '투왈라미 제너럴 스토어'가 있다.

몇 년 전, 눈 폭풍으로 무너진 이후 새로 가건물을 세워 운영하고 있다. 식당 운영은 안 했지만 상점 안에 있는 간이 우체국은 정상으로 운영하고 있었다. 이곳 투왈라미 메도우즈는 요세미디 밸리에서 시작한 JMT 하이커에게는 단지 캠프를 치거나 쉬어가는 곳이지만 PCT 하이커에게는 정말 중요한 곳이다. 이곳에서 PCT는 JMT와 분리되어 요세미티 북부를 향하며 우리의 여정은 계속된다. 우리는 식량박스를 픽업한 후 상점 뒷부분에 위치한 오토캠핑장 위, 백패커를 위한 공간에 텐트를 쳤다. 사람 숫자대로 야영장 사용료를 내니 21달러다. 돈을 내고 텐트를 치다니 유명 관광지가 맞나보다.

투왈라미에서 소노라 패스까지

투왈라미를 떠나 앞으로 가야 할 소노라 패스Sonora Pass까지는 120킬로미터다. 4박 5일 동안의 식량을 메고 출발했다. 많았던 사람이 그랜 올린 하이 시에라 캠프Glen Aulin High Sierra Camp를 지나 자취를 감추고 그나마 몇 명 보였던 하이커는 아예 보이질 않는다. 대체적으로 인기 있는 요세미티 내셔널 파크 쪽으로 사람들이 거의 다 빠진 것 같다.

요세미티 북부의 PCT 길은 대체적으로 바위가 널려 있고 화강암 봉우리로 둘러 쌓여 있다. 그래서 이제까지 우리가 걸어온 패스와 또 다른 세계로 들어가는 것처럼 낯설다. 커다란 바위터에 놓여있는 것 같은 스메드버그 레이크Smedberg Lake에 서의 캠핑은 긴 하루 뒤에 맞은 보상과 같다. 호수 북쪽면의 거대한 화강암 발렌티어 피크Volunteer Peak가 호수에 반사되어 멋진 저녁의 풍경을 자아냈다.

위용 있게 솟아 오른 포사이스 피크Forsyth Peak 아래 도로시 레이크Dorothy Lake는 이 구간 중에서 가장 크고 넓은 호수다. 눈이 부실만큼 햇빛에 반짝거리는 호수 옆 분지를 따라 올라 도로시 레이크 패스에 이르자 마침내 요세미티 내셔널 파크 지역을 벗어나게 된다.

1000마일

도로시 레이크 패스Dorothy Lake Pass를 내려와 울프 크리크 레이크Wolf Creek Lake를 지나 이스트 카알슨 리버East Carson River 로 향하는 흙길 위에 작은 조약돌로 꼼꼼히 새겨진 1000마일 지점이 나타났다. 1000마일, 즉 1609킬로미터 표시가 멕시코 국경에서 여기까지의 길을 말해주었다. 우리는 스루 하이커처 럼 한 번에 오지는 않았지만 캘리포니아의 3분의 2 이상을 왔 다는 의미를 새길 수 있다.

1000마일을 지나면서 산새가 정말 급격하게 변한다. 이제까지 봐 왔던 둥글고 완만한 화강암에서, 시에라 북부의 볼케닉 세계로 들어간다. 피라미드 형태의 봉우리 아래 멋들어지게 펼쳐진 잿빛의 슬로프로 이어지는 길은 이제껏 본 하이 시에라 길과 또 다르다. 이제껏 JMT의 유명세 때문에 이곳 북쪽 하이 시에라가 관심을 받은 게 아닌가 하는 생각이 들었다. 능선에 올라서니 하늘과 맞닿은 듯한 스카이 라인이 눈앞에 펼쳐졌다. 3000미터의 리빗 피크Leavitt Peak 산능선에 이르는 순간 계곡 쪽으로 각도가 꺾이며 108번 고속도로의 소노라 패스에 도착했다.

타오 레이크

소노라 패스 아래 캐네디 메도우즈 북부 리조트(남부 캐네디 메도우즈와 다름)에서 짐을 찾았다. 마지막 식량 보급지인 타오 레이크를 향할 때는 남은 일정과 가야 할 패스의 거리를 계산하기에 바빴다. 타오 레이크에서 마지막 짐을 찾고 갈 수 있을 만큼 가는 것으로 계획을 세웠고 가장 가까운 탈출 지점을 잡아 하산하자는 계획이었다.

그래서인지 산행이 막바지에 이르면서 난희 언니의 걸음이 심상치 않다. 같이 걷는 듯하더니 언니는 어느새 멀어져 저 앞에서 가고 있다. 난희 언니의 걷는 뒷모습은 마치 누군가에 이끌려 패스로 빠져 가는 것 같다. '멀어져 가는 그대' 그래서 정순이와 내가 언니에게 이렇게 별명을 지어줬다. 이번 구간 언니의 트레일 네임이다. 출발은 같이 했는데 언니가 어느덧 저 멀리 멀어져 가기 시작하면 그때 우리는 멀어져 가는 언니의 뒷모습을 바라볼 수밖에 없었다. 가수 나미의 노래처럼 말이다. "우리는 멀어져 가는 그대 뒷모습을 바라보면서…, 난 오늘도…." 언니가 우리에게 지어준 '중1' '중2'라는 트레일 네임에 비하면 우리가 지어준 언니의 트레일 네임은 제법 낭만적인 것 같다고 생각되었다.

난희 언니와 정순이의 조합은 나름 환상이었다. 난 술을 전혀 못하는 반면, 정순이와 난희 언니는 서로 술친구가 되어 주었다. 나는 꽃이나 버섯에 대해 아는 것이 전혀 없어 무관심하지만 언니가 송이 비슷한 것을 발견하면 정순이는 호들갑 수준으로 감격해하며 좋아하는 것을 지켜보는 것도 재미있다. 귀하다는 산송이도 따고 1000마일 지점도 찍었고, 애물단지 곰통도 소노라 패스에서 집으로 보내버린 뒤라 우리의 몸과 마음은 한층 더 가뿐해졌다. 난희 언니, 정순 그리고 나, 우리 세 명은 산과 어우러져 걷고 또 걸었다. 이 길은 끝이 없는 듯

했다. 우리는 오르막이든 내리막이든 앞에 주어진 길을 숙명처럼 받아들이고 영원히 걸어갈 것 같았다. 이 경고가 우리의 발길을 막을 때까지….

'엘도라도 내셔널 파크 폐쇄'

엘도라도 내셔널 파크로 가는 초입, 에베츠 패스Ebbetts Pass에서 맞이한 경고다. 현재 산불은 타오 레이크와 한참 멀리 떨어진 300킬로미터 위 라선 볼캐닉 내셔널 파크Lassen Volcanic National Park 쪽이다. 그래서 나는 이번 남은 구간은 어느 정도 커버할 수 있다고 생각했는데 여기부터 트레일을 차단할 줄은 전혀 예상하지 못했다. 산불이 더 악화되어 오리건 국경까지 막혔다는 이야기까지 들었다. 우리 뒤에 따라오던 스루 하이커는 자신은 그냥 오리건 주로 건너뛰어야 할 것 같다고 아쉬움을 토했다.

우리는 타오에서 픽업할 식량을 가지고 앞으로 일주일 정도를 가는 일정이었다. 하지만 우리는 말 그대로 갈 길을 잃은 채 하산을 해야 했다. 에베츠에서 올라오는 차를 히치하이킹해서 타오 레이크로 가까이 갈수록 주변 공기가 심상치가 않았다. 시야가 탁하고 안개 길을 지나는 것 같았다. 타오에 도착했을 때는 더 심각했다. 산불 여파로 미세 먼지 속으로 중천에 떠 있는 해는 대낮의 하늘을 연홍빛으로 물들게 했고 거리 여기저기에는 재 가루까지 날리고 있었다. 궁여지책으로 매더 패스에서 만난 린디 씨의 전화번호를 돌렸다. 샌프란시스코 근교에 산다는 말만 들었지만 이곳에서 막연히 도움을 청한다는 게 참 막막한 상태였다.

고맙게도 린다 씨는 네 시간 거리를 마다하지 않고 흔쾌히 우리에게 오겠다고 했다. 결코 가깝지 않은 이곳까지 와준다고 하니 너무 고마웠다. 그렇게 우리가 탈출한 뒤 이틀이 지난 후 타오 지역 시민들에게 대피명령이 떨어졌다고 한다.

2021년 우리의 산행을 중단하게 했던 산불은 딕시 파이어Dixie Fire라고 알려졌는데, 그해 7월 중순경에 발생해서 8월에는 PCT 구간 140킬로미터를 태워버린, 캘리포니아에서 발생한 산불 역사상 가장 큰 산불이었다고 한다. 특히 불길이 워낙 세서 시에라 네바다 산맥을 가로질러 넘은 첫 번째 산불로 기록될 만큼 기세가 만만치 않았다고 한다.

이후 현재 2023년까지도 PCT가 지나가는 라선 볼캐닉 내셔널 파크Lassen Volcanic National Park에서 올드 스테이션Old Station까지는 폐쇄된 상태다. 그 후 PCT를 계획하는 하이커들은 오매불망 이곳이 열리기를 기다리지만 보수공사라는 게 뚝딱 이루어지는 게 아니니 안타까운 일이다. 실제로도 PCT 완주라는 말은 불가능하다는 게 기정사실이 되었다. 정말 운이 좋아서 가고자 하는 해에 산불 보수 공사가 끝났다고 해도 종주하는 도중에 언제 산불이 일어나 길을 막을지 알 수 없는 일이다. 그만큼 서부 산불은 악명이 높다.

2700킬로미터의 캘리포니아 PCT는 워싱턴과 오리건을 합친 것보다 훨씬 길고 긴 길이다. 이번 구간에 어느 정도 나아져야 나중에 마무리할 때 좀 더 여유가 있을 텐데…. 산의 기복이 높아 속도가 더디던 하이 시에라만 넘으면 어느 정도 속도 있게 거리를 만회할 수 있으리라는 우리 기대를 저버리고 이렇게 아쉬움과 미련만 남긴 채 우리의 캘리포니아 중부를 마무리했다.

그리고 안전이 우선이라고 서로를 위로했다.

Washington _워싱턴

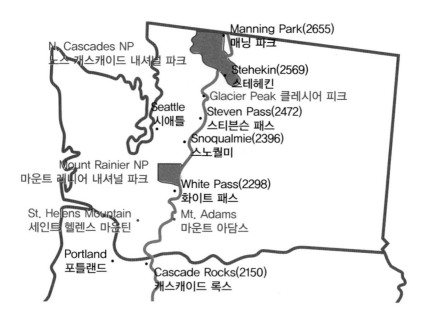

Manning Park(2655)
매닝 파크

N. Cascades NP
노스 캐스케이드 내셔널 파크

Stehekin(2569)
스테헤킨

Glacier Peak 클레시어 피크

Seattle
시애틀

Steven Pass(2472)
스티븐슨 패스

Snoqualmie(2396)
스노퀄미

Mount Rainier NP
마운트 레니어 내셔널 파크

White Pass(2298)
화이트 패스

St. Helens Mountain
세인트 헬렌스 마운틴

Mt. Adams
마운트 아담스

Portland
포틀랜드

Cascade Rocks(2150)
캐스캐이드 록스

2022. 7. 30. ~ 8. 28. 남난희 안성희 정건(기형희 김창경 지원)

4부.
2022년
워싱턴

매일매일이 내 생애 최고의 날이었다

꿈의 트레일, 그 마지막 여정이다. 아직도 코로나19가 종식되지 않아 세상은 살짝 어수선하다. 올해로 PCT를 시작한 지 5년째가 되었다. 실제 트레일을 걸은 것은 4년이다. 2018년에 처음 오리건에서 시작했다. 2019년에 캘리포니아 남부를 걸었다. 그리고 코로나19로 2020년에는 길이 막히고 트레일도 막힌 구간이 많아 못하고 그냥 지나갔다. 2021년에는 하이 시에라, 즉 JMT와 겹치는 패스를 걸었다. 올해 2022년 워싱턴 구간을 걸으면 공식적인 우리의 PCT는 끝난다.

공식적이라고 말하는 것은 많은 부분을 실제로 걷지 못했기 때문이다. 산불로 트레일이 갑자기 폐쇄되는 바람에 탈출하기도 했다. 모하비 사막 일부는 너무 더워 뒤로 미루기도 했다. 시간이 모자라서 못한 곳도 있다. 결국 PCT 전체를 다 걷지는 못했다. 올해 공식적으로 마무리를 하고 나머지 못 걸은 구간은 나중에 시간을 내서 걸을 계획이다. 혹시 못 가게 되더라도 연연하지 않기로 했다. 그때는 각자의 의지대로 하면 될 것이다. 어떻게든 끝낸다고 생각하니 약간 허전한 것도 같았다.

몇 년 동안 PCT 트레일을 준비했다. 그리고 실제 걸으며 장거리 트레일에 맛이 들리기도 했다. 해마다 한 달 이상씩 길 위에서 보낸 습관도 무시할 수 없다. 무엇보다 트레일이 끝날 때쯤 그다음 해에는 '언제' '어디서' '무엇을' '어떻게' '왜' '누구와'처럼 계획을 세울 것이 없게 된 것도 그 이유다. 약간은 '멘붕'이라고 해야 할지도 모르겠다.

그래서 혼자 고민하기도 했다. 혼자 백두대간을 천천히 해볼까? 장거리 트레일 중 그래도 나오는 가장 가까운 대상이라 굳이 남의 도움 없이 할 수 있는 트레일이 백두대간이기 때문이다. 그리고 또 백두대간을 정말 천천히 음미하며 걸어보는 것도 괜찮다고 생각했다. 그동안 나는 백두대간을 여러 번 걷기는 했다. 하지만 항상 너무 사명감에 넘쳤거나, 너무 비장했거나, 너무 여유가 없었거나, 너무 조급했던 것 같다. 이제는 천천히 정말 여유롭게, 느긋하게 찬찬히 어루만지듯 백두대간을 만나고 싶다. 실제로 그렇게 될지는 심히 의문이지만.*

PCT를 끝내려니 끝냈다는 시원함보다는 기약이 없다는 서운함이 더 크다. 그것이 PCT에서 백두대간을 생각하는 이유다.

올해도 우여곡절이 많았다. 나 혼자 계획하고 혼자 하는 일정이 아니다 보니 그럴 수밖에 없었다. 아직도 코로나19는 세상을 뒤숭숭하게 하고 있다. 함께 하고자 했던 친구들이 이런저런 일로 못 가겠다고 한다. 모든 것을 주관하는 건이조차 갑자기 직장에서 부서를 옮기는 바람에 장기간 휴가를 낼 수 없게되었다.

난감했다. 나는 준비랄 것도 없이 언제라도 떠날 준비가 되어 있는 사람이다. 별 하는 일도 없지만 모든 일에 걷기를 위해 떠나는 것을 1순위로 잡고 있기 때문에 언제라도 떠날 준비가 되어 있다. 하지만 다른 친구들은 생활이 우선일 수밖에 없을 것이다. 그래서 가고 싶어도 선뜻 갈 수가 없다. 모든 계획을 세우고 거의 모든 준비를 다 해야 하는 건이는 고민이 깊었을 것이다. 그러다 낸 결론이 올해는 어쩔 수 없이 쉬고 계획을 내년으로 미루겠다고 연락이 왔다. 그동안 그가 모든 일을 시작했고 주도했기 때문에 그의 발언을 무시할 수는 없지

---

* 백두대간에만 가면 이상하리만치 비장해진다. 그리고 길 자체도 느긋함을 용납하지 않는다.

만 나는 가능하면 올해 끝내고 싶었다.

우리가 PCT를 시작한 지도 벌써 5년째니 너무 길다는 느낌이고 한 살이라도 더 젊을 때 하고 싶었다. 아니 끝내고 싶었다. 아무리 내가 잘 걷고, 아무리 내가 체력이 좋다고 해도 나이에는 자유로울 수 없다는 것이 그 이유일 것이다. 나 혼자서라도 할 수 있으면 정말 좋겠지만 그럴 능력이 없는 자신이 한심해 보이기도 했다. 그래도 마음은 이미 PCT에 가 있었다.

다른 방도를 찾다가 마침 나의 지리산 학교 제자 안성희가 캐나다로 갈 일이 생겼다고 하기에 혹시 나와 PCT 워싱턴 구간을 함께 걷지 않겠냐고 물어보니 단 몇 시간 만에 묻지도 따지지도 않고 그냥 OK 사인을 보내왔다. 그로서는 엄청난 모험일 텐데 아마 나를 믿고 단박에 그렇게 한 것 같다. 어쨌든 그렇게 동행을 구했다고 건이에게 연락하며 계획을 세워보라고 전갈했다. 낯가림이 심한 건이도 새로운 사람과 한 달 이상을 온갖 고행을 해가며 걷는 것이 쉽지 않겠다고 생각하는 것 같았으나 그 또한 나를 믿고 계획을 추진하게 되었다.

결국 기존에 함께한 친구들은 모두 빠지고 새로운 멤버와 팀이 구성되었다. 건이는 초반에 며칠 휴가를 낼 수 없어 며칠 걷다가 내려서 일을 보고 다시 합류하기로 했다. 성희는 마지막 며칠을 함께 할 수 없게 되었다. 이래저래 나만 처음부터 끝까지 걷기로 하고 일은 진행되었다. 우여곡절이 있었지만 갈 수 있게 되어 나는 기분이 좋았다. 이렇게 한 사람은 미국, 또 한 사람은 캐나다, 그리고 나는 한국에서 출발할 것이다.

각자 자기가 준비할 장비와 식량 등을 서로 체크하고 준비에 들어갔다. 나는 이미 채소를 말려둔 상태이고 나머지 필요한 것을 준비했다. 장비는 예년에 사용했던 것을 최대한 사용하기로 했다. 공동 장비는 항상 그래왔던 것처럼 현우와 승주(2018년 오리건 구간을 함께함)에게 빌리기로 한다. 정수기와 젯보일, 그리고 가벼운 코펠 등. 이렇게 여전히 주변 사람에게 많은 도움을 받았다.

코로나19 이후 해외여행 규제가 풀리면서 갑자기 여행객은 늘어났다. 비행기가 부족한지 항공요금이 엄청 비싸졌다.

언제나 그렇듯이 기대와 설렘과 두려움과 걱정이 뒤섞인 채 미국 시애틀행 비행기에 몸을 싣는다. 이제는 익숙해진 미국 행이다. 공항에는 건이가 캐나다에서 온 성희와 함께 나를 기다리고 있었다. 우리는 만나자마자 〈REI 장비점〉으로 가서 필요한 장비부터 구입했다. 특히 성희는 모든 것을 장만해야 했다. 그는 평소 산행을 많이 해 왔지만 장거리 산행, 특히 취사와 야영 산행은 전혀 경험이 없다. 당연히 장비도 없어 거의 모든 장비를 구입해야 했다. 미국의 장비점은 언제 와도 눈이 돌아갈 정도로 장비가 다양하다.

웬만한 것에는 관심이 없는 나지만 등산용품을 파는 장비점에서는 약간 예외라고 할 수 있다. 꼭 필요한 것 외에는 잘 사지는 않지만 그래도 가지고 싶은 것이 있다. 참나!

〈REI 장비점〉에서 성희의 백 패킹용 배낭, 텐트, 침낭, 매트리스 등 야영에 필요한 것부터 개인장비까지 사고 보니 배낭이 두툼하다. 그 사이 장비는 한층 더 좋아진 듯하다. 올 때마다 장비가 업그레이드되는 것이 보인다.

오는 중에 시애틀에 사는 기형희로부터 저녁을 먹자는 연락을 받았다. 그와 약속한 한국식당에서 만났다. 그리고 그 자리에서 동탁 선배님의 과한 접대를 받고 건이 집으로 왔다. 건이 집에 가보니 그의 남편 김창경이 술상을 차려놓고 기다리고 있었다. 우리는 다음날 곧바로 출발해야 한다. 그래서 짐부터 싸야 했기에 구체적인 계획서에 따라 각자 가져온 짐을 분류했다. 그리고 다시 포장하거나 구간에 따라 구분해 박스를 만들었다.

이번 구간은 건이 집이 트레일과 멀지 않아 그의 남편 창경이 지원을 담당해주기로 했다. 그래서 짐을 우편으로 보내는 수고를 줄일 수 있었다. 짐싸기는 한결 수월했다. 그의 집은 우리의 베이스캠프가 되었다. 일을 끝내고 술자리에 앉으니 감회가 새롭고 모두에게 고맙다. 하지만 장거리 비행과 시차로 꾸벅꾸벅 졸다가 내려와서 먼저 잤다. 미안했다.

다음날, 지난번에 끝낸 오리건과 워싱턴 경계인 캐스케이드 록스Cascade Rocks 즉 '신들의 다리'까지 이동해야 한다. 고맙게도 기형회가 우리를 트레일 헤드까지 데려다줬다. 너무 고맙고 또한 다행이었다. 그가 이번 구간의 첫 번째 트레일 엔젤이다. 엔젤 덕분에 조금 여유가 생긴 우리는 느긋하게 출발한다. 각자의 각오도 다지고 서로 응원도 하며 즐겁게 고속도로를 달린다.

미국 땅덩어리는 워낙 넓어서 바로 이웃 주라도 다섯 시간 이상이 걸렸다. 그렇게 신들의 다리, 즉 캐스케이드 록스에 도착해서 또 감동한다. 이곳에 다시 오게 돼서 감격스럽다. 그렇지만 그때, 그러니까 벌써 5년 전의 우리는 없다. 지금 현재의 우리만 있는 게 아쉽다. 그때 우리는 모두 여섯 명이었고 한 달을 오로지 걷기만 했다. 막영 생활로 지치고, 발이 만신창이 되어 이곳에 도착했지만 그 와중에도 모두 행복하고 즐거워했던 기억이 생생하다. 그들이 그리워 신들의 다리 사진을 몇 장 찍어서 카카오톡으로 염장 지르고 오늘의 야영지를 찾기로 한다.

어둑해질 무렵 민간 야영지를 하나 발견했다. 하루를 묵기로 하고 짐을 푼다. 2022년 PCT 워싱턴 구간 첫 야영이다. 감개무량하다. 내일부터는 길 위에서 모든 일을 할 것이다. 설레서인가? 잠들지 못한다.

내가 잠들지 못해도 새벽은 오기 마련이다. 어제와는 다른 날이, 기다리는 날이 밝아왔다. 자연은 어디나 비슷해 새들이 아침이 왔다고 알려준다. 이제 우리는 떠날 시간이다. 우리의 첫 번째 엔젤인 기형희와 아쉬운 작별을 한다. 그는 도시로, 우리는 산으로 각자의 길을 간다. 고맙다는 말과 잘하고 오라는 말이 길 위에 남겨진다.

트레일 첫날은 당연히 가장 힘들다. 한 동안 져보지 않은 짐의 무게와 끝없이 펼쳐진 길. 충분히 각오는 했으나 힘겨운 것은 사실이다. 더구나 우리 모두 개인적인 문제를 하나씩 가지고 있었다. 우선 성희는 장거리 하이킹은 처음이다. 뿐만 아니라 그만한 짐을 메고 걷는 것도 처음이고 막영도 처음이다. 그러니 그는 말을 하지 않았지만 걱정과 부담이 크고도 남았을 것이다.

건이는 오기 직전에 코로나19에 감염되어 한 동안 고생한 후라서 걱정이 많았다. 그래서 실제로 초반에는 하루에 걸을 거리를 25킬로미터 미만으로 계획을 짰다.

누구나 염려하지 않을 나도 문제가 없는 것은 아니었다. 지난해 옥스팜 트레일 참여를 준비하며 훈련을 너무 심하게 한 탓인지, 아니면 그동안 너무 무리한 탓인지, 장딴지 즉 햄스트링이라는 곳에 탈이 났나보다.

평지나 보통의 오르막과 내리막 길은 괜찮은데, 좀 각도가 심하면 장딴지에 힘이 들어가지 않아 좀 힘들다. 그 탓에 장거리 산행이나 준비 훈련을 거의 못한 상황이라 속으로 걱정이 되었다. 과연 그 먼 길을 갈 수나 있을지 걱정이 되었지만 나를 잔뜩 믿고 있는 친구들에게는 말하지 못했다. 그래도 길을 걷기 시작하니 기분이 좋다.

날씨는 아침부터 몹시 더워 숨이 턱턱 막힌다. 잡고 있는 스틱의 쇠 부분을 뜨거워 만질 수 없을 정도였다. 지난 사막 구간 이후로 이런 더위는 처음이다. 워싱턴 구간은 북쪽이라 좀 시원하리라고 생각했다. 오산이었다. 다행히 모기는 별로 없다. 길이 잘 나있기도 하다. 평지인 데다가 주변은 온통 꽃밭이다. 좋은 길에 몸을 긴장시킬만한 배낭 무게가 기분을 좋게만든다.

첫날이라 힘들 만도 한데 아무도 내색하지 않는다. 셋 모두, 말이 많지 않은 성향 탓도 있겠다. 오후가 되면서 다리가 아프다는 신호를 보낸다. 지난해와 오기 전까지 많이 걷지 않은 것을 몸이 알려주는 것이다. 나로서는 정말 오랜만에 느껴보는 신호라 다소 생소하기까지 하며 저절로 웃음이 나왔다.

아이들에게 다리가 아프다고 하자, 기다렸다는 듯이 다리 아플 때는 쉬는 것이 약이라며 아주 신나는 표정이다. 나도 생소한 느낌이지만 그들은 내가 다리가 아프다는 것을 잘 이해하지 못하는 것 같다. 나도 사람인데 말이다. 지난날에도 저들은 다리가 아프다거나 힘들면 나에게 슬쩍 원망을 보내는 낌새를 느끼고는 했다. 내가 자기네들을 강제로 끌고 온 것도 아닌데, 번번이 나를 원망하는 것은 특별한 이유가 있는 것은 아니지만 말이다. 특히 그날 걸어야 할 길이 너무 길거나 본인들이 힘들 때에는 애교 섞인 원망을 한다. 꼭 나 때문에 길을 더 걸어야 하는 것처럼, 아니면 나 때문에 PCT를 온 것처럼. 어찌 되었든 다리 아픈 것이 썩 나쁜 기분은 아니라는 것이다. 하하! 나도 걸으면 다리가 아프기도 하는 사람이다.

첫날인데, 길도 좋았지만 우리 모두 길을 떠나 온 것에 기분이 좋아져서인지 잘 걸었다. 생각보다 빨리 첫날 막영지인 락 크리크Rock Creek에 도착했다. 20킬로미터 이상을 걸었다. 시작이 좋다. 시작이 좋으면 앞으로도 다 좋을 것이다.

모처럼 부산하다. 하지만 익숙하게 막영지를 찾고, 텐트를 치고, 물을 길어 정수하고, 옷 갈아입고, 저녁을 지어먹었다. 거의 1년 만에 다시 하는 일상이다. 앞으로 최소한 한 달은 이렇게 살 것이다. 나는 아직 이런 야외 생활이 좋다. 집보다는 아니지만 편하고 즐겁다. 나는 걷는 것뿐만 아니라 내가 생활에 필요로 하는 모든 짐을 직접 지고 길을 걷는 것, 그리고 직접 막영을 하고 직접 끼니를 해결하는 것, 그것이 아직은 좋다. 내가 나를 책임지는 것이고 그 독립성이 어쩌면 나의 자존심이라는 생각이다. 그런 의미로 본다면 PCT 같은 장거리 하이킹은 내게 아주 맞춤의 길이 되는 것이다. 어쩔 수 없이 길 위의 인생인 것이다.

걷기 둘째 날이다. 길은 아주 평탄하고 좋았다. 뒤돌아보면 지난날 지나왔던 우뚝한 흰 마운트 후드가 손에 잡힐 듯하다. 어제까지 모기가 없다고 좋아했는데 웬걸, 모기는 우리를 기다리고 있었다는 듯 마구 달려든다. 모기는 틈만 있으면 쏜다. 다시 모기지옥에 들어온 것이다. 그럴지라도 걷는다는 것은 여전히 축복이고 감사하다. 길이 좋아 신바람나게 혹은 모기에 쫓기듯 발걸음은 무척 빨랐다. 걸으면서 만난 주변의 풍광이나 숲을 보며 드는 생각은 이곳 숲은 아주 젊다는 느낌이다. 그만큼 기운이 넘치고 생명을 키우는 모습으로 보이며 나 또한 젊은 기분이 된다. 맨발로 걷고 싶은 길이다. 참 좋다. 어제 다리가 살짝 아파서 걱정을 조금 했다. 자고 나니 멀쩡해져서 다행이기도 했지만 약간 시시한 느낌도 있었다. 그 정도로 아프고 마는 것에 대한 시시함. 하하!!

길에서 가끔 지나치는 PCT 하이커를 만나기도 했다. 완전 거지도 그런 상거지가 없지 싶게 누추하고 피곤해 보인다. 하지만 걸음은 빠르다. 아마 그들은 3월이나 4월 초쯤 멕시코와 미국의 국경인 캄포를 출발한 발 빠른 하이커일 것이다. 약 4개월 정도 쉬지 않고 걸으면 이때쯤 이곳을 지날 수 있겠다는 계산이 나온다. 그동안 만난, 그러니까 다른 구간에서 만난 하이커와는 달리 어쩌다 만나는 몇 명 안 되는 그들은 많이 지쳐 보였고 거의 무표정이거나 무관심했다. 인사는 하는데 별 감정 없이 건성으로 인사를 했다. 무엇보다 옷은 빛이 바랬고 아예 찢어진 옷을 입은 친구도 많았다. 왜 아니겠는가? 그 멀고도 먼 길을 걷고 걸어서 여기까지 왔고 이제 고지가 코앞이다. 빨리 끝내고 싶은 것이다. 아무리 풍광이 빼어나고, 또는 길이 좋고, 또는 함께 걷는 친구가 좋고, 또는 걷기를 좋아한다고 해도 왜 지겹지 않겠는가? 아무리 체력이 좋다고 해도 왜 지치지 않겠는가? 아무리 길 위의 인생이라고 해도 빨리 끝내고 싶지 않겠는가? 그래서 그들의 걸음은 빠르고 무표정하고 남루한 것이다.

그래도 그들의 배낭에는 PCT 마크가 훈장처럼 매달려 있다. 걸을 때마다 몸과 함께, 배낭과 함께 흔들렸다. 올해 스루 하이커의 상징인 것이다. 올해 캄포를 출발하는 모든 하이커에게 기념으로 나눠 주었다고 한다. 그래서 그것은 캄포에서 출발하지 않은 사람에게는 없을 수밖에 없는 상징인 것이다. 몇 년 전 우리가 캄포를 출발할 때는 없었던 것이다. 나는 그 마크가 몹시도 부러웠고 가지고 싶었다. 옷도 배낭도 사람도 남루해 보였지만 PCT 마크만은 반짝반짝 빛나는 것 같았다.

그들은 끝으로 향해 달려가지만 우리는 이제 시작이다. 그들은 스루 하이커다. PCT를 처음부터 걸어서 여기까지 왔다. 우리는 섹션 하이커다. 사람마다 생각이 다르듯이 스루나 섹션 중 어떤 것을 더 선호하느냐의 차이가 있을 것이다. 젊고 시간이 많은 대부분의 청년들은 스루 하이킹을 택하는 것 같다. 나처럼 나이가 조금 있거나 한꺼번에 긴 시간을 낼 수 없는 사람들은 섹션 하이킹을 택할 것이다. 어떤 것이 더 좋고 나쁘냐는 별개의 문제다. 나는 우리가 선택한 섹션 하이킹이 좋았다. 물론 한꺼번에 원 없이 걷고 싶은 마음이 없지는 않았다. 하지만 우리가 하고 있는 한 번에 한 달여 정도씩 걷는 것이 나쁘지 않았다. 한꺼번에 5개월에서 6개월 정도를 걷다 보면 지치고 지겹고 힘겨울 것이다. 하지만 한 달 정도 걷는 길은 아쉬움도 있고 몸과 마음도 지칠 정도는 아니라 그만이다. 무엇보다 다음 길을 기대하고 기다리는 것이 좋다. 우리 선택은 탁월했다.

스루 하이커와 섹션 하이커의 차이는 같은 길, 다른 느낌일 것이다. 나를 앞질러가는 그들의 바람대로 하루빨리 끝내고 푹 쉬기를, 앞으로 다가올 장래가 뜻대로 이루어지기를, 그리고 또 다른 길을 계획하기를 속으로 마음을 보탠다.

워싱턴 구간에서 첫 트레일 매직을 만났다. 머리 위로 고갯길이 있는 곳, 찻길 아래까지 헉헉거리며 올라갔다. 뭔가가 눈에 들어온다. 아이스박스 같다. 가슴이 두근거린다. 과연 무엇이 우리를 기다릴까? 급히 올라가 배낭을 내리지도 못하고 아이스박스부터 열어본다. 이미 앞서간 하이커가 많았는지 박스는 거의 비어 있었다. 하지만 녹아가는 얼음 아래 맥주가 있다! 딱 세 캔. 우리는 감동한다. 더위에 지쳤을 때 맥주만한 음료가 어디 있겠는가? 그리고 탄산 음료 몇 개. 맥주를 술로 아는 건이는 음료수를, 맥주를 음료수로 아는 성희와 나는 맥주를 들고 건배를 한다.

다른 작은 박스에는 커피가 두 병 있었다. PCT 하이커가 쓰레기를 두고 가라고 박스 하나를 따로 마련해 놨다. 정말 세심한 배려다. 누군지도 모르는 트레일 매직에게 깊은 감사를 전한다. 맥주 세 캔 중 두 캔은 우리가 마셨고 이제 한 캔이 남았다. 맥주 한 캔을 두고 망설인다. 가지고가? 마셔버려? 그래도 두고 가? 그렇게 갈등하고 있는데 저 아래서 하이커 두 명이 올라오고 있었다. 그들이 왔을 때 하이커 박스에 아무것도 없다면 얼마나 실망하겠는가? 그들에게 양보한다. 잘했다.

맥주 한 캔으로 갈증을 달래고 기분도 몹시 좋아졌다. 발걸음은 더없이 가벼워졌지만 막무가내로 달려드는 모기는 어쩔 것인가? 모기를 이길 방법은 없다. 그냥 빨리 걷는 것만이 답이다. 그동안 우리가 만난 트레일 엔젤이나 트레일 매직 이야기를 이 길이 처음인 성희에게 해주고 싶어서 이야기를 시작했으나 오래 이어갈 수 없었다. 모기를 쫓느라 정신이 없어졌기 때문이다.

모기 덕분에 걸음이 빨라져 캠프에 일찍 도착했다. 전쟁을 겪듯이 물을 길어다 정수하고, 잠자리를 마련하고, 혹시나 모기를 피할 수 있을까 싶어 모닥불도 피웠다. 법석을 떨다가 급히 밥 해 먹고, 아직도 밖은 밝은데 텐트로 들어와 버렸다. 누가 인간이 만물의 영장이라고 했는가? 최소한 그때는 아니다. 아마 모기가 만물의 영장일 것이다. 플라이를 치지 않은 방충망 텐트 밖에서 모기가 안달이다. 모처럼 인간이라는 동물, 그것도 좀 색다른 인간이 와서 냄새를 풍기는 데 다가갈 방법이 차단된 것이다. "앵앵" 모기 소리를 배경 음악 삼아 유일하게 가지고 간 책, 경전 일부를 큰 소리로 읽는다. 나도 듣고, 각 텐트로 들어간 친구들도 듣고, 모기도 듣기를 바란다.

해가 지자 초승달이 텐트 밖 하늘에서 살짝 얼굴을 내민다. 웅얼웅얼 산이 밤을 만나는 소리를 들으며 시간을 보낸다. 아마 며칠은 이렇게 깊이 잠들지 못할 것이다. 시차도 문제겠지만 그것보다는 이곳 산과 나와 만남이 익숙해져야 나는 편히 자고 일어날 수 있을 것이다. 항상 그래왔기 때문에 조급하지도 않고 바라지도 않는다. 단지 더 깊이 이곳의 공기를 들이마시며 몸이 익숙해지기를 기다린다. 날씨는 밤에도 기온이 내려가지 않아 침낭 안에 들어가지 않고도 충분했다. 잠이 오지 않으면 왜 몸은 더 자주 뒤집고 싶은지 옆 사람이 깰까 봐 몸시 조심스럽게 수시로 몸 뒤집기를 한다. 긴 시간을 눈을 감고 보낸다. 일찍 자리에 든 탓에 밤은 길기만 하다. 온갖 생각이 뒤죽박죽으로 오고 간다. 하지 않아도 될 내일 만날 모기 걱정도 하고, 펼쳐질 길도 궁금한 것 같다. 호흡하기도 하고, 깜빡 잠들기도 하며 내일을 기다린다.

또 모기와 함께 하루가 시작된다. 그들의 집요한 극성으로 우리는 다섯 시간이나 쉬지도 못하고 속보로 진행한다. 그들은 우리에게 배낭을 내려놓고 쉴 틈을 주지 않는다. 내 손에서 생을 마감한 놈들은 과연 얼마나 될까?

그러다가 모기의 일생을 생각해 본다. 이놈들은 도대체 얼마나 살 수 있을까? 번식을 위해서는 피가 필요하다는데 이곳은 사람이 거의 없다. 가끔 후딱 지나가는 하이커뿐이다. 동물도 거의 눈에 띄지 않는다. 그렇다면 무엇으로 사는가? 호수가 가끔 있다. 물론 그 주변은 모기가 더 많다. 호수에서 먹이를 해결하나? 모기 수는 너무 많은데, 나는 모기를 걱정한다. 또 걱정 아닌 걱정을 해본다.

미처 녹지 않은 눈이 군데군데 남아 있다. 8월에 눈을 밟고도 감동을 할 수 없는 것은 전혀 어울리지 않는 모기 때문이다. 지천이 꽃밭이다. 눈이 녹자 그 자리가 꽃자리인 것이다.

눈과 꽃과 모기의 어울리지 않은 조합이 공존하는 곳이다

북서 방향으로 마운트 아담스Mt. Adams가 눈길을 확 사로잡았다. 역시 산은 언제 어디서나 마음을 사로잡는 힘이 있다. 하얀 눈을 머리에 이고 있다. 그리고 고고하고, 우아하게 세상을 내려다본다. 며칠 후 우리는 저 아름다운 아담스 둘레를 거의 한 바퀴 도는 길을 지날 것이다. 모기 탓에 배낭을 내리고 쉬지도 못해서 진행은 엄청 빠르다. 남은 거리가 확확 줄어들지만 이 날은 창경을 만나기로 한 날이다. 빨리 갈 필요가 없는 날이다. 너무 일찍 도착한 우리는 할 일이 없다. 이 그늘 저 그늘을 이동하며 그를 하염없이 기다린다.

그나마 세속이 가까워서인지 모기는 그리 많지 않아 견딜만했다. 비포장도로로 가끔 세속의 금속이 소리소리 지르며 먼지 구름을 날리며 지나간다. 가끔 마음씨 좋은 사람이 차에서 내려 물을 주며 우리의 길을 응원하기도 한다. PCT를 걸으며 처음부터 들었던 생각인데, 길을 걷는 동안 아니면 히치하이킹을 할 때, 엔젤들을 만났을 때, 아니면 트레일 주변 어디서나 대부분 사람은 하이커를 특히 장거리 하이커를 배려했다. 그리고 그들이 할 수 있는 최선을 다해 도와주고 싶어 했다.

그럴 때마다 드는 생각은 '존중 받는' 느낌이다. 길을 걸으

며 존중받는 느낌은 참 생소하고도 기분 좋은 느낌이다. 그러면서 자연스럽게 우리의 백두대간을 생각한다.

나는 지금부터 40여 년 전에 그 길 위에 있었다. 물론 그때는 백두대간이라는 말을 알지 못할 때라 태백산맥이라 했다. 그 당시는 명칭이 중요했던 것은 아니다. 긴 능선을 이어 걷는 정도로 이해하면 될 것이다. 그때 어쩌다 산 위에서 마주치는 사람이나 산촌에서 만나는 사람들은 나를 신기하게는 생각했지만 존중은 언감생심이었다. 그리고 가끔 간첩으로 오해했다. 대부분의 사람들은 친절했다. 뭐라도 주고 싶어 했고 심지어는 배낭을 한 동안 메어 주기도 했다. 물질로 도움을 줄 수 없는 노인들은 마음으로 걱정을 해주었다.

"젊을 때 고생하면 늙어 골병든다."

"돈을 아무리 많이 받아도 이제 그만하고 집으로 돌아가라."

그 겨울 여러 사람을 만나지는 못했지만 만나는 사람마다 자기 나름의 도움을 주었다. 고봉으로 밥을 해준 사람, 잠을 잘 수 없을 정도로 방에 불을 뜨겁게 지펴준 사람, 눈물을 흘리며 가지 말라고 잡는 사람, 귀할 수밖에 없는 사냥 고기를 내 준 사람, 아무것도 묻지 않고 라면 두 개를 끓여 온 사람, 배낭을 한나절이나 메준 사람, 모두 일면식도 없는 처음 만난 사람들이었다. 나는 그 당시 그들로부터 나름의 방식으로 존중이라면 존중을 받았다는 것을 이 글을 쓰면서 알게 되었다.

그리고 27년쯤 지났나? 또다시 백두대간을 연속으로 할 기회가 생겼다. 그 세월 동안 무슨 일이 있었을까? 백두대간의 그냥 고갯길이 도로로 변했다. 비포장도로는 포장도로도 변했다. 백두대간 길은 지도와 나침반이 필요 없는 고속도로처럼 길이 잘 나 있었다. "그때는 그랬어"라는 말을 싫어하는 나는 나도 모르게 자꾸만 "그때는 그랬지"라는 말이 목을 타고 올라왔다. 하기는 그 세월이 보통 세월은 아니었을 것이다.

1991년 〈사람과 산〉 잡지와 기획한 백두대간 산행을 끝으로 나는 백두대간을 가지 않았다. 한동안 산에도 가지 않고 산에서 살았다. 나는 잘 몰랐지만 그때 그 산행이 계기가 되어 백두대간은 사람의 관심을 받으며 수많은 사람이 백두대간 길에 올랐다는 풍문을 들었다. 얼마나 많은 사람이 이 길을 지나갔기에 이만한 길이 뚫렸는지? 대부분 길도 없는 산에서 군사지도와 나침반만으로 눈이 빠지도록 길을 찾고, 나뭇가지에 찔리고, 가시에 박히고, 길을 잃거나 헤매고, 온갖 짓을 하며 헤쳐나간 길이다. 그런데 나뭇가지를 헤칠 일도, 가시에 박힐 일도, 지도를 볼일도 별로 없는 그 길이 이젠 낯설기만 하다.

아무리 길이 고속도로처럼 잘 뚫려 있다고 해도 백두대간은 그 자체만으로 힘겹다. 그렇지만 이 정도의 길이면 깨금발을 집고도 갈 수 있을 것 같다. 세상이 바뀐 것이다. 그만큼 백두대간을 찾는 사람들을 상대로 하는 장사꾼이 생겨났을 것이다. 백두대간에도 자본주의 세상이 차지해 버렸다. 도로 도착 얼마쯤 전에 제 각각의 표현대로 이름하여 광고가 색색으로 나부꼈다. 민박집, 식당, 개인택시 등.

그들은 철저하게 계산된 것으로 보이는, 가령 이곳에서 전화를 하면 그곳에서 전화를 받고 출발하는 시간과 거의 일치하게 시간이 계산된 것으로 보였다. 그렇게 필요에 의해 소비자와 생산자가 생긴 듯했다. 나로서는 오랜만에 오기도 했지만 도무지 적응이 되지 않았다. 그것보다 더 이상한 것은 능선상에는 수도 없는 표지가 만국기처럼 나부끼고 일부 사람은 자신들의 사진을 코팅해 걸어두기도 했다. 어떤 부부의 사진은 산마다, 고개마다 있다. 이제는 백두대간을 걷는 것이 이렇게 이상한 광고를 할 지경이 되어버린 것에 적응이 쉽지 않았다.

또 하나, 지난날 백두대간을 하던 중 고갯마루나 산에서 사람들을 만나면 누구나 무언가를 주고 싶어 했다. 실제로 이것저것 나눠주며 응원을 아끼지 않았다. 지금은 그때보다 훨씬 사람을 많이 만나지만 그들은 대부분 사람에게 관심이 없었다. 가끔 백두대간을 하느냐는 가벼운 인사 정도만 한다. 처음에는 도대체 이해가 되지 않았다. 우리가 이렇게 짐을 무겁게 메고 걷고 있으니 차에서 물이나 간식을 내줄 줄만 알았다. 그런데 그런 나눔은 거의 없었고 산에서 만나는 사람들도 비슷했다. 가끔은 내가 누구인지 아는 사람도 있었지만 대부분 잘 몰랐다. 간식을 나눠주는 사람도 있었지만 안 그런 사람이 더 많았다.

무엇보다 가끔 만나는 고갯마루의 상점이나 민박집에 들어가면 백두대간 걷느라 고생이 많다고 하기보다는 무엇을 더 팔아볼까? 하는 인상이 들었다. 일부 인심이 고약한 사람도 없지 않았다. 어떤 곳은 아예 내 앞에서 노골적으로 나를 팔았다. 지금 백두대간을 하는 것은 아무것도 아니다. 옛날에 '남난희'라는 여자가 있었는데 어쩌고 하며 나를 잘 안다고 했다. 그 말을 들은 내가 오히려 어쩔 줄을 몰라하며 혹시나 나를 알아볼까 두려워 얼른 그곳을 뜨고는 했다.

그 이후에는 백두대간을 하며 그렇거니 하게 되었다. 그리고 세월이 한 동안 흘러 멀고도 먼 미국 땅에 와서 여전히 그때처럼 걸으며 이 땅과 우리 땅을 생각하는 것이다. PCT를 걸으며 백두대간을 생각한다. 우리도 한때는 백두대간에서 존중까지는 아니더라도 도움을 받았다. 어쩌면 잘 몰라서 존중하지는 못했을지도 모른다. 그런데 이제는 존중은 고사하고 백두대간 '꾼'을 소비자로만 생각하고 저희에게 덕이 없으면 노골적으로 싫어하기도 하는 느낌이다. 물론, 그들이 그렇게 하기까지 백두대간을 하면서 그들이 그렇게 생각할 행동을 했을 것이다.

고성방가에, 쓰레기를 함부로 버린다. 화장실 처리도 엉망으로 한다. 남의 귀한 농산물에 손대고 어디 그것뿐이겠는가? 사소하게 눈살을 찌푸릴 일은 수도 없이 많았을 것이다. 스스로 존중받을 일을 하지 않았을 것이다. 언제쯤 우리도 스스로 존중받을 행동을 하고 또 존중해 줄 것인가? 까마득하다.

창경을 기다리며 머리로는 백두대간을 다녀왔다. 어느 순간 머리가 아니라 손이 먼저 그의 차를 알아보고 마구 손을 흔들고 있었다. 우리의 지원대, 그가 도착한 것이다. 며칠 지나지도 않았는데 어찌나 반갑던지. 별 호들갑을 다 떨었다. 우리는 그동안 PCT를 하면서 직접 사람에게 지원을 받은 것은 그때가 처음이다. 그러니 더 반갑고 더 신날 수밖에. 그동안 우리는 보급품을 박스로 받았다. 아니 찾았다.

이전까지 우리는 각자 출발해 공항에서 만났다. 그리고는 각자 준비한 것을 주변 우체국이나 모텔에서 급히 재포장해 우리가 받을 수 있는 트레일 주변 마을의 우체국이나 물건을 받아주는 특정 장소로 소포를 보냈다. 우리가 그 지점에 도착하면 히치하이킹을 해서 마을로 내려가 짐을 찾아 다시 올라가는 방법으로 진행했다.

우리가 받은 박스에는 항상 우리가 넣어둔 것 이외는 없을 수밖에 없었다. 항상 정해진 식품들, 간식들 어쩌다 특식. 주로 건조식품일 수밖에 없었지만 그래도 그날은 세속으로 내려간 날이라 시원한 맥주 또는 신선한 음식을 먹을 수 있는 날로 위안을 삼았다. 그런데 이번에는 사람이 온 것이다. 그것도 그 사람은 건이의 남편이자 산악인인 김창경이다. 그는 차가 터질 듯이 음식을 싸왔다.

신이 난 우리는 가까운 캠프지로 이동해 본격적으로 시작했다. 우리가 간 곳은 물이 없는 곳이다. 여름에는 인기가 없어서인지 그 캠프장에는 우리가 유일했다. 불을 피우고 텐트를 쳤다. 탁자에 온갖 음식을 올려놓고 무엇부터 먹어야 할지 고민해야 했다. 냉면, 삼겹살, 감자탕, 김치, 채소, 빵, 과일, 과자, 모르겠다. 다 생각나지 않는다. 맥주, 위스키, 보드카, 음료수 그것도 잘 모르겠다. 아마 집에 있는 냉장고를 다 털어온 것 같다. 그러고도 영 모자라 보였는지 오면서 또 이것저것

사가지고 온듯하다. 며칠 지나지도 않았고 얼마 걷지도 않았
는데, 아주 포식을 한다.

창경은 자신의 와이프가 걷는 길에 지원하는 것을 자랑스
러워하는 듯 보였다. 덩달아 우리까지 과분한 지원을 받으며
좋아하는 것이다. 복도 많다. 그도 산악인인지라 걷고 있는 우
리가 부럽기도 하고 함께 걷고도 싶었을 것이다. 하지만 모든
것이 여의치 않으니 지원대로 나섰을 뿐이다. 본인도 걷고 싶
은 마음을 어쩌지 못해 오는 길에 마운트 아담스 일부를 올랐
다가 왔다고 했다. 우리 모두의 피에는 산으로의 DNA가 있는
것이다.

아무도 없는 호젓한 캠프다. 밤에는 제법 쌀쌀해진 탓에 움
츠려 드는 몸도 녹인다. 기온과는 상관없이 극성인 모기도 쫓
았다. 분위기도 그만인 모닥불을 피워 두고는 먹고, 마시고,
웃고, 떠들고, 아주 큰 벼슬이라도 하고 온듯 모두들 약간씩
들떠서 밤이 깊을 때까지 놀았다.

모처럼 늦잠을 자고 일어나 다시 길 떠날 채비를 한다. 건
이는 며칠 동안 하산이다. 직장에서 휴가를 내지 못해 세속의
일터에서 일을 해야 하는 것이다. 겨우 몸을 만들었는데 하산

했다가 오면 다시 몸을 만드는 수고를 해야 할 것이다. 내려가는 그에게 남겨진 나는 미안했다. 모든 것을 주관하는 건이는 직장일도 소홀히 할 수 없기에 하는 수 없이 하산을 하고 건달 같은 나는 계속 걷는 것이 그랬다. 일행이 셋에서 둘로 줄고 보니 허전해 자꾸 돌아보게 된다. 내려가는 그녀도 아마 우리가 걷는 쪽으로 계속 눈길을 줄 것이다.

길은 '천상의 화원'이라는 말이 어울리게 온통 꽃길이다. 언제나 그랬듯이 지금 내가 걷는 길이 가장 좋은 길이다. 내 기억은 믿을 수 없지만 아마 PCT에서 가장 좋고 아름다운 길이 아닌가 싶다. 여전히 모기 때문에 배낭을 내리고 쉬지는 못하지만 잘 먹고 잘 쉬어서 그런지 배낭 무게도 느껴지지 않는다. 발걸음은 가볍기만 하다.

하루 종일 얼굴에 모기장을 하고 진행하고 있다. 모기를 대비해 통 넓은 바지를 입고 온 것은 탁월한 선택이다. 옷이 두껍지 않은데 몸에 달라붙기라도 하면 모기의 공격을 피하기 어렵다. 몇 번의 경험으로 헐렁한 옷이 유리하다는 것도 알게 된 것이다. 반팔이나 반바지를 입은 외국인들은 모기를 어떻게 피하는지 도무지 모르겠다. 아마 모기 기피제를 엄청 바를 것이다. 아무튼 그들의 행동은 모기에 아랑곳하지 않고 느긋하기만 한 것이 신기했다. 이곳 모기는 동양 사람을 더 좋아할지도 모른다는 결론에 이른다. 아주 손톱만한 곤충을 이기지 못하는 꼴이 우습기조차 하다.

아무튼 길은 쑥쑥 줄어든다. 이상하게도 항상 걸음의 속도는 동일한 것 같은데 사람의 숫자에 따라 달라지는 것은 무슨 조화인지 모르겠다. 건이가 내려가고 성희와 나만 걷는 길은 어찌 그리 헤픈지 모르겠다.

모기가 계속 재촉해서 속도를 줄일 수도 없다. 종일 걸으며 점심으로 미숫가루를 타 먹을 때도 엉덩이를 땅에 붙이고 쉬기는커녕 간식도 걸으며 먹어야 하는 실정이었다. 그래도 힘이 들지도 않고 하염없이 걷고만 싶다. 그러니 진행은 빨라질 수밖에 없다. 계획보다 3킬로미터를 더 걷고도 해는 중천이다.

작은 계곡 옆에 텐트를 치고 약식으로 목욕과 빨래를 해 치운다. 모기 탓에 느긋이 할 수도 없지만 아무리 지나가는 사람이 없다고 해도 길 옆이라서 그렇다. 길 바로 옆에 텐트를 치고 할 일 없이 들어앉아 아주 가끔이나마 지나가는 사람을 감상한다. 대부분 혼자서 걷고 있고 가끔 아주 앳된 처자가 혼자 지나가는 것을 보며 저 아이는 무슨 생각으로 혼자 길을 떠났고 지금은 어떤지 궁금하다.

나도 젊은 날 한때 혼자서 먼 길을 걸은 적이 있다. 그가 꼭 젊은 날의 나 같다는 생각이 들기도 한다. 한편으로는 그때 일이 도무지 까마득하다. 그때 무슨 생각을 하며 걸었는지 내가 한 일이 아닌 것처럼 여겨지기도 한다. 현실과 비현실을 오가고 있다. 그럴지라도 나는 그렇게 생각한다. 그때 내가 있어 지금 내가 있다. 그것은 사실이다. 그때도 최선을 다해 계획하고 실현했다. 지금도 마찬가지다. 그때의 당당했던 걸음이 지금도 당당하게 나를 걷게 한다고 생각한다.

밤이 어두워져도 가끔 발자국 소리가 들린다. 작은 물소리도 들린다. 산이 텅 비었다는 느낌이 든다. 마치 어제가 아주 오래전 같이 까마득하다. 모든 생활이 첫 경험인 성희지만 걷는 것은 물론 야외 생활에도 제법 잘 적응하고 있다. 웬만한 것은 내색을 하지 않는 그이기도 하지만 워낙 뒷심이 있고 눈치도 빨라서 모든 것을 빨리 습득했다. 그를 바라보는 나는 아주 기분이 좋다. 특출한 장거리 하이커 한 명을 배출했다는 느낌이 들었다. 하지만 과연 그와 이 길이 끝나면 다음 길을 연결할 수 있을지는 그도 나도 모른다.

하늘에는 구름 한 점 없고, 멀지 않은 곳에 하얀 눈을 얹은 아담스가 손짓한다. 평화로운 풍경이다. 주변에 꽃과 아름드리나무, 졸졸 흐르는 계곡 물소리, 그리고 눈을 잔뜩 얹고 손짓하는 산, 인적이라고는 없는 곳에 세운 우리의 아담한 텐트. 이만한 축복은 없으리라.

변함없는 하루가 시작된다. 먼동이 틀 무렵 나는 자리에 누운 채로 간단한 스트레칭과 복식 호흡으로 정신을 맑게 하고 나의 신들에게 문안인사를 한다. 내가 신을 특별히 모시는 것은 아니지만 때와 장소에 따라 나름의 인사나 기도를 하는 것이다. 내가 현재 있는 곳, 그곳 신에게 인사를 하는 것은 인간으로 최소한의 예의라고 본다. 그러니 이곳의 신에게 문안 인사로 새날을 맞이하는 것이다.

그렇게 살짝 부스럭거리면 아이들도 일어난다. 가장 먼저 긴 밤 동안 모인 소변을 해결한다.* 텐트로 들어와서 옷을 갈아입고 침낭을 넣고 짐을 대충 싸고는 지난밤에 정수해 둔 물로 차를 끓인다. 아무리 여름이라도 새벽에는 쌀쌀하기 때문에 따뜻한 차가 좋다. 나는 주로 생강차를 마시고 아이들은 각자의 취향에 따라 커피나 다른 차를 마시며 아침으로 비스킷을 조금 먹는다. 그러고는 일사천리로 텐트를 접고 짐을 꾸려서 출발한다. 나는 항상 일찍 출발하자는 생각이다. 일찍 도착

---

* 캠프에 우리만 있을 때는 멀리가지 않고 해결하지만 다른 이가 있으면 안 보이는 곳으로 이동해 해결한다.

하는 것도 나쁘지 않으니 나와 함께하는 대부분의 산행은 그렇게 하고 있다. 출발할 때는 제법 쌀쌀해 겉옷 하나를 더 입었다. 비나 장갑을 끼고 출발하기도 한다.

아담스와 점점 더 가까워지니 희한하게도 모기가 사라졌다. 얼마만의 해방인지 환호성이 나올 뻔했다. 모기 없는 세상이 이렇게 좋은지를 처음 안 사람처럼 신기해 한다. 비로소 모기장을 벗고 맑은 공기와 직접 소통하는 기분은 정말 좋다. 큰산 주변이라 그런지 하이커를 자주 만난다.

이곳 하이커는 비교적 나이가 많은 게 특징이다. 그들도 여러 날을 산에서 보내는지 배낭이 장난 아니다. 모두 여유 있는 표정이다. 느긋해 보이고, 행복해 보인다. 나이는 가늠하기 어렵다. 나보다 더 많을지, 아닐지?

가끔 설산에서 내려오는 빙하가 세찬 소리를 치며 질주한다. 거의 황토색 물이지만 가끔은 맑은 물도 있다. 그 물에 번갯불에 콩 구워 먹듯이 머리를 감는다. 빙하라 물은 엄청 차서 머리가 얼얼하지만 정신이 맑아진다. 엄청 개운하다.

아담스를 오른쪽 어깨 위에 두고 코라*를 돌듯이 남쪽에서

---

* 티베트 불교에서 탑이나 사원이나 성산을 한 바퀴 도는 수행을 말한다.

시작해 서쪽과 북쪽으로 '산돌이'를 하는 길이다. 기분이 묘하다. 아담스가 손을 뻗으면 잡힐듯한 곳에서 모처럼 배낭을 내리고 신발까지 벗고 느긋하게 쉬기로 한다. 날씨는 적당히 춥다. 맨발로 딛는 바위의 서늘함이 온몸을 통과해 머리까지 전달된다.

주변에 기운이 넘치는 것을 느낀다. 가까운 곳에 산불 흔적이 심하다. 아마 재작년쯤 이곳에 산불이 났나 보다. 엄청난 규모의 산불이었을 것이다. 셀 수도 없는 수많은 나무가 화마에 타고, 그을리고 그렇게 쓸쓸하게 '나목(裸木)'으로 남겨져 있다. 표정도 없이, 탄력도 없이, 생기도 없이, 그냥 하늘을 향해 멍하니 서 있기만 한다. 살아있는 것과 그렇지 않은 것의 차이다. 땅덩어리도 크지만 산불로 죽어버린 나무도 엄청나다. 끝이 없다.

어디 이곳뿐이랴? 그동안 봐온 곳만도 수도 없다. 살아있는 나무들을 볼 때는 별 생각이 없었는데 생명을 잃은 나무들을 보니 이상하다. 그것 또한 한 풍경이기는 하지만 자연스럽지가 않다. 그리고 자꾸만 눈이 가서 바라보다가 발견했다. 나뭇가지가 하늘을 향하지 않고 모두 땅을 향하고 있는 것이다. 이렇게 쉬지 않았으면 대수롭지 않게 지나쳤을 것이다. 여유롭게 쉬다 보니 그냥 지나치기 쉬운 것들이 눈에 들어온다.

대부분 나무는 가지가 하늘로 향하는 것이 이치로 알고 있다. 그런데 이곳의 나무는 왜일까? 이곳은 하늘보다 땅기운이 더 좋아서일까? 그래서 가지가 땅으로 향했을까? 지식이 없는 관계로 혼자 마음대로 상상해 보는 것이다. 그렇지만 아무리 내 식으로 생각한다고 해도 그것은 아닌 것 같다. 아마도 이곳은 눈이 많이 오는 지역이다 보니 눈 무게 때문에 그런 것이 아닐까 생각한다. 겨울이 길고 6개월 이상이나 눈이 오는 곳이라고 하니 그 생각이 더 현실적이다. 하지만 결론은 잘 모르겠다.

불에 타는 동안 나무는 얼마나 뜨겁고 힘들었을까? 움직일 수가 없으니 고스란히 서서 당하고만 있었을 나무를 생각하니 가슴이 아프다. 사람이 한 짓이 아니라 자연 발화였다고 해도 결과는 같다. 어디 나무만 당했을까? 수많은 생명이 이유도 모른 채 사라졌을 것이다. 무섭다.

2021년에 실제로 기후 변화로 PCT 완주가 불가능해졌다는 보고가 나왔다. 기후 변화로 트레일에 산불이 상존하고 구간 통제는 일상이 된 셈이다. 〈PCT 협회〉의 스콧 윌킨슨Scott Wilkinson 홍보이사는 "트레일 전 구간을 일시에 종주하는 것은 이제 불가능해졌다고 봐야 한다"라고 말했다. 산불도 그렇지만 가뭄으로 샘터가 마른 곳이 많아 식수 찾기가 어렵다는 게 이유다. 사막구간은 더 심각하다. 협회에서는 '자기가 사는 곳 인근 구간만 완주하기' '구간별로 1주에서 2주씩 나누어 완주하기' 등을 대안으로 홍보하고 있다. 앞으로는 일시 종주하는 스루 하이커는 없어지고 우리처럼 섹션 하이커만 있을 수도 있겠다. PCT 문화가 변할 전망이다.

걷는 중에는 거의 쉼 없이 걷기에만 집중했다. 그런데 모처럼 많은 시간을 쉬다 보니 안 보이던 사물이 보이고 감정도 느끼게 되는 시간이다.

햇빛바라기를 하며 이 바위 저 바위를 옮겨 다니며 눈길이 가는 모든 사물 또는 풍광, 사람이 전혀 개입될 수 없는 자연을 보다가 다시 길 위에 선다. 배낭을 내리고 쉬는 것도 좋지만 배낭을 지고 걷는 것은 더 좋다. 내가 나로 돌아온 기분이라고 해야 할까?

건이가 오기로 한 날은 정해져 있는데 어쩌자고 우리의 발걸음은 빠르기만 한가? 속도를 조절해야 했지만 그것도 쉽지 않다. 계획상 걸어야 할 거리가 적게 잡혀 있고, 길은 좋고, 모기가 쉬는 것을 방해한다. 자기의 속도보다 빨리 걷는 것은 힘들지만 자기의 속도보다 천천히 걷는 것도 쉬운 일이 아니다.

이래저래 시간이 남기도 해서 새벽에 막영지를 출발한 후 처음으로 배낭을 내린다. 6시간 만이다. 배가 고프기도 하고 쉬기도 해야 해서 배낭을 내렸지만 움직일 때보다 더 많은 모기가 기다리고 있다. 모기지옥이다. 잠시 망설이다가 조금이라도 편히 쉴 수 있게 텐트를 치기로 한다. 잘한 결정이다.

그늘을 찾아 텐트를 쳤다. 점심인 미숫가루를 타먹고 나니 이내 할 일이 없다. 운행 중에 텐트를 쳐 본 적도 없다. 낮에는 항상 걷거나 먹는 것에만 습관을 들여서인지 걷지도 않고 먹지도 않고 가만히 있는 시간이 익숙하지가 않다. 모기에게 쫓겨서 한낮에 텐트 안에 갇힌 꼴이 된 우리가 처량하다.

어쩔 수 없이 낮잠을 시도한다. 하지만 텐트 안에서 모기를 피할 수 있으나 더위는 어찌지 못한다. 햇볕을 피해 그늘을 찾아 텐트를 이동해 본다. 출발 이후 첫 휴식이자 모처럼의 휴식이지만 별로 잘 쉬었다는 느낌이 아니다. 그래도 한참을 텐트 안에서 버틴다. 이 많은 모기떼는 무엇으로 사는가?

이제 트레일에서 벗어난다. 건이와 만나기로 한 곳이 PCT 트레일에서 약간 벗어난 곳이라 어쩔 수 없다. 나는 평소에도 특별한 경우가 아니면 길을 벗어나지 않으려고 한다. 주로 백두대간이겠는데, 물이 길에서 벗어나 있으면 차라리 물을 지고 가는 것을 선호한다. 내가 선택한 길 이외에는 한 발자국도 다른 곳에 소비하고 싶지 않은 것이다.

내가 생각해도 좀 심하지만 바꿀 생각은 없다. 그러니 길을 버리고 가는 것이 탐탁할 리가 없다. 이유는 있겠으나 이렇게 세운 계획이 이해가 가지 않아 당혹스럽다. 본래 길에 집착한 나머지 자꾸 화가 나려고 한다. "옴마니반메홈"* 진언을 하며 마음을 가라앉힌다. 내가 화가 나는 것은 PCT에서 처음 있는 일이다.

아까운 길을 두고 한참의 내리막을 치달은 후에 우리는 거대한 호수에 도착할 수 있었다. 우리가 다시 만나기로 한 월업트 레이크Walupt Lake다. 호수는 거대하고 물은 쪽빛으로 반짝인다. 아마 찻길이 이 호수까지 뚫려 있는 것 같다. 그래서 이곳에서 만나기로 했다는 것을 이해한다. 우리의 다음 보급품 때문에 찻길이 있는 이곳에서 만나야만 하는 것으로 이해한다. 긴 호수를 따라 내려가자 찻길이 있는 호수 초입이 나온다. 그곳은 많은 행락객으로 붐빈다. 그들은 이곳까지 먹을 것을 바리바리 싣고 와서 먹고, 마시고, 물놀이하고, 뱃놀이하고, 낚시하고, 야영하고 가는 휴양지인 듯한데, 어쩌자고 정작 우

---

* 이 주문을 지송하면 모든 죄악이 소멸되고 모든 공덕이 생겨난다고 한다.

리에게 필요한 상점은 없었다.

아무리 돌아봐도 없다. 실망이 이만저만이 아니다. 캠프장은 개인이 운영하는 곳이다. 비용을 지불해야만 이용할 수 있었다. 가난한 우리는, 무엇보다 번잡한 것이 싫은 우리는 캠프장에서 살짝 벗어난 한가한 호숫가에 텐트를 친다. 그리고는 아예 호수에 몸을 담그고 논다. 몇 년 전 티베트 성호 마팜융쵸(마나사로바 호수)에서 어머니 품을 들락거렸던 생각이 나며 기분이 좋아졌다. 호수는 어디나 그런 힘이 있는 것 같다.

이가 딱딱 부딪힐 때까지 물 안에서 있다가 나왔다. 빨래도 꼼꼼하게 해서 말리고 행락객처럼 어슬렁거리며 나가본다. 혹시 맥주라도 얻어먹을 수 있을까 하는 턱도 없는 생각을 하며. 하지만 누구도 우리를 거들떠보지 않는다. 없는 용기를 쥐어짜서 큰마음 먹고 마음씨 좋은 사람을 찾아본다. 첫 시도부터 보기 좋게 거절을 당하고는 지레 포기해 버린다. 엄청 큰 아이스박스에 바리바리 쌓아놓고도 매몰차게 거절하는 것을 보며 역시 트레일을 벗어나면 대우가 이렇다는 것을 확인한다.

약간 쓸쓸한 기분으로 우리의 텐트에 돌아와서 저녁을 지어먹는데 처량하다는 느낌이다. 여느 날과 똑같은 밥을 지어먹는데 왜 그런 생각이 드는가? 세속에 왔으니 산속과는 다른 것을 몸은 원하고 있는 것 같았다. 하지만 우리에게 가진 것은 그동안 먹어왔던 것 외에는 있을 리 없다.

그러고 나니 저녁을 먹었는데도 배가 고픈 것 같다. 자꾸 입이 궁금하고, 할 일이 없으니 먹을 것만 생각하게 된다. 너무 일찍 온 탓에 이틀이나 이곳에 있어야 하는데 무엇으로 어떻게 이 무료함을 달랠 수 있을지 걱정이다. 이곳이 유원지이기는 하지만 간혹 이곳을 출발하는 하이커를 몇 명 만나기도 했다. 그래서 혹시 하이커 박스라도 있나 살피다가 한 곳에서 찾기는 했다. 그동안 트레일에서 봐온 하이커 박스와 비교는 해서도 안 되겠지만 좀 너무했다. 그런데 허접한 또는 얼마나 오래된 것인지도 모르는 물건들 틈에 봉지가 터지지 않은 과자가 있었다! 행여 누가 볼까 사방을 휙 돌아보고는 과자 봉지를 챙긴다. 그 이후 이틀 동안 얼마나 많이 그 박스로 갔는지 모른다. 물건은 언제나 그대로이지만 그 안에 있는 먹을 것이라고 생각되는 것들은 우리 텐트로 옮겨져 왔다. 그리고 먹을 만한 것은 먹고, 아닌 것은 버렸다. 그렇게 그 빈약한 하이커 박스는 더 빈약해져 갔다. 거지가 따로 있는 것이 아니다. 그때 우리가 바로 거지였던 것이다.

이상하게도 길을 걸을 때는 항상 정해진 만큼의 식량으로 진행을 했고 배고프다는 것을 잘 느끼지도 않았다. 그런데 아무것도 하지 않고 놀고만 있으니 자꾸만 배가 고프고 먹을 것이 없는지에만 골몰하게 된다. 나는 그동안 산행을 할 때, 특히나 장거리 산행을 할 때 운행 중에는 간편하게 먹고 내려와서 많이 먹자는 주의다. 당연히 운행 중에도 잘 먹으면 좋겠지만 무게를 생각하고 조리 시간도 생각해 그렇게 한다. 오래된 습관이라 산에서 적게 먹어도 배고픈 줄을 잘 모른다. 아는 사람들은 가끔 그렇게 먹고 어떻게 그 힘든 산행을 하느냐고 묻기도 한다. 잘 모르겠는데, 어쩌면 산의 기운을 받아 그리 많이 먹지 않아도 에너지가 충전이 되는 것이 아닐까 싶다.

그래서 PCT를 걸을 때도 식량이 부족하지 싶게, 하지만 부족하지는 않게 준비해 간 것으로 잘 견딘다. 일행 누구도 부족함을 말하지는 않는다. 어쩔 수 없이 견뎌야 하는 것은 아닐 것이다. 하지만 우리의 식량은 대부분 건조식품이다 보니 먹는 재미도 없고 포만감도 없어 정신적인 허기가 마음 깊이 남아있는 것 같다. 그래서 나중에 내려와서 그 보상 심리로 엄청 먹는 것 같다. 아마 영양적으로 부족하지는 않으나 심리적인 부족함이 있는 것 같다.

약간의 차질이 있어 버너 가스가 떨어지고 있다. 이곳은 연료를 파는 곳이 없다. 물론 우리가 조리하는 것이라고는 알파미로 밥을 하고 건채소와 라면 하나를 끓이는 게 고작이다. 그래도 연료가 떨어지면 알파미도, 라면채소국도 먹을 수 없다.

생각다 못해 성희가 또 구걸에 나섰다. 캠프장을 한 바퀴 돌고 온 그의 표정은 부정적이었다. 그곳에 온 모든 사람은 우리가 쓰는 소형 버너를 쓰지 않는다. 캠핑용 큰 버너를 쓰기 때문에 우리가 사용하는 작은 LPG 가스는 없다는 것이다.

나아가 우리를 그들과는 전혀 다른 별세계에서 온 사람 취급하더라는 것이다. 성희는 혹시 누군가가 버린 것이 없나 싶어서 쓰레기통도 뒤적였다고 한다. 웃어야 할지 울어야 할지 모르겠다. 하이커 박스의 과자도 떨어졌다. 우리의 간식은 진즉에 떨어졌다. 주식만 겨우 가지고 있는데 이것마저 못 먹으면 우리는 그들이 올 때까지 굶어야 하는 것이다. 하는 일 없으니 먹는 것만 중요하게 생각되는 것이 묘하다.

할 일 없이 물에 들락거리다가 성희가 다시 말없이 사라졌다. 그러다가 다시 왔는데, "조리할 것을 가지고 와서 자기네 버너에 조리를 해서 가라"는 소식을 가지고 왔다. 이렇게 하며 먹어야 하나 싶지만 그의 손에 알파미 코펠과 채소와 라면을 아예 넣어 끓여 오라고 보내놓고 이게 무슨 짓인가 싶어 서글프기까지 하다. 곧 돌아온 그의 손에는 퉁퉁 분 라면과 식은 밥이 들려 있었다. 우리는 웃을 기분이 아니라 그냥 말없이 밥만 먹었다. 그렇게 또 한 끼를 때웠다. 그래도 시간이 가는 것이 고마웠다.

곧 밤이 왔고 달빛을 받은 호수는 환상적이다. 밤에도 뱃놀이하는 팀이 간혹 있었다. 호수는 잔잔했고 자리를 잘 잡은 우리의 캠프는 조용했다. 이렇게 맑은 호수에는 배에서 낚시하는 사람은 많으나 물고기는 별로 없는 듯하다. 고기를 잡은 사람은 없었다. 아침저녁으로 꼭 그 시간만 되면 오리들이 질서정연하게 행진하고 지나간다. 평화로운 모습이다. 그렇게 또 하루가 지나간다.

나로서는 PCT 중 한 곳에서 이렇게 있어 보는 것도 처음이다. 혹시 그들이 밤에 올지도 모른다는 희망이 생겼다. 그들이 볼 수 있을만한 게시판 여기저기에 우리가 어디에 있다는 메모를 남긴다. 그리고 텐트로 돌아와서 호수만 바라본다.

다음날 아침부터 며칠간의 붙박이 텐트를 접고 그들이 올법한 길목에서 오매불망 기다린다. 배는 고프고 슬슬 지쳐간다. 기다림, 인내, 배고픔, 참음의 시간이다. 이것도 인생이다. 그렇게 생각을 하고 나니 조금 여유가 생겼다. 드디어 그들이 왔다. 이번에는 식구가 많다. 창경과 함께 온 그들은 건이를 비롯해 린다(인덕)와 건이의 친구인 에스테라Aesthera 등 갑자기 많아진 사람으로 정신이 없다. 그들은 먹을 것도 잔뜩 가져왔다. 실제 허기에 정신적 허기까지 겹쳐서 완전히 지친 우리는 먹을 것에 정신을 빼앗긴다. 건이에게 그동안의 일들을 두서

없이 이야기하면서도 연신 먹을 것에 정신이 팔린다.

우리는 질리도록 호수와 시간을 보냈지만 호수를 처음 만난 그들은 호수가 너무 아름답다고 감탄을 연발한다. 그래, 내일 좀 더 걷기로 하고 호수에서 하루를 더 보내기로 작정한다. 우리의 고마운 엔젤 창경은 가고 우리끼리 우리의 은밀한 캠프에서 각자의 짐을 푼다. 각자 자리를 잡고 자기의 방식으로 호수를 즐긴다.

미국 친구 에스테라는 수영을 너무 좋아한다. 물개처럼 물에서 나올 줄 모르고 즐거워한다. 건이는 여전히 분주하게 왔다 갔다 하며 서로를 조율한다. 특히 인덕 씨의 짐 때문에 고심하는 것 같았다. 창경 편으로 제법 보내기도 한 모양인데도 짐이 많았다. 나는 관여하지 않기로 했다. 만약에 내가 관여하면 좋은 의미로 하는 말도 잔소리로 들릴 수 있기 때문이다. 그리고 실제로 잔소리 할 일이 많아 보이기도 했다. 약간 서먹하고 약간 친밀한 밤이었다.

식구가 많아진 우리는 길을 나서서는 더 서먹했다. 서로 합일점이 없기 때문일 것이다. 인덕 씨는 작년에 JMT를 하면서 너무 준비가 미흡해 고생한 탓인지 필요 이상의 짐을 가져왔지만 그것을 감당할 수 없는 것으로 보였다. 짧은 하이킹은 자주 하지만 장거리 하이킹은 작년에 한 JMT가 처음이라는 것이다. 작년에 만났을 때 하지 않았던 말이었다. 많이 걷는다고 해서 긴 길도 경험이 많은 줄 알았다.

트레일 헤드까지는 꾸준히 올라가야 하는 길이다. 나는 다시 길을 나섰다는 것만으로 기분이 좋아졌다. 건이는 본인도 힘들 텐데 인덕의 짐을 덜어내서 자기 배낭에 넣었다. 나는 일절 모른 척했다. 오르막을 거의 올라갔다. 아직은 PCT 트레일이 아닌데도 전망이 좋아지고 풍광도 아름답게 펼쳐졌다. 칼날 리지를 지나고 환상의 꽃길을 지나고 비로소 우리의 길 PCT와 만난다. 감격한다.

이 길에서 비로소 건이가 이해가 되었다. 다소 무리를 해가며 자기의 친구 에스테라를 동행시킨 것이 이 길의 아름다움 때문인 것이다. 이 길에서 멀지 않은 곳에 살아 이곳의 명성은 진즉 알고 있었다고 한다. 그래서 몇 번의 산행을 시도했다는데, 번번이 못하고 말았다고 한다. 이유는 주로 눈 때문이다. 이곳에는 눈이 많이 와서 산행 시기를 맞추기가 쉽지 않다고 한다. 이번에 마침 우리가 이곳을 지나게 되었고 그래서 동행을 시켰다고 한다. 그런데 참 잘했다. 과히 환상적인 길이다. 천상의 화원에 서 보니 멀고 가까운 곳에 설산이 세 개나 있다. 마운트 아담스와 마운트 헬렌 그리고 마운트 레이니어!

미국에서 한 눈에 각자의 명성을 자랑하는 산 세 개를 한꺼번에 보는 것은 쉬운 일이 아니다. PCT 길 중 가장 아름다운 길이라는 생각이다. 어쩌면 세상에서 가장 아름다운 길 아닐까 싶기도 하다. 이 맛에 길을 걷고 이 맛에 고행을 하는 것이다. 이 맛에 PCT를 하는 것이다. 내가 감탄하며 그렇게 얘기하자 건이가 말을 보탠다. 내가 작년에도, 그 전 해에도 그렇게 얘기했다는 것이다. 아마 그랬을 것이다. 언제나 지금 내가 걷는 길이 가장 좋은 길이라고 생각하기 때문이다. 그럴지라도 그때는 정말 그 길이 가장 좋은 길인 것은 사실이니까. 이때 생각에는 PCT중 워싱턴 구간이 가장 좋게 느껴졌다.

눈길 옆에 꽃길, 꽃길 옆에 울창한 숲길, 숲길 옆에 칼날 능선, 멀고 가까운 곳에 흰 눈이 쌓인 산들, 보이는 것 말고도 들리는 물소리, 새소리. 모기조차 없는 길. 각자 아름다운 풍광에 빠져 카메라 셔터를 연신 누르고 환호한다. 각자의 방식으로 자연을 만끽한다. 풍광이 아름다우면 사람도 아름답게 보인다는 것도 알게 된다. 모두가 얼마나 아름다운지. 한 동안 풍광에 빠져서 시간을 보낸다.

건이 친구 에스테라가 왜 그렇게 오고 싶어 했는지 알겠다. 그리고 이 길의 명성도 알겠다. 월업트 레이크Walupt Lake에서 가까워 접근도 수월하고 풍광도 빼어나기 때문일 것이다. 그리고 2일에서 3일만 걸으면 도로를 만날 수 있다는 장점도 있다. 여러모로 사람들이 많이 선호하겠다. 하지만 우리가 만난 사람은 몇 명 없었다.

아무리 좋은 곳도 머물 수만은 없는 우리는 또 가야 할 길이 남아있는 관계로 길 위에 선다. 인원이 많고 개인별 속도 차이도 있어 운행은 조금 느리다. 그래도 주변 풍광이 좋아 천천히 걷는 것도 나쁘지는 않다. 길 주변의 야생화는 한 종류로 무리 지어 피기도 했고, 여러 종이 모여서 피기도 했지만 각각이 아름답다. 내가 아는 야생화도 있지만 모르는 것이 더 많다. 비슷해 보이는 것, 처음 본 것, 꽃, 꽃길, 온통 꽃길.

에스테라가 모기 퇴치기를 가지고 왔다. 크기는 부담스럽지만 효과는 만점이다. 70~80년대 무전기만 한 부피는 짐을 조금이라도 줄여야 하는 장거리 하이커에게는 무리다. 하지만 그냥 단거리로 걷는 사람이나 야영만 하는 사람들에게는 아주 좋겠다. 그 물건을 작동시키면 반경 5미터 정도에는 모기가 얼씬도 못한다고 한다. 액체로 된 물약을 가끔 넣어야 하고 패드 같은 것도 갈아줘야 한다고 했다. 내 집에도 모기가 많아 탐이

나는 물건이지만 약을 갈아줘야 한다는 말을 듣고 포기했다.

　　이제 풍광이 바뀐다. 오른쪽은 절벽이다. 설악산의 범봉을 닮은 검은 바위봉이 수도 없이 이어지는 길이다. 트레일 또한 업다운이 아주 심하고 종일 스위치백으로 오르내린다. PCT 자료에서는 워싱턴 구간을 존 뮤어 구간의 축소판이라고 했는데 틀린 말은 아닌 것 같다. 느낌으로 오히려 더 심한 곳도 있다. 지금 어려움이 가장 큰 어려움이다. 지난겨울과 올봄 우리나라는 심하게 가물었는데 이곳도 가뭄이 심한 것 같다.

　　그동안 걸으며 아직 비를 한 번도 만나지 않았다. 호수는 물이 많이 줄어있는 것 같다. 길은 바스락거리며 먼지를 날리고 있다. 항상 앞서 걷는 나는 내가 발을 옮길 때마다 일어나는 먼지로 뒷사람이 얼마나 괴로울지 신경이 쓰인다.

　　전 세계적으로 기후가 이상하기는 한가 보다. 내가 우리나라를 떠나 올 때도 지난겨울과 봄 동안 얼마나 가물었는지 계곡은 말라버렸다. 불일 폭포조차 아주 조금의 물로만 폭포임을 증명하고 있었는데 이곳도 마찬가지다.

　　비교적 찻길에서 접근이 쉬워서일 것이다. 트레일 러너가 제법 있다. PCT 트레일 다른 곳에서는 만날 수 없었는데, 이 주변에 유난히 많은 이유가 있을 것이다. 최소한의 짐으로 패스를 달리는 것은 어떤 기분일지 나는 경험해 보지 못해 상상할 수조차 없다.

몇 년 전 히말라야 마나슬루Himalayas Manaslunaslu를 라운드할 때 총 몇 킬로미터인지는 기억나지 않지만 해발 5200미터 고개를 달려서 넘는 트레일 러너들을 만난 적이 있었다. 그들도 역시 짐이 거의 없는 것으로 봐서 어쩌면 보통 트레커들이 8일에서 9일 정도 걷는 길을 자지도 않고 한꺼번에 끝내는 것 같아 놀란 적이 있었다. 대단해 보이기는 하지만 부럽지는 않다. 나는 걷는 것을 더 잘하고 그래서 걷는 것이 더 좋다. 길이 돌투성이라 달리기에 썩 좋은 길은 아닌데 그들은 달리고 나는 걷는다.

하루를 접으려고 트레일을 살짝 벗어나 호수로 내려간다. 이미 여러 사람이 각자 선호하는 곳에 텐트를 치고 있다. 서로 적당히 떨어져 있다는 것을 위안 삼아 요령껏 씻는다. 서로 보여도 못 본 척한다. 모두 피곤하고 모두 먼지와 땀에 절어 있다. 모두가 씻고 싶으니 남의 눈을 신경 쓰는 것은 모두에게 별 이득이 없는 것은 사실이니까.

이날도 종일 스위치백이다. 오르내림이 심하다. 폭포도 자주 만나고, 계곡에는 물이 많다. 고개를 몇 개 넘기도 했다. 아주 변화무쌍한 코스에 들어선 것이다. 물을 건너야 하는데 물살이 너무 심하다. 길을 한참이나 돌아 겨우 도강을 하기도 했다. 워싱턴 구간 중반으로 들어서면서 길은 오르내림이 심해 며칠을 스위치백으로 산을 맴돌고 있다. 물이 풍부하고 폭포와 계곡들이 수시로 나타난다.

이제 마운트 레이니어Mt. Rainier는 완전히 뒤로 밀렸다. 대신 글레이셔 피크Glacier Peak가 가까이 왔다. 업다운이 심한 곳에서 걸으니 비로소 걷는 것처럼 걷고 있다는 느낌이 들면서 기분이 좋아진다. 오랜만에 땀을 흘리며 걸었다.

성희는 참을 만큼 참다가 거의 기어들어가는 목소리로 배고프다고 호소를 해왔다. 우리의 식량이 풍요롭지는 못했지만 배고플 정도는 아닌 것으로 아는데 대원 중 배가 고프다고 하는 사람이 있으면 좀 심각하다. 산과 관련해서는 아마추어인 그는 배고픔을 참는 것을 익히지 못해서일 것이다. 우리는 산악 단체 생활을 하며 알게 모르게 학습되었을 것이다. 힘들거나 배고픔 등 모든 것이 부족할 수밖에 없는 환경에서 훈련을 하고 산행을 하면서 저절로 익혔을 것이다. 그런 관계로 우리는 아주 심하지 않으면 견디는 것이 습관이 된 듯하다.

이미 그의 배고픔 호소는 진즉에 있었다. 아침으로 먹기로 한 건빵을 간식으로 돌렸다. 아침은 미국 비스킷으로 대체했다. 우리는 철저히 계산을 해서 짐을 꾸렸기 때문에 운행 중에는 식량을 추가로 보충할 방법이 없었다. 나중에 지원을 받을 때 나는 알파미를 여분으로 조금 더 넣었다. 그리고는 다른 날보다 밥을 조금 더 많이 해서 데리고 온 자식에게 몰래 더 먹이듯이 그의 옆구리를 찔러 웃음을 자아냈다.

이 친구는 갈수록 배고픔이 잦다. 어떤 때는 밤에 자다가도 배고프다고 하고, 운행 중 아주 불쌍한 표정으로 나를 바라보며 "배고파요" 하면 어쩔 줄을 모르겠다. 아마 힘들다는 표현을 배고픔으로 나타내는 것은 아닐지? 나는 멀쩡한 사람 한 명을 긴 길을 걷자고 데려와서 배 골리는 꼴이 되어버려서 안타깝고, 안쓰럽고, 미안하고 그리고 재미있다. 인덕도 기회를 잡은 듯 그렇게 조금 먹고 어떻게 그렇게 걸을 수 있냐고 혀를 내두른다. 뭐 그럴지라도 우리는 잘 걷고 최대한 즐긴다.

처음에 약간 서먹했던 건과 성희는 같은 곳 즉, 광주에서 나고 자랐거나 공부를 한 곳이라는 공통분모로 아주 죽이 잘 맞았다. 수다가 장난이 아니다. 말 없는 나만 앞서 걸을 뿐이다. 인덕은 뒤쳐지기는 하나 꾸준히 따라온다. 그래서 기다리는 시간이 많았지만 조금씩 양보하니 견딜만했다. 서로가 필요한 만큼 서로를 배려하니 적응이 되는 것 같았다.

참 딱한 것은 워싱턴 구간에는 좀처럼 엔젤을 만날 수가 없다는 것이다. 그동안의 경험으로 도로가 나 있는 곳이면 엔젤이 있었기 때문에 습관적으로 도로를 만나면 무엇이 있을까 기대를 하지만 번번이 실망이다. 실망을 거듭하며 결론을 내리기를 이 지역은 산이 많은 지역으로 유난히 하이커가 많고 PCT 하이커보다 섹션 하이커가 더 많은 관계로 굳이 PCT 하이커만을 위한 엔젤이나 매직이 없지 않겠냐는 그럴듯한 결론을 낸다.

캘리포니아 특히 사막 구간은 PCT 하이커 말고는 섹션 하이커는 거의 없다. 삭막한 사막만 존재하는 곳을 누가 걷고 싶겠는가? 꼭 가야만 하는 PCT 하이커 이외에는 걷는 사람이 거의 없다는 결론이다. 그 구간은 무엇보다 물이 절대 필요한 곳이고, 다른 것도 열악해 더 많은 엔젤이 필요하고, 또 그래서 생겨난 문화가 아닐까? 나름의 결론을 내리고 보니 그럴듯하고 이해가 되기도 했다.

하지만 워싱턴 쪽은 산이 많고 도시도 가깝고 경관도 좋으니 섹션 하이커가 많고 실제로 여러 종류의 하이커를 만나기도 했다. 주로 나이 든 분이 많았다. 젊은 커플, 아이와 함께 걷는 가족 등 다른 어느 곳보다 다양한 사람을 길에서 만났다. 이곳은 섹션 하이커의 천국이다. 건이 말에 의하면 길게는 한 달, 짧게는 하루 이틀, 그리고 일주일 등 걷는 기간이 다양했다. 개와 함께 걷는 하이커도 많았다. 재미있는 것은 개에게 본인의 짐, 즉 개 자신이 먹을 식량이나 물을 개에게 직접 지고 걷게 하는 사람도 많았다는 것이다.

길에서 만나는 개들 대부분은 혀를 길게 내밀고 헉헉대며 사람을 따라 힘겹게 걷는다. '과연 개는 행복할까? 물론, 빈 몸인 개들도 많기는 했지만 그들 또한 힘겨워하는 것을 보며 누구의 선택이고 누구의 만족인가?' 생각한다. 나는 개들이 좀 불쌍해 보였다. 팔자에도 없이 주인 따라 이유 없이 걷는 개들, 그것도 무거운 짐까지 지고.

길에서 만난 개들은 무슨 훈련을 받기라도 했는지 유순했다. 거의 소리도 내지 않는다. 미리 길을 비켜서기도 했다. 개와 함께 하는 사람들도 맞은편에서 오는 사람을 만나면 즉시 개를 단속하고 상대에게 위협이 되지 않게 행동을 한다. 개를 무서워하는 나에게 전혀 위협이지 않아 나도 전혀 무섭지 않았다. 아주 가끔 무섭게 짖어서 위협하는 개도 있었지만 아주 드문 경우다. 과연 개는 걷는 것을 좋아할까? 모르겠다.

이 날도 지원대가 오는 날이다. 그렇지 않아도 계획보다 걸음이 빨랐는데 지원대가 온다는 날의 발걸음은 어쩌자고 뛰는 것처럼 빠른가! 식량이 없어져서 짐의 무게가 가벼운 탓도 있겠지만 그것보다는 지원대를 빨리 만나고 싶은 마음이 커서일 것이다. 나는 수도 없이 경험해 본 일이라 새롭지도 않다. 그렇지만 미리 약속이 되어있는 지원대가 빨리 올 확률이 거의 없다는 것을 모르는 것은 아니다. 트레일 주변은 오지다. 휴대폰이 터지는 곳이 많지 않다. 우리나라는 언제 어디서나 그 기계가 필요에 의해 작동되지만 첨단의 땅이라는 미국에서는 그 기계가 그렇게 친절하지 않다. 그러니 사전에 우리가 빨리 간다는 연락을 취할 방법이 거의 없는 것이다. 어쩔 수 없이 일찍 도착한 우리는 하염없이 기다려야 한다.

그렇게 스티븐 패스Steven Pass에서 할 일 없는 사람들처럼 각자 시간을 보낸다. 이제나 저제나 기다리는 우리에게 한껏 조바심 나게 해 둔 후에야 그는 짠하고 나타났다. 이번에는 주변에 캠프를 치는 것이 아니라 마을로 내려가기로 계획되어 있다. 조금만 내려가면 유명한 휴양지인 레벤워스Leavenworth라는 독일 마을이 있다고 했다. 그곳에 가서 독일의 분위기를 느끼며 독일 음식도 먹고 독일 맥주도 마시며 하루를 휴식일로 보내기로 했다.

그 마을은 휴양지답게 관광객이 엄청 북적였다. 날씨는 무척 더웠다. 항상 마을로 내려오면 드는 생각은 빨리 올라갔으면 하는 것이다. 우리가 매일 접하는 일상과 차이도 있지만 사람이 많아 번거로운 것을 피하고 싶다. 그럴지라도 지천에 음식이 널려있고 시원한 맥주가 유혹하는 것도 사실이다. 우선 요기부터 한다고 독일 맥주 집에 들어가서 맥주와 빵과 소시지 등을 먹고 마신다. 일단 음식이나 맥주가 들어가면 마음이 느긋해진다.

우리는 이곳이 휴양지라 숙소가 비쌀 것으로 예상해서 요기만 여기서 하고 주변의 캠프를 찾아 야영을 하기로 했다. 그런데 세속의 음식과 맥주 몇 잔으로 몸과 마음이 노곤해진다. 숙소에서 잘 씻고 빨래도 하고 싶은 유혹을 이기지 못했다. 결국 럭셔리한 호텔을 잡고 만다. 각자 자기 방식으로 씻고 빨래하고 장비를 햇볕에 널었다. 호텔이 캠프장처럼 변해 버렸다.

밖의 열기가 차단된 시원한 방에서 마트에서 사 온 음식을 먹기 시작한다. 자기 취향에 따라 이것저것 골라먹는다. 서로를 쳐다보며 만족해한다. '할 만큼 했으니 마음껏 누려도 되겠지' 하는 표정으로.

내일이면 일정을 끝내고 하산하는 인덕의 기분이 좋아 보인다. 그는 우리와 걸은 것을 몹시 영광으로 알고 있다. 또 계획한 만큼 할 수 있었다는 것에 만족했다. 하지만 더 이상 우리와 걷지 않고 집으로 가는 것에 안도하는 것 같았다. 우리의 걸음이 그에게는 조금 벅찼을 것이다. 이래저래 각자가 자신에게 도취되어 가는 시간이었다.

모처럼 통신이 연결되니 세속의 소식도 듣고, 세속에 소식을 알리고, 자랑도 하고, 때로는 어리광도 부리고, 엄살도 부린다. 본인의 지금 감정을 먼 곳에 있는 지인들에게 나누는 시간이기도 했다. 가끔 길에서 벗어나 이렇게 호사를 누리는 일탈이 있어 더 재미있는 길이 아닌지 모르겠다. 가끔의 이런 호사가 기운을 북돋아 주기도 하는 것이다.

PCT를 하며 그 주변 여러 오지 마을을 만났다. 별로 기억이 많지는 않지만 미국 서부의 오지 마을을 두루 다녀본 느낌이다. 그 오지 마을에서 우리는 보급품을 찾고 허기를 달래고 사기를 올렸다.

덧붙이자면 우리가 8월 15일에 스티븐 패스를 지나왔는데, 8월 19일에 산불로 스티븐 패스가 폐쇄되었다고 한다. 가슴을 쓸어내릴 일이다. 우리로서는 참 다행한 일이지만 앞으로 목적지를 앞둔 수많은 하이커는 어떻게 하나? 고지를 코 앞에 두고 멈추거나 돌아가야 하는 것이 참 안타깝다. 온 힘을 다해 걷고 있는데 산불로 발길을 멈출 수밖에 없을 때 그 기분은 어떨지? 어디 사람뿐이랴. 그곳에 살아있던 모든 생명, 나무, 풀, 꽃, 짐승, 곤충, 우리의 미움을 받던 모기까지.

이렇게 산불이 잦으면 미국도 사막이 되는 것은 아닐까?

숙소에서 조금 늦게 나와 다시 길 위에 선다. 이번 구간은 조금 긴 일정이다. 짐이 제법 무겁지만 확실히 잘 먹고 잘 쉬어서 별로 힘들다는 것을 느끼지 못하고 걷는 중이다. 일행이 줄어든 탓도 없지는 않을 것이다. 인덕이 갔기 때문에 우리는 온전하게 우리 페이스로 걸을 수 있어 그렇게 느낄 수도 있겠다.

반대쪽에서 오는 사람들이 어딘가에 산불이 났다는 뉴스를 전해준다. 하지만 그들도 어디인지는 확실하게 모르겠다고 한다. 뉴스를 직접 접할 수 없으니 모두 풍문으로 들어서 알고 있는 것뿐이다. 산불로 또 길이 막히면 어쩌나 걱정이 되었지만 그것은 우리의 소관이 아니니 걱정은 일단 접어두기로 한다.

하지만 얼마 못 가서 실제로 산불이 나고 있는 곳을 목격한다. 우리가 걷는 길과는 다소 거리가 있어 보이지만 언제 이곳까지 번질지 모른다. 우리가 본 산불은 풍문으로 들은 그 산불은 아닐 것이다.* 이 불은 막 시작된 불로 보이고 아직은 그 범위가 작다. 그래도 산불이 우리가 가고 있는 곳으로 올까 봐 발걸음이 빨라진다. 그러면서도 자꾸 걱정이 되어 돌아보기를 계속한다. 살아있는 수많은 생명이 산불로 고사할 것이다. 가슴 아픈 일이다.

첩첩산중에 일어난 산불이 계속 그 범위를 넓히는 것을 보며 아무것도 할 수 없다는 것에 절망한다. 헬기가 가끔 뭔가를 하는 것이 보이지만 아마 역부족일 것이다. 하루 종일 산불 걱정을 하며 걸었다. 산불로 걸음이 빨랐다. 혹시 몰라 오후 늦게까지 걸었다. 또 일행이 줄어 마음껏 걷기도 한 날이라 하루를 꽉 채운 느낌은 그나마 좋다. 양껏 걷고 호숫가에 짐을 풀고 나니 적당한 피로감이 몰려왔다. 호수에서 목욕을 하고 나니 거뜬하다. 변함없이 하루를 마무리한다.

다음날 트레일에 접어드니 사방이 안개인지 연기인지 모르겠지만 눈앞이 깜깜하다. 어제의 그 산불이 번져서일까? 연기 냄새가 매콤하게 코를 자극한다. 밤 사이에 불이 많이 번진 모양이다. 걱정만 할 수는 없다. 그저 바쁘게 걸을 뿐이다. 그동안 이런 경우는 처음이다. 통신도 두절이고 만나는 사람도 없

---

* 어쩌면 이 불이 스티븐 패스 주변으로 옮겨갔을 가능성이 크다.

으니 정보를 알아볼 수도 없다. 트레일을 탈출해야 하는지 어째야 하는지 몰라서 계속 앞으로 전진만 한다.

우리는 항상 다른 팀보다 일찍 출발한다. 그들에 비해 다리가 짧아 걸음이 느릴 수밖에 없는 것을 감안해서다. 또 일찍 출발하면 나쁠 것이 없기 때문이다. 아직 아무도 지나기 전인 새벽에 일찍 출발하는 바람에 이 길에서도 거미줄은 내 몫이다. 반대 방향에서 누군가가 올 때까지는 거미줄로 인한 성가신 행동을 해야 할 것이다. 밤사이 거미들이 길에다가 끈끈이 줄을 덫으로 걸어두고는 한쪽에서 먹이가 걸리기를 기다리고 있는 것이다. 하지만 사람이 지나가는 길에서는 사냥을 성공하기가 쉽지 않다. 사람은 거미줄에 걸리기에는 너무 크다.

백두대간을 했을 때도 마찬가지였다. 나는 항상 앞서서 걷기 때문에 거미줄은 내 몫이었다. 어떤 때는 얼마나 많은 거미줄을 지나왔는지 옷에 비친 거미줄이 햇살에 반짝이고는 했다. 뭐 옷에 쳐진 거미줄은 그렇다 치고 얼굴에, 그것도 눈에 척하고 달라붙으면 정말 황당하다. 끈적거리기까지 한 미세한 줄은 잘 떨어지지도 않는다. 겨우 손으로 떼버린다고 해도 한동안은 찝찝해 자꾸만 손이 가고는 한다. 나만 성가신 것이 아니다. 재수가 없기로는 거미가 더 할 것이다. 공 들여 쳐둔 덫에 먹이는커녕 한순간에 쳐 둔 덫이 사라지는 것을 목격해야 하기 때문이다.

이 지역은 트레일에 접근하기가 어려워서인지 사람을 거의 만날 수 없다. 우리도 이번 구간은 8일 치의 식량을 지고 걷는 중이다. 짐이 무거워 어깨가 조금 부담스럽지만 풍광도 빼어나고 길도 좋고 사람도 없다. 그리고 모처럼 땀을 흘리니 기분이 좋다. 글레이셔Glacier 빙하를 지나 하루를 접는다. 캠프지는 너무나 아름답다. 꼭 텔레토비 동산 같이 예쁘고 아담하고 편안하다. 빼어난 풍광이지만 여전히 모기지옥이다. 땀을 흘렸지만, 호수가 바로 옆에 있지만, 목욕도 못하고 만다. 저녁을 지어먹을 동안 모깃불을 피운다.

서둘러서 짐을 싸들고 미련 없이 그 아름다운 동산을 탈출하듯이 캠프를 떠난다. 조금 후 우리는 축복 같은 길을 만난다. 끝없는 초원이 한 동안 이어지다가 이제는 꽃길. 꽃들의 세상, 꽃들의 잔치다. 이 길을 걸은 누군가가 이 꽃길을 걸으며 그랬다지. "이 맛에 하이킹을 한다."

맞는 말이다. '지금 여기'가 아니면 만날 수 없는 세상에 하나뿐인 길이다. 곧 어떤 길을 만날지는 몰라도 이 길이 가장 아름다운 길이라는 결론을 내린다. 하지만 길은 변화무쌍하다. 끝없이 펼쳐질 것 같은 초원도 끝나고 영원할 것 같은 꽃길도 끝나고 이제는 정글이다. 접근이 쉽지 않은 변방이라 그런지 다른 곳에 비해 트레일 정비가 잘 안 된 길이다. 트레일 정비가 되어있지 않았다고 해도 할 말은 없다.

그동안 지나오며 대부분 트레일은 비교적 잘 정비되어 있었지만 정비를 했다는 표시는 거의 없다. 그냥 자연 그대로 같다. 아주 가끔 트레일을 정비하는 자원 봉사자들을 만나기는 했다. 그들을 보면 혹은 흔적을 보면, 저절로 존경심이 우러난다. 낯선 사람들이 즐길 수 있도록 자신의 시간과 노동을 무상으로 제공하는 것이다. 어떻게 그런 이타심이 생길까? 무엇이 그들을 자발적으로 봉사를 하게 만드는지, 그런 문화가 익숙하지 않은 나로서는 궁금했다.

건이의 이웃 중에 PCT 트레일 자원봉사를 하는 사람이 있다고 한다. 그에게 자원봉사자들의 참여 방법, 어떤 식으로 관리 되는지, 자격은 있는지 등을 알아보라고 부탁했다. 우리의 백두대간을 염두에 두는 것이다.

잡목이 무성한 정글을 한동안 헤치고 올라가면 그때부터는 무수한 장애물이 기다린다. 수도 없이 넘어진 아름드리나무. 쓰러진 모양도 가지가지다. 무지하게 큰 나무가 이리저리 쓰러진 길을 이리 피하고, 저리 돌고, 올라타서 넘고, 기어서 지난다. 별별 자세가 다 나온다. 수많은 장애물을 넘느라 체력은 몇 배는 더 소모되는 것 같다.

그러다 무시무시한 빙하, 글레이셔Glacier를 만났다. 눈이 녹으며 엄청난 물이 용솟음치듯이 쏟아져 내려오고 있다. 수량은 시간이 지날수록 더 많아질 것이다. 흙빛도 잿빛도 아닌 석회질 물이 무서운 속도로 쏟아져 내린다. 소리도 위협적이다.

몇몇 하이커가 함께 도강할 다른 하이커를 기다린다. 서로 눈치를 보면서 어디로 건너는 것이 가장 안전할지를 찾아보며 누가 먼저 건널지, 어떻게 건널지, 어디로 건널지를 재고 있는 듯하다. 결국 다리가 월등하게 긴 젊은이 중 한 명이 건넜다. 뒤따라 다음 사람도 건넜다. 우리도 신발을 벗고 물로 들어간다. 역시 물은 엄청 차고 물살은 세차다. 잘못 발을 내딛으면 당장 물에 휩쓸릴 것 같다. 온 힘을 다해 집중한다. 작년이라고 했던가? 일본 여성 하이커 한 명이 혼자서 도강하다가 물에 쓸려가는 사고가 있었다고 하니 더 조심스럽다. 아랫도리를 다 적시며 물을 건너고는 안도의 한숨을 쉬었다. 물과 만난 다리와 발은 순식간에 빨간색으로 변했다.

신발을 벗은 김에 조금 쉬었으면 좋겠지만 계곡 옆으로 절벽에서 석회 자갈들이 계속 굴러 내려오는 바람에 급히 신발을 신고 그곳을 벗어나야 했다. 얼마나 갔을까? 요술처럼 또다시 초원이 꿈처럼 펼쳐지고 꽃길, 꽃길이다. 천상의 화원 같다. 그동안의 장애물 경주를 하듯이 지나온 길은 잊고 마냥 감탄을 하는 것이다. 이 지역은 엄청 아름답기는 하지만 워낙 변화가 심하다. 업다운도 심할뿐만 아니라 장애물 경주를 하듯해야 하는 일들이 많다. 그래서인지 늦은 오후에 접어들면서몸이 힘들다는 신호를 보낸다. 왜 아니겠는가? 하루 종일 정신과 육신이 용을 썼으니 그럴 만도 하겠다.

아직 고개를 하나 더 올라야 한다. 힘들다는 몸의 신호를무시하고 오르막길에 접어든다. 각자 힘든 우리는 자신을 북돋울 필요가 있어 호기롭게 남은 5킬로미터 정도는 '껌'이라고 큰소리친다. 속으로는 발걸음 숫자를 세며 마지막 힘을 내본다.

파이어 패스Fire Pass에 도착하니 사방팔방, 전망이 트여서텐트 치는 것도 잠시 미루고 넋을 놓고 감동하며 감상한다. 힘들었던 모든 것이 거품처럼 사라진다. 지대가 높은 곳은 전망이 좋으나 물이 없다는 엄청난 단점이 있다. 건이와 성희는 조금 아래 빙하로 물을 구하러 갔다. 나는 먼지가 풀풀 날리는 캠프지에 조심스럽게 오늘의 집을 짓는다. 빗방울이 떨어지기 시작한다.

그동안 너무 가물어서 땅이 메마르고 길은 먼지투성이였다. 이 비를 반가워해야 할지 어째야 할지 고민된다. 비가 와서 땅을 적셔주면 좋기는 한데 우리 운행에는 오히려 번거로워지는 것은 어쩔 수 없기 때문이다. 하지만 오랜만에 오던 비는 땅도 적시지 못하고 그쳐버렸다. 물 길러 갔다가 온 아이들은 아주 해맑아져서 나타났다. 물 만난 김에 세수하고 약식 목욕까지 하고 왔다고 자랑한다. 나만 먼지투성이로 자야 한다.

비는 오다가 가버렸지만 바람이 불기 시작한다. 사방이 트인 곳이라 바람이 부는 대로 고스란히 감당해야 한다. 곧 날이 어두워진다. 아름다운 풍광도 어둠 속으로 모습을 감췄다. 바람 소리만 들릴 뿐 완벽한 어둠이 세상을 지배한다. 인공의 불빛 하나 없이 오로지 어둠뿐이다.

내가 "감사합니다"를 많이 말한 날은 그만큼 힘든 날이라고 보면 된다. 이날은 무수하게 "감사합니다"를 연발했다. 끝없는 장애물, 주로 넘어진 나무였는데, 너무나 큰 나무가 쓰러졌거나 부러졌거나 넘어져 있는 길이다. 그것들을 피해 돌아가거나 짧은 다리로 올라타고 넘으려고 버둥댔다. 몸을 깊이 숙여서 기어갔다. 온갖 생쇼를 하다 보면 몸은 지칠 대로 지치고 만다. 이 숲은 그동안 봐온 숲 중에 가장 나무가 크다! 굵다! 하여간 어마어마한 숲이다. 그런데 어쩌자고 넘어진 나무도 엄청 많은가! 지름이 2미터 이상 되는 쓰러진 나무가 너무 많다.

힘든 와중에도 앞서가는 사람이 쓰러진 나무와 씨름하는 것을 보며 웃을 수밖에 없다. 별별 기묘한 포즈가 다 나온다. 특히 나무를 넘으려고 올라가는데 다리가 짧아 버둥거리는 모습을 보면 저절로 웃음이 나올 수밖에 없다.

힘들 때마다 이 길을 어떻게 하면 더 힘들지 않게 걸을까 생각하는 습관이 생겼다. PCT를 잘하려면, 또는 조금이라도 힘이 덜 들게 하려면, 다음처럼 해야 한다고 내 나름의 정의를 내려본다.

"길에 순응하라."
"감사하라."
"장비에 투자하라."
"잠을 잘 자라."
"길에 순응하라"는 그렇다. 길이 아무리 험하고 가파르고 길다고 해도 본인이 선택한 길이다. 길에 불만을 가진들 절대 도움이 될 수 없다. 어찌 되었든지 그 길은 가야만 하는 길이다. 내가 가지 않으면 그 길은 절대 줄어들지 않는다. 그러므로 이미 나있는 길에 순응하면 힘들어도 견딜 만할 것이다.

"감사하라"는 내가 주로 사용하는 단어다. 세상에 감사하지 않은 것은 거의 없다. 특히 길 위에서는 감사할 일이 더 많다. 이 길의 신령님, 이 길을 처음 만든 분들, 이 길을 관리하는 분들, 이 길을 함께 걷는 동지들, 물심으로 도움을 준 수많은 사람, 우리를 응원하는 사람들, 그리고 우리를 지원해 주는 엔젤들, 그리고 자신도 포함시킨다. 수도 없다. 감사한 마음을 가지고 걸으면 길이 훨씬 더 수월해진다.

"장비에 투자하라"는 말 그대로 좋은 장비를 쓸 수만 있다면 트레일에서 생활의 질을 높일 수 있다. 장비가 가볍고 질이 좋다면 여러모로 좋을 수밖에 없다. 짐이 가벼워지는 것은 물론 잠자리도 쾌적하다면 더 바랄 것이 무엇이겠는가? 여유가 된다면 좋은 장비는 놓치지 말아야 할 것이다.

"잠을 잘 자라"는 말도 두말하면 잔소리다. 경험상 잠을 잘 자면, 자는 동안 모든 피로는 해결된다. 나는 잠이 어떤 보약보다 낫다고 생각한다. 억지로 잘 수는 없겠지만 가능하면 본인에게 맞는 잠자리를 만들어서 자는 것이 좋다.

이 날도 체력소모가 심했다. 막판에 큰 강을 옆에 끼고 걸을 때는 수도 없이 넘어진 나무들과 위협적인 물소리로 불안한 마음이 생기는 것 같았다. 강 다리 주변에서 야영을 할 예정이다. 심하게 몸부림치면서 내려가는 계곡물을 보니 텐트치기가 망설여지기는 한다. 하지만 자료를 보니 많은 하이커가 그곳 캠프에서 자고 갔다고 해서 강행해 보기로 한다.

도착 1킬로미터쯤 전에 맑은 물이 내려오는 작은 계곡을 지나며 망설이다가 텐트 칠 곳이 마땅하지 않아 통과했었다. 계획대로 강에 도착하고 보니 아니나 다를까 텐트 칠 곳은 많았다. 하지만 강물은 먹을 수도 씻을 수도 없는 석회 황톳물이다. 게다가 아주 위협적으로 쏟아져 흘러가고 있었다. 절대로 아니라는 것을 알면서도 미련 때문에 이곳저곳을 돌아다니며 텐트 칠 곳을 찾아보다가 하는 수 없이 금쪽같은 1킬로미터를 되돌아서 다시 그곳으로 향한다. 아까 멈추지 못하고 지나친 것을 자책했다. 하지만 깨끗한 계곡물에 씻고 빨래도 하고 나니 기분이 좋아졌다.

우리 뒤에 오는 하이커에게 그곳 사정을 설명해 주었다. 하지만 이곳은 더 이상 텐트를 칠 곳은 없었기 때문에 그들은 이곳에서 물을 길어서 갔다. 그래도 그들은 우리를 만났기 때문에 물이라도 길어서 갈 수 있는 행운이 있었다. 물 옆이라 몹시 습했다. 물소리가 요란했지만 하룻밤을 잘 보냈다. 우리에게 하룻밤 잠자리와 깨끗한 물을 제공해 주신 그곳 신에게 감사 인사를 전한다.

며칠 동안 수도 없는 고개를 넘으며 오르내렸다. 장애물 종합 경기 같은 길과 정리되지 않은 숲을 지났는데 모처럼 약간 순한 길을 만나게 되었다. 물론, 아직도 쓰러진 나무가 많기는 했지만 어느 정도 익숙해지기도 했고, 나무가 많이 굵지 않아 넘어 다닐만했다. 마주 오는 하이커들을 만나기도 했다. 그동안 얼마나 왔는지, 얼마나 남았는지, 표시가 전혀 없다가 어느 순간 목적지까지 100마일이 남았다는 돌멩이로 글씨를 만든 표시를 만난다. PCT 하이커들이 직접 만든 길 표시다. 아래쪽에서는 그런 돌멩이 표시를 100마일 지점마다 만났었다. 그런데 어느 순간부터 보이지 않았다가 100마일 남긴 지점에서 다시 만난 것이다. 그 표시는 만날 때마다 감동이다. 일단 내가 얼마만큼 왔다는 것을 알게 되어 반갑다. 그리고 내가 이만큼 왔다는 것을 알게 되어 대견하다. 그리고 그만큼 온 것에 감동한다. 하지만 앞으로 가야 할 까마득함이 남았다. 여러 감정이 교차되는 이정표다.

이제 100마일, 즉 160킬로미터만 남은 것이다. 섹션 하이커인 우리도 이렇게 감동적인데 캄포에서 출발해 여기까지 온 스루 하이커의 감동은 얼마나 클지 상상이 가지 않는다.

아슬아슬한 외나무다리를 몇 번이나 건넜다. 딸기도 따 먹는다. 정비가 되지 않은 길도 순하니까 여유가 생기는 것이다. 워싱턴 구간은 베리 나무는 많지만 시기적으로 베리를 많이 따먹지는 못했다. 다른 지역보다 베리 나무가 어리다는 특색이 있다. 해발이 어느 정도 올라가면 정글 숲에서 침엽수 숲으로 바뀌는데 침엽수 아래 자라는 유일한 나무가 베리 나무인 것 같다. 침엽수 아래에서 다른 나무는 자라지 못한다. 언젠가 누군가가 블루베리 나무를 한그루 키우라고 주면서 거름으로는 소나무 잎이 좋다고 했는데 이곳에 와보니 침엽수와 베리와는 합이 맞는 품종이라는 것을 알겠다. 그 외에 내가 아는 나무로는 정글 숲과 침엽수 숲 사이에 마가목 나무가 많다. 열매가 조롱조롱 달려서 익어가거나 이미 빨간색으로 익었다. 우리나라 사람이 좋아하는 열매가 지천이다.

그날 일정이 얼마 남지 않으면 나는 혼자서 계산하기 바쁘다. 건이에게 이제 얼마 남았다는 말을 들으면 마일을 미터로 계산한다. 그리고 머릿속으로 내가 집에 있을 때 매일 가는 산길 '불일'에 대입한다. 20여 년간 거의 매일 올라 다닌 길이니 눈 감고도 훤하다. 이 길을 그 길에 비유하며 걷는 것도 재미있다. 무엇보다 이 길을 걸으면서도 그 길이 그립기도 해서 그 길을 걷듯이 이 길을 걷는 것이다. 그렇게 하며 걸으면 정말 '불일'을 걷는 기분이 든다. 힘도 들지 않고 금방 목적지에 도착하는 기분이다. 실제 PCT를 걸으며 마음속으로 지리산 불일을 걷는 것이다. 불일의 그 폭포, 그 바위, 그 나무, 그 길이 눈에 삼삼하다. 모두 잘 있겠지?

PCT 워싱턴 구간이 다른 구간과 다른 것 중 하나가 화장실이다. 물론 캠프마다 있는 것은 아니지만 비교적 사람이 많이 몰리는 캠프에는 화장실 표시가 있었다. 처음에는 야영객들이 아무 곳에서 용변을 보지 말고 한 군데서 보라고 장소를 정해놓은 것이 아닐까 했는데 실제로 간이 변기가 있다! 야외에, 사방이 확 트인 곳에, 하늘 가림 막도 없이 그냥 딸랑 변기만.

그동안 캄포에서 올라오면서 딱 한번 야외 변기가 있는 곳을 지났다. 마운트 휘트니다. 그러나 마운트 휘트니는 은밀히 따지면 PCT 트레일을 살짝 벗어난 곳에 있다. 마운트 휘트니는 미국 내륙에서 가장 높은 산으로 인기도 많지만 관리도 엄중하게 한다고 한다. 등반 인원을 제한하고 등반 중 용변을 봐야 하면 자신의 용변을 싸가지고 내려와야 하는 규칙도 있다고 한다.

우리는 PCT에서 멀지 않은 휘트니를 등반하기 위해 크램트리 캠프로 갔는데 그곳 관리지역 한쪽에 변기 하나가 딸랑 있었다. 지붕은커녕 벽도 없는 화장실이 마음에 들었다. 완전 내 스타일이라며 좋아했던 기억이 난다. 그 외에는 없었는데 워싱턴 구간에서는 자주 만난다.

물론, 변기가 없어도 하이커들은 감쪽같이 묻어버리기 때문에 어디에도 흔적이 없다. 그런데 변기라니. 아마 변기가 차면 트레일을 관리하는 사람이나 자원봉사자들이 묻을 것이다. 너무 깨끗하고 신선한 방법이다.

우리나라 실정을 생각하지 않을 수 없었다. 갑자기 절망스러운 기분이 든다. 우리나라 산에는 사람이 많이 몰리는 곳에 어김없이 휴지들이 널려있다. 잘 썩지도 않는 물티슈는 더 문제다. 그 외에도 길을 조금 벗어난 곳은 똥밭인 경우가 많다. 특히 야영을 하는 곳이나 백두대간 같은 경우에는 더 심하다. 좀 묻을 수는 없었나? 자기 양심을 두고 간다는 생각은 하지 않는 걸까? 인구 대비 산을 찾는 사람은 다른 나라와 비교할 수 없이 많다고 하는데 의식 수준이 실망스럽다.

우리는 왜 그럴까? 왜 자연에게 그렇게 함부로 할까? 아마 그럴 것이다. 몇십 년 동안 오로지 "잘 살아보세"만 보고 듣고 외치고 산 세월이 아닌가? 그러느라 자연을 얼마나 함부로 했는가? 자연은 파괴해도 사람만 잘 살면 그만이라고 한 세월이 아닌? 그래서 우리는 이렇게 잘 살고 있지 않는가? 그러면 이제라도 자연을 생각해야 하는 것 아닌가? 이제 선진국 대열에 들어섰다고 하는데 언제까지 후진국 인생을 살 것인가?

그들의 화장실 문화라고 해야 하나? 자연을 대하는 태도를 보며 아픈 우리 산천을 생각한다. 우리 백두대간도 이런 문화가 정착되면 얼마니 좋을까. 또 한 가지 과제를 추가한다. 어디 백두대간뿐이겠는가? 한반도 산의 전부에 하루라도 빨리 정착해야 할 문화라고 본다. 'Toilet'이라는 글자, 작은 나무 간판에 쓰인 그 글자 한 단어가 내 머리에 박혀서 떠날 줄을 모른다.

이번 구간은 일정이 길기도 하지만 중간에 노스 캐스케이드 내셔널 파크North Cascades National Park를 지나야 한다. 그래서 캠핑을 하려면 허가가 필요하다. 스터헤킨Stehekin이라는 마을로 가서 허가서를 받아오라고 한다. 항상 계획보다 걸음이 빠르지만 그런 핑계로 더 빨리 출발을 했고 걸음은 또 더 빨랐다. 실은 물이 풍부해 가는 곳마다 씻고 잠자리에 드니까 잠도 잘 잘 수 있어 컨디션도 좋았다. 거기다가 길도 순한 내리막이라

거침이 없다.

지난 PCT에서는 이번처럼 자주 씻지 못했다. 물이 없어 씻지 못하기 일쑤였다. 물이 있다고 해도 추워 못 씻은 곳도 많았다. 하여간 이번에는 물도 풍부하고 날씨도 포근해 거의 매일 씻을 수 있었다. 워싱턴 구간의 좋은 점 중 하나다.

길 옆으로는 계곡물이 협곡을 따라 소리소리치며 내리꽂힌다. 그냥 내려다봐도 어지러울 정도의 아슬아슬한 절벽도 있다. 물소리는 힘이 넘치고 위협적이기까지 하다. 그런데 눈을 의심해야 할 일이 생겼다.

산속 아주 협소한 캠프에서 막 자고 일어난 하이커 두 명을 만났다. 그들의 장비를 보니 단순한 하이커가 아니고 급류를 타는 사람이다. 텐트 옆에는 각자의 카약Kayak이 있었다. 이 계곡에서 급류를? 상상이 가지 않는다. 더군다나 그들은 이 급류를 타기 위해 카약을 지고 산으로 올라오던 중 야영을 한 것이다. 그들의 식량은 나뭇가지 높이 대롱대롱 매달려 있다. 곰을 대비한 것이다. 아무튼 그들의 모험이 놀랍기만 하다.

이 무시무시한 계곡의 급류를 타고 내려가는 것도 놀라운데 카약을 지고 올라가는 것도 놀랍다. 대단한 스포츠맨들이다. 물론 수많은 스포츠 중 일부일 수도 있겠으나 나로서는 천금을 준다고 해도 할 수 없는 일이다. 놀라움과 신기함에 발을 뗄 수가 없어 결국 함께 사진을 찍은 후에야 헤어질 수 있었다.

스터헤킨 마을로 가려면 하이 브릿지High Bridge로 진입해 셔틀버스를 타야 하는데 시간이 맞지 않아 무려 네 시간이나 기다렸다. 기다리는 것이 엄청난 인내를 요구한다는 것을 알고 있지만 번번이 너무 일찍 도착하고 마는 것이다. 우리를 필두로 거지 모양을 한 PCT 하이커가 하나둘씩 도착한다.

모두 젊고 발랄하고 자신감이 넘쳐 보이지만 저잣거리에 나가면 진짜 거지도 도망갈 만큼 옷은 바래고, 해지고, 먼지에 절었다. 가관이다. 건이 말에 의하면 그들 대부분은 유럽 아이들이라고 한다. 나는 도저히 구별할 수 없었지만 억양을 보면 알 수 있다고 한다. 그들은 대부분은 마지막 보급품을 찾기 위해 스터헤킨으로 내려갈 것이다.

지붕과 사방이 막힌 화장실을 발견했다. 그동안 변을 못 봐서 고생한 성희는 그곳을 발견하고는 들어갔는데, 도무지 나올 생각을 하지 않는다. 걱정이 될 지경이었다. 말을 하지 않아 우리처럼 잘하고 있는 줄만 알았는데 혼자서 고생을 한 모양이었다. 어쩌면 그럴 수도 있겠다. 처음 야외생활에 건조식량만, 그것도 배불리 먹지도 못한, 익숙하지 못한 환경에서, 내색도 못하고 고생했겠다. 그는 많은 시간을 대부분 화장실에서 보내고도 밝은 표정이 아니다.

드디어 지붕 없는 셔틀버스가 왔고 호수가 길게 누워있는 휴양지 스터헤킨에 도착했다. 역시 세속은 날씨가 덥고 사람이 붐빈다. 캠프장은 휴양객에게 이용료를 받지만 PCT 하이커에게는 무료로 한쪽에 캠프지를 제공했다. 화장실에서 샤워도 하고 빨래도 하며 문명세계에서 할 수 있는 것을 했다.

아침 일찍 셔틀버스가 트레일 헤드인 하이 브릿지까지는 가지 않지만 가는 중간에 있는 유명한 빵집까지 데려다준다고 한다. 출발을 서둘렀다. 어제 내려올 때도 이 빵집에 들르기는 했다. 아침으로 이 빵 저 빵을 푸짐하게 먹었다. 테이블에서 PCT 사진집을 발견하고는 한동안 사진집에 정신이 팔린다. 제목은 〈더 퍼시픽 크레스트 트레일The Pacific Crest Trail〉이고 부제는 〈미국 야생 트레일 탐험Exploring Americals Wilderness Trail〉이다. 가슴이 뛰었다. 내가 지나온 낯익은 풍광을 만나면 가슴이 뭉클하기도 한다. 어떤 사진은 어제 지나 온 길처럼 선명하기도 하고 어떤 사진은 까마득하게 느껴지기도 했다. 하지만 대부분 사진은 처음 보는 낯선 풍경이다. 그럴 것이다. 계절과 날씨와 각도와 시각의 차이에 따라 다르다. 또는 미처 보지 못한 대상들, 전문가의 연출 등으로 그럴 것이다.

이 책에 서문을 쓴 사람은 〈와일드〉의 주인공 셰릴 스트레이드다. 그녀는 서문에서 다음처럼 썼다.

"우리, 내가 혼적에 대해 말할 때 그것은 내가 속한 사람이라고 말하는 사람입니다. 하지만 정말로 의미하는 바는 우리보다 먼저 온 사람들이 그것을 망치지 않기로 결정했기 때문에 존재하고 이제 우리와 우리를 따르는 세대가 그것을 경험할 수 있도록 그것을 보호하는 것이 우리의 임무라는 것입니다. PCT는 누구에게도 속하지 않으며 이는 물론 놀라운 영광입니다. PCT는 광대하고, 아름답고, 가혹하고, 신비롭고, 다양하고, 예상치 못하고, 무관심하고, 부드럽고, 끊임없이 변화하는 고대의 자아에만 속합니다."

대부분 공감되지만 번역이 아니라 실제 언어로 전달되면 어떨까 하는 아쉬움이 생긴다.* 나또한 보탤 말이 있을 것 같은데 당장은 생각나지 않는다.

그 책에 있는 사진처럼 좋은 카메라로 아름다운 풍광을 찍어서 남길 수 있는 것도 큰 행운이고 큰 축복이다. 세속으로 내려가면 그 책을 한 권 사기로 마음먹는다. 옆 테이블에서 힐

---

* 나중에 한국에 와서 번역된 것을 보며 든 생각이다.

끔거리는 하이커에게 사진집을 넘기고 밖으로 나와 버스를 기다린다. 항상 먹을 것이 부족하다는 느낌을 가진 하이커는 우리뿐만 아닐 것이다. 어떤 친구는 그 빵집에 있는 모든 종류의 빵을 한아름 사서 버스를 탄다. '저 친구 어제도 엄청 사 갔는데 밤사이에 다 먹어치웠나?' 우리를 비롯한 대부분의 하이커는 있을 때 먹자인 거겠지.

만족스럽게 쉬고 먹고 트레일에 복귀한다. 이번 구간은 건이가 사는 곳과 가까워 우편이 아닌 수시로 지원을 받는다. 싱싱한 음식을 먹어서 그런지 똑같이 걷는 데도 쉼이 많은 느낌이다. 별로 부족함이 없어서일 것이다. 순한 길을 따라 계곡 물소리를 들으며 콧노래라도 부를 기분으로 빠르게 걷는다. 험악한 출렁다리를 만난다. 앞선 나는 내색도 못하고 발을 내딛는 데 다리가 후들거린다. 강 중간쯤 갔을 때부터 어쩌나 다리가 흔들리는지 오줌을 지릴 정도다. 다 건너고 돌아보니 이것들이 나 몰래 다리를 흔들며 겁에 질린 나를 보며 즐거워하고 있는 것이 아닌가! 고약한 것들. 이놈들은 도대체 적이야, 동지야?

내일은 레이니 패스로 창경이 오기로 한 날이다. 시간 안배를 잘해야 했다. 룰루랄라 걷다 보니 그날의 막영지가 작은 나무 간판으로 안내되어 있다. 식스 마일 캠프Six Mile Camp. 하지만 트레일을 살짝 벗어난 곳에 캠프가 있어 망설이다가 그냥 진행하기로 한다. 나는 거의 병적으로 트레일을 벗어나는 것을 싫어했기 때문이다. 한참을 쉬며 블루베리도 따먹고 잡담도 하며 놀다가 출발했는데 앞에, 약 20미터 정도 앞에, 곰이 어슬렁거리며 오고 있었다. 나와 눈이 마주쳤던가? 아마 그런 것도 같다.

곰은 완전 검은색으로 윤이 날 정도였고 엄청 크다. 그리고 젊어 보였다. 아이들은 조금 뒤에서 멋도 모르고 떠들면서 오고 있다. 나는 빠르게 뒷걸음을 치면서 곰을 주시했다. 그 곰은 아무런 관심도 없다는 듯 무심하게 나를 향해 올 뿐이었다. 영문을 모르는 아이들에게 입 모양으로 "곰" 했지만 못 알아듣는 것 같아 작은 소리로 "곰" 하자 비로소 알아듣고는 곧바로 뒤를 돌아 줄행랑을 친다. 가끔 돌아보며 곰을 확인하기는 했다. 짐승을 만났을 때 등을 보이면 안 된다고 했는데 뒷걸음으로 가자니 걸음이 너무 늦다는 생각이었는지 나도 모르게 등을 돌리고 뛰었다가 뒷걸음을 쳤다가 한다.

웃기는 꼴이다. 만물의 영장이라는 인간이 짐승 한 마리를 만나서 하는 꼴이라니. 뒤돌아 뛰다가 우리가 갈까 말까 망설이던 캠프를 향해 미련 없이 트레일을 버린다. 어쩐지 캠프로 가는 길에도 곰이 나타날 것 같아 발을 부지런히 옮기면서도 눈으로 사방을 살피느라 여념이 없다. 물론 입으로는 연신 무슨 소린가를 냈다. 그렇게 식스 마일 캠프에 내려왔다. 배낭을 내려놓고 한동안 넋이 나간 사람들처럼 서로를 쳐다보며 있었다. 이 지역은 곰이 많은 곳인지 캠프에 곰 박스가 있다.

텐트를 칠 생각도, 바로 옆 계곡에 씻을 생각도 없이 한동안 그렇게 있었다. 하나 둘 하이커들이 왔는데 그들 모두 곰을 만났다고 한다. 우리가 만난 그 곰이 계속 길을 따라가고 있는 것일까? 아니면 다른 곰일까? 몇 팀이 모이는 것을 보고 비로소 텐트를 치고 막영준비에 들어간다. 그날의 주인공은 당연히 곰이다. 밤늦도록 하이커들이 들어왔다. 이 캠프장이 좋기로 소문난 곳인지도 모르겠다. 하긴 화장실 표시도 한쪽에 있었지만 혹시 곰을 만날지도 모르기 때문에 누구도 이용하지 않는 것 같았다. 곰 말고는 참 좋은 캠프인 것은 맞는 말이다. 아늑하고, 깨끗하고, 수량이 많은 물도 있고, 여러 동의 텐트를 칠 수 있게 자리도 넉넉했다. 화장실도 있다. 이만하면 아주 괜찮은 캠프장인 것이다.

아침에 텐트를 걷고 있는데 하이 소프라노 톤의 한국말이 들려왔다. 지난밤 늦게 도착해 한참을 흥분된 목소리로 뭐라

뭐라 했던 그 주인공이다. 그는 어젯밤에 어딘가에 자려고 했는데 곰을 만나는 바람에 "걸음아 나 살려라" 하고 야간 산행을 해서 이 캠프에 도착했다고 했다. 3월에 캄포에서 출발한 그녀는 한국계 미국인이며 LA에서 산다고 했다.

이름은 샌디Sandy, 나이는 53세, 전문적으로 걷는 사람은 아니지만 하이킹으로 상처를 치유하기를 좋아한다고 했다. 정말 오기를 잘했다고 여러 번 우리에게 강조했다. 걷는 시간이 너무 힘들기는 했지만 또한 너무 좋은 시간이었다고 한다. 누구나 그럴 것이다. 힘은 많이 들지만 힘든 만큼 다른 무언가가 있는 길인 것이다. 큰 키에, 바짝 마른 몸에 비해 짐은 무척 많아 보였다. 처음에는 자기도 가벼운 짐으로 시작했지만 배고픔을 견딜 수 없어 차라리 무겁더라도 양껏 먹겠다고 생각을 바꿨다고 한다. 체력도 좋아지고 체중도 늘고 행복지수도 높아졌다고 한다. 실제로 세 끼를 모두 조리해 먹으며 다닌다고 해서 놀라움을 자아냈다.

한국 이름이 뭐냐고 물어보니 자기는 16세 때 미국으로 왔기 때문에 한국 이름을 잊어버렸다는 말을 유창한 한국어로 하고 있다. 자기는 이번에 장거리 하이킹의 즐거움을 알았기 때문에 앞으로 계속해 장거리 트레일인 애팔래치안 트레일 Appalachian Trail과 컨티넨털 디비드 트레일Continental Divide Trail을 모두 완주해 트리플 크라운Triple Crown을 달성하고 싶다고 했다. 한번 말을 시작한 후 거의 쉬지 않고 이야기한다. 오리건을 지나올 때는 모기가 너무 많아 하루 종일 쉬지도 못하고 울면서 걸었다고 한다. 워싱턴 모기는 모기도 아니라고 해서 우리를 경악하게 만들었다.

그녀와 앞서거니 뒤서거니 하면서 만났다가 헤어지기를 반복한다. 짧은 순간에 서로를 파악하기도 하고 지나온 트레일 사정을 듣기도 했다. 무엇보다 작년에 우리가 산불로 탈출했던 곳이 궁금했는데 퉁치듯이 지나왔다고 해서 더 물을 수 없었다. 그것보다는 하이 시에라 구간에 눈이 많아 통제가 풀리지 않는 바람에 케네디 메도우즈에서 일주일 이상 쉬었고 요세미티 지역에 불이 나는 바람에 잠시 집으로 가서 쉬었다고 했다. 그래도 다른 곳에서 쉬지 않고 진행한 덕분에 비교적 일찍 이곳까지 올 수 있었을 것이다.

말끝마다 자기는 다른 사람에 비해 다리도 짧고 나이도 많아 힘들었다는 말을 반복하는 바람에 얼떨결에 내 나이를 말해버리고 말았다. 그는 나보다 다리도 길고 나이는 한참 더 어렸기 때문이다. 나이 많은 것이 뭐 자랑이라고.

짐이 무거워 보이고 몸이 너무 말랐는데도 걷기는 잘했다.

어느 순간 샌디가 정색을 하며 나를 정면으로 바라보며 내년에 애팔래치안 트레일을 같이하자고 했다. 나는 처음에는 무슨 말인가 얼떨떨했지만 곧 이해했다. 그리고 크게 웃으며 좋다고 맞장구를 쳐준다. 나야 할 수만 있다면 언제나 좋지. 못해 탈이 아닌가?

길에서 우연히 만나 모국어로 몇 마디 주고받은 것 이외에는 아는 게 없는데 뭘 믿고 그 험난하고 먼 길을 함께 하자고 하는 것일까? 나를 알고 있는 것 같지는 않았으니까. 서로의 연락처를 주고받지는 않았지만 건이가 나의 정보를 그에게 이야기하며 찾아보라고 귀띔을 했다. 하지만 건이는 어째 살짝 부정적인 반응이다. 그녀가 너무 나대서 나하고는 어울리지 않을 거라고 단정을 하며 한 가지를 덧붙인다. 누가 언니의 걸음을 따라갈 수 있겠냐는 말인데, 이거 좋게 들어야 할지 나쁘게 들어야 할지 나로서는 헷갈린다.

어제 만난 곰은 가족이 많은가? 군데군데 곰이 싼 똥 무더기가 많이 보인다. 또 곰을 만날 수도 있는 지역이다. 길에서 우리 일행 외에 처음으로 말이 통하는 사람을 만나 나도 평소보다는 말이 많아졌다. 그러다 보니 금방 오늘의 목적지인 레이니 패스Rainy Pass에 도착했다. 역시 너무 빨리 도착했다. 이

날은 우리도 마지막 보급을 받는 날이다. 오늘이 지나면 성희는 하산해야 한다. 샌디에게 한국 음식을 먹이고 싶어서 우리와 함께 기다리자고 했더니 자기는 한시라도 빨리 끝내야 하기 때문에 그냥 가겠다고 했다. 나중에 보니 그냥 가기를 정말 잘했다.

그를 보내고 찻길 옆에 배낭을 내리고 기다림에 들어간다. 미련 없이 멀어지는 샌디의 뒷모습을 보며 살짝 부러움을 느낀다. 당당한 듯도 하고 쓸쓸한 듯도 한 동양 여성의 뒷모습. 아마 이길 어딘가에서 한번은 더 마주칠 것이다. 이제 그도 우리도 이 길을 100여 킬로미터만 더 걸으면 끝이 난다. 하지만 그것으로 끝이 아니고 50킬로미터 정도를 다시 돌아와야 한다는 것이다.

원래는 국경에서 캐나다 쪽으로 13킬로미터만 더 가면 메닝 파크Manning Park라는 곳에 차도가 있어 그동안 대부분의 PCT 하이커들은 캐나다 국경을 넘어서 그곳에서 일정을 마무리지었다고 한다. 하지만 올해는 코로나19로 캐나다 국경을 넘어갈 수 없다는 것이다. 국경이라고는 하나 막힘이 전혀 없어 뭐 가고자 하면 갈 수는 있겠으나 불법이라 미국으로 다시 돌아올 때 문제가 있다고 한다. 그래서 올해 대부분 하이커는 50여 킬로미터를 되돌아와야만 하는 것이다. 그 이외에는 찻길이 없어 세속으로 나갈 방법이 없기 때문이다. 고로 실제 남은 거리는 100여 킬로미터이지만 50여 킬로미터를 더해 150여 킬로미터가 남은 것이다. 그가 목적지를 찍고 뒤돌아 올 때 어디쯤에서 마주칠 것이다.

　레이니 패스 주변에 트레일이 많은지 많은 당일 하이커들이 가벼운 차림으로 오고 간다. 기다리는 시간이 길어진다. 매트리스를 깔고 눕기도 하고 스케치도 하고, 주변을 돌아보기도 하고, 오가는 사람을 감상도 해보지만 모든 것은 금방 싫증이 나버리고 할 일이 없다. 산에 올라간 사람이 내려오며 아직도 남아있는 우리를 힐끗거린다. 그곳은 전화가 통하는 곳이 아니라 다른 곳으로 옮길 수도 없다. 너무 일찍 도착한 우리의 잘못이라 누구를 탓할 수도 없다. 그러다가 내린 결론은 직접 사람이 하는 보급은 좋은 점이 엄청 많지만 부담스럽기도 하다는 것이다. 그냥 우편물로 보급품을 찾으면 기다릴 일도 속 태울 일도 없는데 하며 별 투정을 다 하는 것이다. 통신이 잘되지 않는 것도 대상 없는 투정이다. 남는 시간 동안 투정 부릴 대상을 찾아 머리를 굴려본다.

　우리가 너무 처량해 보였을까? 산에 올라갈 때 그 모습으로 아직도 그 자리에 있는 우리에게 어떤 할머니가 자신의 성능 좋은 전화기를 빌려주며 메시지라도 보내라고 하며 혀를 찬다. 어쩌자고 비까지 내리기 시작한다. 나무가 무성해서 비를 약간이라도 피할 수 있는 곳으로 이동한다. 비가 오니 우리는 더 초라해져 버렸다. 지나가던 차 한 대가 섰다. 고개 아래 마을까지 태워 줄 테니 타라고 한다. 순간 갈등을 한다. 차를 타고 내려가고 싶은 마음이 요동친다.

하지만 당연히 아니다. 창경이 우리가 먹을 것을 바리바리 싸들고 다섯 시간이나 운전을 하고 있을 것이다. 그렇게 왔을 때 우리가 없으면 당연히 아직 오지 않은 줄 알고 하염없이 기다릴 것이다. 움직이는 마음을 추슬러서 다시 기다리기 모드로 들어간다. 비를 맞으니 처량한 것도 문제지만 추워지기까지 한다.

그렇게 여섯 시간을 기다리다가 인내의 한계에 도달해서는 셋 다 이성을 잃고 내려가기로 합의를 본다. 창경이 오면 보라고 메모를 간판 위에 붙이고 짐을 꾸려서 히치하이킹을 막 시작하려고 하는데 낯익은 차 한 대가 스르륵 와서 멈췄다. 우리는 각자 깜짝 놀란다. 진짜 찰나였다. 거짓말처럼, 아니면 어디 숨어 있다가 오기라도 한 것처럼. 길이 엇갈렸으면 어쩔 뻔했을지 아찔하다. 인내의 한계로 순간적으로 판단이 흐려졌을까?

우리가 이렇게 극적으로 만난 것에 감사한다. 모든 것을 싣고 이웃 캠프로 가서 언제 그랬냐는 듯 먹고 마시고 깔깔거린다. 내리는 비도 아랑곳하지 않는다.

성희는 가고 이제 건이와 둘이서 간다. 이렇게 둘이서만 걷는 것은 캘리포니아 남부 이후 처음이다. 건이와 나는 걸음 속도가 비슷해 편하다. 셋이 걷는 것도 좋았지만 둘이 걷는 것이 호젓하고 집중이 되는 느낌이다. 이상하게 속도도 더 잘나서 빠르게 길이 줄어든다. 이제 며칠 후면 우리의 목적지에 도착한다는 생각을 하니 마음이 이상하다. 막상 현장에 가서는 어떨지 모르겠는데 약간 서운한 것도 같고 길이 줄어드는 것이 아깝다는 생각도 든다.

그동안 자료를 봐서 워싱턴 구간은 비를 많이 만나고 조금 늦으면 눈으로 고생한다는 것으로 안다. 하지만 우리는 일정이 조금 빨라서인가 눈은커녕 비도 거의 만나지 않고 잘 왔다. 그런데 이제부터 우기가 시작되려는지 텐트를 치자마자 천둥을 동반한 비가 세차게 내린다. 하루 일정이 마무리된 후에 내리는 비는 걱정보다는 낭만이라 할 만하지만 낭만을 느끼기에 텐트는 너무 좁고 우리는 너무 피곤했다.

초저녁에 비는 그쳤고 PCT에서 마지막으로 차가 다닐 수 있는 하츠 패스Harts Pass를 얼마 남기지 않은 지점에서 낯익은 하이커를 만난다. 하츠 패스로 가는 차량의 진입이 통제되었다고 한다. 하츠 패스는 산속 비포장도로다. 길도 험하고 낙석이 심한데 이번에도 낙석으로 며칠째 막혔다는 것이다.

모든 PCT 하이커는 마지막에 캐나다 국경을 찍고 다시 하츠 패스로 와서 내려가는 것으로 알고 있다. 그런데 하츠 패스로 차가 올 수 없으면 모두 레이니 패스까지 다시 와서 내려가야 한다. 아니면 하츠 패스에서 걸어서 내려가야 한다는 말인데, 둘 다 너무 가혹하다. 멀고도 긴 날들을 걷고 걸어왔는데 마지막이 그렇게 되면 누구라도 기분이 잡칠 것이다. 그 소식을 듣고 걱정하지 않을 하이커는 아무도 없을 것이다. 우리도 빨리 낙석이 치워지기를 기원하며 하츠 패스를 넘는다.

이제 남은 거리는 50여 킬로미터다. 왕복 100여 킬로미터만 걸으면 이 길은 끝난다. 스루 하이커나 섹션 하이커 구별 없이 모두에게 그만큼 남은 것이다. 이때부터 하이커들 표정이 밝다. 특히 캐나다 국경을 찍고 돌아오는 하이커들의 표정은 홀가분함과 자랑스러움, 만족감으로 아주 상쾌하다. 내일이면 우리도 저런 표정일 것이다. 길에서 스친 낯익은 하이커들은 더 반가워한다. 겨우 인사만 건성으로 나누던 친구들도 이때만은 아니다. 모두 밝고 진심이 담긴 인사를 주고받는다.

이 길을 '축하의 길'이라 명한다. 모두 최대한 밝은 표정으로 그리고 진심으로 상대를 축하한다. 주로 목적지를 향해 가는 쪽이 축하를 하고 상대가 받지만 그들도 아직 가고 있는 우리를 축하해주기도 한다. 이제 우리도 곧 도착하기 때문일 것이다. 예상대로 그 길에서 샌디도 만났다. 자랑스러움이 가득한 그녀가 보기 좋다. 생애 최고의 날들이었다며 손을 흔든다.

북쪽으로 접어들어서인지 날씨가 추워졌다. 국경이 가까워서인지 패스에는 경사가 있고 스위치백은 없는 편이다. '국경 경계 기념물 78Monument 78'은 미국과 캐나다 국경이자 우리의 최종 목표지다. 그 목표를 18킬로미터쯤 남겨둔 지점에서 하루를 접는다. 많이 걸은 날이고 날은 저물어 가는데 물은 만날 수 없어 조바심이 난다. 물을 못 만나면 어두워서라도 물을 만날 때까지 운행할 수밖에 없다. 건이에게 물 없이 하룻밤을 견디며, 남은 건조음식으로 요기를 하고, 내일 아침 일찍 출발해 물을 만나면 끼니를 해결하자고 했다. 완고하게 고개를 흔들며 싫다고 한다.

그러면 물 있는 곳까지는 가는 것이다. 행운의 여신은 우리 편인가 보다. 아니 PCT신의 배려인가? 아주 작은, 자세히 보지 않았으면 발견할 수 없었을 아주 작은 샘을 만난다. 정말 감사한 일이다. 물을 받고 조금 올라가니 또한 우리를 기다리는 아담한 캠프지가 있었다. 누가 정해놓은 것처럼 일이 진행된다. 긴 하루를 접는다. 목적지를 18킬로미터쯤 남긴 지점이다. 내일은 이곳에 대부분의 짐을 두고 꼭 필요한 것만 지고 일찍 출발할 것이다. 그리고 우리의 의식을 하고 돌아와서 짐을 챙겨서 최대한 하츠 패스 근처까지 갈 생각이다. 또 비가 오다가 그친다. 춥다. 주변에 아무도 없다. 오로지 자연과 우리 둘 뿐이다. 캠프는 조용하다. 완벽한 어둠과 완벽한 고요만 존재한다.

마지막 날이다. 새벽 4시에 헤드램프를 장착하고 출발한다. 비는 오지 않지만 바람이 심하게 불어서 추위를 더 느낀다. 가는 도중 무엇인지는 모르겠는데 첩첩산중에 불빛이 있다. 처음에는 누군가의 캠프인 줄 알았는데 그러기에는 너무 환하다. 무슨 기지가 있는가? 너무 생뚱맞아 자꾸 돌아보게 된다. 우리 뒤로 헤드램프 불빛들이 움직이고 있다. 우리처럼 마지막을 향해 일찍부터 움직이는 부지런한 하이커들일 것이다. 우리도 부지런히 걸었다. 빨리 도착하고 싶은 마음과 그곳에 대한 궁금증, 그리고 내가 도착했을 때 반응 등이 궁금했다. 짐도 가벼웠지만 약간 들떠 있다는 느낌이다.

우리가 제일 일찍 도착할 것으로 예상했는데 착각이다. 우리보다 빨리 도착했거나 어제 이미 와서 기다린 사람도 있나 보다. 제법 많은 사람이 도착하는 우리를 환영해주는 것이었다. 한참 전부터 무슨 함성 소리가 들려서 이 산 속에 무슨 사람들이, 혹시 원주민들이 축제를 하나? 이 아침부터? 그렇게 생각하며 도착했다. 그날이, 그 시간이 2022년 8월 27일 8시 40분이다. 우리가 5년 아니 4년을 걸어서 도착한 것이다. 그곳에 있던 모든 사람의 시선이 도착하는 우리에게 쏠렸다. 그리고 온갖 축하 모드의 행동으로, "콩그레츄레이션!Congratulation!"이라고 외친다.

생각하지도 못한 그들의 환영 때문이었을까? 살짝 눈물이 비쳤다. 그들 모두는 와! 와! 소리치며 박수를 보냈다. 생각지도 못했다. 들은 바도 없는 환영에 어리둥절했지만 그들의 함성에 합장인사로 화답한다. 국적도, 연령도, 성별도, 이유도 다르다. 하지만 우리 모두의 공통분모가 있다. 그것은 바로 PCT를 걸어서 이곳까지 왔다는 것이다. 그것 말고 무슨 다른 이유가 필요하겠는가? 모두가 겉모습은 거지 같지만 그때 마음만은 세상 부러울 것이 없었으리라.

특히 멕시코 국경 캄포에서부터 한 달음에 이곳에 도착한 그들은 얼마나 감회가 새롭겠는가? 항상 마음속으로 과연 갈 수 있을까를 고민했을, 수많은 난관을, 불타오르는 사막을, 눈 싸인 높은 산을, 추위와 배고픔과 더위를, 짐승들의 위협을, 자신과의 싸움을, 다 이기고 드디어 비로소 도착한 젊은, 또는 아직은 어린, 또는 나처럼 나이 든 우리 모두. 그 모두는 박수 받아야 마땅하고 또 현장에서 받는 박수는 가장 빛나는 박수일 것이다.

그들 모두는 50킬로미터를 되돌아가야 한다는 것도 잊은 듯 한동안 자리를 뜨지 않고 속속 도착하는 또 다른 자신 같은 타인을 함성을 지르며 진심으로 환영을 해주고 있었다. 그러면서도 서로 얼싸안고 찐한 축하를 한다. 사진도 찍어주고, 방명록에 사인도 한다.

각자 본인이 소중하게 생각하는 것을 들고 비석에 올라가서, 중간에서, 꼭대기에 가로로 누워서 서로 손 잡고 때로는 키스하며 온갖 포즈로 기념사진을 찍는다. 각자의 방식대로 축하한다. 그럴 만하다. 이날은 그 모두에게 유일한 날이고 충분히 즐거워해도 되는 날이다. 아마 생애 최고의 날인 것이다.

나는 아끼며 이곳까지 지고 온 사과를 꺼냈다. 실은 오늘이 내 후배 성혜숙의 여덟 번째 기일이었다.

나는 그것을 염두에 두고 사과 한 알과 육포, 비스킷 그리고 물을 챙겼다. 그곳에서 나만의 간단한 의식을 할 예정이었는데 주변이 어수선한 축제 분위기라 도무지 가능할 것 같지 않았다. 어찌해야 할지 생각하다가 약식으로 손수건을 펼쳐놓고 사과 등을 올려서 약식으로 목례를 하고 말았다. 그도 이해할 것이다. 또한 그도 이곳까지 온 나를 축하해 줄 것이다. 그리고는 사과를 와작 와작 먹었다. 그동안 이 길 위에서 사과를 그렇게 먹는 것이 얼마나 부러웠던지. 과일은 언감생심이라.

우리만 바쁘랴만 방명록 적고는 고개를 깊이 숙여 이곳 신에게 감사 인사를 한다. "저희를 받아주셔서 감사합니다."

그리고 그곳을 하직(下直)한다. 어쩌면 영원히 다시 오기 어려운 이곳을.

이제 우리가 축하받을 차례다. 마주 오는 모든 사람에게 웃음 가득 담긴 축하 인사를 받으며 걷는 길은 구름 위를 걷는 것 같다. 마음도 발걸음도 어찌 그리 가벼운지. 하루에 모르는 사람으로부터 이렇게 많은 축하를 받은 일은 드문 일일 것이다.

날은 낮에 더 추워지고 있다. 이제 이곳에도 우기가 오고 곧 눈이 내릴 것이다. 우리는 끝났지만 아직 먼 길이 남아있는 하이커도 많을 텐데 보탬이 되지도 않는 걱정을 해본다. 추위와 배고픔에 떨며 지난밤을 보낸 우리의 텐트로 돌아와 보니 텐트 안은 먼지로 가득하고 어수선해 심란하다. 그래도 우리의 유일한 집이 아닌가? 들어가서 버너를 켜고 몸도 녹일 겸 비상식량으로 가져간 '마운틴 하우스' 한 봉을 따뜻하게 끓여서 먹는다. 추위도 허기도 가셨다. 마운틴 하우스는 미국 하이커들이 주로 먹는 식량이다. 우리는 거의 먹지 않고 비상식으로 가지고만 다녔는데 이때는 먹을 만했다.

며칠 동안 그리고 오늘 봐온 하이커들은 대부분 유럽 친구들이라고 한다. 최근 PCT가 유럽 하이커들에게 알려져서 많이 와서 걷는다고 한다.

우리는 섹션 하이커라서 잘 모를 수는 있는데 지난 구간에서는 주로 미국 본토 하이커가 가장 많았고 유럽이나 캐나다, 아시아인들은 손에 꼽힐 듯했다. 그런데 이번처럼 유럽 하이커를 한꺼번에 많이 본 것이 처음이다. 또 미국 본토 사람이 거의 없다는 것도 알게 되었다.

아마도 시기가 조금 일러서일 것이다. 대부분의 PCT 하이커는 4월에 캄포를 출발한다. 요즘은 신청하는 사람이 많아 4월에 예약을 못해 3월 혹은 5월에도 신청을 한다고 한다. 4월에 출발하면 대부분 9월에 워싱턴에 올 수 있다. 지금은 아직 8월이다. 그리고 PCT에서 두 번의 PCT 데이가 있다는데, 한 번은 처음 출발하고 바로 있고, 한 번은 오리건이 끝나는 지점, 즉 신들의 다리 부근에서 8월 말쯤 한다고 한다. 대부분 하이커들은 그 축제를 참여하고 싶어 할 것이다. 그러려면 지금쯤 오리건에 있거나 워싱턴을 막 출발했을 것이다.

미국의 하이커들은 어쩌면 그런 이유로 아니면 자기 나라라는 느긋함도 있겠고 해서 좀 천천히 오는 것은 아닐까? 반면 유럽 친구들은 빨리 끝내고 돌아가려고 빨리 걷는 것은 아닐까? 실은 8월이면 부지런한 하이커가 아니면 여기까지 오기는 어려울 수도 있다. 내 생각이다.

국경에서 만난 다리 긴 친구들이 빠른 걸음으로 우리를 지나친다. 그들은 '국경 경계 기념물 78' 그곳에서 한동안 축제를 즐길 만큼 즐기다가 오는 것일 것이다. 날이 저물어 가는데도 그들은 계속 진행했고 우리는 하루를 접는다. 하루 동안 많이도 걸었다. 약 50여 킬로미터는 걸었을 것이다. 건이가 마지막으로 나를 원 없이 걸어보라는 배려로 뒤에서 묵묵히 따라와 주었다. 마지막 밤을 보내고 여전히 이른 출발이다.

아직도 하츠 패스가 열렸는지 닫혔는지도 모르겠다. 만약에 아직도 통제가 풀리지 않았다면 낙석으로 통제를 시작한 곳까지 걸어가야 하는 것이다. 약 13킬로미터 정도라고 했는데 만약 걸어야 한다면 몹시 힘겨울 것이다. 지나가는 하이커들에게 물어봐도 신통한 대답은 없다. 다만 자신들의 희망을 더 해서 그때쯤 뚫리지 않겠냐는 대답만 듣는다.

이틀 전에 지나갔던 길인데도 처음 온 길처럼 다른 풍광이 펼쳐진다. 갈 때 미처 보지 못한 대상들을 보기도 한다.

빠른 걸음으로 하츠 패스로 들어오는 데 느낌이 이상했다. 주변이 좀 들떠 있다는 느낌? 역시나 반가운 트레일 엔젤이 우리를 맞이해 주었다. 우리를 앞서간 하이커들이 이미 그곳에서 먹고 마시며 즐거워하고 있었다. 과일, 빵, 핫도그, 과자, 음료수 등 평소에는 먹지 않던 것들이지만 반가움과 고마움 그리고 허기로 이것저것 정신없이 먹어댄다.

PCT의 마지막 고개인 하츠 패스에서 엔젤을 하는 사람은 댄Dan이라는 사람이다. 이 지역 사람이 아니라 오리건 주에 사는 사람이다. 조카가 PCT를 하고 있는 중이고 조카를 지원하는 김에 트레일 엔젤을 자처했다고 한다. 그의 조카는 지난 레이니 패스에서 한 번 지원을 했고 조카가 PCT를 끝낼 때까지 이 고개에서 엔젤을 할 것이라고 했다. 정말 고마운 사람이다.

우리를 포함해 지금부터 오는 모든 배고픈 하이커가 댄이 준비해 온 음식을 먹으며 즐겁고 행복하고 배부를 것이다. 천사라 할만하다. 실은 이번 워싱턴 구간에서 트레일 엔젤은 처음이다. 초반에 매직 한번 만난 것이 끝이었다. 마지막을 이렇게 멋지게 장식해 준 엔젤, 댄이 고맙다. 배불리 먹고 또 먹고 했는데도 뭔가 부족한 느낌이 드는 것은 왜일까? 아마 맥주가 없어서일까? '일찍 도착한 친구들이 맥주를 다 마셨겠지' 하며 아이스박스를 열어보기를 몇 번을 했다. 보다 못한 건이 슬쩍 일어나더니 맥주를 한 병 가지고 왔다. 의아해 하는 내게 으쓱해 하며 박스 아래까지 뒤지다 보니까 딱 한 병이 남아있더라는 것이다. 이게 웬 횡재인가? 시원한 병맥주를 마시고 있자니 모두의 시선이 나에게로 몰리는 것 같다. 조금 미안했지만 맛은 그만이었다.

이제 먹을 만큼 먹은 친구들이 움직일 준비를 했다. 다행히 길은 통제에서 풀렸다고 해서 한 시름 놓았지만 어떤 방법으로 내려가야 할지 다들 생각이 많다. 유럽 친구 몇 명은 비용을 지불하고 차를 한 대 불렀다. 가난한 일부 몇 명은 걸어서 내려가고 있었다. 지난밤에 우리 옆에서 텐트를 쳤던 분이 엔젤 댄에게 부탁을 했다. 우리는 댄의 차로 마을까지 가기로 했다. 진정한 천사를 만난 것이다.

그의 캠프를 보니 엄청난 물과 장작, 음식 등이 쌓여 있다.

조카가 끝낼 때까지 이곳에서 굶주린 하이에나 아니 하이커들을 먹이려면 얼마나 많이 준비를 해야 할까? 그의 차를 타고 내려오는데 길은 정말 장난 아니게 아슬아슬하다. 한쪽은 완전 낭떠러지에 길은 꼬불꼬불, 언제 떨어질지 모를 바위들, 웅덩이가 수도 없는 덜컹거리는 비포장길, 여기가 미국인지 네팔인지 티베트인지 구분할 수가 없다.

그 와중에 댄은 내려가면서도 걸어서 내려가는 하이커만 만나면 차를 세워 그들을 태웠다. 이미 앞자리는 꽉 차버렸다. 짐칸에 사람을 태우기 시작한다. 짐칸도 이미 포화가 되어버렸다. 그의 짐에 우리 모두의 배낭만도 많은데 자꾸 사람을 태우니 나중에는 짐칸에 있던 짐들이 앞 좌석에 있는 우리의 몫이 되었다. 결국은 하츠 패스에서 걸어오던 모든 사람을 다 태웠다. 나중에 내려와서 보니 6인승 밴에 18명 정도가 탔다.

다리가 긴 친구들은 짐칸에 구겨 앉아 있다가 통증을 호소했다. 길이 얼마나 험했던지 32킬로미터를 내려오는 데 무려 두 시간이나 걸렸다. 마자마 빌리지에 우리 모두를 내려주고 그는 다시 하츠 패스로 향했다. 또 두 시간은 걸릴 것이다. 어떤 말로도 부족할 것 같은 고마운 사람이다. 그는 끝까지 엔젤로서 최선을 다했다. '사람이 이렇게 감동을 줄 수 있구나' 하며 돌아가는 그를 한동안 배웅한다.

우리와 앞자리에 탔던 사람은 27년간 PCT를 했다고 했다. 상상이 가지 않지만 그랬다는 것이다. 우리가 5년을 하면서도 길다고 생각했는데 그의 인내가 대단하다. 중간에 그만 둘 법도 한데 그는 끝까지 이어갔다. 그리고 이제 끝냈다는 것이다. 대단하고 놀라운 사람을 하루에 두 번이나 만난 날이다.

그렇게 우리의 5년 동안 네 번으로 나눠서 걸은 PCT 대장정은 끝이 났다.

우리가 PCT를 끝내고 각자 일상으로 돌아갔는데 그 이후의 소식이 들려왔다. 9월 28일 미국과 캐나다 국경인 '국경 경계 기념물 78'의 주변에 번개로 인한 산불로, 하츠 패스부터 트레일이 폐쇄되었다고 한다. 그렇다면 PCT 하이커들은 마지막 지점에서 멈출 수밖에 없는데 참으로 안타깝다. 9월 28일쯤이면 캄포에서 출발한 스루 하이커가 가장 많이 도착할 시점인데 이를 어쩌나.

5개월에서 6개월을 걷고 걸어 거기까지 갔고 이제 마지막 50여 킬로미터를 남겨두고 있는데 산불로 갈 수 없다는 것은, PCT 트레일을 마무리할 수 없다는 것은, 무엇으로도 표현될 수 없겠다. 나도 걷는 사람으로 남의 일 같지 않고 내 일처럼 마음이 쓰인다. 우리는 운이 좋아 그런 일을 겪지 않았지만 그 것은 내 일이나 마찬가지인 것이다. 마지막에 돌아서야 했을 모든 동지들에게 위로를 보낸다. 그리고 언젠가는 마무리할 수 있기를 마음으로 기원한다.

우리는 5년간의 PCT를 끝내고 얼마 지나지 않았지만 돌아보니 그 시간들이 너무 소중하다. 그동안 행복했고 힘겨웠고 자랑스러웠다. 많은 사람의 응원과 도움을 받기도 했다. 그 시간들은 내게 기도의 시간, 명상의 시간, 축원의 시간, 감사의 시간, 순응의 시간, 감동의 시간, 신뢰의 시간, 믿음의 시간, 생각의 시간, 그냥 시간들이었다.

그동안 걸은 길 어디나 내게는 다 최고의 길이었겠으나 PCT는 더 특별한 길이었다. 매일매일이 내게는 최고의 시간이었고 최고의 날이었다. 그 길을 걸을 수 있게 도움을 준 모든 사람에게 감사 인사를 전한다.

특히 나를 PCT로 인도한 정건에게.

2022년 워싱턴

시작

〈BTS〉가 잠정적으로 활동 중단을 발표한 그해(2022년) 여름, 나는 워싱턴 구간을 준비하고 있었다. 마지막 구간이기 때문에 멋지게 끝을 장식하고 싶었는데 오히려 2022년 워싱턴 구간을 취소할 이유가 내게는 너무 많았다. 이번 워싱턴 구간은 내가 거주하는 동네에서 가까운만큼 우리 집에 손님을 맞는 마음으로 지난 오리건 때처럼 많은 대원이 모여서 북적거리며 함께 하고자 하는 마음이 더 크기도 했다. 하지만 기존 멤버 대부분의 사정이 여유롭지 못했다.

더욱이 800킬로미터가 넘는 워싱턴 구간을 한 번에 걷기 위해서는 한 달 휴가가 절대적으로 필요했다. 부서를 응급실로 옮기면서 한 달 연속으로 여름휴가를 내기는 더더욱 어렵게 되었던 것이다. 아직도 마지막 발악을 하듯 기승을 부리는 코로나19 때문에 김이 좀 빠지는 느낌이 들었다.

망설이는 내게 난희 언니는 일단 PCT를 첫 번째 우선순위로 두고 나머지 것은 하나씩 해결해 나가자고 했다. 내년으로 미뤄두면 또 1년이 지나고 또 내년 일은 아무도 모르기 때문이다. 난희 언니의 PCT를 향한 열정과 추진력은 내게 다시금 활력을 주었다. 어떻게든 시작하자고 마음먹고 나니 오히려 마음이 정리되었다. 계획서를 만들고 운동을 시작하는 등 몸과 마음은 바빠지기 시작했다.

같이 참가하지 못할 사람은 할 수 없고, 난희 언니 외에 같이 갈 인원을 다시 짰다. 난희 언니의 지리산 학교 제자인 안성희 씨와 JMT 기간 글렌 패스^{Glen Pass}에서 인연이 된 재미 교포 린다 씨와 같이 한다. 그리고 오래전부터 우리 PCT에 관심을 보여 주었고 지난번 캘리포니아 남부 구간에서 픽업을 왔던 동료 간호사 에스테라가 함께 하여 2022년 워싱턴 구간 팀을 짰다.

그런데 한참 계획하고 체력 단련을 해야 할 6월 말쯤 나는 코로나19에 걸리고 말았다. 세 번째 부스터 주사로 방어하고 그렇게 가리고 했건만 드디어 내게도 올 것이 온 것이다. 이제껏 코로나19 환자에게 독감 정도라며 남의 걱정하듯 격려하고 위로의 말은 해왔는데 코로나19 바이러스는 독감보다 더 세게 내게 왔다. 특히 2주째에는 이제껏 느껴보지 못한 우울증까지 겹쳐서 내일모레 PCT를 시작하는 내 자신감을 바닥에 이르게 했다.

공항

공항에서 처음 만나게 된 성희 씨는 비행기가 예정보다 일찍 도착하여 벌써 공항에서 나와 기다리고 있었다. 살짝 미소를 보이며 담담히 내 차에 오른 그녀는 옅은 쑥색 원피스에 도시풍의 단발머리를 하고 있었다. 조금 말라 보이지만 군살 없는 모습에 단단함이 느껴졌다. 마치 오래전부터 알고 있었던 친구의 공항 픽업을 온 것처럼 특별한 인사치레 없이 자연스럽게 공항을 빠져나왔다. 난희 언니가 탄 비행기는 두 시간 이후에 도착이다. 언니를 기다리는 동안 근처 카페에서 커피를 마시기로 했다.

시애틀의 여름 날씨는 언제부터인가 에어컨을 그리워할 만큼 더웠다. 에어컨이 켜져있는 카페 안에는 사람들로 북적거렸다. 나보다 몇 살 어린 성희 씨에게 성희 씨, 나를 건이 형

뭐 그런 정도로 서로 호칭하기로 했다. 우리는 서로 이런저런 얘기를 주고받았다.

나는 코로나19에 걸려서 고생한 얘기, 아직도 회복 중이라는 얘기를 했다. 성희 씨는 산을 다니게 된 동기로부터 시작해서, 옥스팜이라는 극한 경기를 경험했을 만큼 체력적으로는 준비가 되었는데 아직 장기 산행이나 야영 경험이 없다는 등의 얘기를 나누었다. 서로의 넋두리를 나누다 보니 어느덧 두 시간이 훌쩍 지났다.

다시 만난 난희 언니는 이제껏 본 머리스타일 중 다소 긴 머리다. 여느 때처럼 환한 웃음으로 우리를 맞아주었다. 긴 커트 스타일로 앞머리는 이마까지 내려와서인지 삭발 수준의 강렬한 예전 모습보다는 인상이 더 부드럽고 더 여성적이다. 온화함도 느껴졌다. PCT 산행을 마치고 바로 알베르트 마운트 어워드Albert Mount Award* 수상차 스위스행이 계획되어 머리를 기르고 있다고 했다.

횟수로 벌써 네 번째 공항에서 만나는 언니는 긴 비행기 여행에도 피곤함은 전혀 없다고 하면서 앞으로의 산행에 대한

---

* '알베르트 마운틴 어워드'는 벨기에 국왕이자 산악인이었던 알베르트 1세를 기리고자 1994년 설립된 산악 시상식으로, 2년마다 열린다. 아시아에서는 시라하타 시로(일본 · 2000), 해리시 카파디아(인도 · 2006)에 이어 세 번째로 수상했다.

기대감으로 활짝 웃었다. 벌써부터 그런 언니의 기운이 내게
전해오는 느낌이 들었다.

워싱턴

아직도 작년 산불 여파로 어수선한 북쪽 캘리포니아 구간을
미루고 마지막 구간으로 워싱턴을 택했다. 코로나19로 중간에
1년을 쉬었다고 하더라도 벌써 5년째다. 이번 워싱턴 구간에
서 캐나다 국경을 찍어야 PCT의 공식적인 마무리가 되는 것
이고 그래야 뭔가를 다시 시작할 수 있을 것 같았다.

PCT 스루 하이커에게는 북쪽 캘리포니아와 오리건에서 느
껴지는 단조로움에 지칠 때쯤 워싱턴에 입성한다. 그리고는
마지막 주라는 성취감과 뿌듯함을 느끼면서 아름답기로 유명
한 워싱턴 마운틴에 대한 기대감으로 가득 찬다고 한다.

사실 가장 높다는 레이크뷰 리지Lakeview Ridge가 2172미터
라고 볼 때 높이에 있어서는 캘리포니아 하이 시에라에 미치
지 못한다. 그렇지만 워싱턴의 산들은 깊은 침엽수림 산속 오
지에서 느껴지는 야생감, 캐스케이드로 이어지는 웅장한 산맥
들, 그리고 에메랄드빛 호수 등이 있다. 단연코 PCT 하이커들
에게 워싱턴은 최애 구간이 아닐 수 없다.

워싱턴 PCT의 길목인 컬럼비아 리버의 다리를 지나면 넓고 푸른빛 하늘을 마치 기둥처럼 받들고 서있는 워싱턴의 주요 활화산 다섯 개를 볼 수 있다. 아담스, 레이니어, 세인트 헬렌, 베이커, 글래이셔 피크다. 하지만 그 기대감과 의욕도 잠시, 캘리포니아와 오리건 구간을 끝내고 워싱턴에 도착하면 빨라야 8월 말이나 9월이 된다. 이때는 이미 워싱턴의 가을이 시작되는 시점이다. 아무리 여름 끝자락이라 해도 아침저녁으로 몰려드는 싸늘함, 9월의 빗줄기, 놀라게하듯 내리는 눈은 지칠 만큼 지친 하이커들의 육체와 정신에 어려움을 가중시킨다. 그래서 이 구간을 가장 어렵게 느낄 수 있다.

출발

집에서 출발하여 I-5 고속도로를 타고 세 시간 정도 남쪽으로 내려갔다. 14번 지방도로로 들어서자 컬럼비아 리버가 그 모습을 드러냈다. 이제부터 본격적인 트레일로 들어선다는 생각에 이 강 물결이 술렁이는 만큼 내 마음도 조금씩 설레기 시작했다.

워싱턴 구간의 시작은 오리건 주 캐스캐이드 록스Cascade Rocks와 워싱턴 주의 스티븐슨Stevenson 사이 컬럼비아 리버 캐니언에 자리 잡은 보네빌 댐Bonneville Dam에서 6.4킬로미터 떨어진 '신들의 다리'에서 시작한다. 이름만큼 그럴싸한 신들의 다리는 1926년에 개통한, 컬럼비아를 건너는 다리 중 오래된 강철 다리다. 원주민의 전설에 따르면 두 신들이 강을 사이에 두고 사이좋게 잘 살다가 한 여성을 두고 싸움이 일어나면서 다른 신들의 노여움을 사 각각 산이 되었는데 이들이 아담스, 헬렌스, 후드라는 전설이 있다.

신들의 다리에서 워싱턴 주에 첫 발을 막 딛는 몇몇 스루 하이커를 볼 수 있었다. 40미터 아래 컬럼비아 리버 캐니언 사이에 거칠게 흐르는 물을 내려다보는 PCT 하이커들은 자신들의 트레이드 마크인 헐고 닳은 옷과 배낭을 자랑하듯 줄줄이 서서 이 다리를 건너고 있었다. 지나가는 차들도 응원의 경적을 울려주고 환호성으로 격려를 해주었다.

우리를 집에서 여기까지 태워 준 형희 언니와 헤어졌다. 난희 언니, 성희 씨, 나, 이렇게 우리 셋은 2022년 워싱턴 구간 첫 산행길을, 다리를 지나 서쪽으로 향하여 14번 도로와 멀어져 가면서 시작했다. 한달음에 올라서니 아래 녘에는 손에 잡힐 듯 컬럼비아 리버의 보네빌 댐이 우리의 여정에 배웅을 나온 듯한 여름 아침의 햇살 아래 희뿌옇게 그 모습을 보여준다.

길레트 레이크로 접어들면서 테이블 마운틴을 향해 긴 오르막이 이어진다. 어느덧 나타난 멀리 동쪽 편 마운트 후드를 등지고 첫날의 퍽퍽함과 아직 몸에 익숙하지 않은 배낭의 허리끈을 풀었다 줄었다 하며 올라갔다

첫날의 기대감과 의지도 잠시, 테이블 마운틴을 지나는 10킬로미터 이상의 긴 오르막은 더운 날씨의 따가운 햇살과 더불어 목을 더 말라오게 하고 등을 땀으로 푹 젖게 했다. 올해 여름도 역시 작년만큼이나 덥다. 지구 온난화는 이곳 산속에서도 예외가 아니다. 워싱턴 주는 북쪽이라 대부분의 사람들은 집에 에어컨을 두지 않고 살아왔는데 몇 년 전부터 상황이 달라졌다.

더위와 가뭄으로 계곡물의 흐름이 낮았지만 사이사이에 정수를 해서 마셨다. 물은 발을 담글 수 있을 만큼 시원했다. 어제 저녁 야영장의 계곡에 앉아, 포도와 체리를 꺼내 먹으며 달콤한 휴식을 보내기도 했다. 오늘은 29킬로미터 정도 걸어서 락크 릭 캠프까지 간다. 어제 못다한 7~8킬로미터 몫까지 해야 해서 첫날치곤 길다. 한 번 계곡에서 쉬고 난 후 어디서 특별히 쉬자는 말없이 하염없이 걸었다. 난희 언니는 가끔 뒤돌아보며 성희 씨와 나의 컨디션을 체크하면서 보폭을 맞추는 것 같다.

테이블 마운틴의 마지막 오르막을 오르니 저 멀리서 마운

트 아담스Mt. Adams가 첫 모습을 보여 줬다. 스리 코너 록Three Corner Rock을 지나 테이블 마운틴이라는 이름에 어울릴 듯한 평평한 정상에 올라섰다. 네 개의 활화산 후드Mt. Hood, 헬렌스 Mt. St. Helens, 아담스Mt. Adams 그리고 레이니어Mt. Rainier가 우리에게 모습을 보여주었다. 난 이제껏 한 번도 네 개의 활화산을 한 자리에서 한 꺼번에 본 적이 없었다.

오후 5시가 되어서야 락 크리크에 도착해 텐트를 설치했다. 성희 씨는 이번에 구입한 텐트를 펼쳐서 그녀의 첫 텐트, 첫 야영, 첫 PCT 밤을 준비했다. 바닥으로 대형 은박지를 깔고 그 위에 잘 포개진 텐트와 플라이를 하나하나 펼치면서 종교 행사를 준비하는 신자처럼 신중히 그의 안식처를 지었다. 계곡에서 씻고, 저녁을 먹고, 필터로 물을 거르고 나서야 우리의 첫날을 마감했다. 밤은 전혀 춥지 않아 플라이 없이 그냥 텐트만 쳤다. 그물망 너머로 별들이 보였다. 몸은 산으로 왔지만 멀리 떠나온 느낌이 전혀 없었다. 밤더위 탓인지, 쉽게 잠들지 못하고 침낭 위에서 몇 번이나 뒤척이다 잠이 들었다.

이튿날 길포트 핀촛 내셔널 포레스트Gifford Pinchot National Forest에 들어섰다. 물 사정은 어제보다는 훨씬 좋았지만 이번에는 모기가 너무 많다. 잠시 걸음이라도 멈추게 되면 여기저기서 사정없이 달려든다. 마음 놓고, 쉬는 것처럼 쉬지도 못했다. 16킬로미터를 더 걸었다. 트라웃 크리크Trout Creek 옆 다리 아래에 도착해서야 여유 있게 점심을 먹을 수 있었다. 이 아치형 콘크리트 다리는 트라웃 크리크를 가로지르며 다리 전체에 거의 녹색과 노란색 이끼로 덮여 계곡 주위 나무들과 더불어 자연화되는 느낌이었다. 어제보다 여유도 있었고 몸은 산행에 어느 정도 익숙해져 가는 것 같다. 팬더 크리크Panther Creek에서 둘째 날에 야영했다.

다음날은 빅 허클베리 마운틴Big Huckleberry Mountain 서밋 트레일 오르막길로 시작했다. 이곳은 베리가 많기로 잘 알려진 곳이다. 아직 이른 8월이라서인지 기대만큼 많은 베리는 찾아볼 수 없었다. 크레스트Crest 캠프장을 지날 때에는 FR 60 산간 비포장도로에서 히치하이킹을 하려고 기다리는 동양인 남자를 만났다. 지난 점심때쯤 가벼운 목례만 하고 지나쳤던 하이커다. 낡은 '오스프리' 배낭을 메고 나름 긴 수염을 길렀다. 20대 중반으로 보이는 그는 행색으로 보아 스루 하이커 같다. 차가 하루에 한두 대 다닐 것 같은 이런 곳에서 히치하이킹이 될까 싶어 말을 걸어보았다. 일본에서 온 하이커인데 식량이 떨어져서 마을로 내려간다고 했다. 뭐 도와줄 거 있냐고 물어보니 괜찮다고 했다.

오후 2시경 도착한 빅 라바 베드Big Lava Beds 캠프지는 넓어서 때만 맞는다면 좋은 야영지로 이용할 수 있겠지만 아직도 해가 중천이다. 아직도 10킬로미터는 더 갈 수 있어 우리는 계속 걸었다.

오늘의 야영지로 십 레이크Sheep Lake나 그린 레이크Green Lake 정도 생각하고 있었지만 막상 그곳에 도착하니 정말 실망스러웠다. 호수라기보다는 오히려 늪 같은 분위기였다. 모기가 너무 많아 도저히 텐트를 칠 수 있는 상황이 아니었다.

일단 재킷과 바지로 무장하고 재빠르게 물을 담을 수 있을 만큼 담고 가급적 습지에서 떨어진 곳까지 이동하는 수밖에 없었다. 가이드 앱을 보니 8킬로미터만 더 가면 모기가 좀 덜하다는 블루 레이크다. 하지만 너무 피곤해 그곳까지 가기는 어려울 것 같았다. 물을 지고 20분 정도 올라간 곳에 평평한 오솔길이 이어져 있다. 그곳에 텐트를 치고 야영을 하기로 했다.

나와 성희 씨는 텐트를 치고 난희 언니는 모깃불을 피웠다. 모깃불이 피어오르니 모기들의 극성도 줄었다. 그 따스함에 불 근처에 더 있고 싶었지만 인간의 피를 향한 모기들의 집요함에 얼마 앉지 못했다. 결국 텐트로 들어가야 했다. 텐트에 누워 텐트 위쪽 모기망에서 들어오지 못하고 윙윙거리는 모기들을 본다. 이 작고 얇은 텐트가 주는 위력에 감사하며 나도 모르게 눈이 감겼다.

다음날 우리가 블루 레이크를 지날 때는 아직 새벽이라 물이 얼마만큼, 이름만큼 푸른지 가늠할 수는 없었다. 물을 담아 정수하고 하루의 산행을 이어 나갔다. 우리의 길은 인디언 헤븐 윌더니스Indian Heaven Wilderness로 들어서 있었다. 보라색 루핀 풀나무와 고산성 풀꽃이 초원에서 우리를 맞이해주었다.

길은 전체적으로 300미터 사이의 오르내리막이라서 발은 편했다. 하지만 오늘도 모기와 사투하며 걸었다. 트라웃 레이크 크리크Trout Lake Creek 다리 바로 옆에서 텐트를 쳤다.

아침에 일어나 모기에 쫓겨 제대로 쉬지 못하고 걸었다. 일찍이 FR 24 도로에 도착해 우리의 첫 지원을 기다렸다. 지난 나흘 동안 우리는 110킬로미터를 걸었다. 이제 나는 잠시 하산을 해야 한다.

귀가

전날 트레일 근처 야영장에서 반나절을 잘 쉬고 다음날 다시 언니와 성희 씨를 FR 24 도로의 트레일 입구까지 데려다주었다. 앞으로는 마운트 아담스 윌더니스Mount Adams Wilderness로 들어선다. 그리고 3743미터의 마운트 아담스 서편 허리 자락을 돌며 만년설 위를 걷게 된다. PCT 구간에서 활화산을 가장 근접하게 볼 수 있는 구간이다. 난희 언니와 성희 씨는 4일간, 둘만의 시간을 갖게 된다. 작은 메도우즈에서 이어지는 트레일 입구에서 마지막으로 성희에게 지도를 확인해 주었다. 시간 여유가 많으니 서둘지 말고 천천히 가라고 당부했다. 서서히 멀어져 가는 그들의 모습을 몇 번이나 돌아보며 나는 차로 이동했다. 혼자 보내는 것도 아니고 두 사람이 같이 있어 큰 걱정은 안 되었는데, 왠지 발길을 쉽게 떼지 못한다.

근무

집에 와서 다음날 바로 일하러 갔다. 이렇게 4일간 응급실에서 바짝 일하면 나의 정식 휴가가 시작된다. 몇 년 동안 코로나19로 병원은 정신이 없었다. 코로나19가 한풀 꺾이는 듯하더니 최근 뒤늦게 코로나19로 고생하는 환자가 꽤 늘었다.

내가 일하는 병원은 시애틀에서 동쪽, 캐스캐이드로 가는 산 입구에 자리하고 있다. PCT가 지나가는 능선에서 불과 30분도 안 되는 거리에 위치해 있다. 우리나라로 치면 백두대간 산자락 아래 마을에 있다고 할까.

일을 하면서도 지금 걷고 있을 두 사람을 생각하니 일이 손에 잡히질 않았다. 차팅Charting을 한다고 컴퓨터에 앉지만 구글 지도에서 그들의 현재 위치를 계산하기 일쑤다. 내 전화에 설치해 놓은 PCT 하프 마일PCT Half mile 앱에서는 지금 내가 있는 곳이 트레일에서 벗어났다고 계속 빨간 경고가 뜬다. 산이어서 빨리 내게 오라 한다. 지금의 내 마음을 전화기에게 들켜버린 셈이다. 그래 나도 잘 알고 있다. 나도 빨리 그 길로 돌아가고 싶다고.

오래전 영화 〈잉글리시 페이션트English Patient〉에서 사랑하는 사람을 동굴에 두고 멀리 사막 건너로 구조를 요청하러 간 주인공이 불현듯 생각났다. 그 여인을 혼자 동굴 속에 놔두고 돌아가지 못하는 그 주인공의 절박함. 뭐 그런 절박함과 비교가 되겠냐만, 근무하는 내내 몸은 여기 묶여 있는데, 마음은 멀리 그곳, 누군가를 향하고 있는 절실함을 가지고 일하고 있지 않았나 싶다.

다시 산속으로

드디어 4일 동안의 세속의 의무를 다하고 돌아갈 시간이 되었다. 동료 간호사이며 나의 산행 파트너인 에스테라와 샌프란시스코에서 첫 비행기로 시애틀 공항에 도착한 린다 씨를 만나 PCT에 합류했다. 린다 씨는 하얀색 하이퍼라이트 배낭을 어깨에 메고 있었고, 아침의 시애틀 바람이 서늘했는지 빨간색 방풍 재킷을 입고 있었다. 지난 JMT에서 첨 봤을 때 딱 그 모습이었다. "건이 씨 오랜만이에요."

검은색 긴 머리가 어깨까지 내려온 소녀 같은 웃음을 보이며 인사를 건넸다. 차 안에서 에스테라와 서로 인사하자마자 얘기를 시작하는데, 벌써 서로 친해진 것 같다.

창경과 나는 차를 각자 한 대씩, 두 대를 가져가서 한 차는 우리가 도착하는 다음 픽업지인 화이트 패스에 주차해 놓고, 다른 한 차로 난희 언니와 성희 씨가 기다리는 월업트 레이크 Walupt Lake까지 갔다. 내 맘이 조급해진 걸 아는지 창경은 꼬부랑 고개를 거침없이 올라갔다.

길은 길었다. 호수에 도착했을 때는 벌써 정오가 다 되어가고 있었다. 몇 개의 캠프지를 지나 트레일 입구에서 언니를 발견했다. 역시 내가 우려한 대로 언니랑 성희 씨는 일정보다 이틀이나 빠르게 월업트 레이크에 도착해 있었다. 그 긴 기다림에 꽤 지쳤던지 반가움보다는 애절함이 더한 모습으로 우리를 맞아주었다. 사 가지고 온 구운 닭과 과일 그리고 샐러드와 맥주로 그들의 허기를 달래주었다. 그리고 우리 다섯 명이 함께 할 고트 록Goat Rock 구간을 얘기했다.

고트 록 윌더니스

앞으로 55킬로미터 구간은 워싱턴 PCT의 꽃이라는 불리는 고트 록 윌더니스Goat Rocks Wilderness다. PCT는 이제 드라마틱하게 펼쳐지며, 기복이 있는 칼날 리지가 팩우드 글레이셔Packwood Glacier를 가로질러 이어진다. 8월 한여름의 능선은 멀리서 유빙만 곳곳에 보일 뿐, 선선한 바람으로, 눈의 질겅거림 없이, 잘 다져진 돌과 마른 고개로 우리를 인도했다. 사이퍼스 베이슨에서 바라보는 호수의 꽃들과 어우러져 점점 나타나는 솜구름을 보니 정말 찬란하다는 말밖에 할 수가 없다.

나이프스 에지Knife's Edge에서 바라보는 360도 파노라마 속에서 저 멀리에 있었던 레니어 봉우리가 한층 가까이 와서 그 당당함을 과시하는 듯했다. 며칠 월업트 레이크에서 우리를 기다리면서 힘들어 했을 난희 언니와 성희 씨에게 이렇게 멋진 풍경으로 만회할 수 있어 기뻤다.

에스테라 역시 이곳이 처음이었고 고트록의 명성만큼 그 값을 한다고 감탄했다. 린다 씨는 첫날이라 좀 힘들어했는데 새벽보다 컨디션도 더 좋아진 것 같다. 에스테라와 보조를 맞추며 천천히 그녀만의 워싱턴 마운틴을 즐기고 있었다.

다음날 호그백Hogback 산등성이를 가로지르며 화이트 패스을 향해 내려왔다. 패스 아래서부터 올라오는 하이커로 산은 좀 북적이기 시작했으나 화이트 패스에 대기해 놓았던 차에 무사히 도착했다.

레이니어 내셔널 파크 구간과 치눅 패스를 이번에는 그냥 건너뛰어가기로 했다. 가야 할 길에 비해 시간이 부족하여 어쩔 수 없었다. 어찌 보면 이것이 섹션 하이킹을 하는 장점이 아닌가 한다. 한꺼번에 하지 못한 아쉬움이야 당연히 있겠지만 시간과 상황이 주어지면 언제든지 짐을 싸서 다시 갈 수 있으니 말이다. 아쉬움을 뒤로하고 가야 할 길이 더 있다고 생각하며 집으로 향했다.

다시 집으로

우리 집이 PCT와 가까이 있다 보니 집이 일종의 보급품을 받는 장소이자 야영지 역할을 해주는 장소가 되었다. 늘 꿈꾸던 일이었다. PCT를 걷다가 어느 날 집에 도착해 하룻밤 쉬고 다시 길을 나선다거나, 마을 뒷산을 오르듯 가다가 뭐에 홀린 듯 무심코 짐을 싸서 먼 길을 떠난다는 꿈말이다.

그날 저녁 린다 씨가 만든 고급 스테이크와 함께 오래만에 집밥도 먹고, 난희 언니와 창경은 취할 정도로 술도 마셨다.

이웃은 생각할 것도 없이 오래된 음악도 듣고 따라 부르며 여유로운 저녁을 보냈다.

스노콸미 패스

에스테라를 제외한 난희 언니, 린다 씨, 성희 씨와 함께 새벽 5시에 일어나 짐을 꾸렸다. 집을 나와 우리는 스노콸미 패스Snoqualmie Pass를 향한다. 스노콸미 패스는 시애틀에서부터 동부의 시카고와 뉴욕을 연결해주는 왕복 7차선의 I-90 고속도로가 지나가는 곳이다. 고속도로를 따라 40여 분 정도 운전하여 52번 출구로 빠져나오면 스노콸미 패스의 알팬탈 스키 리조트가 나온다. 스노콸미 패스 스키 리조트의 서밋 인Sumit Inn.에서 우편 보급을 받거나 아니면 아예 차 편을 얻어서 시애틀로 내려 간다. 그리고 그곳 다운타운에 있는 미국 최대 등산장비 매장인 〈REI 본점〉에서 장비를 정비하여 마지막 산행을 준비하기도 한다. 멕시코 국경에서 스노콸미 패스에 도착할 때쯤에는 벌써 9월이라 이곳 해안가 도시에서는 비가 내리기 시작한다. 당연히 산 쪽에서는 눈이 내리기 시작하여 나머지 워싱턴 구간은 겨울 장비로 재무장할 필요가 있는 것이다.

스키 리조트 가까이에 PCT로 이어지는 켄달 캣워크Kendall

Katwalk 트레일 입구가 있다. 스노콸미 패스에서 스티븐 패스까지, 총 120킬로미터의 이 구간은 이곳 로컬들에겐 섹션 J로도 알려져 있다. PCT가 알파인 레이크 윌더니스Alpine Lakes Wilderness 전체를 관통하는 이 구간은 5월까지도 눈으로 덮여 있어 적어도 6월이나 7월이 되어야 통과할 수 있다.

이 구간 중에 만나는 아름다운 호수들, 장대한 침엽수림, 광활하게 펼쳐지는 산맥들로 캐스케이드 산봉우리의 경관은 이곳 워싱턴 산행길에 손꼽힐 정도로 인기가 많다. 마침 주말이기도 하고, 당연히 이곳 로컬 하이커들로 산이 북적일 거라 예상하고 서둘러 출발했다.

스노콸미 패스 트레일 입구 시작부터 오르막이다. 새벽녘이라 공기는 시원했고 우리의 의지는 충천했다. 서서히 밝아오는 새벽의 시원한 기를 마시며 넓게 뚫린 고개를 올라간다. 멀리서 스노콸미 마운틴이 떠오르는 햇살과 함께 그 모습을 드러내기 시작했다.

계곡을 지나 숲 지대를 건넌다. 바위와 어우러진 녹색 초원을 넘어 600미터의 고도를 10킬로미터 정도 걸어 캔달 캣워크에 올라선다. 이른 아침의 연한 태양빛에 반사된 바위와 캐스케이드 봉우리 사이에 드리워진 진한 그림자가 연한 하늘색과 하얀 구름 사이로 비추었다. 시원한 바람은 땀에 얼룩진 뺨을 어루만져 주었다.

1970대 말에 완성된 캔달 캣워크는 다이너마이트로 화강암을 뚫고 일꾼들이 로프에 매달려 가면서 만들었다고 한다. 캔달 봉우리 북쪽 능선에 이루어진 140미터의 좁고 아슬아슬한 길은 그 밑이 아득한 천리만리의 긴 바위사면으로 연결되었다. 캣워크는 말 그대로 길이 좁고 위험하니 고양이처럼 조심히 이곳을 걸으라고 붙여진 이름이 아닌가 한다.

리지 레이크Ridge Lake와 그래블 레이크Gravel Lake 사이로 난 트레일을 지날 때 호숫가에 텐트가 몇 동 쳐져 있다. 이제 막 일어나 산행을 준비하려는 듯 몇 명의 하이커가 보인다. 그때 우리가 지나가는 트레일 바로 옆에서 배낭을 깔고 앉아 아침을 먹고 있는 한 하이커가 보인다. 우유를 가득 넣어, 보기만 해도 넘칠 것 같은 그릇에 시리얼을 먹고 있었다. 그의 긴 수염의 거의 반이 우유에 잠겨서 먹고 있는데, 세수한 지 오래되었는지 햇볕에 그을린 건지 얼굴엔 각질이 끼어 있었다. 위생상태가 허술해 보였다. 이 사람이 스루 하이커인지 그냥 거지가 산에 왔는지 구별이 안 갔다. 누군가 농담으로 말했던가. 이들을 구별하는 방법. '고어텍스!'

알스카 레이크Alaska Lake와 조 레이크Joe Lake를 멀리 내려다보며 카카민 피크Chikamin Peak를 향해 횡단하는 길에 올랐다.

이미 해는 중천에 떠있다. 물은 드문드문 있어 물을 아껴 마시며 산행을 계속했다.

여느 때처럼 난희 언니는 앞장서고 성희 씨는 묵묵히 따라간다. 그러고 보니 두 사람의 모습은 마치 원 플러스 원으로 공동구매라도 한듯 패션이 거의 쌍둥이 수준이다. '해갈이 제로그램 모자', 짙은 회색빛 바지, 그리고 옥색 오스프리 배낭까지 맞춤이다. 성희 씨는 아예 매트리스를 매단 위치까지 언니와 같이 배낭 헤드 쪽으로 옮겨져 있다. 멀리서 보면 둘의 구분이 안 갈 정도다. 난희 언니와 성희 씨는 다정한 스승과 제자 같기도 또 자매 같기도 하다. 그리고 내 뒤엔 천천히 꾸준히 올라오는 린다 씨가 멀리서 보인다. 본인의 산행스타일이 있을텐데 이렇게 그룹 산행에서 우리와 맞추려고 노력하는 모습에 고마웠다.

특별히 쉬지 않고 걸어 키카민 피크Chikamin Peak를 우회하여 차카민 패스Chikamin Pass에 올라섰다. 반대 방향으로는 스팍테클 레이크를 향해 끝도 없이 내려가는 지그재그의 스위치백이 아래로 펼쳐져 보였다. 바람은 없고 태양은 강했지만 고도 때문인지 곧 시원해졌다. 우리에게 펼쳐진 이 멋진 파노라마를 즐기면서 린다 씨를 기다리기로 했다. 그늘에 배낭을 깔고 누워 눈을 감고 고요히 불어오는 바람의 소리를 들었다.

그러고 보니 정확히 이 지점이었다. 2년 전 에스테라와 함께 이 구간을 일주일 동안 산행한 적이 있었다. 그때는 반대로 스노콸미에서가 아닌 스티븐스 패스에서 시작했다. 스티븐 패스에서 시작하면 400미터 정도 오르막이 덜하다. 그리고 남쪽으로 향하게 되니 집으로 가고 있다는 느낌도 드는 것 같아 이것저것 재고 나름 준비를 많이 한 산행이었다.

그런데 늘 단일 산행만 해왔던 에스테라는 이 산행이 길고도 힘들었나 보다. 시간이 지날수록 하루하루 말이 줄었다. 저녁에는 제대로 먹지도 못했다. 내가 할 수 있는 것은 그의 짐을 덜어주고 속도를 늦추어주는 것뿐이었다.

일주일이라는 정해진 시간과 준비된 식량으로 일정에 맞추어 가야만 했다. 에스테라는 주위 호수에서 수영할 여유도 없이 계속해 걷기만 하는 내게 불만이 많았던 모양이다.

"카니, 인생은 짧아, 뭘 그리 서둘러 가려고만 해, 좀 즐기면서 가자고~."

에스테라는 필요한 말 이외는 내게 아예 말을 걸지 않았지만, 오고 가는 다른 이에게는 일일이 꼬박꼬박 말을 걸었다. 한동안 그들과 얘기를 하느라 한 곳에 서서 속도를 늦추는 바람에 나 역시 짜증이 나 있었다. 산행 마무리 하루를 남기고 이곳 치카민 능선에 섰다.

그날 구름이 많이 끼고 저 멀리 먹구름까지 어우러져 하늘과 파노라믹 캐스캐이드 능선의 멋진 풍경은 우리를 잠시 멍하게 만들었다. 나는 무슨 마음이 들었는지 왠지 에스테라에게 미안하고 고마웠다. 나는 땀으로 찬 핑크빛 얼굴의 에스테라를 바라보면서 말했다.

"고맙다. 이곳에 이렇게 함께 해주어서."

에스테라는 환하게 미소 지으며 답했다.

"아니야, 내가 고맙지. 너 아니었으면 내가 어떻게 여기까지 왔을까. 여기 너무 멋진 곳이다."

모든 감정적인 응어리가 녹고 다 용서하고 용서받은 느낌이었다. 고개를 내려오면서 우리는 그렇게 화해를 한 듯했고 산행을 그렇게 마무리했다.

그 산행 이후, 첫 훈련 등반 후 잠적해 버리는 1학년 신입생처럼 그 후 에스테라는 나를 피하기라도 하는 듯 다시는 볼 수 없었다. 그리하여 다시 돌아와 같이 산행을 하기에 1년이라는 시간이 넘게 걸렸고, 이번에 고트 록 구간도 같이 하게 된 것이다. 잊고 있었던 지난 산행 기억들에서 깨어날 때쯤 린다 씨가 올라왔다.

스팍태클 레이크에서 이 구간 첫 야영을 한 다음날, 드래잇 메도우즈Delate Meadows로 가는 가파른 내리막길을 시작으로 이 구간의 두 번째 날을 시작했다. 레마 메도우즈Lemah Meadows를 지나 레마 크리크Lemah Creek에 이르렀다. 한동안 비가 없어 물양이 적은 다른 계곡에 비해 제법 물도 많았고 유속도 빨랐다. 에스콘디도 리지Escondido Ridge로 오르는 길은 스위치백으로 이어졌다. 정상에서부터는 올라온 만큼 또 한참을 내려가서 왓터스 리버Waptus River로 향했다. 왓터스 리버에 이르러 두 번째 야영을 했다.

구간 중반, 넘쳐나는 계곡에 들어서면서, 하이커의 모습도 뜸해졌다. 다음날 캐시드럴 록Cathedral Rock을 지나 숲 쪽으로 내려와 클레 엘름 리버Cle Elum River로 횡단하면서 리지로 올라섰다. 디셉션 패스Deception Pass로 향하는 곳은 두 개의 물줄기가 만나는 지점이다. 그래서 그런지 땅은 그늘지고 진흙으로 되어 있었다. 숲속을 지나 오르락 내리락을 하며 디셉션 레이크Deception Lake에 도착했다. 멀리서 글레이셔 피크Glacier Peak와 글레이셔 레이크Glacier Lake가 아래로 보였다. 뒤돌아보니 우리가 지나온 캐시드럴 피크Cathedral Peak도 아주 멀리 보였다. 거대한 라이드 록스Lide Rorks를 뒤로 하고 가파른 내리막길을 스위치백으로 글레이셔 레이크Glacier Lake 쪽으로 한참을 내려갔다.

제대로 된 맑은 물을 만나려면 한참을 내려가야 하지만 파이퍼스 패스Piper's Pass를 지나 전망 좋은 캠프지에서 야영을 하기로 결정했다. 정면으로 멀리 아득히 글레이셔 피크가 보이는 널찍한 평바위 위에서 저녁을 준비했다. 다행히 근처 물웅덩이 같은 곳에서 물을 구할 수 있었다. 저녁과 내일 아침에 마실 차까지 넉넉히 쓸 수 있을 정도였다. 우리의 저녁거리에 린다 씨가 꼼꼼히 준비한 간식과 식량을 합해 식사를 했다. 조촐하지만 주린 배를 채우기엔 충분했다.

이렇게 멋진 뷰를 두고 그냥 잠자리에 들기가 아쉬웠는지 우리는 노래를 흥얼거리며 여유를 부렸다. 린다 씨는 우리의 노래 요청에 처음에는 주저하더니 구슬진 목소리로 노래를 부르기 시작했다.

"내님은 누구실까, 어디에 계실까, 무엇을 하는 분일까 만나 보고 싶네~."

한 손으로 얼굴의 한쪽을 기우뚱 기대며 부르는 구슬진 목소리에 애절함이 깃들었다. 린다 씨는 60이 된 나이임에도 그 나이가 의심될 정도로 늘씬한 각선미와 아직도, 젊었을 때 한미모했을 법한 앳된 얼굴을 가지고 있다. 한국에서 교육자이신 아버지의 엄중한 울타리를 벗어나 그 당시 여성에게는 엘리트의 대명사인 항공사의 승무원으로 당차게 살았단다. 미국으로 이주한 후 린다 씨에게는 예상치 못한 많은 시련이 생겼는데, 두 번의 암투병과 소중한 딸을 잃고 절망할 때 우연히 산을 만나게 되었다. 산이 그녀의 육체적, 정신적 치료에 많은 도움이 된 것을 깨닫고 그 뒤부터는 이산 저산을 찾아다녔다. 그리고 지난해, JMT를 산행을 하다가 우연히 우리를 만나 이렇게 워싱턴 구간을 같이 하게 된 것이다.

아무래도 나이도 있고, 투병을 하느라 녹록하지 않은 몸 상태일 것이다. 그리고 아무리 산행을 많이 했다지만 자기 페이스가 아닌 다른 사람과, 더구나 스타일마저 다른 우리와 함께 산행을 한다는 것이 그리 쉬운 일이 아니다. 그래도 묵묵히 따라와 주는 린다 씨에게 감사함을 느꼈다.

미국으로 이주한 한국 이민자들에게는 한국에서 계속해 살고 있는 한국인들이 느끼지 못하는 정서 같은 게 있다. 처음엔 낯선 이국땅에서 살아남기 위한 생존에 가까운 삶을 살게 되고, 미국이라는 초강대국에 살고 있다는 자부심과 나의 뿌리는 한국이라는 그리움이 뒤섞여 있다. 그러다보니 보기에 따라서는 당당해 보이기도 하고 또 한편으로 애잔함이 느껴지는 그런 야누스적인 모습이 있다. 나는 충분히 린다 씨를 이해할 수 있었다. 화려함 속에 가려진 안쓰러움, 환한 웃음으로 다가가 자기를 드러내고 금방 친구가 될 것 같은 그녀가 사실은 그 안에 꼭꼭 감추고 있는 아픔의 또 다른 그녀가 있다는 것을. 화려하면서도 힘들었던 그녀의 삶, 현재 오롯이 지니고 사는 아픔과 고뇌도 이곳 산속에서 그녀에게는 치유의 산이 되길 바랄 뿐이다.

이번 스노콸미 구간의 마지막 날이 깊어간다. 저 멀리 글레이셔 피크는 어둠 속에 사라져 버렸다. 텐트 속에서 본 별빛 가득 찬 하늘이 적막하리만큼 고요하다. 계곡 저쪽 너머로 우리 구간의 종착지 스티븐 패스가 얼마 남지 않았음을 느낀다.

스티븐에서 멀지 않은 레벤워스Leavenworth는 독일 마을이라고도 불린다. 마을에 들어서면 마을 전체가 독일 남부 바바리아 스타일로 꾸며진 건물과 거리장식이 이색적이다. 2층 베란다가 꽃으로 가득한 식당에서 독일식 맥주와 핫도그를 먹었다. 원래 계획은 빨래하고 식량만 챙겨 입산할 생각이었다. 하지만 내려와 보니 마을이 예쁘고, 관광객으로 활기차서 하루를 쉬어 가고 싶은 마음이 생겼다. 더욱이 린다 씨는 이번 구간을 끝으로 캘리포니아로 돌아가기에 작은 파티도 하고 싶었다. 좀 무리해 꽤 있어 보이는, 유럽 운치가 풍기는 독일 스타일의 호텔을 잡아 하룻밤을 보냈다.

스티븐 패스에서 레이니 패스까지

다음날 스티븐 패스로 돌아와 산행길에 오르는 우리를 배웅하며 린다 씨는 밝게 웃는다. 한국에서 꼭 백두대간을 함께 걷고 싶다고 말했다. 입구에서 기념사진을 찍고 창경과 린다 씨와 헤어져 이제 난희 언니, 성희 씨, 그리고 나는 바로 길에 올랐다

스티븐 패스에서 레이니 패스는 총 204킬로미터의 구간이다. 성희 씨와 함께하는 마지막 구간이기도 하다. 이곳은 워싱턴 구간 중 가장 힘들다고 정평이 나 있다. 원시적이며 험하기로도 악명이 높다. 200킬로미터가 넘으니 하루 꼬박 30킬로미터를 걸어도 7일이다.

특히 스루 하이커들이 이곳을 지나갈 때는 대부분 9월의 막바지다. 계속되는 비와 눈 때문에 산행이 힘들어져, 여기까지 와서 완주를 포기하는 하이커가 적지 않다고 한다. 우리는 그럴 염려 없다. 가장 화려하고 매력적인 푸른 신록의 계절 8월을 선택했다. 더 이상 줄기차게 내리는 비나 쌓인 눈이 우리의 길을 방해하지는 못한다.

스티븐 패스에서 출발한 후 발할라 레이크Valhalla Lake로 향하는 길 위에 선다. 처음 3킬로미터는 한적한 오솔길 같은 평

평한 길이다. 우리는 서로 간격을 좁혀 도란도란 얘기하며 걷는다. 유니온 겜을 지날 때, 한 10여 명 정도의 고등학생 그룹이 가이드 겸 선생님들과 함께 우리를 지나갔다. 짐이 가벼운게 물병만 가지고 있어 멀리까지는 가지 않는 것 같다. 트레일에서 6700번 지방도로로 빠져나가는 길이 가까우니 근처 유니온 피크Union Peak나 자누스 레이크Janus Lake로 반나절 일정으로 온 것 같다.

패스는 시야가 넓은 언덕 위에 향긋한 꽃으로 가득 차더니 어느덧 우리를 피크겔 정상으로 올려놓았다. 그곳에서 글레이셔 피크Glacier Peak를 비롯하여 레이니어Rainier, 베이커Baker, 스튜어트Stewart가 모습을 드러냈다. 저기 아래 웨나치 패스도 아득히 보였다. 기즐리 피크Gizzly Peak를 향해 올라서 호리병 모양의 페어 레이크Pear Lake에 이르렀다. 이 구간 첫 야영지다. 맑고 푸른 물과 주위에 많은 기암절벽이 들어차서 대부분의 하이커가 첫날 텐트지로 이곳을 선택한다. 텐트를 치고 저녁식사를 할 때 호수에 비친 해가 너무 눈부셔 밥을 먹을 때 선글라스를 꺼내 써야 할지 망설이게 했다. 해가 지는 페어 레이크는 고요함과 평화로움 그 자체였다.

잠이 들려고 할 때쯤 부스럭거리는 소리에 눈을 떴다. 잘 때는 없었던 텐트가 주위에 들어섰고 늦게 도착한 이들이 소곤 소곤 얘기하는 소리가 들렸다.

다음날 새벽, 간단하게 따스한 차를 한 잔 마셨다. 그리고 아직도 자고 있는 다른 텐트에 방해되지 않게 조용히 텐트를 걷어 패스에 올랐다. 새벽의 시원한 기운 아래 새들 갭Saddle Gap, 캔디 패스Cady Pass를 지나 샐리 앤 레이크Sally Ann Lake를 향해 15킬로미터를 거침없이 올라갔다. 어느덧 공기가 탁해지는 듯하더니 건조한 안개가 끼기 시작한다. 마침 반대에서 오는 하이커가 있어 물어보니 웨나치Wenatchee 지역에 산불이 났다고 한다.

이 해 워싱턴에서는 3월부터 공식적인 산불만 하더라도 네 번째다. 실제 PCT 길에 직접적인 피해가 없어 그렇게 걱정은 안 했는데 웨나치면 그렇게 멀지 않은 곳이다. 수상한 안개 길을 걷다 보니 멀리 산 아래 길에 연기가 피어 오르고 있었다. 난희 언니는 멀리 피어오르는 연기를 보며 산불이 시작된 지 얼마 안 된 것 같다고 걱정하듯이 얘기했다. 우리는 이제껏 산불로 타버린 앙상한 나무숲 사이를 무수히 지나왔고, 산불 흔적을 봤지만 이렇게 연기가 피어오르는 것을 직접 보는 것은 처음 있는 일이었다.

훗날 신문에는 이 해 웨나치 지역 산불로 평방 130킬로미터가 탔다고 했다. 설악산의 3분의 1에 해당하는 어마어마한 크기다. 이번 산불은 다행히 PCT와 거리가 떨어져 패스를 폐쇄하지는 않아 무사히 그 구간을 지나갈 수 있었다. 걷는 내내 이 산불이 커지지 않기만을 바랄 뿐이었다.

PCT가 변하고 있는 것은 사실이다. 산불로 구간들이 몇 년 동안 폐쇄되어 오롯이 완주라는 말은 이제 먼 지난 얘기가 될 정도니 말이다. 매년 PCT를 걸을 때마다 기록적이라는 말을 자주 듣는다. 기온은 기록적으로 올라가고, 사막은 더 더워지고, 호수와 계곡은 말라가고 있다. 매년 이어지는 산불과의 사투는 이제 그 소식이 안 들리면 이상할 정도다. 언젠가 이 모든 게 사라질 수 있다는 생각도 들었다. 다만 내게 주어진 이 PCT에 감사할 따름이다.

리플렉션 폰드Reflection Pond에서 두 번째 야영을 했다. 이름만 보면 연못 위로 산영과 하늘이 반사되어 비친다고 해서 리플렉션Reflection이라고 〈가이드북〉에서는 설명한다. 하지만 리플렉션 뷰까지는 기대도 못하고 흐릿한 공기로 연못은 더 탁해 보였다. 더욱이 모기떼가 가득 차 있어 씻거나 하는 것은 상상도 못 했다. 우리 텐트를 지나는 하이커 몇 명은 물만 채우고 그냥 여기를 지나쳤는데, 나의 마음도 그들을 따라 이 모기들에게서 탈출하고 싶다는 생각뿐이었다.

세 번째 날 아침, 부드러운 산 위의 초원을 오르며 화이트 패스White Pass를 진행했다. 산불로 여전히 공기는 뿌옇지만 흐린 하늘과 새벽이슬이 어우러져 묘한 분위기를 자아냈다. 무릎까지 오는 초목들과 끝이 보이지 않는 계곡을 끼고 비탈진 언덕길을 가로지르며 글레이서 피크 윌더니스Glacier Peak Wilderness로 들어섰다. 데이 하이커Day Hiker에게 인기가 많은 다른 활화산에 비해 글레이서 피크Glacier Peak는 워싱턴 활화산 중 가장 멀리 고립되어 외로운 산이 아닌가 한다. 일단 접근하기가 힘드니 말이다. 흐려진 날씨 탓인지 산불로 인한 연기 탓인지 흐릿한 공기 속에서 글레이서 피크가 미스터리한 모습을 보여준다. 산등성이에서 글레이서 피크의 경치를 즐기는 것도 잠시, 사욱 리버 밸리Sauk River Valley까지 무려 15킬로미터를 다시 내려가야 했다.

내려가는 동안 길 양쪽에 제철을 만난 산딸기와 허클베리가 우리의 손길을 기다리고 있었다. 성희 씨가 베리 몇 알을 모아 난희 언니와 내게 건넨다. 달고 시큼한 맛이 마른 혀 신경을 자극하여 침을 고이게 했다.

내려올 만큼 내려와 캐네디 크리크에 다다랐을 때에는 많은 눈이 녹아내려 매서운 물살이 이미 반쪽이 꺾인 다리 아래로 이리저리 휘돌며 흘러가고 있었다. 언제 꺾였는지 모르지만 아예 보수를 포기한 듯, 이 반쪽 난 다리 자체도 나름 이색적인 조화를 이루었다. 스틱을 이용해 조심스레 다리를 건넜다.

파이어 크릭 패스Fire Creek Pass에 도착했을 때는 이미 지도상으로 30킬로미터를 걸었다. 내리막과 오르막길을 계산하면 오늘도 쉽지 않은 하루였다.

파이어 크릭 패스는 스티븐 패스와 레이니 패스 사이의 높은 등뼈의 중추에 위치해 있다. 이 패스 위에서 360도 파노라마 정경이 펼쳐지는데, 눈으로 덮인 주위의 봉우리 사이로 우리가 걸어온 산맥들이 어렴풋이 보였다. 원래 이날 일정은 고개를 넘어 아래 호수까지 가는 것이었지만 이곳에 머물기로 했다. 물 조달이 힘들긴 하지만 이런 멋진 뷰에서 하룻밤 정도는 자고 가야 할 것 같았다.

다행히 파이어 크릭 패스 급경사 아래 바위에 물줄기가 있는지 젖은 면이 보였다. 물을 담을 수 있는 것들을 최대한 챙겨 패스 아래 바위 길로 내려왔다. 다행히 바위 아래에 물이 졸졸 흘러 작은 웅덩이가 만들어졌다. 양은 충분히 많았다. 눈이 녹은 물이라서 그런지 손에 닿으면 소스라칠 정도로 차가웠다.

대학 산악부 시절, 물을 길어오는 것은 1학년들 몫이었다. 그곳은 일종의 '선배금지 구역'이라고 할까, 1학년끼리 옹기종기 모여 물을 받으면서 쌀도 씻고 설거지도 하면서 선배들 흉도 봤다. 그러면서 서로에게 알게 모르게 있었던 섭섭한 것도 털어놓으며 우리만의 단합을 할 수 있는 장소이기도 했다. 여전히 이곳에서도 물을 떠오는 장소의 은밀함이 있어 성희 씨와 나는 같이 물을 걸으면서 걸을 때는 느끼지 못했던 또 다른 친밀감을 얻을 수 있었다.

성희 씨는 처음에는 말도 별로 없고, 자기에 대해 표현도 제대로 하지 않았는데 산행을 하면 할수록 나타나는 낙천적인 성격을 보며 인간적으로 가까움을 느끼게 되었다. 산행 처음에는 씻으려고 하면 계곡 따라 멀리 숨어 사라지더니만 이젠 내 앞에서 거침없이 하얀 속살을 드러내고 씻는다. 새침데기 어린 신부가 거칠게 없는 야생인으로 변해가는 모습에 사뭇 흐뭇했다.

패스로 다시 올라와 저녁을 마칠 무렵 저 멀리 구름이 심상치 않더니 한 방울 두 방울 빗방울이 떨어지기 시작한다. 비가 쏟아져 내리기 시작해 급히 텐트 안으로 피해 들어왔다. 비가 그치고 패스 위에선 잔잔한 바람이 불어온다.

4일째 되는 아침 파이어 크릭 패스에서 스위치백으로 한참을 내려오니 눈과 얼음으로 덮인 음산한 기운이 느껴지는 미카 레이크Mika Lake를 만나게 되었다. 물은 많아서 편했겠지만 어제 여기서 캠프를 했다면 왠지 무서웠을 것 같았다.

또다시 6킬로미터 경사면을 스위치백으로 내려와 밀 크리크Milk Creek로 가까이 가니 허클베리가 트레일을 덮어 우리의 발길을 잡았다. 잘 익은 베리가 사람의 손이 닿지 않아 커질 대로 커져서 몇 알 따지도 않았는데 한 손에 가득하다. 산행의 또 다른 즐거움이다.

베리 지역을 지나 스와들 리버Suiattle River로 내려오는 십여 킬로미터의 길고 긴 내리막길로 접어든다. 오고 가는 하이커는 없다. 이전부터 만난 몇 명의 하이커가 서로 앞서거니 뒤서거니 하는 게 전부다. 내려가면 내려갈 수록 사람의 손이 닿지 않은 야생의 원시림에 깊숙하게 잠겨가는 것 같다.

하늘을 찌를 듯 서있는 고목은 그 둘레가 적어도 성인 10명이 손을 잡고 감싸도 모자랄 듯이 넓고 우람했다. 그 수많은 거목이 세월이든 바람이든 못 이겨 트레일 위에 넘어져Blow Down 널브러져 있었다. 그 나무 위를, 혹은 그 아래 틈으로 아슬아슬하게 기고 올라타거나 돌고, 심지어 배낭과 몸이 끼기도 하며 통과한다. 내려가는 길은 길도 길이거니와 이런 장애물이 많아 스와들 리버를 향해 내려가는 내내 더디고 끝이 없는 것 같았다.

트레일 일꾼들의 손이 전혀 안 간 느낌이랄까. 나무의 크기며 넘어진 나무가 너무 많아 워싱턴 주는 이곳 트레일 정비를 아예 포기한 곳 같았다. 배낭을 겨우 나무 사이에서 빼고 흙투성이가 된 엉덩이를 털며 그동안 쌓아온 워싱턴 구간에 대해 불평을 하기 시작했다. 캘리포니아에서 그렇게 흔한 트레일 매직은 아예 눈을 씻고도 찾아볼 수가 없다. 길을 이 상태가 되도록 방치할 수 있냐, PCT 자원봉사자들 다 놀고 있다 등의 불만을 계속한다. 한참을 그렇게 투덜거리며 내려가자 어느새 산길이 평평해지더니 스와들 리버의 하류가 가까워지는 게 느껴졌다.

3킬로미터 평지길을 더 걸으며 서쪽으로 우회하니 다리 아래 스와들 리버가 거친 모습을 드러냈다. 다리 밑으론 빙하가 녹아 흙회색 색깔의 물이 급류하고 있었다. 이곳 역시 주위에 넘어진 나무의 큰 가지가 시멘트 바닥에 쓰러져 있었다. 다리 밑으로는 도저히 정수를 할 수 없는, 몇 번 정수하면 필터가 막힐 것 같은 희뿌연 회색의 급류가 흐르고 있다. 오늘 하루만 40킬로미터를 걸어 힙겹게 이곳까지 찾아온 우리에게 정말 실망감을 주었다.

다시 뒤돌아 1킬로미터 전에 봤던 물이 있던 작은 계곡으로 돌아간다. 그 발길이 무겁다. 통합 41킬로미터다. 길고도 긴 날이다. 누가 시켜서도, 돈을 쥐서 하는 것도 아닌데 우리는 왜 사서 이 고생을 할까.

5일째 산행이다. 다리를 지나 5킬로미터를 걸어 예전의 PCT 트레일 스와틀 리버 캠프Suiattle River Camp에 도착했다. 같은 글레이셔 피크 윌더니스Glacier Peak Wilderness인데도 마이너스 리지 룩아웃Miner's Ridge Lookout으로 올라가는 길은 스위치백으로 부드럽게 이어지면서 포근하고 걷기에 좋다. 어제 험하고 다듬어지지 않았던 그런 패스와는 다르게 쓰러져 있는 나무가 없는 것을 보니 이쪽은 제법 관리가 된 곳 같았다. 내일은 노스 캐스캐이드 내셔널 파크North Cascades National Park로 들어선다.

하이 브릿지High Bridge로 지나는 곳에 스태히큰Stehekin 마을로 가는 셔틀버스가 있어 내일은 마을로 내려가기로 했다. 날씨도 좋고 우리는 내려올 만큼 내려와서 아그네스 밸리 물 가까이에 텐트를 치고 하루의 산행을 마무리했다.

풀독 알레르기인지 두 다리와 오른팔이 가렵고 빨간색 아토피처럼 올라왔다. 알레르기약과 멜라토닌을 먹고 잠을 재촉해본다. 내일 마을로 내려가 스태히큰에서 유명하다는 빵집의 계피 빵과 애플파이를 커피와 함께 먹는 꿈을 꾸며….

스태히큰 마을은 가늘고 긴 모양의 설란 레이크Cellan Lake의 끝자락에 위치해 있는데, 보통 일반 페리나 더 레이디 오브 더 레이크 익스프레스The Lady of The Lake Express와 같은, 수상택시 같은 배가 호수 양쪽 끝을 오간다. 차로가 잘되어 있는 동편 셜란 레이크는 시애틀과 가까워 근교 사람들의 휴식처로 인기가 많은 지역이다. 나 역시 그쪽으로는 몇 번 와 봤지만 이렇게 산을 넘어, 걸어서 PCT 입구 마을까지 오기는 처음이었다. 하루를 잘 쉬고 스태히큰 베이커리Stehekin Pastry Company에 들려 아침을 먹고, 간식용으로 빵을 더 주문해 산행을 시작한다.

그날 산행 중 특별히 얘깃거리가 없는 우리에게는 지난 마을 빵집에서 누구는 뭘 주문했고 뭐가 맛있어 보였고, 마을의 인상이 어땠다는 등이 대화의 주요 내용이다. 그런데 우리의 시시콜콜한 얘깃거리에 파격적인 주제가 생겼다.

곰을 만난 것이다. 그것도 정면으로. 우리가 이날 예정이었던 캠프지에는 벌써 도착해서 PCT 길에서 50미터 정도 더 내려가기만 하면 됐는데, 이제 겨우 3시가 막 넘었고 시간적으로 충분해 다음 야영지를 찾아 좀 더 걷기로 했다. 한참 동안 양쪽으로 가득 찬 나무 때문에 몸과 배낭만 겨우 지날 정도로 좁은 길을 걷고 있는데, 갑자기 난희 언니가 걸음을 멈추었다. 우리도 영문도 모른 채 그대로 멈추었다. 난희 언니가 짧고 강렬하게 떨리는 목소리로 말했다.

"곰이다."

그 소리를 듣자마자 뒤돌아서서 뛰기 시작했다. 성희 씨도 바로 따라왔다. 그럼 바로 곰 코 앞에 있던 난희 언니는…, 모르겠다. 일단 도망치고 봤다. 그 와중에 잠깐 뒤돌아보니 정말 커다란 검은 곰이 대담하게도 트레일 상에서 우리 쪽으로 걸어오고 있었다. 우리는 "걸음아 나 살려라" 하며 조금 전 지나쳤던 캠프지 갈림길까지 와서 그 길로 방향을 틀어서 서둘러 내려왔다. 캠프지에는 아무도 없었다. 일단 배낭을 내려놓고 우리 세 명은 모여 앉아 서로 현재 곰의 위치와, 여기로 내려올 가능성과 그냥 지나칠 수 있는 가능성에 대해 머리를 맞대고 추측해 보았다.

시간이 조금 지나니 긴장감은 사라지고 배고픔이 몰아왔다. 일단 여기서 야영을 하기로 했다. PCT에서 급경사로 떨어져 물가 바로 옆에 자리 잡은 캠프지는 텐트 몇 동을 더 칠만큼 비교적 넓었다. 주위엔 큰 나무로 둘려 싸여 있어 마치 요새와도 같았다. 하늘을 덮은 나무 때문인지 6시도 안 되었는데 벌써 어둠이 드리우고 있었다.

저녁을 마치고 우리가 텐트 안으로 들어갈 때쯤 두 명의 하이커가 내려와 텐트를 쳤다. 그들도 오는 길에 곰을 만났다고 한다. 아마도 그 곰은 계속 트레일 따라 걸으면서 하이커들을 놀라게 하고 있는 것 같다.

난희 언니가 말했다. "곰은 웬만하며 사람을 피해 다니는데, 그 곰은 참 용감하네." 어둠이 짙어오자 몇 명의 하이커가 더 모여들었고 우리 텐트 밖에선 온통 만났던 곰 얘기다.

내일은 8일째 노스 캐스케이드 내셔널 파크를 떠나 레이니 패스Rainy Pass에서 지원을 받는 날이다. 다음날 창경이 보급품을 가지고 레이니 패스로 찾아왔다. 이번에도 우리가 너무 일찍 도착하는 바람에 오랜 시간을 기다려야 했다. 비가 오기 시작하고 춥고 피곤하기 시작할 때쯤 오후 늦게서야 창경이 나타났다. 원래는 보급품만 받고 레이니 패스에서 자고 다음날 다시 운행을 하려 했지만 내 다리의 피부 상태도 좋아질 기미가 없어 병원도 가고 집에서 하루 휴식을 취하는 게 좋을 것 같아 차를 타고 집으로 내려왔다.

레이니 패스에서 캐나다 국경까지

캐나다로 돌아가야 하는 성희 씨의 배웅을 받으며, 새벽 3시, 집을 떠나 다시 레이니 패스로 향했다. 우리의 워싱턴 마지막 구간은 다시 난희 언니와 나, 다시 단둘뿐이다. 마치 멕시코에서 시작할 때처럼. 레이니 패스에서 캐나다 국경까지는 96킬로미터다. 워싱턴 캐스케이드 동쪽 산자락을 따라 파사탄

월더니스Pasaysten Wilderness에 들어가면서 국경까지 이어지는 길이다.

패스로 가는 20번 도로의 상점에서 미처 준비를 못한 샴페인을 구입하려니 워싱턴 주 법상 아침 6시 이전에는 모든 알코올 판매를 금지한다고 한다. 아쉬운 마음을 뒤로하고 레이니 패스에 도착했다. 이틀 전 하이커들로 붐볐던 것과 다르게 패스는 텅 비어 있었다. 지나가는 차도 없다. 새벽녘 도로 위로 은빛 하늘이 청아하게 빛나고 있었다.

트레일 입구에 차를 주차해 놓고 다시 짐을 꾸려 출발 준비를 했다. 그런데 입구 안내판에 우리의 산행 마지막 하산 예정지인 하츠 패스로 올라가는 8킬로미터 지점에 산사태로 길이 막혔다는 경고장이 있다. 코로나19로 캐나다의 국경을 막아 하츠 패스는 우리가 다시 뒤돌아와 만나는 유일한 탈출구다.

산행을 시작한 지 한 시간이나 지나서야 내가 침낭 밑에 깔고 잘 매트리스를 차에 놓고 왔다는 걸 알았다. 다시 돌아가기에 올라온 시간이 아까워 그냥 가기로 했다. 깔고 잘 매트리스도 없고, 축하할 샴페인도 없고 더욱이 산행이 끝나도 내려올 곳이 막히기까지 했다. 이런저런 심란한 생각에 잠기며 지난 밤 비가 왔는지 축축한 소나무 숲길을 터벅터벅 지나갔다. 레이니 패스를 출발한 이후 난희 언니는 아무런 말이 없다. 나 역시 천천히 말없이 걸었다. 소나무 숲을 지나 컷트롯 패스 Cutthroat Pass를 향할 때 스위치백의 저쪽 코너를 돌아 내 쪽 방향으로 돌아오면서 언니의 눈빛과 몇 번 마주치는 게 다였다.

스위치백으로 몇 번을 반복하며 한참을 올라서 등이 땀으로 찰 때 컷트롯 패스에 올라섰다. 아침 해가 이미 떠오르고 있었고 패스 주위를 둘러싼 노스 캐스케이드 화강암 봉우리가 맑은 상아빛으로 햇살에 빛나고 있었다.

레이니 패스를 시작으로 핫츠 패스까지 50킬로미터로 길게 이어지는 구간은 워싱턴 주의 알프스라고 불린다. 화려한 산 봉우리가 한여름까지도 눈으로 덮여 있고 그 위용과 아름다운 산세가 알프스 산맥 못지않다. 동쪽으로 마른 계곡이 깎아지듯이 내려가 있다. 서쪽으로 전나무숲이 빽빽하게 있다. 그 푸르름이 넓은 하늘과 멋진 조화를 이루었다. 레이니 패스에서 10킬로미터를 올라왔을 뿐인데 다시 PCT의 몸속으로 푹 빠져드는 느낌이다. 올라오면서 생각했던 나의 모든 걱정이 이미 사라진 듯했다.

컷트롯 패스에서 회색빛 잔돌로 이어지는 길을 내려가는 언니의 뒷모습을 카메라에 담았다. 캘리포니아 산행 첫날부터 지금까지 언니는 거의 같은 모습이었다. 5년이면 패션 또한 변할만한데. 햇빛 가리기 모자, 헐렁한 회색빛 바지, 언니와 맞춤처럼 딱 달라붙은 60리터 실버 오스프리 배낭을 멘 언니의 모습은 늘 한결같았다. 홀홀히 멀리서 걷고 있는 무채색의 뒷모습이 회색빛과 어울려 어떤 것이 길이고 언니인지 구별되지 않았다.

매튜 패스Matthaw Pass로 향하는 능선에서 뒤에 오는 자신의 아버지에게 메시지를 전해 달라는 한 하이커를 만났다. 뒤쳐져서 오는 아버지는 자신과 속도가 안 맞아 걷다 보니 너무 빠르게 온 것 같단다. 컷트롯 패스에서 배낭을 내려놓고 패스 주위 바위 봉우리를 오를 터이니 아버지에게 배낭 옆에서 쉬며 기다리라는 말을 전해달라는 것이다. 자신은 워싱턴에서 고등학교를 졸업한 후 뉴욕에서 살다가 이번에 휴가를 받아 아버지와 10년 만에 산행을 하는데 아버지의 몸이 생각보다 안 따라준다는 것이다.

한참을 가서 쉬면서 간식을 먹고 있는데 트레일 반대쪽에서 60대의 아저씨가 천천히 올라오고 있는 모습이 보였다. 깊숙한 녹색 눈동자가 딱 그의 아들 모습이었다.

"혹시 멧이세요?"

자기 이름을 듣고도 별로 놀란 것 없이 덤덤히 고개를 들어 나를 바라보았다.

"아드님이 컷트롯 패스에서 배낭을 놓고 잠시 주위를 갔다 온다고 하니 그 배낭 있는 곳에 가게 되면 그곳에서 기다려 달라고 전해 달래요."

그는 별 대꾸도 없이 가만히 고개만 끄덕이며 덤덤하게 고맙다는 말만 했다. 아마도 이 아들은 아버지를 놔두고 먼저 가서 기다리는 게 한두 번이 아닌 것 같다. 우리도 우리 길을 떠났다. 하츠 패스를 10킬로미터 정도 앞두고 작은 샘물가에 텐트를 쳤다. 벌써 섹션 하이커들과 스루 하이커들로 캠프지는 꽉 찼다.

다음날 도착한 하츠 패스는 고도 1800미터다. 워싱턴에서 차가 갈 수 있는 가장 높은 지대에 있다. 금광산업이 무르익었을 1890년경 깊고 좁고 아찔한 절벽을 깎아 길을 만들었다. 하츠 패스에서 바라보는 PCT는 퍼세이튼 윌더니스Pasayten Wilderness로 들어가면서 부드럽게 이어지는 능선 바로 아래로 빙하의 잔해 글레이서 스크리Gracier Scree 잔돌들이 깔려 있다. 아래로 황록색의 초원이 이어져 펼쳐져 있으며, 깊고 진한 전나무가 계곡 아래로 꼭꼭 차 있었다. 워싱턴 특유의 길고 거대한 캐스케이드 전나무마저 아주 작게 보였다. 저 멀리 캐나다 국경 가까이 진보라빛 블루 마운틴이 멀리 펼쳐져 있었다.

원래 PCT는 미국과 멕시코의 경계로부터 시작해 캐나다 국경을 건너 브리티시 컬럼비아British Columbia의 매닝 파크Manning Park에서 교통편을 이용해 다시 미국으로 들어오는 것으로 되어 있다. 코로나19로 말미암아 캐나다의 육로 통과가 금지되는 바람에 모든 PCT 하이커는 예외 없이 다시 왔던 길을 되돌아 와야 한다. 그리고 차가 다닐 수 있는 미국 영토의 하츠 패스로 다시 와서 그곳에서 교통편을 이용해 내려오도록 되었다.

하츠 패스의 자그마한 관리 사무실은 비어 있었고 그 입구에는 지금도 '돌사태로 인한 도로 공사 중'이라는, 이틀 전에 써놓은 안내표지만이 있었다. 화장실 아래 피크닉 테이블에는 벌써 국경까지 산행을 마친 서너 명의 하이커가 앉아 아침식사 겸 그들의 마지막 PCT 식사를 즐기고 있었다.

내려갈 길이 돌사태로 도로가 막혔다는 것은 마치 자기네와는 상관이 없다는 듯 일단 끝나 좋은지 햇볕에 잔뜩 그을린 얼굴 가득 웃음을 띠고 있었다. 한 친구가 바닥이 난 땅콩버터를 열심히 숟가락으로 긁고 있었다. 그들에게는 더 이상 전진해 갈 패스도, 더 이상 먹을 땅콩버터도 남아 있지 않은 것이다.

이틀 후면 우리도 저 자리에 있겠구나…. 부러움 반 기대반으로 그들을 뒤로 하고 퍼세이튼 윌더니스Pasayten Wilderness로 향해 갔다. 새벽에 출발해 노던 터미너스Northern Terminus에 도착하니 많은 하이커가 환호성을 치며 나름의 축하파티를 하고 있었다. 마누멘 78Monument 78 기념비는 미국과 캐나다 사이의 숲속에 소박하게 숨어있었다. 시작할 때 멕시코 국경에서 본 어마어마한 벽과는 사뭇 다른 분위기였다. 그냥 여기서 몇 발만 더 가면 캐나다인데….

나는 난희 언니가 준비한 언니 나름의 산행을 끝내는 간단한 감사의식을 옆에서 지켜보았다.

차려놓은 상 앞에서 같이 절도 했다. 기념비 위에서 올라가 환호하는 젊은 하이커들과 다른 한국적인 분위기다. 의식에 썼던 사과와 간식을 먹으면서 언니와 나는 기념비에서 제각기 신나게 순서대로 사진촬영을 하며 웃고 낄낄대는 하이커들을 재롱잔치를 보듯 하면서 우리 차례를 기다렸다.

다시 하츠 패스로 돌아가는 길에선 언제 여길 다시 오나 하는 아쉬움보다는 산사태 상황이 어느 정도 정리는 되었는지 궁금해 발이 빨라졌다. 아직도 막혔다면 마을까지는 거의 30킬로미터다. 걸어서 내려가기에는 너무 길다. 패스에서 올라오는 하이커도 그냥 지나와서 아래 사정은 잘 모르겠다고 어깨만 들썩인다. 하기야 자신들에게는 3일 뒤의 얘기이고 당장 목적지에 닿는 게 우선이겠지.

나는 하츠 패스로 내려가는 능선에 들어서면서 문득 배낭을 내려놓고 돌아서서 내려왔던 길의 사진을 몇 장 더 담았다. 엊그제까지만 해도 어디가 국경으로 이어지는 길인지 구별이 가지 않았는데, 이제 보니 왔던 능선 길들이 뚜렷하게 보였다.

락 패스Rock Pass, 우디 패스Woody Pass, 클라우디 패스Cloudy Pass. 헤이즈빛 하늘 속 구름 몇 점과 맞닿은 희긋희긋한 산맥이 내게 잘 가라고 인사를 하는 듯했다. 나는 주머니에서 전화기를 꺼내 〈BTS〉의 'Yet To Come'을 틀었다. "인생의 최고는 아직 안 왔다." 더 나은 멋진 미래를 팬들에게 약속하며 〈BTS〉는 잠시 떠났다.

특히 처음부터 끝까지 함께한 난희 언니와 동행은 특별하다. 본인이 리더였지만 내게 리더를 맡겼고 날 믿고 따라와 주었다. 내가 확신이 없거나 흔들릴 땐 언니는 모든 게 잘 될 거라고 날 위로했다. 보이지 않는 힘이 우리를 보호하고 이끌고 있다며 언니는 믿고 감사했다. 나도 그 뒷배를 믿고 언니와 걸었던 지난날은 불안감 없이 늘 듬직했다.

이젠 PCT를 마무리할 때가 된 것이다. 이렇게 하산하는 가슴 한편에서는 〈BTS〉의 노래 가사처럼 지금 걷고 있는 내가 내 생애의 최고점에 있다고 믿고 있고, 또다시 나의 최고가 될 미래는 아직 안 왔고 다가올 그것을 위해 나는 다시 최선을 다할 것이다. 그래서 벌써부터 가슴이 설렌다.

다시 배낭을 메고 나는 걷기 시작했다. 난희 언니가 멀리서 나를 기다리고 있다가 내가 오는 것을 보고서야 다시 발길을 하츠 패스 쪽으로 향한다. 우리가 패스에 도착했을 때 정말 매직처럼 하츠 패스로 올라오는 도로 보수공사가 끝나 차량 출입이 가능해졌다. 그리고 그렇게도 기다리던 트레일 매직이 선물처럼 하츠 패스에서 우리를 기다리고 있었다.

4285km
세상에서 가장 아름다운 길
PCT를 Pacific Crest Trail
걷다

지은이 | 남난희, 정 건

펴낸곳 | 마인드큐브
펴낸이 | 이상용
책임편집 | 홍원규
디자인 | 너의오월

출판등록 | 제2018-000063호
이메일 | eclio21@naver.com
전화 | 031-945-8046
팩스 | 031-945-8047

초판 1쇄 발행 | 2024년 2월 5일

ISBN | 979-11-88434-77-0 03800